dtv

Egal ob sie von Marie erzählt, dem Mädchen mit dem krummen Rücken, die den Hut immer weit in den Nacken schiebt, weil sie ihren Buckel verstecken will; vom jungen Dichter, der einen Tag lang im Fundbüro arbeitet und gleich in eine tragikomische Liebesgeschichte gerät; vom Millionär, der unter der Fuchtel seiner Frau gestohlene Krawatten ins Kaufhaus zurückbringen muß; oder von der alten Dame, der die Bombardierung des eigenen Hauses über einer spannenden Kriminallektüre entgeht: Allein was in diesem Buch an kuriosen Figuren versammelt ist, darf als »Fund« gelten. Frühe Prosa-Versuche aus den 20er Jahren finden sich hier ebenso wie Geschichten aus der Kriegs- und Nachkriegszeit, die eine Ahnung geben vom Leben der Canettis im Exil, und alle zeugen von Veza Canettis Kunst, die unterschiedlichsten stilistischen Töne anzuschlagen.

Veza Canetti wurde am 21. November 1897 als Venetiana Taubner-Calderon in Wien geboren. Als Jüdin und Sozialistin von den Nazis mit Berufsverbot belegt, flüchtete sie 1938 mit ihrem Mann Elias Canetti nach England, wo sie am 1. Mai 1963 starb. Sie hinterließ mehrere Stücke, Erzählungen und Romane, u. a.: ›Die Gelbe Straße‹ (Roman, 1990), ›Der Oger‹ (Ein Stück, 1991), ›Geduld bringt Rosen‹ (Stücke, 1992), ›Die Schildkröten‹ (Roman, 1999).

Veza Canetti

Der Fund

Erzählungen und Stücke

Mit einem Nachwort von
Angelika Schedel

Deutscher Taschenbuch Verlag

Von Veza Canetti
sind im Deutschen Taschenbuch Verlag erschienen:
Die Gelbe Straße (12831)
Die Schildkröten (12992)
Geduld bringt Rosen (13116)

Ungekürzte Ausgabe
März 2004
Deutscher Taschenbuch Verlag GmbH & Co. KG,
München
www.dtv.de

Umschlagkonzept: Balk & Brumshagen
Umschlagfoto: © Getty Images/H. F. Davis/Hulton Archive
Satz: Satz für Satz. Barbara Reischmann, Leutkirch
Druck und Bindung: Druckerei C. H. Beck, Nördlingen
Gedruckt auf säurefreiem, chlorfrei gebleichtem Papier
Printed in Germany · ISBN 3-423-13178-0

Inhalt

Die Große

Es konnte wirklich kein Mensch vorübergehen, ohne seinen besten Blick auf *Käthi* zu werfen, wenn sie auf der Stufe vor dem Hause saß. Um die Taille hatte sie einen Strick gebunden, und daran hing seitlich etwas, aber es war kein Dolch, es war ein Säckchen mit Glaskugeln, welche ihr ein Gefühl ungeheurer Wichtigkeit gaben. Am liebsten hatte sie die blauen Kugeln, vielleicht, weil sie wie ihre Augen aussahen. Sie schob die Kugeln im Schmutz hin und her, wischte sie dann am Höschen ab, steckte sie an ihrer Dolchseite ein und sah aus wie ein ungezogener Engel. Denn in der winzigen Schürzentasche hatte sie überdies noch einen Fisch an einem Holzstäbchen stecken, an dem schleckte sie von Zeit zu Zeit und stellte jedesmal befriedigt fest, daß der Zuckerfisch noch lange nicht aus der Form ging.

Den Fisch hatte sie natürlich geschenkt bekommen und es war wirklich das Mindeste, das Käthi an einem Tage geschenkt bekam. Darum saß sie auch so vergnügt auf der Hausstufe und lachte die Leute aus, die über ihren Anblick so verwundert waren. Gingen zwei auf einmal vorüber und waren es Frauen, dann blieben sie stehen, blickten auf das Kind mit den braunen Haarlocken, blickten auf die beseelten Augen, die Puppenwangen, sahen sich gegenseitig an und schlugen die Hände zusammen. »Nein!« riefen sie, so laut es ging. »Nein, so ein schönes Kind!«

Und vielleicht war Käthi deshalb so heiter, weil sie von allen Leuten den besten Blick bekam, den Blick, für den ihre Mutter so wenig Zeit hatte; sie war Bedienerin. Das wußte die Käthi freilich nicht, sie hatte damals noch keine Ahnung, daß eine Mutter außer dieser hohen Funktion in ihren Kreisen immer auch noch eine sehr niedrige haben muß, will sie es sich leisten können, Mutter zu sein.

Am ersten Schultag sah die Käthi vorn Kinder in neuen Lüsterschürzen sitzen. Sie selbst hatte nur eine alte aus Cloth an und über den Riß bei der Tasche hatte die Mutter einen großen Flicken genäht, der stach grell ab von dem verwaschenen Zeug. Und so setzte sie sich nach hinten zu den Kindern, die keine neuen Lüsterschürzen hatten.

Die Käthi war sofort beliebt. Die hinten, mit den gelben, mageren Gesichtern, freuten sich, daß ein so schönes Kind unter ihnen saß, und die Musterschülerinnen vorn waren ihr nicht neidisch, weil sie keine Musterschülerin war. Bald entwickelte sich ein herrliches Tauschgeschäft unter den Bänken, und als die Käthi schon alle Kugeln eingetauscht hatte, überdies ein silbernes Kleeblatt, einen grünen Bleistift, ein Stehaufmännchen und einen halben Bogen Abziehbilder, brachte sie eines Tages einen Buschen roter Papiernelken mit. Die Nelken hatte sie bekommen, als sie am 1. Mai vor dem Haustor saß und entzückt auf jeden Vorübergehenden schaute, der eine Nelke trug. Sie hatte bald so viele Nelken beisammen, daß Kurti Schleier, ein Jahr älter als sie und Sohn des Bankiers Schleier, ihr antrug, die Nelken für sie weiterzuverkaufen, mit zwanzig Prozent Rabatt und fünfzig Prozent Provision für die Arbeit. Sie gab die Nelken aber nicht her, und erst heute entschloß sie sich, sie zu opfern. Leider erwischte die Lehrerin sie dabei, wie sie gerade mit der Hedi, ihrer Nachbarin, die Nelken gegen eine Federschachtel mit Radierstaub eintauschen wollte. Die Lehrerin hieß Bürger, und weil es zwei Lehrerinnen des gleichen Namens in der Schule gab, wurde sie die »Große Bürger« genannt. Sie kam in die letzte Bank, sah mißbilligend auf die roten Nelken, nahm sie in die Hand, als wären sie kotig, und betrachtete den Radierstaub der Hedi mit ehrlicher Verwunderung, offenbar über das ungelöste Rätsel brütend, was denn Radierstaub in dem Hirn eines kleinen Mädchens für eine Bedeutung haben mochte.

An diesem Tage geschah es, daß die Lehrerin eine Übelkeit befiel, und es mußte ihre Kollegin, die »Kleine Bürger«, aushelfen. Die Mädchen saßen mäuschenstill, das war ihnen streng aufgetragen, die in den hinteren Bänken preßten die Lippen zusammen, aber gerade das kam ihnen plötzlich komisch vor, und als die Käthi sah, wie vorn die Frank, eine Musterschülerin, mit einem Lachkrampf kämpfte, platzte sie heraus und steckte alle mit einem Lachkrampf an. Da stand die Lehrerin vor ihr, die »Kleine Bürger«, und suchte mit den Blicken die Missetäterinnen ab. Sofort wurden alle Gesichter ernst, nur eines konnte seinen Glanz nicht verbergen, nicht die Hitze der Wangen und die hellen Augen. »Dich werden wir strafen müssen«, sagte die Lehrerin nicht ungut und wies der Käthi einen Platz hinter der Tafel an. Die Käthi wollte Tränen fließen lassen, geriet aber auf den selbständigen Gedanken, daß kein Grund zu Tränen vorhanden war, wenn man geborgen hinter der Tafel stand, während vorn die Kinder kopfrechnen mußten. Sie begann auch ein bißchen durch einen Spalt zu gucken auf die Musterschülerinnen, die schafsmäßig brav auf die Gnade lauerten, geprüft zu werden, und dann sah sie ihre Freundinnen in der letzten Bank an, die unruhig hin und her rückten, denn bald kam an sie die Reihe. Darüber vergaß die Käthi achtzugeben, so daß die Lehrerin sie wieder erwischte, sie aber merkwürdigerweise mit einem unterdrückten Lächeln in die Bank zurückschickte.

Die »Große Bürger« hatte sich mittlerweile erholt und trat in ihrer ganzen Länge ein. Ihrer Länge schienen aber die vielen kleinen Mädchen wie Fliegen, lästige Fliegen heute, denn sie war nicht gut gelaunt.

»Komm heraus«, hieß es plötzlich. Die Käthi wußte gar nicht, daß es ihr galt. »Du wirst um Verzeihung bitten gehen!« Die »Große Bürger« sah mit strengen Augen auf die roten Nelken, die noch mahnend vor ihr auf der Theke lagen, sah mit demselben Blick auf die Käthi und blieb dann mit ihrem Erforschungsblick auf ihrem Flicken haften.

»Bitte, die Frank hat auch gelacht«, rief die Hedi und sah herausfordernd die Frank an, die in ihrer glänzenden Lüsterschürze dasaß und ein tugendhaftes Gesicht machte. Aber die »Große Bürger« schaute die Hedi nicht einmal an.

»Du kommst mit«, sagte sie streng zur Käthi, »und ihr werdet die größte Ruhe halten!«

Sie gingen durch zwei lange Gänge und drei Stockwerke hinauf und traten in die B-Klasse ein. Da saßen lauter kleine Mädchen wie die Käthi, die sie alle vom Turnen her kannten. Die Kollegin der »Großen Bürger« war etwas erstaunt, als diese mit dem Kinde angerückt kam.

»Bitte sofort um Verzeihung«, sagte die »Große« und sah an der Käthi wieder herunter.

Aber die brachte kein Wort heraus. Das Haar klebte ihr zwar an den Schläfen, die Wangen glühten, aber sie rührte sich nicht.

»Du hast es am wenigsten notwendig, dich aufzutun, wart nur, bis du in den Dienst gehen mußt wie deine Mutter, dann wirst du schon Demut erlernen!«

Da sahen auf einmal alle die kleinen Mädchen die Käthi an, als wäre sie nicht ihresgleichen. Die »Kleine Bürger« schien aber gar nicht entzückt von dem Schauspiel und schob die Käthi freundlich zur Tür hinaus. Die hatte noch immer den mutigen Trotz im Gesicht, aber die Locken um die Schläfen tanzten nicht mehr, die Augen sahen ganz dunkel aus, langsam schlich sie durch zwei lange Gänge und drei Stockwerke hinunter – denn zum ersten Male hatte sie erfahren, daß es einen Unterschied gab.

Der Fund

Knut Tell hatte aus seinen langen Gedichten folgenden Ertrag: zehn Mark für ein Huldigungsgedicht, achtundsiebzig Liebesbriefe, vier Dutzend Lesezeichen, ein Kochbuch, das er bei einem Preisausschreiben gewann, und ein Exlibris, darstellend ein Zepter, einen Königsmantel und einen Totenkopf als Krone. Sein Onkel schrieb ihm daher:

»Lieber Neffe! So geht das nicht weiter, das ist kein Zustand. Ich habe eine Stelle für Dich beim Fundamt. Morgen wirst Du sie antreten; dichten kannst du abends.«

Darüber wurde Knut Tells kurze Nase schrecklich zornig und den Schopf bohrte er in die Luft, daß er durchs ganze Zimmer fegte. »Das tu ich nicht!« schrie er trotzig seine Freundin Ruth an. Aber die Ruth war klug.

»Weißt du, Knut, das ist rasend interessant! Stell dir vor, was da alles einläuft! Sich bei jedem Gegenstand auszumalen, wem er gehört! Das ist der richtige Ort für einen Dichter! Faß es als Anregung auf, Knut, geh nur einen Tag hin, damit du Einblick hast, du Glücklicher, was alles da hingebracht wird: täglich mindestens ein Globus, die herrlichsten Bücher, na ja, von den zerstreuten Professoren, chemische Präparate, die die Leute aus dem Panoptikum stehlen und dann wo liegenlassen, weil sie Angst kriegen. Das alles erlebst du täglich, Knut!« (Wenn er mal dort ist, bleibt er dort, dachte sie.)

Knut Tell war begeistert. »Das ist ja ein Betrieb, Ruth, du bist ein Teufel!«

Ruth machte ein Gesicht wie ein Engel und telephonierte gleich den Onkel an. Am nächsten Morgen stand Knut pünktlich vor dem Pult im Fundamt.

Das erste, was eingeliefert wurde, war ein altmodisches Mieder. Dann kamen nacheinander vier Regenschirme, dann kamen Herrengaloschen, dann brachte der Diener eine Aktentasche mit einem Schwimmanzug drin und dann brachte er einen Igel. Mit dem Igel hätte sich Knut vielleicht gefreut, aber in seiner Hoffnungslosigkeit hielt er ihn für eine Kopfbürste und beachtete ihn nicht. Als die anderen Angestellten seine Enttäuschung sahen, wollten sie ihn hänseln, fingen eine Maus hinterm Ofen und brachten ihm die Maus. Über die Maus aber geriet er in solches Entzücken, daß er plötzlich wieder sein sonniges Gesicht bekam; er legte sie behutsam auf seine Finger und hatte nur den Wunsch, daß der Verlustträger sich nicht melden möge.

Er suchte lange nach einem geeigneten Plätzchen, fand einen Papageienkäfig und sperrte die Maus liebevoll ein. Er wäre auch bestimmt nicht wegzukriegen gewesen, aber neue Fundgegenstände wurden gebracht. Eine goldene Damenuhr mit Kette, die Knut Tell nicht einmal beachtete, und eine Damenhandtasche. Mißmutig öffnete er die Tasche und wurde gleich gerührt über sechs große Schlüssel, die die Tasche anfüllten. Dann zog er behutsam ein riesiges Sacktuch heraus, sorgfältig gewaschen und geplättet, dann fand er eine Papiermascheebörse mit einem Schilling und etlichen Groschen, dann fand er einen zwei Jahre alten Notizkalender und darin war nichts andres notiert als die Adresse der Besitzerin und über die Adresse war der Knut aus dem Häuschen, sie lautete:

Emma Adenberger
bei Frau Kotrba
Am Katzensteg
Lamprechtsdorferstraße 199
3. Hof, II. Stiege, IV. Stock, Tür 17 a.

Einen mit Bleistift verschmierten Zettel hätte sonst niemand beachtet, aber für Knut Tell war dieser Zettel Grund genug zum Entschluß, auf seinem neuen Posten zu bleiben und er ging auch sogleich zum Vorstand und meldete, in der Tasche sei der Name der Eigentümerin und er werde sie ihr nach dem Amt selbst zustellen. Der Vorstand telephonierte daher seinem Onkel, daß sich der Neffe sehr eifrig zeige. Auf dem Zettel stand:

Herrn Dr. Spanek

Einmal sagten Sie mir kom den Frauen zart entgegen, mir aber haben Sie weh getan. Das ich nach Teschen kam, war mein Untergang. Seelisch und Körperlich und nur weil ich Sie Liebe bis zum vergessen. Dennoch hatten Sie keine Raffinierte Städterin vor Ihnen sondern ein Landkind, die Sie jedoch wie ein lästiges Straßenmädchen bloßgestellt haben. Scham rötet meine Wangen und Tränen kommen in meine Augen, wenn ich daran denke und wan tue ich das nicht. Ich Wünsche Wahnsinnig zu werden und einmal nicht mehr denken zu müssen aber auch das ist mir nicht vergönnt, sagen Sie selbst was mir das Leben noch sein kann. Nun leben Sie wohl und einen letzten Gruß sendet ...

Resi bitte schreibe es so bald wie möglich ab, Bessere die fehler aus bitte liebes Kind gieb das Briefpapier dazu und wen du auch das Päckchen schickst so lege alles in einen größeren Cuvert und bicke es zu. Meine Schwester soll es nicht sehen, sie ist so wütend.

Knut Tell las den Brief immer wieder, die Maus war indessen aus dem Käfig geschlüpft, der Igel hatte sie indessen schon gegessen, Knut merkte nichts. Er dachte immer nur an den Brief und nach dem Amt lief er zum Katzensteg, durch drei Höfe, in den vierten Stock hinauf und läutete bei einer zerbeulten Tür an.

Ein junges Mädchen öffnete, von solcher Schönheit, daß der Knut rot wurde.

»Verzeihen Sie«, sagte er, »gehört Ihnen vielleicht diese Tasche, sie ist bei uns abgegeben worden.«

»Ja«, sagte das Mädchen und errötete auch, »das ist meine Tasche, es sind die Schlüssel der Kostfrau drin, ich hätte sie ersetzen müssen.«

»Die Schlüssel sind, da, nur – mit dem Geld stimmt etwas nicht, es war nur etwas mehr als ein Schilling drin.«

»Mehr war nicht drin. Sie können ihn auch behalten, mehr hab' ich nicht, ich bin vom Posten weg.«

»Ach«, sagte Knut Tell bedauernd, »Sie haben Ihren Posten verloren?«

»Nein, ich bin selbst weg, es war ein guter Posten, bitte hier ist das Geld.«

»Ich nehme nichts! Das darf ich nicht! Ich bin vom Fundamt. Ich möchte nur fragen, haben *Sie* diesen schö... diesen Brief geschrieben, Fräulein?«

»Das? Ja, das habe ich geschrieben«, sagte sie und schwieg.

Auch Knut Tell schwieg. Aber weggehen wollte er auf keinen Fall.

»Ich hätte nur gern gewußt, wie ... wie schrieben Sie diesen Brief, an wen denn, aber wenn Sie es mir nicht sagen wollen, ich kann das verstehen, ich hätte es nur schrecklich gern gewußt.«

»Das war mein Arzt im Spital, ich bin jeden zweiten Tag bestrahlen gewesen. Er war sehr gut zu mir, obwohl ich doch nicht gezahlt habe. Er hat mich auch gebeten, Sonntag mit ihm auszugehen, ich wollte nicht, weil der Unterschied zu groß ist. Aber wie er weg war, habe ich es bereut.«

»Ist er denn weggefahren?«

»Er hat sich versetzen lassen, er hat mir nichts gesagt und

auf einmal war er weg. Da hab ich dann keine Ruhe nicht gehabt und hab nicht mehr arbeiten können. Da bin ich wieder ins Spital und hab' seine Adresse verlangt. Und dann hab ich den Posten verlassen und – bin ihm nachgefahren.«

»Hat er Ihnen denn geschrieben?«

Emma senkte das Köpfchen.

»Aber nein, das ist sehr schön von Ihnen, ich staune nur über Ihren Mut, ich bewundere Sie, das war sehr mutig, ja, wirklich.«

»Ich bin von der Bahn direkt zu ihm. Und wie mir eine junge Dame aufmacht, bin ich schon sehr erschrocken. Sie war sehr fein, aber wie ich sage, zu wem ich gekommen bin, hat sie sehr böse Augen gemacht. Sie hat mich in ein großes Zimmer geführt und ist hinausgegangen, ich hätte vor Angst kein Wort sprechen können, da ist die Tür aufgegangen und er ist hereingekommen. Hinter ihm war sie, und er war ganz entsetzt, wie er mich gesehen hat, und war ganz fremd. Sie haben mich doch zum Ausgang eingeladen, sage ich, und Sie haben es mir einmal geschrieben und jetzt kennen Sie mich nicht?«

»Ich finde es merkwürdig«, sagt er, »daß Sie daher gekommen sind, Mädchen, wo bleibt Ihr Taktgefühl, kommen her und trüben die reine Luft einer Dame, wissen Sie nicht, was Sie Ihrem Stand schuldig sind, und übrigens, was wollen Sie, Fräulein, zwischen uns ist nicht das Geringste vorgefallen, das möchte ich festgestellt haben, ich verlange, daß Sie es vor meiner Braut feststellen, Sie laufen mir nach und machen mir Verdruß.«

»Weinen Sie doch nicht, das ist ja ein entsetzlicher Mensch, bitte, weinen Sie doch nicht, Sie sind ...«

»Herr Doktor, ich bin nicht deshalb hergekommen, sage ich, zwischen uns ist nichts vorgefallen, das kann ich ruhig feststellen.«

»Ach, bitte, weinen Sie nicht, der Kerl verdient es nicht,

ich werd es ihm zeigen, ich werd ihn ins Gesicht schlagen!« Knut war daran, direkt nach Teschen zu laufen.

»Nein, bitte, tun Sie ihm nichts, er ist immer gut zu mir gewesen und war immer höflich im Spital, obwohl ich nicht gezahlt habe, er hat sich nur vor ihr gefürchtet, sie hat so böse Augen, wenn er nur sehen könnte, wie böse sie ist, er wird sie heiraten und unglücklich werden.«

»Weinen Sie nicht.«

»Ich bin gleich weggelaufen, weil ich ihre Augen nicht vertragen konnte.«

»Und warum haben Sie ihm diesen … diesen Brief geschrieben?«

»Ich wollte nicht, daß alles so häßlich endet, darum habe ich ihm auch die goldene Uhrkette geschickt, damit er sich meiner nicht schämen muß.«

»Ich danke Ihnen«, sagte Knut Tell und ergriff schüchtern ihre Hand. Er schüttelte sie heftig, wollte noch etwas sagen, sah das schöne Mädchen verlegen stehen, und lief wie ein Dieb davon, denn den Zettel hatte er in der Faust versteckt.

Zu Hause schrieb er bis in den Morgen hinein eine lange Geschichte über das Mädchen und verliebte sich so sehr in seine Figur, daß er auch einen Brief an sie begann und ihr einen Heiratsantrag machte. Es war schon Tag, als sein Kopf zur Seite fiel, und er auf dem Divan einschlief.

Zu Mittag kam die Ruth und fand ihn heftig atmend und mit heißen Wangen. Seine Papiere waren auf dem Tisch verstreut, die Ruth begann die Geschichte zu lesen und lächelte entzückt. Aber dann las sie auch den Brief und gab dem Knut eine Ohrfeige. Darüber träumte der Knut, daß ein Gletscher ihm auf den Kopf gefallen sei, und erwachte erschrocken. Als er Ruths Engelskopf sah, lächelte er, aber die Ruth schimpfte wie ein Teufel, heiraten wirst du, heiraten wirst du!

»Ruth«, sagte Knut, ehrlich verwundert, »willst du mich denn heiraten?«

»Könnt mir einfallen«, schimpfte sie, »du und heiraten. Du wirst niemand heiraten, verstanden!«

»Aber ich denk' doch gar nicht dran, Ruth, wie kommst du denn drauf?« fragte er unschuldig.

Da sah Ruth, daß er wieder einmal Seifenblasen in die Luft geworfen hatte, denn die Begeisterung ...

»Und was ist mit dem Fundamt, Knut?«

»Du hast doch selbst gesagt, ich soll nur auf einen Tag hingehen«, sagte Knut, streckte sich aus und schlief weiter.

Der Dichter

Unsere früheste Erinnerung ist eine Decke von grünen Blättern, die sich uns fast auf die Augen legt, uns, die wir im Kinderwagen durch Parks und Alleen geführt werden. Die frühesten Eindrücke Gustls waren senkrechte. Er wurde von seiner Mutter auf dem Arm getragen, beinahe geschupft, wie ein Bündel Kornähren, er sah Farben, Pfähle, Glanz und war so erschrocken, daß sein Gesicht schon ganz soviel Ausdruck hatte wie ein Äffchen.

Als er gehen konnte, spielte er auf der Landstraße vor dem Hof. Wenn die Sonne hoch stand, kam eine breite Frau mit zwei Kindern zur Wiese, kehrte ihm den Rücken und setzte sich auf die Bank. Neugierig drehten sich die Kinder nach ihm um. Eines Tages aß er gerade sein Brot, das für Mittag gerichtet war, er roch es gern, die Luft war köstlich, die Sonne wärmte ihn verschwenderisch. Die beiden Kinder beneideten ihn, der frei auf der Straße saß und im Schmutz spielte.

»So ißt man die Krankheiten in sich hinein!« erklärte ihnen die Gouvernante und zeigte auf Gustls schmutzige Hände. Mit jedem Bissen wurden sie reiner an dem Brot, das mit dem Schmutz in seinen Magen rutschte. Er aß es mit Genuß, doch dann wünschte er, er hätte es nicht gegessen. Von da an hatte er oft ein starkes Verlangen, aufzuwachsen wie der Knabe und das Mädchen auf der Wiesenbank. Er fühlte sich zuweilen durchaus ungesund und rieb die Finger jetzt immer kräftig ab, ehe er ins Brot biß.

In der Schule hatte der Lehrer die Gewohnheit, die Kinder mit Fragen anzufallen. Gustl erschrak darüber jedesmal so sehr, daß er kein Wort hervorbrachte. Als die römischen Ziffern geübt wurden, entsetzte er sich über die breiten Stämme, die er für Schattenstriche hinmalte. Bewundernd blickte er auf die feinen Striche des Jungen neben ihm, sie schienen ihm sauber, seine schmutzig. Als der Lehrer durch die Reihen ging, blieb er vor seinem Heft stehen. Und gerade seine Ziffern fand der Lehrer am schönsten. An diesem Tage kerbte Gustl einen Schnitt in einen langen Stock, den er im Kasten versteckt hielt. Das tat er immer, wenn er etwas Besonderes erlebte.

Wenn es regnete, mußte er im Zimmer bleiben. Das Fenster ging auf eine lange Reihe von Höfen. Gleich vor dem Fenster war ein Dach. Darauf lief manchmal eine winzige Maus. Aber sonst war alles tot. Einmal an einem trüben Tag fiel ihm nichts zu seiner Beschäftigung ein. Er stand nun beim Fenster und sah auf das leere Dach. Es war so traurig, auf das Dach zu schauen, besonders, weil er nichts über sich wußte. Darum versuchte er, sich nicht abzulenken, sondern blickte immer nur auf die Leere. Diesen Tag vergaß er nie.

An einem Regentag beschäftigte er sich damit, das Fensterbrett mit einem Messer abzuschaben. Das schöne Holz kam unter dem braunen Anstrich zum Vorschein. Dann schnitt er sich ein wenig in den Finger. Und dann sah er aus dem abgeschabten Holz einen Gummistreifen herauswachsen, wie man sie um kleine Päckchen schlingt. Er lief deshalb zur Mutter, die ihm das Messer aus der Hand riß, aber nichts über das Wunder mit dem Gummistreifen sagte.

An schönen Tagen kamen die beiden Kinder pünktlich zur Bank. Der Knabe ließ es sich nicht nehmen, mit Gustl anzuknüpfen.

»Ich heiße Jobst, mein Vater ist Gutsherr, und deiner?«

»Ich habe keinen«, sagte Gustl und sah an ihm hinauf, erdrückt von der brutalen Gesundheit und den gletscherkalten Augen des Knaben. Jobst bemächtigte sich seines Spielzeugs, Gustl litt es bewundernd. Einmal hatte er eine richtige Lokomotive auf Schienen. Der Knabe besah sie, faßte sie und handhabte sie mit jener Verachtung, die reiche Kinder für das Spielzeug haben. Gustl sah mit schüchterner Angst, wie die Maschine aufgezogen wurde, wie sie lief, wie sie steckenblieb, wie der Knabe sie mit dem Fuß weiterbeförderte, wie er sie wieder aufzog, überdrehte und zerbrach. Dann legte er das tote Ding hin und hatte es eilig, zu seiner Gouvernante zu laufen. Gustl ging zitternd ins Haus. Er haßte den Knaben.

Einmal kam nur das kleine Mädchen mit der Gouvernante zur Bank. Gustl brachte darum seinen neuen Ball heraus, den er vor Jobst versteckt hielt.

Der Ball sprang sehr hoch und fiel bei der Bank nieder. Das kleine Mädchen schob ihn mit dem Fuß zurück. Dann schielte es auf die Gouvernante, die eine Brille trug und die Zeitung las, und dann hüpfte es leise auf und stellte sich hin, um mit Gustl Ball zu spielen. Beide sprachen kein Wort, sie lächelten nur glücklich, weil der Bann gebrochen war.

»Nelli!« rief es schrill, »mit diesem Jungen darfst du nicht spielen!«

Die Kleine ließ gehorsam den Ball fallen und setzte sich betreten auf die Bank. Gustl ging ins Haus. Er grübelte hinfort viel darüber nach, warum das kleine Mädchen gerade mit ihm nicht spielen durfte. Es beschämte ihn sehr.

Als er allein lesen konnte, schien ihm, als wäre er jetzt erst zur Welt gekommen. Alles vorher war dumpf. Aber ein Buch war bald gelesen und nun begann der Hunger nach neuen Büchern. Gustl fing an, sich zu erniedrigen. Einen ganzen Nachmittag lang hob er dem Sohn des Gutsherrn die Bälle auf, als dieser Tennis spielte. Dafür versprach ihm Jobst »Gullivers Reisen«. Als sie Schluß machten, stand Gustl mit klopfendem Herzen vor ihm. Jobst sprang zur Gouvernante. »Er will meinen Gulliver ausborgen!«

»Du darfst keine Bücher ausborgen!«

»Ich darf keine Bücher ausborgen!« rief Jobst übermütig. Es war ihm anzusehen, wie sehr es ihn freute.

Gustl ging heim und kerbte einen schiefen Strich in sein Holz. Er wurde so scheu, daß er nie selbst erzählte, sondern immer nur zuhörte. Die Schuljungen ließen ihren Verdruß bei ihm, alles brachten sie ihm zu. Sie hielten sich alle für etwas Besseres, hatten ihn aber gern.

»Ich werde Pilot!« sagte sein Kamerad rechts.

»Ich Bürgermeister!« sagte der links.

»Ich Konsul!«

»Ich Fregattenkapitän!«

Nur Gustl wußte nicht, was er werden wollte. Auch die Mutter wußte es nicht. Im Sommer war sie auf Landarbeit draußen, im Winter strickte sie an der Handmaschine. Sie tat ihm schrecklich leid.

Als die ersten freien Schulaufsätze gemacht wurden, sah der Lehrer, daß doch nicht spurlos an Gustl vorübergegangen war, was er in den Schuljahren gehört hatte. Ja, es kam so weit, daß er sich mit seinen Aufsätzen einen Ruf machte. Der Lehrer in der Oberklasse verschaffte ihm eine Stelle als Hilfslehrer bei einer englischen Familie. Sein Brotgeber nahm ihn in die Hauptstadt mit und litt es, daß er weiterstudierte. Er brachte es in sehr jungen Jahren zu einer Stelle an einer öffentlichen Schule und gewann die Knaben durch den fanatischen Eifer, mit dem er Gerechtigkeit übte. Die Vorgesetzten legten ihm nahe, seine Methode niederzuschreiben. Aber als er sich an die Arbeit machte, entstanden statt trocken sachlicher Eindrücke bewegte Schilderungen, und es stellte sich heraus, daß ein Dichter in ihm steckte. Sofort wurde er aufgefordert, seine Lebensgeschichte niederzuschreiben.

Er fuhr darum in das Heimatstädtchen. Eine breite Mauer grenzte das Gut des Junkers Jobst ab, der untrennbar war von seinen Kindheitserinnerungen. Aber die Dienerschaft kannte den Junker nicht, das Gut gehörte ihm nicht mehr, er hatte sein Geld vertan, zuletzt war das Falschspielen seine Zuflucht geworden. Er fragte nach dem Fräulein. Das zierliche Mädchen hatte einen Wirtssohn geheiratet und war darum von ihrer Familie verstoßen worden. Er ging in die Kneipe, die zu seiner Zeit von den Schulkameraden besucht wurde. Da saßen sie auch alle beisammen. Der Konsul war Leichenbestatter, der Kapitän Postadjunkt, der Pilot Barbier. Nur der Bürgermeister war wirklich Bürgermeister geworden, er war der reichste Mann im Ort. Er schimpfte, daß er sich im Winter bei den Begräbnissen immer einen Schnupfen holte, weil er den Hut abnehmen mußte, wenn der Sarg hinuntergelassen wurde. Dann schwiegen alle eine lange Weile, es fiel ihnen nichts Rechtes ein. Niemand erkannte in dem jungen Mann am Nebentisch den einstigen Schulkameraden, durch den tiefen Ernst drangen die am Stammtisch nicht.

Eine Kellnerin brachte ihm Bier und Käse.

»Nelli!« rief der Leichenbestatter vom Stammtisch hinüber. »Ein Viertel!«

Gustl sah sie erschrocken an. Die Frau, die er vor sich sah, hatte längst vergessen, daß sie einmal neben der Gouvernante gesessen war und mit ihm nicht spielen durfte. Er hörte noch eine Zeitlang dem öden Gespräch der Stammtischrunde zu. Alle waren früh gealtert und vertrocknet. Er zahlte und versteckte dabei sein Gesicht. Daheim hatte seine Mutter alles festlich hergerichtet.

Im Kasten stand hoch in der Ecke das Holz mit den schiefen und geraden Kerben, sie waren die Kapitel seines Lebensromans.

Im Festgewand trug die Mutter das Essen auf. Ihre rissigen Hände durften sich jetzt ausruhen.

Hellseher

Ich fühlte, wie mir das Haar zu Berge stieg. Ich stand in Minnas Zimmer. Es war vier Uhr nachmittags. Die Uhr an der Wand zeigte die Zeit an. Ich hörte ihr Ticken. Sonst keinen Laut. Ich erkannte alles. Die modernen Möbel in Minnas Zimmer und die altmodischen Photographien an der Wand. Die gelehrten Bücher im Regal und das einfältige Trostsprüchlein im Rahmen. Den neuzeitlichen Tisch mit der Glasplatte, aber eine Vase mit künstlichen Blumen darauf. Alles stimmte. Nur das auf dem Seitentischchen stimmte nicht. Das konnte nicht sein! War sie wahnsinnig? Sie hat sie vom Anatomischen Institut, durchfuhr mich der rettende Gedanke. Die abgehackten Hände! Krampfhaft ausgestreckt in Totenstarre!

Von dem grausigen Anblick der abgehackten Hände, die vor mir ausgebreitet lagen, an den Wurzeln noch rosig von frischem Blut, hier in Minnas Zimmer, war ich so benommen, daß ich heftig zusammenzuckte, als die Tür sich öffnete. Minna trat ein.

»Willkommen!« sagte sie. »Sind Sie nicht fabelhaft gemacht? Ein Engländer hat sie geformt, er arbeitet für Wachsfigurenkabinette. Aber das ist uninteressant. Interessant ist der Besitzer dieser Hände. Ein Magnetiseur. Wir haben gerade darüber gesprochen, wie wunderbar es ist, daß die göttliche Kraft nicht nur im Hirn steckt, nicht nur in den Augen, nein, auch in den Händen.« Minnas gute, fanatische Augen flackerten ängstlich. Schweigend zog sie mich ins Nebenzimmer. Hier standen und saßen die Gäste stumm und unbeweglich. Die sind doch nicht auch aus Wachs«! dachte ich erschrocken. Ich ging auf die erste Dame in der Reihe zu. »Das ist die Pianistin«, flüsterte Minna. Die Pianistin hatte eine riesige Nase und arme, kleine Augen. Dann begrüßte ich einen Kunstmäzen, einen Markör, eine Zirkusreiterin und eine schwerhörige Dame. Ich kann ruhig sagen: »Ich begrüßte.« Die Initiative ging von mir aus. Ich wurde nur kalt angeblickt. Endlich hatte ich den Gletscher hinter mir und stand vor Antonia. Antonia ist sehr hübsch, aber nur wenn sie sitzt. Wenn sie steht, hat sie einen Meter fünfundachtzig.

»Warum ist Minna so aufgeregt?« flüsterte ich ihr zu und setzte mich zu ihr aufs Sofa.

»Weil der Hellseher kommt.«

»Ist er aufregend?«

»Schrecklich!«

»Sind Sie auch aufgeregt?«

»Unbeschreiblich!«

»Kann er wahrsagen?«

»Hellsehen!« korrigierte Antonia.

»In wen hat er hineingesehen?« fragte ich und zeigte auf die Gesellschaft.

»In alle.«

»Was hat er ihr gesagt?« ich zeigte auf die Kunstreiterin.

»Auf sie wird jeden Abend geschossen, während sie durch die Bahn reitet. Mit Pfeilen. Sie hat es vor Angst schon nicht mehr ausgehalten. Er hat sie aber beruhigt. Sie wird keinen Unfall haben.«

»Und was sagte er ihm ...?« ich zeigte auf den Markör.

»Der war früher Hotelier und kann acht Sprachen. Er wird eine Erbschaft machen und wieder ein Hotel kaufen. Und der Herr dort ist ein bekannter Mäzen. Er ist verarmt und lebt vom Verkauf seiner Bilder. Bei ihm hat er sofort gesehen, daß er schwer lungenkrank ist. Man kann's ihm aber nicht sagen. Es war ein Glück, daß er sich damals beherrscht hat, manchmal kann er sich nicht beherrschen und stößt furchtbare Wahrheiten heraus.«

»Wen hat er heute vor?«

»Sie!«

»*Mich?*« Ich zeigte nur ein überlegenes Lächeln, doch innerlich erschrak ich. Ich verachtete mich sehr dafür. Aber plötzlich saß auch ich ganz ruhig, saß genau so da wie die anderen und wartete. Stumm wartete ich.

Ein großer, schlanker Herr trat ein, mit Augen, die wie blind aussahen. Alle erhoben sich. Antonia neben mir stand auf und so mußte auch ich aufstehen. »Wer ist denn das?« fragte ich.

»Das ist er.« Antonia machte schwärmerische Augen. Da sie aber so kompakt ausgefallen ist, sah es aus, als würde sie den schmalen Herrn verschlingen. Er begrüßte übrigens alle herablassend, mich mit Verachtung.

Dann nahm er an einem runden Tisch Platz und die Gäste taten es ihm nach. Mich zog Minna zu einem Stuhl in ihrer Nähe.

Man wird mich hoffentlich fragen, ob ich auch einverstanden bin, dachte ich. Ich möchte mich lieber nicht »durchschauen« lassen. Man macht sich dann nur unnütze Gedanken und fühlt sich gehemmt. Ich wollte dies gerade Minna klar machen, doch das Wort blieb mir im Munde stecken. Aller Augen waren auf mich gerichtet. Der Hellseher hatte sich erhoben. Er war totenblaß. Kalter Schweiß stand auf seiner Stirn. Er streckte seine schmale, weiße Hand aus und zeigte mit dem Finger auf mich.

»Sie haben es im Kopf!« stieß er hervor. »Im Kopf! Es ist schmerzhaft. Ein Geschwür!« rief er.

Ich griff nach meinem Kopf. Ich erstickte vor Angst. Ich litt tatsächlich an Kopfschmerzen. Besonders in letzter Zeit. Ich hatte also ein Geschwür im Kopf! Einen Tumor. Wahrscheinlich war mein Vater Syphilitiker. Und ich hab' es nicht gewußt. Das bedeutet das Ende. Ich bin fertig und erledigt. Operieren lass' ich mich nicht! Nicht im Kopf. Daß man dann mein Gehirn verschiebt. Weiß der Teufel, was dann aus mir wird! Ich will bleiben, was ich bin.

Der Hellseher hatte sich gesetzt. Aber schon hob er wieder diese unheimliche weiße Hand, schmachtend und drohend zugleich, für mich drohend, denn die andern blickten auf seine Hand, als wär er der Gottvater von Michelangelo und erschüfe die Welt.

»Sie sind tierliebend?«

Natürlich, dachte ich. Ich bin tierliebend. Wie gern ich nur die Schafe habe, auch Kühe seh ich gern auf der Alpe. Ein weißer Hase kann mich entzücken. Hunde? Hunde hab ich eigentlich nicht gern. Tauben verabscheue ich. Eine Katze, die mir zulief, brachte ich sofort dem Tierschutzverein, damit ich keine Plackerei habe. Gar so tierliebend schein ich nicht zu sein. Ich atmete erleichtert auf. Vielleicht stimmte es doch nicht ganz mit dem Geschwür. Vielleicht war es eine Entzündung.

»Ich sehe«, sagte er, – »ein Zimmer. Ein Schreibpult. Sie sitzen davor. Sie schreiben. Sie haben eine Brille auf. Das linke Glas ist stärker!« stieß er hervor.

Ich bin Schriftsteller und trage eine Brille. Sicher war auch das linke Glas stärker. Ich schloß das rechte Auge, dann das linke. Ganz klar, jeder sieht links besser als rechts, ich auch. Das kommt daher, daß in der Schule das Licht immer von links fällt. Aber er sagt doch, das linke Glas ist stärker bei mir! Ich verfärbte mich. Richtig! Ich sah mit dem rechten Auge besser.

»Ich sehe ein zweites Zimmer. Da ist ein Bild. Ein Porträt!« Er stand auf. »Ihr Vater!« rief er.

»Blendend!« sagte Minna halblaut.

»Sie haben eine starke Bindung an Ihren Vater!« rief er.

Ich wurde plötzlich ganz ruhig. Plötzlich fiel meine ganze Angst ab. Ich lehnte mich lächelnd zurück und nickte gelassen.

»In Ihrer linken Brusttasche ist ein Notizbuch«, sagte er. Ich reichte es ihm. Er streifte es mit seinen schmalen Händen, er strich darüber. »Am fünfzehnten Jänner haben Sie eine Eintragung gemacht. Sie ist bestimmend für Ihr ganzes Leben. Lesen Sie!«

Ich nahm mein Büchlein und öffnete es.

»Lesen Sie vor!«

»Das kann ich nicht«, ich verbiß mir das Lachen.

»Danke, das genügt!« sagte er und entließ mich sozusagen, indem er mich mit der langen weißen Hand in der Luft beiseiteschob.

Eine opulente Jause wurde aufgetragen. Der Hellseher war erschöpft und labte sich redlich. Ich staunte, was er verschlingen konnte. Immer füllte ihm ein anderer Gast den Teller. Ein Gast aus dem »Paradies«. Die Gäste gehörten einem Klub an, das »Paradies« genannt, wie ich dem Gespräch entnahm. Ich fand den Klubnamen treffend. Sie waren alle aus dem Paradies vertrieben. Die Pianistin, die nie ein Engagement fand, Minna, die nie geheiratet hatte, Antonia, die viel zu groß war, die schwerhörige alte Dame, die zu viel Lebenslust hatte für ihr Übel. Sie hörte kein Wort von dem, was der Hellseher sprach, aber sie »fühlte« seine Worte.

»Sie könnten doch eigentlich Millionen verdienen«, sagte Antonia, »mit Ihrer göttlichen Gabe.«

»Wieso, mein Kind?« fragte er nachsichtig lächelnd. Ich merkte, wie Antonia ein richtiges Kindergesicht bekam. Wie die ganze Last ihrer Größe von ihr abfiel.

»Wenn Sie sich zum Beispiel mit einem Finanzier zusammentun und ihm im voraus sagen, welche Papiere steigen werden. Gegen Beteiligung, natürlich.«

»Ja, und Sie könnten ein Wohltäter der Menschheit werden, Asyle stiften, Kinderheime, Greisenheime«, das war Minnas Traum.

Hier zog der Hellseher die Uhr und erhob sich rasch. Alle waren glücklich, seine Hand zu berühren.

»Ein Falschseher!« sagte ich, als er die Türe hinter sich schloß.

»Wie kannst du das sagen!« rief Minna, »es war doch alles ganz richtig!«

»Erinnere dich, daß ich ein nachgeborenes Kind bin.«

»Was ist das?« fragte Antonia.

»Nicht nur ich habe meinen Vater nicht gekannt, er hat auch mich nicht gekannt.«

»Wie? Was?« schrie die Schwerhörige.

»Er hat keinen Vater!« schrie ihr der Markör ins Ohr.

»Blödsinn! Das gibt's nicht!« erklärte sie.

»Das war entschieden ein Irrtum«, sagte der Kunstmäzen zu mir gewendet. »Es zeigt, daß man skeptisch sein muß. Dem Magnetiseur Klaas können solche Irrtümer nicht unterlaufen. Der arbeitet mit seinen ehrlichen Kräften. Ohne zu flunkern.«

»Aber es ist ihm doch kein Irrtum unterlaufen! Es ist doch alles ganz richtig, was er gesagt hat! Natürlich hast du eine starke Bindung an deinen Vater. An die Toten hat man die stärkste Bindung! Ich verstehe gar nicht, daß du dir eine solche Kritik erlaubst! Du beleidigst unseren Klub! Du hast keine Ahnung von Größe, wenn du so sprichst!« sagte Minna gekränkt.

»Hier sind die Hände!« Die Pianistin hatte sie rasch geholt, die Hände des Magnetiseurs, die Hände aus Wachs, die mich erst so erschreckt hatten. Es war symbolisch für alles, was später kam, erst lähmender Schreck, der zu Wachs wurde.

»Es sind kluge, nervige Hände!« meinte der Kunstkenner.

»Und was können sie?«

»Ihre Berührung wirkt beruhigend. Ob sie zur Heilung führt, weiß ich nicht.«

»Man muß skeptisch sein!«

»*Sie* werden uns nicht heilen!« rief mir Antonia zu. »Möchten Sie uns nicht lieber die verhängnisvolle Notiz in Ihrem Kalender zeigen? Nicht weil ich neugierig bin, aber es wäre doch interessant, zu wissen, was der Meister herausgefunden hat.«

Ich zog mein Notizbuch heraus, öffnete es, zum 15. Jänner, und reichte es Antonia. Sie kicherte ins Sacktuch hinein und gab es an die Pianistin weiter. Deren Nase wurde noch länger, verdutzt reichte sie es dem Kunstmäzen. Der sah mich bedeutsam an und gab das Büchlein dem Markör. Der gab der Kunstreiterin den Vorzug, die in lautes Staunen ausbrach. Die schwerhörige Dame riß es ihr aus der Hand, warf einen Blick hinein und schleuderte es mir wütend entgegen. Das Blatt war leer.

London. Der Zoo

Gleich beim Eintreten in den Zoo kommen einem Kamele und Elephanten entgegen. Das ist kein Mißverständnis, es sind wirkliche Kamele und Elephanten, auf deren Rücken immer gleich mehrere Kinder und Erwachsene sitzen. Der Elephant trägt sie, als wären sie Stecknadeln. Dieser Eindruck der Freiheit der Tiere und des Kontaktes mit dem Menschen verstärkt sich, je länger man den Zoo betrachtet. Da ist Jack, der Schimpanse, der Unvergeßliche! Es macht ihm Spaß, daß so viele höher entwickelte Brüder vor dem Käfig stehen und ihn bewundern, wenn er eine Zigarette raucht, die ein Zuschauer ihm reicht oder wenn er Eis ißt, manchmal aus der Schale, manchmal auf Bitten und Schmeicheln seiner Spenderin mit dem Löffel. Wenn ihn was ärgert, nimmt er seinen Kot und wirft ihn auf den Zuschauer und weil es Engländer sind, lachen sie diesmal nicht, denn es war »rude«.

Im Aquarium sieht man so merkwürdig bunt schillernde Fische, daß man sich nicht wundert, wenn sie Namen haben wie »Blue Angel Fish«. Je unähnlicher dem Menschen, desto kälter läßt die meisten Menschen das Tier. Ich gehöre zu dieser erdenschweren Sorte. Fische in allen Formen, und seien sie noch so golden, grün, gelb, blau, rot, violett schillernd ... ich mag sie nicht.

Zwischen Alpenblumen, Steinen und einem Wasserfaden, der in den Augen der kleinen Schlangen ein reißender Fluß ist, hausen diese mit Chamäleons und Eidechsen, anmutig anzusehen, aber keine Liebe einflößend wie Jack der Schimpanse. Man steigt Stufen hinauf und sieht frei von Gittern und Fesseln prachtvolle Eisbären auf Felsen sitzen, manche auf den Hinterbeinen wie dressiert. Man vergißt bei diesem schönen Anblick, daß man in Lebensgefahr ist und man ist es auch nicht, es ist eine optische Täuschung, ein Graben trennt die Bären von uns. Die Engländer werden demnächst *alle* Tiere in eine so erträgliche Gefangenschaft übersiedeln. Der neue Zoo wird ein Paradies der Käfigtiere sein.

Die Essenszeit der Tiere wird immer genau bekannt gegeben, damit das Publikum der Fütterung beiwohnen kann. Auch läßt man den Besuchern die Freude, die Tiere selbst zu füttern, sie werden im »Führer durch den Zoo« ausführlich belehrt, welche Nahrung den Tieren bekömmlich ist.

»Nach dem Zoo besuchen Sie unbedingt ›The New Madame Tussauds‹«, steht auf dem Deckblatt des Führers und das ist der Mühe wert.

Als ich hinaufging ärgerte ich mich, weil der erste Diener mein Billett entzwei gerissen hatte. Wie sollte ich diesen Papierfetzen dem nächsten vorweisen, der schon darauf wartete. Ich mache mich auf einen Wortwechsel gefaßt, denn ich bin schlecht gelaunt. Erbost seh ich ihn an und erschreck zu Tode. Er ist nämlich aus Wachs. Und so geht es mir die ganze Zeit. Wächserne Figuren halt ich für Lebende, Lebende für Wächserne bis ich in das Kabinett der jüngst gewählten Abgeordneten trete. Da merk ich erst, daß es lebende Menschen sind, geschickt zu Wachsfiguren hergerichtet. Höhnisch sehen sie mich an, mir direkt in die Augen, denn sie fühlen, daß ich sie entlarvt habe, aber ihre Blicke sind so drohend, daß ich sie nicht verraten werde, und sie wissen es. Es ist unglaublich, ist grauenhaft, aber sie sind aus Wachs. Ich frage mich gekränkt, enttäuscht, was ist Seele, was sind Übermenschen, was ist unnachahmbar, wenn diese Wachsfiguren jede menschliche Regung ausdrücken und sind von den Nachkommen der Madame Tussaud aus Gewinnsucht geformt worden.

Sehr erfreulich ist es zu sehen, was für schöne Frauen der Achte Heinrich besessen hat. Allen voran steht ER, und man sieht ihm an, er hat sie kalten Blutes umgebracht. Seine Herrschsucht steht ihm gut, er muß ihnen imponiert haben, besonders der Anne Boleyn, der Lieblichen, Schönen, Sanften, Dummen.

In der Kammer des Grauens (the Chamber of Horrors) ist alles verdunkelt damit der Zuschauer das Gruseln lernt. Das macht aber weniger Eindruck als die sprechenden Figuren oben. Hier sind Mörder ausgestellt und zwar ohne Ansehn des Motivs und der Schuld. Wer gemordet hat und sei es zu heiligem Zweck, ist ein gemeiner Mörder und wird in England ermordet. Einem sieht man von weitem den Fanatiker an und tatsächlich wollte er Louis Philipp von Frankreich ermorden und heißt Fieschi. Einem andern aber mit adeligem Äußeren bin ich hineingefallen. Gemeiner Mord. Das edle Antlitz eines Greises erschüttert durch sein geisterhaftes Aussehen. Es ist Graf de Lorge. Er war dreißig Jahre in der Bastille eingesperrt und wurde 1789 befreit. »Die Freiheit hatte jedoch keinen Reiz für ihn und er bat unter Tränen um Einlaß in seine vertraute Zelle.« Er lebte auch nur mehr sechs Wochen in der aufgezwungenen Freiheit.

Eine Frau, Mrs. Percy, wurde durch eine merkwürdige Gesichtsbildung von der Natur zur Mörderin gestempelt. Die Züge, sonst regelmäßig und fein, zeigen beim Mund so stark hervorstehende, gespreizte Zähne, daß sie den Mund nicht schließen kann und beständig an einen Totenkopf erinnert. Aber ihr abgehackter Kopf ist ergreifend schön. Sie fletscht nicht mehr die Zähne, sondern sieht ebenso wächsern, hilflos und unbegreiflich aus wie alle Toten.

Herr Hoe im Zoo

Herr Hoe war so entrüstet über die Kriege, die jetzt in der Welt wüten, daß er zum ersten Mal in seinem Leben ausfällig wurde und einen Ton anschlug, der den ganzen Stammtisch in Verwunderung setzte.

»Es gibt keine Raubtiere, sondern nur Raubmenschen«, rief er. »Eher möchte ich meine Hand in den Rachen eines Löwen stecken, als weiter unter den Räubern leben, die die Welt beherrschen! Ich bedaure nur, daß ich keinen Dschungel zur Verfügung habe, ich würde meine Behauptung unter Beweis stellen!«

»Dazu braucht es keinen Dschungel«, sagte ein Mann vom Stammtisch namens Diabolo, »wir haben den Zoo. Versuchen Sie's doch und nehmen Sie's mit den Raubtieren auf!« Finster lächelnd blickte er Herrn Hoe an.

Der warf seinen klaren Blick auf ihn und erklärte zum Staunen der ganzen Gesellschaft, dies wolle er. Er wolle zu den wilden Tieren in den Käfig steigen, und sie würden ihm kein Haar krümmen. Ja. Und er blickte um sich und seine Augen waren so hell, daß sie den ganzen Saal beleuchteten. Die Leute strömten herbei von allen Tischen und Herr Hoe lud sie ein, doch mit ihm in den Zoo zu kommen und zu sehen. Kein Wunder, sondern die Wahrheit. Das Tier vornehm und gemessen, turmhoch dem Menschen überlegen. Das Tier, das dem Menschen Hohn spricht, dem Mörder und Räuber Nimmersatt.

Er war so sehr in Schwung gekommen, daß er seine ganze Schüchternheit verlor. Er stellte sich auf den Tisch und warb um Zuschauer. Dann ließ er sich von zwei Stammtischfreunden auf die Schulter nehmen und durch die Straßen tragen. Auf der Straße rief er immer wieder:

»Räuber Mensch! – Löwe Nobel!«, bis die Leute aus allen Nebenstraßen zusammenliefen und ihm folgten.

Vor dem Zoo ließ er sich hinunterstellen und trat bei der Direktion ein. Er erklärte sein Vorhaben und zeigte auf eine tausendköpfige Menge, die draußen auf sein Experiment wartete. Der Direktor hielt ihn für einen Zirkusbesitzer, der für ihn Reklame machen wollte und runzelte die Stirn. Doch Herr Hoe hob den Blick, und als er sein klares Auge zeigte, bekam der Direktor Mitleid mit dem freundlichen Menschen, der sich offenbar verrannt hatte, und verbot ihm kurzwegs das Wagnis.

»Falls es nicht sein sollte, daß die Tiere vor mir erschrecken«, sagte Herr Hoe, »weil ich ein Mensch bin, so besteht andernfalls keine Gefahr. Ich habe lange Zeit im Dschungel gelebt und weiß mit meinen Freunden umzugehen.« Das war die erste Lüge, die Herr Hoe aussprach, und doch war es keine Lüge, denn er hatte sich das Leben im Dschungel unter den Tieren, fern von den räuberischen Menschen so lebhaft ausgemalt, daß er fast an das Erlebnis glaubte.

Und die Direktion gab sich gefangen. Es spielte da freilich der Umstand mit, daß draußen tausend Leute Eintrittskarten lösten, so viel wie im ganzen Jahr nicht zusammenkam, wo doch die Erhaltung der Tiere sehr viel kostet.

Man übergab also Herrn Hoe die Schlüssel, und gehoben schritt er allen voran dem ersten Käfig zu.

Im ersten Käfig hauste der Wolf. Das heißt er schritt hin und her, her und hin, mit nie ermüdender Hast. Herr Hoe hatte keine Angst. Der Wolf sah aus wie ein Hund. Ein hübsches Tier. Er sperrte auf und trat ein. Der Wolf fletschte die Zähne. Herr Hoe mußte denken, daß *ein* Wolf allein nicht gefährlich ist. Nur ein Rudel Wölfe ist es. Ich muß gestehen, daß Herr Hoe sich dies dachte, obwohl er doch seiner Überzeugung nach auch ein Rudel nicht fürchten durfte. Aber so ist es mit den Menschen bestellt. Sein Gehirn arbeitet unabhängig von seinem Willen, und Herr Hoe, der an die Unschuld der Wölfe glaubte, war doch froh, daß er es mit keinem Rudel zu tun hatte.

Der Wolf beachtete Herrn Hoe übrigens so wenig, als wäre er ein Apfelwurm. Das kam daher, weil er gerade zu Mittag gegessen hatte.

Oder vielleicht hielt er ihn für den Wärter, ich kann es wirklich nicht erklären. Wahr ist, daß Herr Hoe die Hände in die Taschen steckte und seelenruhig ans Gitter trat.

»Meine Herren!« rief er. »Sie sehen mich, Sie sehen den Wolf. Sie sehen, wie er rennt. Er rennt von mir weg, weil ich ein Mensch bin. Verdien ich es anders! Ich dringe bei ihm ein. Ich mache es wie meinesgleichen. Er straft mich mit Verachtung. Denn er ist ein höheres Wesen. Ein Tier!«

Tausend Stimmen riefen »Hoch!«. Seelenruhig sperrte Herr Hoe den Käfig auf, trat hinaus und schritt, einen glücklichen Glanz in den Augen, von tausend Menschen gefolgt auf den nächsten Käfig zu.

Im nächsten Käfig waren drei Schimpansen. Und ich muß gestehen, hier hatte Herr Hoe Angst. Sie waren so menschenähnlich, daß er zu zittern begann. Der eine aß Erdnüsse und spuckte die Schalen Herrn Hoe ins Gesicht. Der zweite griff in seine Tasche und zog seine Uhr. Der dritte versetzte ihm Püffe und drängte ihn hinaus. Er konnte sich dies alles nicht erklären und hatte für die Affen nur eine Entschuldigung, daß sie nämlich, wie deutlich zu sehen war, vom Menschen abstammen. Zum Glück für ihn ahnte die Menge draußen nichts von seinem Tremor. Als er so eilig den Käfig verließ, erklärten sie sich das Experiment zu leicht für einen Menschen, der soeben dem Wolf ins Auge geblickt hatte. Damit aber ja kein Verdacht auf die guten Tiere fiel, so als hätten sie sich wie Menschen benommen, ging Herr Hoe stracks auf den Löwenkäfig zu.

Darüber erschrak der Wärter tödlich, denn der Löwe hatte noch nicht zu Mittag gegessen. Er winkte Herrn Hoe und machte ihm lebhafte Zeichen. Aber Herr Hoe sah ihn nicht, und wenn er ihn auch gesehen hätte, schwerlich hätte er ihn beachtet. Denn der Löwe lag so majestätisch da, so nobel, so gar nicht menschenähnlich, daß Herrn Hoe ganz feierlich zumute wurde. Verklärt blickte er ihn an und hatte vor, auf ihn zu zu treten und seine Mähne zu streicheln. Da sprang der Löwe mit einem Satz auf. Ein Flüstern ging durch die Menge. Herr Hoe erblaßte. Und jetzt geschah das Schreckliche. Der Löwe gähnte. Es war kein schläfriges Gähnen, es war klar, der Löwe gähnte, weil ihn hungerte. Es war dem Wärter klar, es war der Menge klar, sogar Herr Hoe war sich dessen bewußt. Ja, als er sah, wie das Tier auf ihn zu kam, schloß er die Augen, damit er seiner eigenen Verspeisung nicht zusehen mußte. Der Wärter wollte sich einmengen, er sah die Gefahr, doch wagte er es nicht. Er schob darum Herrn Hoe durch das Gitter ein mächtiges Stück Fleisch hinein, das für das Mittagessen des Löwen bestimmt war. Mit eiskalten Fingern griff Herr Hoe nach dem Fleisch, und ohne recht zu wissen was er tat, nur aus einem guten Gefühl heraus, reichte er es dem Löwen hin, reichte es ihm hin, wie man einem Kinde Bisquit reicht.

Hier muß ich erwähnen, daß Herr Hoe sich täglich von Kopf zu Fuß mit einer wohlriechenden Lavendelseife zu waschen pflegt. Auch in die Wäsche legt ihm die Wirtschafterin Lavendelblüten, um die Motten abzuhalten. Vielleicht ist diesem Umstand Herrn Hoes wunderbare Rettung zu verdanken. Denn als der Löwe das blutige Fleisch roch, ließ er von Herrn Hoe ab und verschlang es. Worauf er sich zurückzog, ohne Herrn Hoe weiter zu stören.

Diesem war das Blut in die Wangen zurückgekehrt. Träge und stolz lag der Löwe da, furchtlos stellte er sich neben ihn und begann: »Meine Herren! Hier sehen Sie das Wesen, das wir ›Bestie‹ nennen. Er hat seinen Hunger gestillt, er legt sich nieder, stolz und ruhig. Indessen der Mensch nicht und nicht genug kriegen kann!«

Das »Hoch«, das Herrn Hoe empfing, klang wie aus zehntausend Kehlen. Ihr müßt aber nicht glauben, daß er seither überheblich ist. Im Gegenteil, er klagt sich an, weil er an dem Löwen gezweifelt hat. Und auch mich klagt er an, wegen meiner echt menschlichen Deutung mit dem Lavendel.

Die Flucht vor der Erde

Der wunderbare Aufstieg des großen Erfinders trug ihm viele Ehren ein. Auch an Neidern fehlte es nicht. Jeder vermochte freilich nur sein Leben nach den äußeren Ereignissen zu beurteilen. Der gelehrte Erfinder zeigte schon als Knabe hervorragende geistige Fähigkeiten; er hatte überdies eine Gabe, die verborgen blieb, er war imstande, die Menschen zu durchschauen. Dies bedrückte ihn aber unbewußt, weil der Widerspruch zwischen ihren Gedanken und Worten ihn verwirrte. Oft errötete der Knabe, weil er ihre Gedanken erriet, und die Heuchelei ihrer Worte machte ihn mißtrauisch und scheu. Diese Fähigkeit brachte ihm auch in der Folge mehr Schaden als Nutzen, er wurde nämlich ungewöhnlich ernst, indem mit dem Menschen, den er so klar vor sich sah, auch dessen Schicksal auf ihn überging, eine große Bürde für einen jungen Menschen mit starken Empfindungen. Weiters wurde er in seinem Umgang wählerisch, und wer viel wählt, wird bald allein sein.

Auf seinen Ernst ist es zurückzuführen, wenn ihm seine großen wissenschaftlichen Erfolge nicht die entsprechende Befriedigung gewährten, er nahm sie vielmehr als etwas Selbstverständliches hin, als Kompensation für seine zähe Arbeit, ohne sich ihrer zu freuen, freilich auch ohne sich zu überheben.

In seinen freien Stunden empfand er eine große Leere. In seiner Jugend hatte er weite Reisen unternommen, wodurch ihm jene Sehnsucht vorweggenommen wurde, die jeden phantastischen Menschen packt, die Welt auch zu sehen und in ihr zu erleben. Der Sehnsüchtige konnte einer Erfüllung zustreben. Die Monotonie hatte sich in seinem Leben breit gemacht.

Je einsamer ein Mensch lebt, desto rätselhafter erscheint

ihm eine plötzliche günstige Wendung in seinem Geschick, weil er selbst nichts getan hat, um sie herbeizuführen und weil er nichts erhoffte. Auch der Gelehrte wurde mit einem Schlag in Staunen und Unruhe versetzt.

In einer Gesellschaft sah er eine Künstlerin, die wirklich eine Lockspeise des Schicksals zu sein schien, wie ein großer Philosoph sich ausdrückt. Bei ihrem Anblick fand jeder plötzlich, er habe sich in einem großen Irrtum befunden, sein und der andern Leben für ernst und düster zu halten. Er fand, der zauberhafte Zustand, in welchen dieses glücklich gebildete Geschöpf jeden versetzte, sei das wirkliche Leben, alles frühere sei verfehlt und Täuschung gewesen und beschloß, sein Leben von Grund auf zu ändern. Fragte man, wodurch dieses seltsame Wesen diese Umwandlung bewirkte, so gab jeder eine andere Antwort. Ihre Schönheit, ihre Kunst, ihre betörende Stimme wären faszinierend. Im Grunde waren es alle ihre Vorzüge, die dieses junge Weib so glücklich machten, daß ihre Ausstrahlung alle gefangen nahm. Wie alle heiteren Menschen, glaubte sie immer an Erfolge, und wirklich gelang ihr alles, worüber sie nicht weniger verwundert war als ihre Umgebung. Und ihre Aussprüche schienen gerade das zu beinhalten, was jeder längst geahnt und was nur sie zu prägen verstanden hatte. Zuweilen war sie von sich selbst berauscht, riß alle mit, riß den Gelehrten aus seiner düsteren Ruhe.

Er war besessen. Er fragte sich nicht einmal, wie seine Leidenschaft aufgenommen würde. Unmöglich konnte sie, die ihm ein so starkes Gefühl einflößte, unbeteiligt sein. Stürmisch gestand er ihr. Lieferte sich ihr aus! Sie nun hatte eine ihr selbst rätselhafte Abneigung empfunden, sich für einen ihrer vielen Freier zu entscheiden, aber dem sonderbaren Mann war sie sofort geneigt, und ihre Antwort war ebenso freimütig wie seine Werbung.

Die schönste Zeit seines Lebens war gekommen. Sah er

sie nur von weitem, dann erschrak er so heftig, daß er taumelte und sich sammeln mußte, leicht konnte sonst ein Übermaß an Gefühl das feine Wesen abstoßen. Sah er ihr Gesicht, das geheimnisvolle Licht in ihren Augen, das verhaltene Lachen in den Mundwinkeln, dann schien ihm alles Phantastische und Schöne in ihm in diesem Gesicht ausgedrückt, das SEIN Gesicht war. Und ihr wieder war, als hätte sie ihn schon immer gekannt, ja, als erinnerte sie sein Gesicht an ein früheres Leben. Beide waren so überschwänglich, daß es bald dem einen schwer fiel, seine Gedanken von denen des andern loszulösen. Viel Möglichkeit zur Entfaltung bot ihr sein großes Verständnis der Kunst. Behutsam und zärtlich pflegte er ein Kunstwerk mit den Augen zu streicheln, zu betasten, zu enträtseln und dem Beschauer, selbst dem Künstler wußte er oft mehr zu sagen, als dieser beabsichtigt hatte und jener sehen konnte, und ohne daß sie es merkte, brachte er die mehr begabte als ernste junge Künstlerin dahin, die Kunst schwer zu nehmen. Diese Wandlung vom genialen Spiel zum reifen Können bewirkte eine Entwicklung ihrer bezaubernden Person zu einer Persönlichkeit. Und diese Umwandlung nahm ihr viel von ihrem Reiz. Ruhiger Ernst verdrängte ihr verheißendes Lächeln, die Schatten, die im Zusammenleben zweier Menschen, mochten sie auch besonderer Art sein, unvermeidlich sind, hatten tiefe Schatten in ihr Gesicht gegraben. Der Gelehrte sah diese Wandlung, er las in jeder Veränderung ihren inneren Zusammenhang, und er liebte jede Veränderung, weil er die Ursache liebte. Wenn ihr Einssein sie zu Zeiten so verwirrte, daß sie vor sich selbst verblaßten, trennten sie sich auf kurze Zeit, um sich zu sammeln. Als sie einmal völlig verstrickt waren, beschlossen sie, ein halbes Jahr jeder für sich zu leben. Sie wollte verreisen, um ihre Liebe zu erproben, wie sie lächelnd sagte, denn das Erhebende ihrer Verbindung war, daß keine

Zweifel sie ankränkelten. Sie wählte die Hauptstadt Frankreichs, die dem Künstler unentbehrlich ist, weil sie an sich ein Kunstwerk ist, was die Sphäre, die Sprache, die Schätze, die Menschen, die Geschichte anlangt. Anfangs schrieben sie einander nur selten, damit sich jeder möglichst frei vom andern fühle. Je näher jedoch der Termin ihres Wiedersehens rückte, desto stürmischer wurden ihre Briefe.

Als der Tag ihrer Rückkehr gekommen war, erwartete er sie in seinem Hause, um ihr unbeobachtet zu begegnen. In der ersten Zeit ihrer Trennung empfand er diese Pause in ihrem Zusammensein wohltätig. Er hatte Ruhe, über ihre Begegnung zu staunen, alle hastigen Eindrücke einzuordnen, das Schöne an sich vorüberziehn zu lassen und was bei Erinnerungen solcher Art so schmerzlich ist, die Wehmut fiel weg, denn er hatte nichts verloren, sie waren im Gegenteil durch ihre Trennung für ihre edle Verbindung reifer geworden. Als seine Gedanken sich aber dann allmählich auf ihn selbst konzentrierten, verfiel er in jenes Dunkel, in jene Freudlosigkeit, in jene Hoffnungslosigkeit, vor der sie ihn errettet hatte. Er wußte, nur sie konnte ihn von dieser Schwere befreien, und seine Sehnsucht zeigte sie ihm, wie sie war, als er sie zum ersten Mal sah, berauschend und selbst berauscht. Er war krank vor Angst, es könnte ein Hindernis die Erfüllung seiner Sehnsucht verzögern. Als sie kam, erschrak er. Eine reife Frau stand vor ihm, deren feine Glieder von edler Müdigkeit gezeichnet waren. In ihren Zügen aber las er seinen Ernst. SEINE Grübeleien, SEINE Zweifel. Diese Veränderung hatte er zum größten Teil miterlebt, aber jetzt erst erfaßte er sie. Wieder sah er sein Gesicht vor sich, aber dieses, das er floh, das ihn bedrückte, das er nicht sehen wollte, das er nicht liebte ...

Der Zauber der Unberührtheit von der Wirklichkeit war von ihr gewichen, jener Zauber, der allein ihn sich selbst entreißen konnte. Er liebte nicht mehr ... Diese Erkenntnis trieb ihn fast zum Wahnsinn. Er verhöhnte sich selbst, weil ein so großes Gefühl sein kurzes Leben nicht überdauern konnte, er verfluchte die Erbärmlichkeit des menschlichen Wollens, das seine Gefühle nicht zu lenken vermag, er suchte krampfhaft seine Liebe in ihrem Antlitz wieder, er bettelte stumm zu ihr um seine Liebe, seine Verehrung zu ihr wuchs in Unermeßliche, aber er liebte sie nicht mehr. Sie erkannte seinen Zustand. SEIN Gesicht hatte sie gesucht, suchte sie immer wieder, sie sah keine Möglichkeit ohne ihn weiterzuleben, sie kam sich verstoßen vor, ausgestoßen aus dem Licht, der Wärme, der Gnade, weil er sie nicht liebte. Sein Anblick erhöhte ihren wilden Schmerz, sie wollte allein die Entscheidung abwarten, ob sie ohne ihn leben konnte. Er wollte sie anflehen, ihn nicht zu verlassen, er brauchte ihre warme Menschlichkeit, aber er schämte sich vor ihrer Größe und ließ sie.

Und er irrte durch die Straßen, als suchte er was er verloren. Dann wieder saß er am Rande der Stadt und schrie seinen Schmerz hinaus, er schrie und klagte an und wußte selbst nicht wen. Er sah nur die Sterne über sich, nichts als Sterne über und um sich, und er beschwor die Sterne, ihn zu erhören. Seine unerklärliche Sehnsucht, sein unbestimmtes Verlangen nach Erhörung wurde so groß, daß er sich selbst Erfüllung vorgaukelte, die ihm von den Sternen kommen würde. Ihm schien, als gälte seine Sehnsucht den Sternen, er fühlte eine Verbindung mit den Sternen: durch sein großes Leid war er über die Erde hinausgewachsen, er war überzeugt, kam er erst aus dem Dunstkreis der Erde hinaus, dem Dunstkreis kleinlicher Sorgen, Wünsche, Schmerzen, die Sterne würden ihn zu sich ziehen. Er arbeitete nun fieberhaft und baute sich vortrefflich konstruierte Flügel, und in einem Affektzustand flog er wirklich zu den Sternen.

Er flog hoch hinauf und befand sich in einer Art Ekstase.

Plötzlich verspürte er einen Riß ähnlich dem Riß eines Eisenstücks, wenn es von der Magnetnadel losgelöst wird. Und dann stürzte er. Er verlor keinen Augenblick die Besinnung und erwartete den furchtbaren Anprall, der ihn zerschmettern würde. Diese Pein zog sich endlos hin, denn das Schwingen seiner Flügel verlangsamte seinen Sturz, fast schwebte er. Und dann wagte er einen Blick und sah die Erde schrecklich nahe! Mit Entsetzen erlebte er schon im voraus den Todesstoß! Und dann fühlte er Wellen über sich gleiten, Wellen, die ihn streichelten. Und dann lag er unverletzt auf grünem Laub. Er war in einen Baum gefallen.

Und dann war ihm so wohl wie noch nie. Er zog den würzigen Geruch des Laubes ein, er fühlte sich behutsam angefaßt und getragen, ihm war als hätten plötzlich andere die Verantwortung über ihn übernommen, die Schwere des Lebens hatte man ihm abgenommen. Er hörte die Gespräche um sich, sah wie er in einer Hütte geborgen wurde, begriff, was um ihn vorging, aber er rührte sich nicht. Er fürchtete den Zauber zu brechen.

Er befand sich in einem gefährlichen Zustand. Ein merkwürdiges Erlebnis hatte ihn von seinem Wahn befreit; er war, wie ihm schien, von den Sternen eisig abgeschüttelt worden, und auf wunderbare Weise hatten ihn Erde und Menschen aufgenommen. Es hatte eines großen Erlebnisses bedurft, um seinen Geist zu retten, doch der kleinste Anlaß konnte ihn wieder in seinen krankhaften Zustand zurückversetzen, wenn er nicht Zeit hatte, seine Seele zu stärken. Er empfand das selbst, behütete sich selbst vor der leisesten Änderung und wagte sich nicht aus seiner jetzigen Umgebung heraus. Er wohnte jetzt in der Peripherie der Stadt, und sah dem Leben der Arbeiter zu. Diese Menschen, die alle, ob gut oder hart, den Stempel der Unschuld tragen, weil sie ahnungslos sind, rührten ihn und beruhigten seine verwickelten Gedanken. Diese Ahnungslosen verschwendeten sich selbst in unaufhörlicher, nutzloser Arbeit, und dennoch haderten diese Träger des schwersten Kreuzes nicht mit dem Schicksal und sahen keine Rätsel. Die Einförmigkeit ihres Lebens, ihrer Arbeit hatte etwas Lebensbejahendes. Wie stark mußte das Leben in ihnen sein, wo es sich unter solchen vernichtenden Bedingungen behauptete. Auch diese Erfahrung tat ihm wohl. Er liebte diese Menschen und versuchte, sie zu erobern. Wer die Menschen gewinnen will, muß ihr Gesicht annehmen können. Das Vertrauen des Knechtes erringt, wer es versteht, zu seinem Pferd zu sprechen, man muß dem Pferd zärtliche Namen geben, es loben oder tadeln, genau wie der Knecht. Seine Qualen und die Einsamkeit, in der er sie trug, hatten den Gelehrten versteinert. Und die Liebe für alle Menschen um ihn, die sich in ihm regte, durchbrach nicht seine äußere Starre. Sein lautloses Werben merkten sie nicht, und weil er nicht imstande war, ihr Gesicht anzunehmen und ihre Sprache zu sprechen, begegneten sie ihm mit Mißtrauen.

Wäre sein Zustand weniger gefährlich gewesen, hätte es nicht eines geringen Anstoßes bedurft, um ihn zu entmutigen, so hätte sich in kurzer Zeit alles zum Guten wenden können. Mit der Zeit würde sich seine Umgebung an ihn gewöhnt und ihn verstanden haben. So aber war er beim ersten Mißerfolg aufs tiefste getroffen und zog sich in die Einsamkeit zurück. Der Krebsgang der Wissenschaft entmutigte ihn, verglichen mit der Unendlichkeit der Gedanken. Und statt nun zu arbeiten verfiel er in gefährliche Grübeleien. Bald sah er die Erde mit dem schmerzlichen Blick des Ironikers, bald mit dem harten des Realisten, aber immer ins Maßlose getrieben durch seine überspannte Phantasie. Er schrieb eine verbitterte und groteske Schilderung der Erde, gesehen mit den Blicken der Überirdischen. Die Überirdischen, schrieb er, sehen im Greis nicht den an Jahren alt gewordenen Menschen, der Greis ist ein Produkt der Seelensektion der Überirdischen. Genau wie wir die Körper der Tiere, sezieren die Überirdischen unsere Seelen. Der Greis ist das Produkt, das sie bestaunen, weil er ihren endlos quälenden Versuchen standgehalten hat. Mit diesem Resultat haben sie sich selbst übertroffen.

Diese merkwürdigen Anschauungen verfocht er in allen Details so zwingend und geistreich, daß es schwer war, sich ihrer schädlichen Wirkung zu entziehen. Diese ironische Betrachtung der Erde hätte ihn vielleicht vor seinem Untergang retten können, mit der Beendigung des Werkes endete aber seine merkwürdige Weltanschauung, jedoch ohne seine Qualen zu enden.

Vielmehr verfiel er jetzt in eine irdische, fast wissenschaftliche Betrachtung der Erde, indem er sehr überzeugend und konsequent entwickelte, wie der Mensch zu Stein wird und der Stein zum Menschen, und wie es aus dieser Mühle der Qualen kein Entrinnen gebe. Dieser Unglückliche quälte sich nicht nur mit seinem eigenen Dasein ab, sein kranker Geist zwang ihn, sich in alle Daseinsformen vom kleinsten Meerestier bis zum Menschen hineinzuversetzen und alle Martern zu ertragen, die jedes einzelne Dasein zu gewärtigen hatte. Er sah, wie ein Stück seiner selbst als kleinstes Meerestier verschlungen wurde von einem größeren Meerestier, und es marterte ihn. Das Wesentliche vergaß er in seinem Wahn. Sollte wirklich der Mensch einen solchen Kreislauf durchmachen, so hatte er in anderer Form nicht das Bewußtsein, das er als Mensch hatte und konnte dann auch nicht leiden wie der Mensch. Kam ihm in lichten Augenblicken dieser tröstende Gedanke, dann verletzte ihn wieder die Schmach, die dem hochentwickelten Wesen widerfährt, wenn es aus seinem ahnungslosen Dasein wieder in Dumpfheit fallen muß.

Und so gewährte ihm auch der Gedanke an den Tod keinen Trost, weil er sich mit grausamer Logik erklärte, wie er nach seinem Tode immer wieder in einer Form auf Erden zu sein verdammt sein würde, obwohl das Dasein ihm verhaßt war. Und selbstquälerisch sah er sich dann in solcher Gestalt, in welcher er völlig hilflos, nicht einmal die Möglichkeit haben würde, dem schrecklichen Kampf durch Tod ein Ende zu machen.

Da verfiel er auf einen teuflischen Ausweg. Es ist nicht zu fassen, mit wieviel Kraft und Eifer der scheinbar Gebrochene an dem Werk seiner eigenen endgültigen Zerstörung arbeitete. Hätte er nur halb soviel Energie angewandt, es mit dem Leben zu versuchen, er hätte gesiegt. Aber das hatte ihn ja in seine rettungslose Verzweiflung hineingetrieben, daß ihm der Glaube fehlte. Fehlte ihm nicht der Glaube, er wäre durch seine eigene Theorie zu überzeugen gewesen, indem es dann nicht schwer gefallen wäre, ihm klar zu machen: wenn es eine Entwicklung in seinem Sinne gab, so war nicht einzusehen, warum es keine unendliche Entwicklung geben sollte (die höhere Stufe zu erkennen, ist dem Menschen ebenso unmöglich, wie dem Tier, zu wissen, daß der Mensch ein höheres Wesen ist). Wäre es möglich gewesen, ihn zu überzeugen, daß der Mensch nicht das höchstentwickelte Wesen sein mußte, daß die Stufe der Entwicklung, auf der der Mensch stand, nicht die höchste Stufe war – dies wäre seine Rettung gewesen.

Wie alle Menschen, in denen ein Wahn latent ist, verstand er es meisterhaft, seinen Zustand zu verbergen. Als er seinen unerhörten Plan entdeckte, wußte er sofort die Regierung für sich zu gewinnen, ein solches Interesse heuchelte er für das Experiment selbst, an dessen Mißlingen er keinen Augenblick zweifelte.

Es fiel auch nicht ein Schatten eines Verdachtes auf ihn, und wer ihn geäußert hätte, lief Gefahr, für irrsinnig gehalten zu werden. Er machte der Regierung den Vorschlag, eine Rakete zu bauen, vermittels welcher er in den Weltraum und wieder zurückgelangen wollte, um so der Erde unschätzbar wertvolle Berichte über seine Wahrnehmungen im Weltraum zu geben. Er legte seine Pläne vor, die von den höchsten Experten als genial bezeichnet wurden und dem dringenden Einwand verschiedener Regierungen, die um sein Leben fürchteten (es hatten sich mehrere Experten für das Experiment zur Verfügung gestellt), wußte er durch seine Überzeugung von seinem Gelingen zu begegnen. Sein geheimes Ziel ist aber, seine irdischen Reste aus dem Bereich der Erde zu bringen, um jedem Wiederwerden auf ewig zu entrinnen. Und jetzt arbeitet er mit heißem Bemühen an dem Bau der Maschine, – an der raffiniertesten Form der Selbstvernichtung. Möchte mit Beendigung des fürchterlichen Meisterwerks auch sein Wahn zu Ende sein.

Drei Viertel

I

Anna entschloß sich doch, die Beine über den Bettrand zu werfen. Zaghaft stellte sie sich auf und schlich ins Badezimmer. Sie löste das Hemd und begann sich schwächlich abzureiben. Sie zupfte dabei mehr an ihrem Körper herum als sie sich wusch. Sie hob das Handtuch und versteckte das Gesicht. Jetzt hatte sie kein Gesicht, und das erlöste sie. Ihre Haut atmete jetzt, ihre Glieder waren befreit. Wie schön sie war – ohne Gesicht.

Das Frühstück nahm sie stehend in dünnen Bissen, schlüpfte zugleich in den Mantel und hob den Pelzkragen hoch. Der breite Hut versteckte sie so sehr, daß ein Passant neugierig den Schritt hinter ihr beschleunigte. Er sah nur ratlose Augen, nicht einmal die Farbe ließ sich bestimmen.

Sie stieg in die Stadtbahn und lehnte sich an ein Fenster. So fühlte sie ihren Körper. Sie schob den Kragen höher über das Gesicht.

Eine Kanzlei war ihr Ziel, sie lag in einem Wohnhaus. Der Raum war wie ein Hofzimmer. Aber sie verlor hier ihre Zaghaftigkeit, es schien, als wäre diese Düsterheit ihre Luft. Sie ging auf die Schreibmaschine zu, in Hut und Mantel, und betastete sie, wie ein Galeerensklave nach dem Ruder greift. Mit einem Lappen wischte sie über die Maschine. Dann begann sie den verstaubten Schreibtisch zu ordnen. Sie ahnte selbst, daß sie die Papiere eher in Unordnung brachte. Ihr Blick fiel auf Mimosen in einer Vase. Sie waren noch frisch. Sie hob sie heraus und trocknete die Stengel mit dem Lappen. Dann hüllte sie sie in Schreibpapier. Mit den Blumen in der Hand trat sie zum Fenster.

Genau gegenüber stand jetzt ein Mädchen vor dem Haustor. Ein Mädchen, das sehr klein aussah. Anna schloß den Pelzkragen und lief mit den Blumen auf die Straße.

Das Mädchen, dem ihr Eifer galt, hatte den Hut so weit nach rückwärts geschoben, daß er fast hinunterfiel, wie man es bei kleinen Schulmädchen sehen kann. Das dichte Haar mochte beim ersten Blick als Grund dafür gelten. Denn ein kleines Schulmädchen war es nicht.

Zuerst dachte Anna: Den Hut verliert sie, weil sie zu viel Haar hat. In der Nähe aber dachte sie: Es ist nicht das Haar, es ist der Rücken, und der Name Maria paßt nicht zu ihr. Laut sagte sie:

»Ich wollte Ihnen diese Blumen geben.« Sie blickte fanatisch auf den Rücken.

Maria hob zornig die Augen. Aber als sie Annas Gesicht sah, dieses Gesicht, griff sie nach den Blumen.

Anna versuchte noch einen Blick auf den Rücken, und es war, als gälten die Blumen dem Rücken.

»Meine Freundin soll kommen, ich weiß nicht, wo sie bleibt, sie wollte mich mit Ihnen bekannt machen. Ich bin Anna. Ich möchte Sie gern kennen lernen, sie hat Ihnen von mir schon gesprochen.«

»Ich entsinne mich.« Maria blickte entsetzt das Gesicht an.

»Ich seh Sie jeden Tag mit Ihrem Bruder vorbeigehen, wenn ich Maschine schreibe. Ich hätte gern mit Ihnen gesprochen.«

»Sie brauchen nur über die Straße zu gehen, besuchen Sie mich.«

»Da hab ich Glück«, sagte Anna und fühlte sogleich die Unvereinbarkeit des Wortes mit ihrer Person. Auch Maria war peinlich berührt und wandte sich ab.

»Kommen Sie morgen nach Schluß.«

»Werden Sie wirklich zu Hause sein?«

Niemand verträgt so viel Demut. Maria sagte nur: »Ich erwarte sie.«

»Manchmal wird es aber halb sieben.«

Sie reichte Anna rasch die Hand und ging. Anna sah ihrem Rücken nach. Dem Rücken, der schief und verwachsen war, als hielte sie einen Knäuel unter der Bluse versteckt. Ein Buckel.

Maria fühlte diesen Blick. Sie begann zu laufen. Sie lief wie gestoßen. Sie sprang beim Laufen über eingebildete Abgründe. Sie hetzte sich selbst weiter. Erst an der Kreuzung drehte sie den Kopf und als sie Anna nicht mehr sah, hob sie den Strauß Mimosen und warf ihn mit großem Schwung über den Straßenrand.

Einige Gäßchen weiter trat sie in ein Haus mit hohem Portal. Die Marmorstufen und Marmorwände waren eine eisige Mahnung: nur klassisch schöne Gestalten haben ein Recht hier hinaufzuschreiten.

Vor der Türe des berühmten Orthopäden zog sie die Glocke. Er öffnete selbst. Und obwohl er klein war, blickte er durch seine Gläser auf sie herab. Er führte sie in den Turnsaal III mit den schwersten Geräten. Sie zog sich hinter dem Vorhang aus und trat im Turnanzug heraus. Wie ertappt stand sie da. Der Arzt faßte sachkundig ihren Rücken an. Er betrachtete ihn schonungslos. Er schraubte ihn in einen Sessel, er schraubte immer fester. Er rieb und preßte ihn. Dann verordnete er Radübungen und begab sich in den Turnsaal II zu den mittelschweren Fällen.

Maria lag zusammengekauert.

Anna war nach der Begegnung in die Kanzlei zurückgekehrt und hatte sich in ungeschickter Eile an die Schreibmaschine gesetzt. Ein Geräusch lenkte sie ab, ein lebhaftes Öffnen von Türen, ein lebhafter Schritt. Britta stürmte herein. Sie fiel über sie her und küßte sie. Anna, gerührt weil so viel frische Schönheit sie umarmte, versuchte ein Lächeln.

»Britta! Warum kommst du so spät! Ich hab schon mit ihr gesprochen.«

»Du hast mit ihr gesprochen! Hast du etwas erreicht?«

»Ich darf sie morgen um halb sieben besuchen.«

»Du mußt ihr sehr gut gefallen haben.«

»Ich weiß nicht.«

»Du, Anna, hat sie wirklich diesen Bruder?«

»Ich seh ihn jeden Tag.«

»Ist er wirklich so groß?«

»Wenn er mit ihr geht, bückt er sich zu ihr hinunter. Er begleitet sie immer.«

»Wie sieht er aus?«

»Wie ein Kapitän.«

»Blond?«

»Blondes Haar, blaue Augen. Lichtblau.«

»Hör mal, Anna, am Ende ist das gar nicht ihr Bruder!«

»Das ist ihr Bruder.«

»Woher weißt du das so bestimmt?«

»Ich weiß es ganz bestimmt.«

»In der Schule wissen sie nichts davon, daß sie einen Bruder hat. Das kann ihr Kusin sein, sogar ihr Freund. In der Schule finden sie sie hübsch, ihren Kopf natürlich, dem Deutschprofessor voriges Jahr hat sie sehr gefallen. Mir gefällt sie nicht, sie ist mir zu blaß. Wenn der Deutschprofessor sie aufgerufen hat, ist sie noch blässer geworden. Sie ist ganz interessant, das geb ich zu. Warum glaubst du aber, daß es ihr Bruder ist, Anna?«

»Ich hab dir doch erzählt, wie sie miteinander reden.«

»So kann auch ein Freund reden, gerade ein Freund.«

»Aber er geht doch jeden Tag mit ihr weg!«

»Das ist kein Grund, Anna, du bist schon wieder verrannt.«

»Aber ich hab über ihn gesprochen!«

»Und sie hat gesagt, daß er ihr Bruder ist?«

»*Ich* hab es gesagt, sie hätte doch widersprechen müssen.«

»Ach, das wußt ich nicht, das ist natürlich etwas anderes. Da hast du recht. Sag mal, was hat er für einen Beruf?«

»Er muß Kapitän sein.«

»Das gibt es doch bei uns nicht mehr, wir haben keine Flotte, Anna.«

»Dann war er Kapitän. Er sieht so aus, er hat immer ein offenes Hemd, ganz offen und eine braune Haut und seine Haare fliegen.«

»Hat er dasselbe Haar wie sie?«

»Seines ist viel schöner, ihres glänzt nicht.«

»Mir gefällt ihr Haar auch nicht, bei uns in der Schule treiben sie so viel mit ihr, das ist natürlich, weil sie diesen Höcker hat. Weißt du, wie er heißt?«

»Bent.«

Bent und Britta, dachte Britta.

»Der Name paßt nicht zu ihm.«

»Das ist doch ein schöner Name, welcher paßt denn zu ihm, Anna?«

»Giselher.«

»Giselher ist abscheulich.«

»Nein, Giselher paßt zu ihm. Ihr Name paßt auch nicht zu ihr.«

»Maria?«

»Sie kann nicht Maria heißen, höchstens Marie. Mit dem Buckel.«

»Du, das darfst du ihr aber nicht sagen, sie kann es nicht leiden, wenn man sie Marie nennt.«

»Glaubst du, wird er morgen auch zuhause sein?«

»Das weiß ich nicht, ich hab ihn nie gesehen, ich war allerdings nur einmal bei ihr. Sie hat auch nie über ihn gesprochen, sie ist sehr verschlossen. Ich hätt ihn ganz gern gesehen, natürlich nur, weil es mich interessiert, daß er so gesund ausgefallen ist. Das soll übrigens vorkommen.«

»Du kannst morgen hinkommen, wenn ich dort bin.«

»Du, Anna, ich stör dich schrecklich, du sitzt vor der Maschine und ich halt dich auf. Klapper ruhig weiter, ich muß in die Stadt, ich brauch ein neues Racket. Wir sehen uns dann morgen.«

Wieder neigte sich das glückliche Geschöpf über Annas zerknittertes Gesicht. Dankbar sah diese ihr nach. Dann wandte sie sich der Maschine zu. Die Maschine lief nach einem alten System. Aber die Sprünge und Widerstände der alten Maschine waren ihr recht. So bedeutete der Blick auf die Uhr ihr noch mehr. So ging alle ihre Sehnsucht nach der alten, vergilbten, riesigen Uhr an der Wand.

Endlich war die Zeit gekommen. Sie schlüpfte in den Mantel, zog den Kragen hoch, drückte den Hut ins Gesicht und eilte zum Postamt.

Sie ging durch einen Korridor mit Schaltertüren. Die Schalterfenster waren verschiebbar und richteten die strenge Fassade gegen das Gesicht des Publikums, als würden den hochmütigen Beamten nur die Hände interessieren. Das Publikum aber konnte oben durch den Spalt den ganzen Innenraum überblicken und sah erstaunt, daß die Einteilung der Schalter trog. Die Beamten saßen nicht eingeteilt, sondern lose in einem großen, lichten Zimmer und das einzig Stereotype für sie waren die Hände am Schalterfenster unten und die Augenpaare oben.

Am letzten Schalter wurde Geld gewechselt. Der Beamte arbeitete wohl etwas gemächlich, doch ging eine solche behagliche Ruhe von dem Mann aus, daß das Publikum sich besänftigte. Anna stierte durch den Spalt. Seine Finger streichelten die Geldnoten, streichelten das Schalterbrett, streichelten das rasierte Kinn, und alles an ihm, das rasierte Kinn, die weichen Finger, die angeklebten, spärlichen Haare schien ihr vornehm. Und auf einmal begann der Mann sich ihr zu nähern, und obwohl er auf seinem Platz blieb, trat er doch heraus, rückte an sie heran, kam in fleischliche Nähe, brauchte Gewalt, drückte sie an sich, besiegte sie, besiegte sie so sehr, daß sie sich anhalten mußte.

Er griff nach ihrer Geldnote. Er sah den grünen Stein an ihrer Hand, er erkannte die Augen, er sah, daß keine Partei mehr wartete, sah, daß es zwölf Uhr war, atmete mit Behagen, und stieß das Schalterfenster heftig auf.

Sein entsetztes Gesicht erschien im Rahmen.

Anna nahm das Papiergeld in Empfang, hielt die kleinen Noten lose vor sich hin, ging durch den langen Korridor, und kam auf die Straße. Sie gelangte ins Kanzleizimmer und drückte sich in den Lehnsessel. Sie zupfte mit leblosen Fingern an ihrem Körper herum, wie ein Sterbender an sich zupft.

II

Maria schlug die Augen auf. Das Zimmer war hell. In einer Vase standen Rosen. Ihr Blick fiel auf glänzende Seide in bunten Farben. Sie nahm eine Lage heraus, ein Seidenhemd, und prüfte ängstlich die Breite. Überzeugt, daß es zu eng war, zog sie es heftig über, zerrte daran, rot vor Wut, und warf das Hemd zerrissen und zerknüllt in eine Ecke.

Sie schlüpfte aus dem Bett und trat vor den Spiegel. Es war ein ganz kurzer Spiegel über dem Waschtisch und er zeigte ihr nur das Gesicht. Sie strich die Haare zurecht und wunderte sich über ihre schmalen Hände und dann prüfte sie, ob ihre Mundwinkel huldvoll herabgezogen waren. Sie wusch sich und bewunderte sich im Seifenschaum, in Wasserperlen und versteckt hinter wirren Strähnen.

Als die Pflege des Kopfes beendet war, trat sie weit ab vom Spiegel. Nachlässig schlüpfte sie in ein dunkles Faltenröckchen und in eine zarte Bluse aus chinesischer Seide.

Im hellen Zimmer fiel ein Lehnstuhl auf. Er hatte einen hohen, würdigen Rücken. Als sie darin saß, schien es, als wäre sie jetzt ganz sie selbst. Sie hatte ihren Raum, sie hatte keine Seite, keine Rückseite, sie steckte im Schutz der hohen Lehne wie eine Puppe in einer Schachtel.

Das Frühstück wurde nebenbei erledigt. Ein feiner Band lag auf dem Tisch, er lag feierlich da, wie ein sorgfältig ausgewähltes Geschenk. Sie betrachtete das Buch und blickte ins Licht und nun geschah es, daß ihre Wimpern in die Lichtstrahlen übergingen, diese haarigen Regenbogen spielten dieselben Farben wie die Fontäne im Park.

Eine Stelle im Buch trieb ihre Erregung hoch, so daß sie sie mit Bleistift anstrich. Sie war aber von diesem Augenblick an nicht mehr fähig, weiter zu lesen und machte sich zum Ausgehen bereit, immer den Vers auf den Lippen.

Vor den Geräten im Turnsaal III wurde der Vers sorgfältig versteckt und kam erst wieder auf dem Heimweg zum Vorschein. Sie stellte mit Erstaunen fest, daß ihre Seele im Innersten ihres Körpers steckte, sie hätte körperlich bezeichnen können, wie die Kraft zu ihr drang, und dies enttäuschte sie.

Erst daheim im hohen Betstuhl bekam sie Haltung. Das wächserne Gesicht, besonders aber das helle Haar ließen erwarten, sie werde sogleich ein Spinnrocken vornehmen und in ihren eigenen Haaren weiter spinnen. Bei Tische: der Vater sah aus wie ein mißlungenes Kind, die Backen noch immer rund, die Augen noch immer vertrauend, die Stimme wie eine Trommel. Sie wartete darauf, sich ungestört zu vertiefen, und ihr schien, als müßte sie immer das Leben weiter stoßen, ihre Tage mit Gewalt vergeudend.

Als sie endlich das Buch vor sich hatte, geschah es, daß die Türe sich zaghaft öffnete, Anna zwängte sich durch, als wäre es bei Strafe des Lebens verboten, die Türe eine Handbreit weiter zu öffnen. Und dann blieb Anna ratlos im Zimmer stehn.

Maria rührte sich nicht von ihrem Thronsessel. Anna blickte auf den großen Strauß Rosen in einer Vase und legte Mimosen daneben.

Maria war erschrocken. Aber als sie sich gegen jede Einfühlung gepanzert hatte, erfaßte sie Befriedigung über Annas Häßlichkeit, ja, sie begann diese Häßlichkeit zu benennen. Sie blickte ungerührt auf die zerknitterte Haut, die schütteren Haare, die schon in Farblosigkeit übergingen, die dünnen Züge und die Augen, deren Lider zu dürftig ausgefallen waren, so daß die Augen jedem Blick preisgegeben schienen und doch nicht blicken konnten.

Als sich Anna aber niedersetzte, an den Rand des Sessels, und so, als wäre es bei Strafe des Todes verboten, diesen auch nur ein Stückchen wegzurücken, verlor sie das Abstoßende. Ihre armen Augen sahen sich nicht um, sondern blieben ganz zufällig an einem beleuchteten Fenster am Hause gegenüber stehen.

»Die sind glücklich«, sagte Anna.

»Die sind sicher nicht glücklich. Ich seh sie jeden Nachmittag so sitzen. Ich weiß nicht, wie sie zusammengehören, wissen Sie es, Anna?«

»Das ist ein Ehepaar. Sie sind verheiratet. Die Frau mit den roten Wangen ist ihre Mutter. Sie ist auch noch jung.«

»Sie glauben, es ist ihre Mutter! Die hassen einander aber. Die Stimmung ist geladen. Ich möchte nicht unter ihnen sein. Von hier aus kommt es Ihnen schön vor, aber beleuchtete Zimmer sind immer schön.«

»Oh, nein, innen ist es schöner.«

»Innen ist es düster.«

»Sie haben so viel, sie haben doch alles. Sie sind nicht allein.«

Die Türe wurde wild aufgestoßen und erschreckte Anna.

»Das ist natürlich Britta.«

»Erraten! Hallo! Was treibt ihr? Bist du schon lang da, Anna?«

»Laß einmal hören. Sind die drüben vergnügt oder traurig?«

»Die drüben? Da sieht man ins Zimmer hinein?«

»Mir kommen sie bedrückt vor.«

»So? Mir nicht. Warum denn? Quatsch. Weil sie so steif sitzen? Sind eben feine Leute! Denen geht es ganz gut, die Frau ist sogar sehr hübsch und gut gewachsen, sie lacht ihn doch die ganze Zeit an, quietschvergnügt sind sie, schöne Blumen, was hast du noch gekriegt?«

»Dieses Buch und Seidenhemden.«

»Und dieses Seidenkissen. Für deinen komischen Sessel. Anna, mach es auf. Leg es ihr hinter den Rücken!«

»Nein! Bitte nicht! Es soll auf dem Bett liegen.«

»Pech gehabt, es gefällt dir nicht.«

»Doch, danke es ist sehr dekorativ und weich.«

»Du siehst heute fabelhaft aus, Maria. Direkt schön.«

»Direkt.«

»Ein Shakespeare ist das! Troilus und Cressida! Kenn ich nicht! Könnt ich auch brauchen! Von wem hast du es? Du hast schon drin gelesen! Was hast du angestrichen, laß doch sehn! So laß doch! Wer kommt denn noch?«

Sie blickte mit falschem Staunen zur Türe.

Die Türe öffnete sich weit.

Maria senkte das Gesicht.

»Bent. Guten Tag, Bent«, sagte sie.

In Bent erwachte ein Kindereindruck. Eine Wachsfigur hinter Glas. In einem Wachsfigurenkabinett. Sah ihr Haar nicht viel zu reich aus, wie nur künstlich aufgeklebtes Haar! Lag auf ihren Wangen nicht selbst die feine Schicht Staub? Bent blickte jetzt Britta an und lächelte über ihr

Erröten und den goldenen Glanz auf ihr. Und dann verneigte er sich vor Anna und sagte:

»Ich kenne Sie!«

»*Mich?*«

»Ich beobachte Sie bei Ihrer Arbeit.«

»*Mich?*«

»Ja, ganz richtig, Anna arbeitet drüben in der Hölle! Sie können sie von hier aus beobachten?«

»Ja, wir beobachten. Auch diese merkwürdigen Drei.«

»Die scheinen schlecht gelaunt zu sein«, sagte Britta, »es ist mir schon vorhin aufgefallen.«

»Schlecht gelaunt ist etwas flüchtig ausgedrückt, Fräulein, dieser Mann sieht aus, als wäre er mit Stricken gebunden. Und das Tragische ist, daß er diese Stricke will.«

»Wie kommen Sie eigentlich darauf? Er hat doch eine reizende Frau!«

»Die Reizende ist nicht seine Frau, die Gereizte ist es.«

»Das haben Sie gut gesagt, mir wäre das übrigens nie aufgefallen.«

»Wolltest du nicht Anna malen, Bent?«

»Wenn ich darf? Würden Sie mir sitzen? Immer, wenn ich Sie unten sah, dachte ich mir, es wäre ein Vergnügen, Sie zu malen.«

»*Mich?*«

»So? Sie sind Maler! Sie sind kein Kapitän! Ich dachte Sie sind Kapitän!«

Er lachte herzlich.

»Mutti will immer, daß ich malen lerne.«

»Nicht viele sind berufen.«

»Natürlich nicht. Anna hat übrigens ein interessantes Gesicht, das freut mich wirklich, daß Sie sie malen wollen. Jetzt wirst du noch berühmt, siehst du. Sie sollten es in unserer Villa versuchen, eine herrliche Beleuchtung, die Aussicht ist großartig, der Blick auf die ganze Stadt, diese Straße hier ist entsetzlich, wie können Sie hier arbeiten?«

»Ich arbeite nicht *in* dieser Straße, ich arbeite *aus* ihr.«

»So? Sie haben Ihr Atelier nicht hier?«

»Warum sollte ich es hier haben?«

»Ja, natürlich, ganz richtig. Malen Sie auch im Auftrag? Mutti will mich nämlich malen lassen. Alle sieben Jahre läßt sie mich malen. Sie glaubt an eine Siebenzahl. Wenn Sie Anna bei uns malen wollen, können Sie vielleicht gleich mit ihr darüber sprechen.«

»Sprechen Sie mit Mama!« sagte Maria.

Er lachte. »Maria ist eine böse Fee.«

»Oh, nein, sie ist eine gute Fee, aus dem Dornröschen.«

»Sie ist die böse Fee, die Grausame.«

»Ihre Schwester ist doch nicht grausam!«

»Meine Schwester? Ich habe keine Schwester, Fräulein.«

»Ja, sind Sie denn nicht ihr Bruder?«

»Gewiß nicht, wie kommen Sie darauf? Maria hat keinen Bruder.«

»Anna, du hast mir doch gesagt ...«

Etwas Entsetzliches geschah. Anna war aufgesprungen. Sie stieß mit kalter Wut den Tisch von sich, daß er Maria fast bedeckte, ihre Züge rissen hin und her, ihr Gesicht war ausgehöhlt und sie schrie:

»Das ist nicht Ihr Bruder! Das ist nicht Ihr Bruder! Wer denn ist es! Warum haben Sie gesagt, daß es Ihr Bruder ist! Warum haben Sie das gesagt!«

»Ich habe nie gesagt, daß Bent mein Bruder ist«, sagte Maria totenblaß.

III

Britta stand unter der kalten Brause. Mit harten Bewegungen rieb sie ihren Körper und sprang noch halb feucht, keine Verkühlung fürchtend, durch den Gang in ihr Schlafzimmer. Hier warf sie das Badetuch ab und stellte sich vor den Spiegel. Sie hatte allen Grund, das Ebenmaß ihrer Glieder mit Vergnügen zu betrachten. Heute ließ sie es aber bei keinem kurzen Blick bewenden. Sie bewunderte ihre gespannte Haut, ihr frisches rotes Gesicht, ihre hübsche, kurze Nase, und besonders verrenkte sie sich den Kopf nach ihrer Rückenlinie.

Rasch schlüpfte sie in frische Mädchenwäsche und in ein blaues Mädchenkleid. Sie stürmte ins nächste Zimmer, da war schon das Frühstück bereit. Sie freute sich auf das Frühstück. Sie genoß das Frühstück und die Zeitung dazu.

»Herein! Komm nur! Wie hast du wissen können, daß ich zuhause bin? Nett, daß du mich besuchst!«

»Ich hab heute wieder Rosen bekommen.«

»Setz dich, erzähl. Wie hast du wissen können, daß ich zuhause bin? Was steht darauf?«

»Dasselbe.«

»Hast du keinen Verdacht? Ich war gestern tanzen und bin erst aufgestanden, sonst hättest du mich nicht hier angetroffen.«

»Er hat mir sagen lassen, er ist hier, ich soll herkommen, er will mich hier malen.«

»Bent? Er hat dir das sagen lassen? – Iß ein Honigbrot. Er hat von dir schon eine Zeichnung gemacht, du interessierst ihn riesig, wirklich!«

»Aber warum malt er mich grau im Gesicht, ich bin doch nicht grau!«

»Seine Auffassung, da kann man nichts machen!«

»Sie hat er ganz weiß gemalt, sie ist doch nicht so weiß.«

»Und so schmal ist sie auch nicht. Für mich nimmt er Berge im Hintergrund, Mutti ist begeistert. Sag mal, weißt du wirklich nicht, von wem du die Rosen hast?«

»Vielleicht hat sie mir der Buchhalter geschickt.«

»Euer Buchhalter? Dem du immer... Ah, da sind Sie endlich, warum kommen Sie so spät? Ich hab Sie gar nicht gehört, Grüß Gott, Bent, wollen Sie wirklich hier arbeiten? Das freut mich. Anna wartet schon auf Sie.«

»Sehr freundlich.«

»Kommen Sie, ich zeig Sie herum, ich *führ* Sie herum, wollt ich sagen, haben Sie gut geschlafen? Ich bin erst in der Früh ins Bett, ich war auf dem Schützenkränzchen, fabelhaft unterhalten. Gefällt Ihnen die Einrichtung?«

»Nein.«

»Schade! Da werden Sie hier nicht arbeiten wollen.«

»Doch. Es ist behaglich. Das Holz ist schön.«

»Kommen Sie auf die Veranda. Der Schnee verdeckt leider die Aussicht.«

Er blickte weit hinaus, und dann sah er das junge Mädchen im blauen Kleid, das sich vorbeugte.

»Bitte schauen Sie nicht meine Beine an, sie sind so fest vom Training.«

»Sie sind sehr hübsch.«

»›Sie‹ groß geschrieben?«

»Ja.«

»Wenn ein Künstler das sagt! Werden Sie mich vor diesen Bergen malen?«

»Ja, aber erst wenn sie grün sind.«

»Schade, daß es schneit.«

»Das ist nicht schade. Der Schnee ist schön, er duldet keine Einzelwesen.«

»Hören Sie mal, das ist wirklich reizend, was Sie da für Anna tun ...«

»Geben Sie acht, sie kommt!«

»Ich muß leider stören. Wenn Sie mich malen wollen, sollten Sie gleich beginnen, ich muß gleich weg. Maschineschreiben.«

»Sehr gern, Anna, darf man im Zimmer aufstellen?«

»So? Sie wollen nicht auf der Veranda malen? Natürlich können Sie im Zimmer aufstellen, wo Sie wollen, alle gehören mir, die Eltern hausen unten. Stellen Sie sich vor, ich bekomm ein Segelboot! Ich kann fabelhaft segeln. Da führ ich euch mal aus. Werden Sie mitkommen? Hier wollen Sie aufstellen? Ist es hier nicht zu dunkel?«

»Da werden Sie mich wieder grau malen, Maria haben Sie ganz weiß gemalt.«

»Maria?«

»Du Anna, sie ist doch nicht weiß, nur immer so krankhaft blaß.«

»Maria?«

»Tut nichts, auf dem Segelboot wird sie schon Farbe kriegen. Stör ich? Dann geh ich lieber weg.«

»Durchaus nicht. Wenn Sie nur nicht erwarten, daß ich spreche. Erzählen Sie uns etwas. Meister und Modell wird es freuen.«

»Erzählen soll ich? Ja, was denn?«

»Erzählen Sie ein Erlebnis in dem Sie die Hauptrolle spielen.«

»So? Warten Sie. Ich muß nachdenken. Ich werd Ihnen von Fred erzählen. Wie Fred in mich verkracht war. Ich wollt ihm ein schönes Geburtstagsgeschenk machen und bin also in der ganzen Gegend herumgelaufen, und da hab ich alle armen Kinder zusammengeklaubt und hab sie zu mir raufgenommen. Na, die mußt ich gründlich waschen, das können Sie mir glauben. Dann hab ich sie auf die Veranda geführt, dort ist Fred schon feierlich gesessen, in einem neuen Anzug und einem Stock, riesig herausgeputzt. Auf der Veranda war natürlich für die Kinder bereits alles gedeckt und vorbereitet, Kuchen, warme Schokolade und Sahne, die Kinder haben Augen gemacht, Fred hat Augen gemacht, und dann hab ich die Kinder zum Tisch geführt und hab auf die strahlenden Gesichter gezeigt und gesagt: ›das ist mein Geburtstagsgeschenk‹. Fred hat sich schrecklich gefreut, er war furchtbar komisch.«

»Das haben Sie hübsch gemacht. Sehr hübsch. Aber sagen Sie, Fräulein, haben die Kinder wirklich gestrahlt? Arme Kinder sind gewöhnlich zu verhungert dazu.«

»Vielleicht sieht das ein Künstler so, aber sie haben wirklich gestrahlt.«

»Erzählen Sie uns auch eine gute Tat, Anna, aber nicht den Kopf wegwenden.«

»Ich?«

»Sie wird bestimmt kein Wort erzählen, das muß ich für sie besorgen. Ich erzähl das von eurem Buchhalter, Anna. Wie der Buchhalter im Spital gelegen ist, wollt sie ihm eine Freude machen und hat ihm sehr wertvolle Marken gekauft, einen ganzen Satz. Damit er sie aber nimmt, hat sie ihm eingeredet, sie hat sie geschenkt bekommen. Er wollt es erst gar nicht glauben, aber dann hat er es doch geglaubt. Das war doch schön von ihr!«

»Fein!«

»Aber jetzt müssen Sie auch etwas erzählen. Sie sprechen mit uns immer so von oben herab und dann lachen Sie, jetzt erzählen Sie doch, was *Sie* getan haben.«

»Verabredet war, daß ich schweige.«

»Nein, das gilt nicht! Erst uns ausholen, dann spöttisch lächeln und dann schweigen. Jetzt erzählen Sie!«

»Ich hab einmal einen toten Hund begraben. Er lag am Rand und ich hab ihn begraben.«

»Das haben Sie getan? Sie haben ihn aufgelesen und begraben? Aber das ist doch eigentlich nichts Besonderes.«

»Doch. Denn niemand begräbt einen toten Hund.«

»Da haben Sie schon viel Besseres getan, das weiß ich.«
»Sie irren, Fräulein, das war meine beste Tat.«
»Merkwürdig.«
»Ich muß jetzt gehen. Es ist schon spät.«
»Leider. Können wir morgen weiter arbeiten, Anna?«
»Wenn es um diese Zeit geht, anders kann ich nicht.«
»Wollen wir uns hier treffen? Wir dürfen doch?«
»Aber natürlich! Kommen Sie, wann Sie wollen! Lauf morgen etwas früher aus der Hölle weg, Anna, leb wohl! – Hören Sie mal, das ist wirklich reizend von Ihnen, was Sie da mit ihr tun.«
»Reizend? Ich male sie. Ich muß Ihnen das Kompliment zurückgeben, Fräulein, Sie sind reizend.«
»Aber das meine ich nicht! Übrigens sagen Sie mir nicht immer Fräulein, Sie sagen zu Anna doch auch nicht Fräulein. Ich heiße Britta.«
»Britta.«
»Ich meine doch das mit den Rosen!«
»Rosen?«
»Sie schicken doch Anna immer diese Rosen! Sie hat keine Ahnung, daß Sie es sind, sie vermutet jedes Mal einen andern Kollegen. Die Hölle ist jetzt erträglich für sie.«
»Ich verstehe Sie nicht, nicht ganz, Britta. Ich habe Anna nie Rosen geschickt, leider. Nicht mit Namen, nicht ohne Namen.«
»Wer kann das aber wirklich sein?«
»Das weiß ich nicht sicher. Sicher weiß ich, es ist besser als mein toter Hund.«

IV

Als hinge sie mit einer Schnur am Hals von der Decke herunter, so sah Anna aus.

»Sie werden mich heute nicht malen?«

»Das Licht ist zu grell, ich hab es nicht bedacht.«

»Dann bin ich überflüssig. Ich kann gehn.«

»Bitte nehmen Sie doch Platz, ich verstehe, daß Sie lieber in die Sonne wollen, die erste Sonne dieses Jahr. Ihr Porträt verträgt sie nicht.«

»Sie dürfen ihr nicht sagen, daß Sie mich hier malen.«

»Wenn Sie es nicht wünschen!«

»Sie ist immer so heimlich, jeden Tag geht sie in ein Haus, was macht sie dort, jeden Tag?«

»Maria?«

»Ich bin ihr nachgegangen.«

»Vielleicht nimmt sie Stunden.«

»Es ist keine Schule im Haus, ich hab nachgefragt.«

»Sie haben nachgefragt!«

Sie schwieg eine Weile. »Werden Sie sie heiraten?«

»Wie kommen Sie darauf?«

»Sie glaubt es.«

»Hat sie es Ihnen gesagt?«

»Nein, aber sie glaubt es, ich weiß bestimmt, daß sie es glaubt. – Ist ihr Haar echt?«

»Halten Sie es für eine Perücke?«

»Ist es nicht gefärbt?«

»Es sieht nicht so aus, Anna.«

»Es ist so blond.«

»Gerade das ist schön.«

»Haben Sie sie gern?«

»Sehr gern.«

»Sie sind so gut.«

»Hallo! Man klopft und niemand ruft herein! Anna! Die

ist auch da! Sie sind erstaunt, daß ich Sie überfalle, komme geschäftlich! Nämlich Mutti findet das Bild zu flächig, hören Sie mal, könnten Sie nicht ein paar Konturen hineinmalen?«

»Da wendet sie sich besser an einen Graphiker.«

»Natürlich, Sie haben ganz recht, Mutti ist so komisch. Der Mantel steht Ihnen aber gut! Richtig, Maler tragen diese Mäntel. Bei uns haben Sie ihn nie an, schade!«

»Und erst Ihr Kleid, Britta! Lassen Sie sich bewundern, vorne streng geschlossen, der Rücken aber ist nackt! Sehr hübsch.«

»Die Pariser sagen, das schönste an der Frau ist der Rücken.«

»Wie ist es gemacht?« Anna prüfte es verdrossen.

»Da ist ein Bild von Maria! Sagen Sie, warum malen Sie sie eigentlich immer so licht?«

»Sie ist heldenhaft. Helden sind licht.«

»Ich dachte, weil sie das lichte Haar hat.«

»Sein Haar ist aber schöner, seines glänzt mehr.«

»Und dann muß man zu blonden Haaren blaue Augen haben, find ich.«

Bent lächelte.

»Warum haben Sie das Bild auf der Staffelei umgedreht?«

»Damit es niemand sieht, kleines Fräulein.«

»Also klein bin ich wirklich nicht.«

»Ich meinte es nicht auf die Figur, sondern figürlich.«

»Sie lachen mich immer aus! Warum müssen Sie mich immer necken!«

»Wegen des Sprichworts.«

»Jetzt sind Sie wieder nett. Ist das umgedrehte Bild noch ärger als dieser Akt?«

»Es ist keine Aktstudie.«

»So hell ist es hier! Und so eigensinnig eingerichtet! Kein

Sessel, kein Tisch, da kann man nur liegen oder stehn! Wer räumt Ihnen auf?«

»Die alte Frau, die Ihnen geöffnet hat.«

»Da möchte man am liebsten selbst aufräumen.«

»Da möchte man Sie am liebsten dazu einladen.«

»Wird es morgen nicht wieder zu hell für mein Bild sein?« sagte Anna so zusammengesunken, als wäre der Strick gerissen, an dem sie hing.

»Darum wollt ich Sie bitten, Anna, morgen in die Villa zu kommen.«

»Fein! Da malen Sie wieder bei uns! Mutti wird sich freuen, Sie gefallen ihr sehr gut. – Kinder! Maria kommt! Gerade ist sie ins Haus!«

»Maria?«

»Jetzt wird sie mich hier sehn.«

»Warum soll sie dich nicht hier sehn? Mir macht es auch nichts, daß sie mich hier sieht!«

Bent war zur Tür gesprungen und lief hinaus. Er kam mit einem großen Lehnstuhl zurück und ließ die Türe offen. Im Rahmen stand Maria. Der Hut fiel ihr fast auf den Rücken.

»Hallo! Nett daß du kommst! Ich bin auch auf einen Sprung hier, wegen des Auftrags!«

Bent blickte lächelnd auf Marias schmale Hand, und dann heftete sich sein Blick auf ihre Mundwinkel.

»Er malt mich jetzt hier. Nur heute nicht, weil es zu grell ist, aber sonst jeden Tag.«

Bent ging auf die Staffelei zu und drehte das Bild um. Maria trat vor das Bild und schwieg.

»Warum wollten Sie mir das eigentlich nicht zeigen! Wer sind diese Drei? Ist das vielleicht das geheimnisvolle Kleeblatt in eurer Straße?«

»Warum sagst du nichts, Maria?«

»Glänzt sie nicht etwas zu stark, Bent?«

»Sie glänzt zu stark.«

»Und diese hast du wie eine Wachspuppe gemalt.«

»Mit dem feinen Staub darüber.«

»Staub ist häßlich, Bent.«

»Es gibt seltsamen Staub. Der Staub auf Wachsfiguren hinter Vitrinen ist schön. Uralter Staub.«

»Oder der Staub in der Wüste ist auch schön«, sagte Britta.

»Oder der Staub auf Blumen«, rief Anna, aber es klang nicht lebhaft.

»Was sagst du zu der Schmächtigen, Maria?«

»Sie sieht aus wie mit Asche bestreut.«

»Sie sieht so aus.«

»So? Das ist eine Frau? Ich dachte, das ist ein Mann! Ein tolles Bild! Wer sind die Drei?«

»Phantasien.« Bent drehte das Bild um. »Wie schön Marias Haar in der Sonne aussieht!«

»Warum hängen Sie sich immer die Jacke um, es ist doch nicht kalt!«

»Ja, wirklich, immer hat sie diese komische Jacke um. Und dieses Buch schleppt sie auch immer mit sich herum, Troilus und Cressida, kannst du's noch nicht auswendig?«

Bent neigte sich über das Buch. »Das hast du fein gemacht mit den Rosen, Maria«, flüsterte er. »Wollen wir uns nicht setzen so gut es geht, meine tapferen Modelle?«

»Natürlich. Maria setzt sich wieder in den Lehnstuhl. Ich steh am liebsten.« Britta wirbelte im Zimmer herum.

»Nun, ich will versuchen, Ihnen auch einen zu holen«, lachte Bent. »Ich komme gleich.«

Alle Drei sahen ihm nach.

»Warum haben Sie gesagt, daß er Ihr Bruder ist!«

»Ich habe nie gesagt, daß Bent mein Bruder ist!«

»Sie haben aber nie widersprochen, das wissen Sie genau, Sie sind so heimlich.«

»Ja, das ist wahr, du hast nie widersprochen. Er interessiert sich übrigens sehr für Anna, er malt schon das zweite Bild von ihr. Sie fängt überhaupt an in Mode zu kommen, jetzt bekommt sie schon jede Woche einen großen Strauß Rosen, anonym, sie hat keine Ahnung wer es ist. Weißt du, Anna, du solltest im Blumengeschäft gegenüber eurer Kanzlei nachfragen, es ist doch sicher jemand, der dich von der Kanzlei her kennt, der bestellt vielleicht gleich dort die Blumen. Ich finde, es ist eine gute Idee.«

»Ich finde die Idee schlecht. Der Geber wird einen Grund haben, wenn er zurückhält. Es wird ihn nur erschrecken, wenn Anna ihn herausfindet.«

»Das muß er doch nicht erfahren! Anna hat ein Recht zu wissen, wer es ist! Sie hat schon einen Bürokollegen verdächtigt, es hat sich aber als ein Irrtum herausgestellt.«

»Ich glaube, es ist Bent, Anna.«

»Glauben Sie? Ich hab es auch schon gedacht. Er malt mich doch auch.«

»Aber ich weiß ganz bestimmt, daß er es nicht ist, er hat …«

»Schweig. Ich kenne Bent. Das ist seine Art. Er verehrt Anna, es würde ihn betrüben, wenn sie hinter sein Geheimnis käme.«

»Er malt mich schon zum zweiten Mal. Warum bist du gerade gekommen, wenn er mich malen will!«

»Reg dich nicht auf, Anna, ich wußt nicht, daß er dich gerade um diese Zeit malt, ich kam wegen des Auftrags, übrigens, gestört hab ich bestimmt nicht, er hat mich im Gegenteil gebeten, dabei zu sein, wenn er dich malt, er sagt, ich vertreib ihm die Zeit, wir machen Sonntag eine längere Fahrt im Segelboot, ihr könnt nicht mit, weil ihr nicht gut schwimmen könnt.«

Maria saß erstarrt. Nur das Buch unterm Arm war zu Boden geglitten.

»Wenn ich einmal allein mit jemandem ausfahren könnte!« sagte Anna.

»Du mußt dich an einfache Menschen halten, Anna, du bist doch sehr gebildet, einem einfachen Menschen gefällt das. Du siehst auch so fein aus. Wie eine Aristokratin. Wirklich.«

»Ich hab einen Postbeamten gern gehabt, wenn ich ihn gern hab, ist er für mich etwas Besonderes. Er war ganz entsetzt.«

»Das redest du dir ein.«

»Oh, nein, ich weiß es.«

»Und die Rosen, Anna!«

»Ja, wenn das nicht wär, könnt ich nicht leben.«

»Siehst du und darum solltest du eben herausfinden, wer der Spender ist! Wir können ja Bent fragen, ob mein Rat gut ist, da kommt er.«

»Sicher nicht, Britta, warum sollte Ihr Rat gut sein!«

»Jetzt ärgern Sie mich wieder!«

»Das Sprichwort!«

Bent fand seine Modelle verändert. Britta war überreizt, Anna hatte einen weichen Schimmer, Maria aber saß versteinert. Zu ihren Füßen lag wie weggeschleudert das Buch, das sie sonst so zärtlich trug. Es war offen und Bent bemerkte einen dicken Kreis, der einen Vers umrahmte.

»Ich bin schrecklich froh, daß ich als schönste Schwimmerin den Preis bekommen habe, ich würd mich sonst nicht mit Ihnen im Trikot ins Boot traun, Maler sind so kritisch. Sie müssen durch Ihre Modelle schrecklich verwöhnt sein, da kann man nicht genug glänzen.«

Bent hatte sich nach dem Buch gebückt und hob es langsam auf. Seine Augen glitten über die eingerahmte Stelle, den Vers 178 in Troilus und Cressida:

»Man schätzt den Staub ein wenig übergoldet
Weit mehr als Gold ein wenig überstaubt.«

»Sie irren, Britta. Das Schöne gefällt im Augenblick. Das Seltsame fesselt.« Er schloß verstohlen das Buch.

Der Tiger

Ein Lustspiel im Alten Wien

Personen

Andrea Sandoval	Pianistin
Diana Sandoval	Bildhauerin
Zierhut	Sekretär
Pasta	Sängerin
Mister Smith	Agent
Der Tiger	Kafetier
Nick	Regisseur
Tell	Dichter
Marie Schmidt	Schauspielerin
Beran	Maler
Holle	Bildhauer
Kirschl	Hofmaler
Jochum	Regisseur
Buff	Tänzerin
Ein alter Orientale	
Kellner	
Zofe	

Ein großes Zimmer in Frau Sandovals *Wohnung. Vor den Möbeln stehen Sockel mit angefangenen oder beendeten Kleinplastiken. Es sind die Arbeiten ihrer Tochter Diana. Der Raum ist etwas angefüllt, denn die Damen sind genötigt zu vermieten. Die Türe zum Zimmer rechts ist offen, die Mitteltüre führt zum Ausgang, das Zimmer links gehört dem Mieter Zierhut.* Zierhut *tritt eben ein, er trägt zwei große Pakete und sieht aus, als hätte er Zeit seines Lebens Pakete getragen, die viel zu schwer für ihn waren, und als sei er deshalb so fadendünn. Güte verklärt sein Gesicht. Ihm folgt ein alter Dienstmann mit roter Kappe. Er trägt zwei noch größere Pakete.*

Zierhut Hier herein und rechts die Türe. Ich sperre auf, wir treten ein, wie üblich. *Er sperrt links eine Türe auf, die Pakete werden links im Raum deponiert, dann erscheinen sie wieder, Zierhut sperrt sorgfältig ab.* Es füllt sich, es füllt sich. *Er spricht zum Dienstmann äußerst höflich.* Dies hier ist das Gemach der werten Familie Sandoval, bestehend aus zwei Damen, Mutter und Tochter. Der Raum dient zwei Zwecken, Wohnraum und Arbeitsstätte, Atelier genannt. Die Figuren, Originalwerke der Tochter Sandoval. Hier ihr Konterfei, Selbstportrait. Die Natur hat überreich beschenkt. Hohe Begabung, blühende Kraft, blendende Schönheit. Das neidische Schicksal hat eingegriffen. Es raubte ihnen den Palast, Geld, Geschmeide und weiche Teppiche. Aber die Schönheit leuchtet weiter, die Kunst stempelt zum Palast.

Dienstmann *glotzt ihn an.*

Zierhut Ich danke Ihnen, wackerer Bote. Morgen um dieselbe Zeit. In Bereitschaft sein ist alles. *Er schüttelt dem*

Dienstmann die Hand, der etwas benommen die Kappe zieht und abgeht.

ZIERHUT *läuft zur Türe rechts, klopft, obwohl sie offen steht, und ruft* Gnädige Frau Sandoval!

SANDOVAL Herr Zierhut! Ich komme! *Frau Sandoval ist eine hochgewachsene Dame von etwa vierzig Jahren. Ihre Farben sind matt. Ein Zucken um die Augen verrät, daß ihre Ruhe nur Sanftmut ist. Ihr Gang ist der einer Frau, die immer in großen Räumen gelebt hat.* Schon wieder zurück, Herr Zierhut?

ZIERHUT *zeigt auf Dianas Selbstportrait.* Trefflich, gnädige Frau Sandoval. Die Schönheit formte die Schönheit.

SANDOVAL *erfreut* Nicht wahr, Herr Zierhut! Leider ist sie noch recht unbeachtet. Es müßte sich jemand für sie einsetzen.

ZIERHUT *bedeutungsvoll* Wird alles zur rechten Zeit geschehen.

SANDOVAL Sie machen mir immer Mut. Sie sehen aber etwas angegriffen aus lieber Freund, wollen Sie sich nicht ein wenig ausruhen? Diana kommt gleich und wird uns allerhand zu erzählen haben.

ZIERHUT Ich muß leider verneinend danken.

SANDOVAL Sie müssen wieder fort? Sie haben sich doch eben erst abgeschleppt.

ZIERHUT Mache Dienst. Tags Arbeit, abends Gäste. Die Arbeit – Ein Segen.

SANDOVAL Sagen Sie, Herr Zierhut, wie haben Sie die Stelle bekommen?

ZIERHUT Vermittlungsstelle. Genau gesprochen – Büro Mondsichel, Kranzgasse 7–8.

SANDOVAL So ist es also doch günstig, sich in ein Büro einzuschreiben.

ZIERHUT Es erheischt Geduld. Meine dauerte eineinhalb Jahre. Wurde auserwählt, gewogen und n i c h t zu leicht befunden. Trotz 47 Kilo Lebendgewicht. Die Zeichen des Alters, sonst rauhe Vermittler, gefielen dem Mister. Er sah Diskretion und Bewährung. Das Zeugnis des Kammerdieners *er zeigt auf seine Brieftasche* tat ein Übriges. Zwanzigjähriges Lob. Ich wurde Sekretär, wohlbestallt, vorausbezahlt.

SANDOVAL Sie plagen sich auch genug. Die vielen Briefe, die Sie schreiben. Und jetzt schleppen Sie auch noch Pakete.

ZIERHUT Neunundzwanzig Bewerber lauern. Auf mein Versagen.

SANDOVAL Sagen Sie, Herr Zierhut, was ist eigentlich in den Paketen?

ZIERHUT Verpackt und zugeknöpft werden sie mir anvertraut. Kein Schnürchen wird gekrümmt. Ich schaue weg, wenn ich sie anreihe.

SANDOVAL Natürlich, Herr Zierhut. Sie haben ganz recht. Ich frage nur aus einem bestimmten Grund. Ich fürchte nämlich, es könnten irgendwelche verbotenen Bücher oder Schriften sein. Das kommt jetzt häufig vor.

ZIERHUT Der wackere Dienstmann, seit 35 Jahren auf seinem Posten, verpackt sie. Holt und verpackt. Ich selbst bin Treuhänder.

SANDOVAL Damit ist alles in Ordnung, Herr Zierhut. Meine Tochter muß jeden Augenblick kommen. Sie bringt allerlei gute Nachrichten. Sie hat einen Auftrag, eine Venus in Lebensgröße, überdies läßt sich eine Filmdiva von ihr modellieren, und sogar eine Theaterdekoration soll sie malen. Sie macht es sogar gern, obwohl sie Bildhauerin ist.

ZIERHUT *erfreut* Ein Füllhorn von glücklicher Schickung.

SANDOVAL Wir können es brauchen, lieber Freund. *Sie greift nervös an die Schläfen.* Morgen ist der Zins zu zahlen. *Erfreut* Da hör ich Dian!

ZIERHUT Ich eile zur Stadt! *Er schüttelt ihr heftig die Hand und eilt durch die Mitte ab.*

SANDOVAL Kommen Sie bald zurück, lieber Freund! *Sie tritt zur Türe rechts und ruft* Dian!

DIANA SANDOVAL *erscheint. Sie ist das Ebenbild der Mutter, aber ihr Haar ist goldschimmernd, ihr Gesicht leuchtet, ihre Haltung ist stolz. Sie läßt sich in einen Sessel gleiten.*

SANDOVAL *ängstlich* War die Schauspielerin unfreundlich, Dian?

DIANA Oh, sie ist mir lange gesessen. Ich mußte zwei Büsten von ihr machen. Sie hat jede probiert wie einen Hut. Dann mußte ich ausbessern. Die Nase war zu breit, die Stirn zu schmal, das Doppelkinn hat sie wegradiert. Zuletzt hat sie den Spiegel genommen und hat gesagt: *spöttisch* »Die Köpfe sind mir nicht aus dem Gesicht geschnitten.« Ich hab geantwortet: »Ich bin kein Silhouettenschnitzer, Madame.«

SANDOVAL Das hast du ihr gut gegeben.

DIANA Sie hat sich aber nicht beirren lassen. Sie hat mit dem Metermaß zu messen begonnen und mir nachgewiesen, daß die Maße nicht stimmen.

SANDOVAL An einem Portrait, das Ausdruck haben soll!

DIANA Darauf sagt ich ihr: »Sie brauchen eine Totenmaske, Madame.« Das hat sie gar nicht als Ironie aufgefaßt, sie hat mir versichert, Totenmasken seien ihr lieber als Büsten, Büsten sind gar nicht »handlich« hat sie gesagt, man kann sie schwer auf Tourneen mitnehmen. Und dann hat sie mich um Entschuldigung gebeten, aber sie muß darauf bestehen, daß die Büsten vor ihren Augen zerstört werden, sie würden der Nachwelt ein falsches Bild von ihr geben. *Spöttisch* Sie könnte nicht existieren, wenn diese Köpfe existieren.

SANDOVAL *aufgeregt* Und du hast ...

DIANA Beide im Badezimmer zertrümmert. Dann hat sie

gefragt, was ich für die Arbeit pro Stunde verlange, ich hab geantwortet, »ich bin kein Tagelöhner, ich hab zwei Köpfe modelliert« – »Sie haben aber doch nur drei Stunden gearbeitet!«

SANDOVAL Darauf bist du weggegangen.

DIANA *nickt.*

SANDOVAL Und in der Fabrik, Dian, was haben sie über den schönen Entwurf gesagt?

DIANA Abgelehnt.

SANDOVAL *erschrocken* Abgelehnt!

DIANA Erst kam der Prokurist, dann der Vizedirektor, dann der Direktor. Sie sind um die Figur gestanden und haben nicht gewußt, was sie sagen sollen. Dann kam die Frau Direktor und die hat es gewußt.

SANDOVAL An der feinen Figur hat sie doch nichts aussetzen können, Dian!

DIANA Sie hat gesagt, die Brüste sind nackt. Das ist schamlos.

SANDOVAL Aber Dian, du kannst doch die Aphrodite nicht in einem Stilkleid modellieren.

DIANA Sie meint, ich hätt sie im Badekostüm machen sollen.

SANDOVAL Und die Herren Direktoren?

DIANA Der Herr Direktor hat mich beiseite gezogen und mir die Hand gedrückt und dazugesagt, daß ihm die Venus im Badekostüm auch lieber ist, und ob ich ihn nicht im Strandbad treffen will, er würde dort mit der gefühlvollen Venus über den kalten Stein einig werden. – Ich hab die Figur sofort mitgenommen.

SANDOVAL Sei nicht traurig Kind, du bekommst den Auftrag zur Theaterdekoration …

DIANA Den bekommt Hofmaler Kirschl.

SANDOVAL Aber der ist doch berühmt!

DIANA Eben darum.

Sandoval Kirschl übernimmt doch das gar nicht, das redest du dir nur ein! Geh nur hin und frag erst an, Dian!

Diana Ich war schon gestern dort, Mutter ich wollt's dir nur nicht sagen.

Sandoval *tapfer* Da hab ich gut daran getan, mich ein bißchen um Arbeit umzusehen. Ich will dir gestehen, Dian, ich hab eine Annonce aufgegeben. Ich will zusehen, daß ich mit dem Klavierspiel etwas verdiene.

Diana Du wirst zum Glück keine Antwort bekommen, Mutter, darum macht es nichts.

Sandoval *freudig* Siehst du, da irrst du dich. Ich hab zum Glück eine Zuschrift bekommen und etwas sehr Günstiges. Von einer Sängerin. Sie will, daß ich sie beim Üben begleite. Das ist das Ideale für mich. Ich hab als junge Frau öfter zum Vergnügen begleitet, und, wie man mir sagte, sehr gut.

Diana Weil du dich anpassen kannst und immer bescheiden im Hintergrund bleibst.

Sandoval Genau das muß eine Begleiterin. Es klingelt, Dian, das scheint die Sängerin zu sein, sie hat sich für jetzt angemeldet.

Diana Ich flüchte! *Sie eilt durch die Türe rechts ab.*

Sandoval *geht durch die Mitteltüre und kommt mit* Pasta *zurück. Pasta ist sehr groß. Im Gegensatz zu ihrem reifen Körper steht ihr Kindergesicht. Daran ändert auch nichts, daß ihre schwarzen Augen zuweilen düster flackern. Gewöhnlich sind sie aufgerissen und wirken wie eine Sonnenbrille. Pasta wendet ihre großen Kräfte unentwegt an, dennoch bleibt ein Überschuß, der sie zwingt, mit derber Stimme zu sprechen und viel zu sprechen. Sie setzt sich sofort nieder und beginnt.*

Pasta Ich freue mich, in Ihnen eine Dame von distinguiertem Äußeren kennen zu lernen, das ist wichtig für mich. Sie ahnen nicht wie wichtig. Sie wohnen auch sehr hübsch, und diese niedlichen Figuren. Es ist wirklich rührend, daß Sie Ihre Kräfte in den Dienst der Kunst stellen wollen. Sie sehen in mir die beste Vertreterin, Sie verschwenden nicht Ihre Zeit, wenn Sie mit mir üben. Ich brauche Sie jeden Vormittag aber nur eine Stunde, mehr strengt mich an. Am Vormittag bin ich am besten disponiert.

SANDOVAL *hat ebenfalls Platz genommen.* Sollte ich nicht versuchen, ob ich auch imstande bin, Sie zu begleiten?

PASTA Das ist durchaus nicht nötig, liebe Dame, das ergibt sich beim Üben, ich werde Sie schon auf mich einstellen, ich habe schon ganz andere Dinge im Leben geleistet. Wenn Sie wüßten, was sich jetzt bei mir zuhause tut! Betrieb, ein Betrieb ist das, Sie werden ja sehen. Darf ich fragen, wann wir beginnen können?

SANDOVAL Ich kann mich da ganz nach Ihnen richten. *Zögernd* Ich bin mir noch nicht im Klaren, was ich verlangen kann, ich hab noch nie eine derartige Arbeit gemacht. Dürft ich bitten, den Preis selbst zu bestimmen?

PASTA *entsetzt* Den Preis! Wenn Sie von Preis reden, das ändert die Sache! Dann kann ich Sie nicht brauchen, die Zeiten sind nicht danach! Ich dachte, Sie stellen sich der Kunst aus Begeisterung zur Verfügung!

SANDOVAL *bricht in Schluchzen aus.* Entschuldigen Sie, wenn meine Nerven versagen, es ist nicht über die Beschämung jetzt, daß ich weine, ich bin das nur so ungewohnt, Pfandleiher, Händler, Steuerbeamte, Mieter und vor meiner Tochter muß ich eine ruhige Miene zur Schau tragen, – ich hab eine Tochter …

PASTA Aber deshalb müssen Sie nicht weinen! Ich verzeihe Ihnen! Ich verzeihe Ihnen gern! Gewiß würden Sie nicht ohne äußeren Zwang die Kunst für Brot entweihen wollen.

SANDOVAL Ich versuche es zum ersten Mal … meine Tochter ist selbst Bildhauerin ... diese Kleinplastik hier ist von ihr... ich fürchte ... ich bin nicht genügend eingespielt ... um zu begleiten. Es wird schwerlich jemand die Geduld mit mir haben ... und mir noch obendrein zahlen.

PASTA Da haben Sie allerdings ganz recht. Lassen Sie mich nachdenken, was ich für Sie tun kann. Ich will Ihnen etwas sagen. Ich bin gerne bereit, Sie zu unterweisen, Sie begleiten mich dafür zwei Mal die Woche. Eine Hand wäscht die andere.

SANDOVAL Sie sind wirklich gütig. Ich bin in einer... verzweifelten Lage ... Sie haben gewiß hohe Verbindungen ... wir hingegen, ich lebte immer sehr zurückgezogen ...

PASTA Haben Sie eine Ahnung, was für Verbindungen! Ich will nicht mehr sagen als – Amerika! Ich hab Amerika im Haus! Der Betrieb, Sie können sich das gar nicht vorstellen! Dabei alles so interessant! Ich schweiße täglich ein Dutzend Existenzen!

SANDOVAL Ah!

PASTA Die ganzen Künstler »lanciere« ich, sozusagen.

SANDOVAL Wie edel.

PASTA Jetzt hab ich in meinem Haus den berühmten Agenten Stuart Smith. Haben Sie noch nicht von ihm gehört?

SANDOVAL Ich glaub ich hab den Namen kürzlich gehört ... wo war das nur... vielleicht hab ich ihn in der Zeitung gelesen.

PASTA Das ist schon möglich, die ganze Stadt ist auf! Briefe, Berge von Manuskripten, Bilder, Geschenke, Einladungen, ich weiß buchstäblich nicht, wo mir der Kopf steht. Die ganze Künstlerschaft tanzt um ihn herum. Diese Figuren hier, die Ihre Tochter gemacht hat, bringt er in Amerika spielend an.

SANDOVAL Ist es nicht wunderbar, daß es solche Menschen gibt.

PASTA Ja, natürlich. Bringen Sie mir Photographien von den Büsten, ich zeige sie ihm, er verkauft das in Amerika, er macht das ganz bestimmt, er bringt auch gute Manuskripte und Bilder drüben unter. Er gibt viel auf das, was ich ihm sage, bringen Sie nur morgen die Bilder, ich muß jetzt laufen, haben Sie eine Ahnung, wie es bei mir zugeht! Sie werden es selbst sehen! Jeder kommt zu mir und will, daß ich ihn protegiere. Sie kommen also morgen um zehn. Mir fällt ein, ich kann etwas für Sie persönlich tun. Ich werd Sie an ein Musikkaffee empfehlen, an ein feines Kaffee, zum Tiger, Sie können dort als Pianistin mitwirken, das ist keine Schande. Ich bin persönlich befreundet mit dem Kafetier, er hat eine große Verehrung für mich, er weiß wer ich bin und geht für mich durchs Feuer.

SANDOVAL Sie sind wirklich ein edler Mensch.

PASTA Aber das sage ich Ihnen, beim Üben müssen Sie Geduld haben. Geduld bringt Rosen. Hier ist meine Karte. Ohne diese werden Sie nicht vorgelassen. Ich erwarte Sie morgen pünktlich.

SANDOVAL Ich werde pünktlich sein. *Sie begleitet Pasta durch die Mitteltüre hinaus und kommt sofort zurück.* Dian!

DIANA *tritt von rechts ein und setzt sich erschöpft.* Das ist heut ein Tag!

SANDOVAL Nicht so schlimm. Ich hab gute Nachrichten Dian. Es ist ein Agent aus Amerika hier, der deine Plastiken drüben verkaufen wird. Die Sängerin, die ich begleiten soll, wird das vermitteln. Eine liebe, gefällige Dame. Morgen beginne ich mit ihr. Du mußt mir Photographien mitgeben, die braucht sie, wenn sie den Agenten interessieren soll. Die ganze Stadt ist hinter ihm her.

DIANA Was zahlt sie dir fürs Begleiten?

SANDOVAL Fürs erste noch nichts, bis ich mich einarbeite.

Dafür will sie dich aber bei dem großen Agenten einführen.

DIANA *heftig* Das verspricht sie dir doch nur, Mutter, damit sie dich ausbeuten kann.

SANDOVAL Schau wie du bist! Schon morgen wird sie mich an ein vornehmes Konzertkaffee empfehlen, dort soll ich als Pianistin mitwirken.

DIANA *erschrocken* Du wirst doch nicht in einem Tingel-Tangel auftreten, Mutter!

SANDOVAL Aber Kind! Ein vornehmes Konzertkaffee! Große Geiger sind schon in Konzertkaffees aufgetreten.

DIANA Aber doch nicht eine Dame wie du! Du hast doch keine Ahnung, wie es in der Welt zugeht, Mutter!

SANDOVAL *lächelt rätselhaft.* Ich werd es mir eben ansehn, Kind, man muß alles versuchen. Es schellt, das ist vielleicht ein neuer Mieter! *Sie eilt hinaus, Diana tritt rechts zum Fenster und blickt hinaus.*

SANDOVAL *öffnet die Mitteltüre und läßt einen alten* ORIENTALEN *ein.*

ORIENTALE Ist das die Zimmer?

SANDOVAL Nein, dieses hier. *Sie öffnet weit die Türe rechts.*

ORIENTALE *blickt hinein.* Wo ist die Ofn.

SANDOVAL *zeigt ins Zimmer.* Dort ist der Ofen. Er heizt sehr gut.

ORIENTALE Ik nix will diese Ofn, ik will Backofn zum kok.

SANDOVAL Wie meinen?

ORIENTALE Ik will kok in die Zimmer.

SANDOVAL Sie meinen einen elektrischen Kocher. Den kann ich beistellen.

ORIENTALE Nix Koker. Ik will Backofn, ik will kok in die Zimmer.

SANDOVAL Vielleicht suchen Sie eine Wohnküche. Die hab ich nicht. Das ist ein Schlafzimmer.

ORIENTALE Nix Küke, ik will kok in die Zimmer.

SANDOVAL In diesem Zimmer kann man nicht kochen.

ORIENTALE Was kost die Zimmer?

SANDOVAL Fünfzig Schilling monatlich.

ORIENTALE *keift* Sinds verruckt! Fünfzig Schilling für ein Person! Und für zwei kost vierzig! Sie werden nix kriegen mehr als dreißig! Also gebens mit dreißig. Ik zahl dreißig.

SANDOVAL Ich bekomm jetzt vierzig, ich muß aber den Zins hereinbringen. Das ist eine teure Straße …

ORIENTALE Also fünfunddreißig. Letzte Mal. Gebens mit fünfunddreißig.

SANDOVAL Das kann ich nicht.

ORIENTALE Also nix, Adje. *Er humpelt hinaus und kommt zurück mit* MR STUART SMITH. *Er ist sehnig, breitschultrig, doch nicht groß und von einer gehemmten Lebhaftigkeit, der guten Meinung, die er von sich selbst hat, angemessen.*

SANDOVAL *weist auf das Zimmer rechts.*

MR SMITH *geht hinein und kommt sofort zurück.*

SANDOVAL Gefällt es Ihnen nicht?

MR SMITH It is well, aber das ist nicht der Zimmer was ich brauche zu sehen.

SANDOVAL Ist es Ihnen zu klein?

MR SMITH Das ist nicht der Punkt.

SANDOVAL Vielleicht zu reich möbliert? *Erklärend* Es ist vielleicht zu viel drin?

MR SMITH *erschrocken* Aber nein, nichts ist drin, das ist der Punkt. Wo haben Sie noch ein Zimmer, wenn Sie nichts dagegen haben.

SANDOVAL Bedaure, ich hab sonst nichts frei. Dieses hier *sie zeigt nach links* ist vermietet.

MR SMITH Ganz richtig, ich will in dieses Zimmer.

SANDOVAL Da muß ich warten, bis Herr Zierhut kommt, unser Mieter. Ich muß ihn fragen, ob er mit dem Tausch einverstanden wäre. Ich fürchte, nein, denn sein Zimmer hat einen Separatausgang. Wollen Sie vielleicht warten?

MR SMITH Nein, nicht warten, öffnen Sie bitte sehr.

SANDOVAL Das geht auf keinen Fall.

MR SMITH *rennt auf die Türe zu und will sie aufreißen.*

DIANA *versperrt ihm den Weg.* Das geht nicht.

MR SMITH *ist betroffen von ihrer Schönheit.* Gosh!

DIANA *kalt* Hier können Sie nicht hinein.

MR SMITH Sie sind ... *er zeigt auf die Plastiken* wie diese Monumenten. Kalt und hart.

DIANA Ich verzichte auf Ihr Urteil.

MR SMITH Das ist nicht sehr gescheit.

DIANA Bitte! *Sie öffnet die Mitteltüre und weist ihn hinaus.*

MR SMITH Das gefällt mir nicht. Jetzt haben Sie das wie ein Geist ...

DIANA Und Sie haben keinen Geist.

MR SMITH Sie sehen nicht, was ich meine, ich suche ... *Er geht entsetzt ab.*

SANDOVAL Du warst etwas schroff, Dian.

DIANA Ach, jeder kann bei uns eindringen, Mutter, das ist so schrecklich.

SANDOVAL Das ist nicht so schrecklich Kind. Die Menschen sind gut, und immer findet sich Hilfe im letzten Augenblick. Denk doch an Zierhut, wie gut er zu uns ist. Und jetzt diese prächtige Frau, diese Sängerin, Pasta heißt sie komischerweise, sie wird dir zu Aufträgen verhelfen und mich führt sie in einem vornehmen Konzertkaffee ein. Die Menschen sind Könige der Schöpfung, in Wahrheit sind alle nur Zaunkönige und genau so zufällig und mächtig.

DIANA Du vergißt die Geier.

Zwei Logen in einem großen Kaffeehaus. Sie sind durch eine so dicke Polsterwand getrennt, daß sie vollkommen separierte Kammern bilden. In der Loge links sitzt Frau Sandoval, *in eine Zeitung vertieft. In der Loge rechts sieht man das dünne Profil Herrn* Zierhuts, *das noch zarter wirkt neben den breiten Massen des Herrn en face. Er ist der Kafetier und wird der* Tiger *genannt.*

Zierhut Der Mann!
Tiger Ja?
Zierhut Ein Verschwender.
Tiger Na und?
Zierhut Hat sie entblößt.
Tiger Das glaub ich.
Zierhut Nackt zurückgelassen.
Tiger Ist er durchgegangen?
Zierhut Ins kühle Grab.
Tiger Sie ist Witwe?
Zierhut Seit Jahr und Tag.
Tiger *belebt sich.* Also eine lustige Witwe.
Zierhut Ohne Lust.
Tiger Wovon lebt sie?
Zierhut Geschmeide, Silberzeug, Teppiche, Gemälde, Mobilien, alles verloren.
Tiger Na und?
Zierhut Zimmer vermietet. Der Zins die Einnahmsquelle.
Tiger Na und?
Zierhut Ihr Klavierspiel, erlernt zum Ergötzen und zur Freude – dient als Erwerb.
Tiger Na und?
Zierhut Meine Bitte: erhöhen Sie die Quote.

TIGER Was für eine Quote?

ZIERHUT Für Klavierspiel die ganze Nacht im stickigen Lokal unter unhöflichen Lauschern.

TIGER Bei mir verdient man dick. Zehn Schilling pro Abend, Samstag und Sonntag zwanzig. Wie nichts.

ZIERHUT Sie verdiente es, aber sie verdient es nicht.

TIGER Wieso nicht?

ZIERHUT Der Teller ist das Hindernis.

TIGER Wer ist der Teller. Kenn ich nicht. Sprechen Sie deutlich, Sie machen mich ganz nervös.

ZIERHUT Der Teller, der Sammelteller am Klavier, der aufliegt. Er liegt in diesem Fall nicht auf.

TIGER *aufbrausend* Warum legt sie keinen Teller hin!

ZIERHUT Das ist eine Dame.

TIGER Was hat das mit dem Teller zu tun.

ZIERHUT Eine Dame legt keinen Teller auf. Sie spielt ohne Teller, jede Nacht. Feierlich wie in der Musikhalle. Um einen Schilling fünfzig. Das zahlen Sie.

TIGER Natürlich zahl ich das! Von selbst! Ich muß ihr gar nichts zahlen! Ich kann die besten Klavierspieler haben! Bei mir verdient man zehn Schilling pro Nacht! Samstag und Sonntag zwanzig! Wie nichts!

ZIERHUT Mit Teller – aber ohne Teller?

TIGER Jetzt hören Sie mit dieser Verrücktheit auf, Mensch! Stellen Sie einen Teller hin, zum Teufel!

ZIERHUT Es ist eine Dame.

TIGER Im Nachtkaffee ist man keine Dame! Wenn sie keine Dame ist, kann sie den Teller hinstellen. Und wenn sie den Teller nicht hinstellt, ist sie doch keine Dame. Ich seh nicht den Unterschied.

ZIERHUT *gekränkt* Das Gefühl merkt den Unterschied.

TIGER Im Kopf hab ich kein Gefühl.

ZIERHUT Der fehlende Teller hebt das Ansehn des Lokals, beträchtlich. Beträchtlich weniger trägt es ein, beträchtlich wenig macht es aus, dem größten Kafetier der Stadt, die Differenz zu ersetzen.

TIGER Kümmern Sie sich nicht um mein Ansehn. Meine Kaffeehäuser führ ich mir selbst. Machen Sie mir da keine Änderungen. *Er glotzt zu Frau Sandoval hinüber.* Sie ist gut erhalten, sie kann sichs anders machen.

ZIERHUT Das ist eine D a m e .

TIGER Die Dame beginnt mit dem Pelzmantel.

ZIERHUT Die Pelzmäntel w a r e n .

TIGER Gut. Bringen Sie sie her. Wir werden sehen, was sich tun läßt.

ZIERHUT *angstvoll* Das geht nicht, da müssen Sie schon selbst an den Tisch kommen!

TIGER Gut, gehn Sie hin, ich komm nach.

SANDOVAL *blickt von der Zeitung auf.* Herr Zierhut! Ich hab Sie schon vorhin einen Augenblick gesehn, doch dann waren Sie verschwunden.

ZIERHUT Ich saß nebenan mit dem Kafetier, genannt der Tiger. Besitzer der vier Etablissements.

SANDOVAL Hier nebenan saßen Sie? Da ist man sich so nah und weiß es nicht.

ZIERHUT Der Kafetier bittet um die Ehre der Bekanntschaft. Ein Bewunderer Ihres reinen Spiels, der Konzerthalle würdig.

SANDOVAL Sehr erfreulich, Herr Zierhut.

ZIERHUT *ruft zur Loge hinüber* Herr Kafetier, die Vorstellung kann beginnen.

TIGER *geht gewichtig, als wäre sein Bauch sein Gesicht, auf Frau Sandoval zu und reicht ihr die Hand.* Tiger!

SANDOVAL Andrea Sandoval. Bitte Platz zu nehmen.

TIGER Ich muß n i c h t s nehmen in dem Kaffeehaus.

SANDOVAL Wie meinen?

TIGER Weil es mir gehört.

SANDOVAL *lacht.* Ein schönes Gefühl.

TIGER *klopft mit seinem Stock auf den Tisch.*

ZIERHUT Ein Kafetier mit Stock.

SANDOVAL Sie haben da einen schönen Stock, Herr Kafetier, mit Goldknauf.

ZIERHUT Ein verstockter Kafetier.

TIGER *greift in die Tasche, zieht eine Tabakspfeife heraus, der Kopf ist reiche Elfenbeinschnitzerei. Er reicht sie Frau Sandoval hin.*

SANDOVAL Eine feine Arbeit.

TIGER *verächtlich* Ich rauche keinen Tabak, ich hab sie bei einer Auktion gekauft. *Er steckt die Pfeife rasch wieder ein.*

SANDOVAL Als Kind hab ich gern Tabak geschnupft. Meine Brüder haben mich erst gezwungen, und dann hab ich es mir angewöhnt. Auch weiße Mäuschen mußt ich beim Schweif nehmen und in den Mund stecken. Sie kribbelten mir dann im Gesicht herum, es war schrecklich.

TIGER In den Mund!? Nicht schlecht.

SANDOVAL *zu Zierhut* Ihnen hab ich es ja schon erzählt.

ZIERHUT *nickt feierlich.*

SANDOVAL *zum Tiger* Kennen Sie meine Tochter!?

ZIERHUT Blendende Schönheit.

SANDOVAL Ja, das ist wahr, das muß ich zugeben.

ZIERHUT Das dürfen Sie nicht.

SANDOVAL Warum eigentlich nicht, Herr Zierhut.

ZIERHUT Sie sieht Ihnen ähnlich.

SANDOVAL Wie können Sie das sagen, Herr Zierhut. Ich war als Kind ausgesprochen häßlich.

ZIERHUT Wer hat es ausgesprochen.

SANDOVAL Meine ganze Familie.

ZIERHUT Bescheidenheit des Siegers.

SANDOVAL Das war bestimmt nicht Bescheidenheit.

TIGER Bescheidenheit ist eine Zier.

Ich kann nicht leben ohne Bier.
Er klopft wieder mit dem Stock an den Tisch.
Bier!

SANDOVAL Sie sind wohl sehr angestrengt, Herr Kafetier. Sie haben doch mehrere Kaffeehäuser, wenn ich Herrn Zierhut recht verstanden habe.

TIGER Alle großen Nachtkaffees. Zierhut hat mir gesagt, daß Sie mehr Bezahlung ...

ZIERHUT Die Antwortnote bitte direkt an mich!

SANDOVAL Was hat Herr Zierhut Ihnen gesagt?

ZIERHUT Fehde zwischen mir und Kafetier. Der Stock ist im Weg, oder Zopf, oder Schimmel, Amtsschimmel.

TIGER Er ist verrückt.

SANDOVAL *lachend* Herr Zierhut ist immer ein wenig summarisch. Wenn man sich daran gewöhnt hat, gefällt es einem sogar.

TIGER Mir gefällt er nicht.

SANDOVAL Das sagen Sie doch nur, weil Sie das Gegenteil meinen, Herr Tiger. Sonst würden Sie es gewiß nicht sagen, dazu sind Sie viel zu fein. Übrigens ein seltsamer Name, Tiger.

KELLNER *kommt von rechts, stellt ein Bier vor Tiger hin und geht ab.*

ZIERHUT Benannt nach dem Kaffee zum Tiger.

SANDOVAL Das Kaffee zum Tiger gehört auch Ihnen?

TIGER Aber d a s ist mir lieber, da sitzen mehr Frauen.

SANDOVAL Die sollten Sie nicht zuviel ansehen, Herr Kafetier, Sie sind doch verheiratet!

TIGER Ich bin Witwer.

ZIERHUT Frau Tiger verschied soeben. Vor einer Minute füllte sie noch meinen Blick.

TIGER Reden Sie nicht so viel, Zierhut.

SANDOVAL Das war wieder ein Scherz von Ihnen, Herr Tiger, ich hab schon gemerkt, daß Sie gern scherzen.

ZIERHUT *erfreut* Da seh ich Ihre königliche Tochter schreiten.

SANDOVAL Dian kommt!

TIGER *nimmt die Zigarre aus dem Mund und glotzt sie an.*

ZIERHUT *macht ihr Platz.* Ihr Erscheinen verursacht Halsweh.

DIANA Ich mach Ihnen Halsweh? Kopfzerbrechen wohl öfter, aber Halsweh?

ZIERHUT Den Besuchern des Kaffees, sie verrenken den Hals.

TIGER Alle schauen nach Ihnen, Fräulein.

SANDOVAL Dian, das hier ist der Herr Kafetier. Er hat uns das Vergnügen gemacht, sich zu uns zu setzen. Herr Tiger – meine Tochter Dian.

TIGER *glotzt sie noch immer an.* Jetzt ist mir die Zigarre ausgelöscht, Fräulein.

SANDOVAL Hier ist Feuer, Herr Kafetier.

ZIERHUT Hier ist eine große Bildhauerin, Herr Kafetier.

TIGER Was für Bilder haut sie?

DIANA Harte Schädel.

SANDOVAL Charakterköpfe.

TIGER Schad, daß ich keinen Charakterkopf hab, sonst könnt ich meinen Kopf bei Ihnen hauen lassen.

SANDOVAL *unschuldig* Da irren Sie sich, Herr Kafetier. Oft hat ein Verbrecher den interessantesten Kopf.

DIANA *lacht heraus.* Das hast Du nicht so bös gemeint, Mutter.

SANDOVAL Keineswegs, ich wollte nur erklären, wie sich die Intensität der Eigenschaften im Gesicht ausdrückt …

TIGER *zu Dian* Hab ich einen Charakterkopf?

DIANA Das allerdings.

ZIERHUT Ihr Kopf, von diesen weichen Händen geformt, würde …

TIGER Ich könnt meinen Kopf bei Ihnen hauen lassen,

nächsten Monat bin ich sechzig. Ich mach ihn meiner Frau zum Geschenk.

SANDOVAL *ehrlich erstaunt* Aber daß Sie schon sechzig sind, Herr Tiger!

TIGER *zu Dian* Haun Sie meinen Kopf. Was kostet das.

SANDOVAL Den Preis bestimmen Sie am besten selbst, wenn der Kopf fertig ist.

TIGER Mir ist lieber, Sie sagen den Preis.

DIANA Mir ist lieber, S i e sagen den Preis.

ZIERHUT Da kommt die Nachtigall mit Schwanenfedern.

SANDOVAL *erfreut* Oh! Frau Pasta!

PASTA *tritt aufgeräumt an den Tisch. Sie begrüßt zuerst den Tiger, dann die Damen und Zierhut, der artig Platz gemacht hat.* Gut, daß ich Sie treffe, Frau Sandoval, gestern waren Sie nicht bei mir, wenn Sie morgen nicht zur Begleitung gekommen wären, hätt ich Sie aufgesucht. Das ist wohl Ihre Tochter, da haben Sie mir aber nicht zu viel erzählt. Ich hab eine gute Nachricht für Sie. Morgen habe ich die große Gesellschaft, die ersten Künstler unserer Stadt! Hofmaler Kirschl, die Schauspielerin Marie Schmidt, die den Schönheitspreis bekommen hat, Maler Beran, Bildhauer Holle ... ja da staunen Sie. *Sie ruft* Kellner einen Doppelmokka! Aber ich hab Ihnen noch mehr zu sagen, ich hab dem Maestro die Photographien gezeigt, Sie sind in Amerika so gut wie ausgestellt!

SANDOVAL Was für ein Glück, Dian!

TIGER Warum laden Sie m i c h nicht ein?

PASTA Sie haben nichts mit Kunst zu tun, Tigerchen und kommen zu der zweiten großen Soirée. Ich bin so erschöpft, dieser Trubel, diese Besuche, dieser Betrieb! *Zu Sandoval* Sie haben ja gesehen, wie es bei mir zugeht!

SANDOVAL Ja, da war ich wirklich Zeugin. Ich muß gestehen, ich bin mir über das Gebaren nicht im Klaren. Ich sehe jeden Morgen Briefe und Pakete einlaufen, aber was damit geschieht, ist mir nicht klar. Ich kann verstehen, daß der Agent in Amerika zu einem Kunsthändler geht, und ihm die Bilder zeigt, aber was geschieht mit den Manuskripten?

PASTA Ganz dasselbe. Er schickt sie den Verlagen, bei denen er hochangesehen ist, die Verleger entscheiden sich dann dafür oder dagegen.

SANDOVAL Ist das so einfach?

PASTA Einfach! Der Maestro liest doch alles, bevor er es den Verlagen empfiehlt, das muß er, er kann doch seinen Namen nicht riskieren.

SANDOVAL Das ist wohl eine große Arbeit, verlohnt sich ihm das?

PASTA Meine Liebe, sein Lohn ist die Genugtuung, daß er so und so vielen Künstlern eine Existenz verschafft. Er nimmt keinen Pfennig für seine Arbeit, außer von den Agenturen und Kunsthändlern, das kann ich Ihnen verraten.

SANDOVAL Sehr edel.

MR STUART SMITH *tritt in die Loge nebenan und nimmt Platz. Er macht bei dem Kellner seine Bestellung, der gerade den Doppelmokka bringt. Während in der Loge links das Gespräch weitergeht, serviert der Kellner, flüstert Stuart Smith etwas zu und geht hinaus.*

PASTA Das glaub ich, daß er edel ist, wenn man bedenkt, was er für ein aufreibendes Leben hat, täglich diese Besuche …

TIGER *erhebt sich, verbeugt sich und geht zur Loge nebenan. Er setzt sich Stuart Smith gegenüber und liest ein Dokument, das dieser ihm reicht.* Was für Ware?

SMITH Luxusware.

TIGER Galanteriewaren, heißt das bei uns.

SMITH Nein, nicht galant, meinen Sie Degen oder Speer? *Er flüstert.*

TIGER *liest ein zweites Dokument, verlangt ein drittes, Smith entfaltet es. Während der Tiger liest, geht links das Gespräch weiter.*

SANDOVAL Sie sagen, er ist so fein?

PASTA Der ist Ihnen so bescheiden, er spricht nicht viel, aber was er sagt, ist so klug, daß man es nicht vergißt. Besonders wenn er O.K. sagt.

SANDOVAL Ich hab ihn nur einmal flüchtig an der Treppe gestreift, da machte er mir auch einen bescheidenen Eindruck. Sein Gesicht hab ich nicht gesehen, es ist so dunkel auf den Gängen, und er war in großer Eile.

PASTA Er ist immer in Eile. Heute ist er bei der Gesandtschaft. Und wenn er nicht eingeladen ist, sind bei mir Gäste. Einmal die Haute Volee, einmal die Künstler. Sie haben keine Ahnung, wie schwer es ist, immer die richtigen Künstler einzuladen, ich kann unmöglich zehn Schauspieler zusammenbringen, alle sind untereinander zerstritten. Morgen ist Bildende Kunst. *Zu Diana* Sie sind auch dabei.

SANDOVAL Das ist uns eine große Freude.

TIGER *nebenan, unterzeichnet ein Dokument.* Urnen, Bronzen, das ist Galanterieware. Das ist die Marktbezeichnung. *Er begleitet Stuart Smith, der ein Silberstück auf den Tisch wirft, nach rechts und kommt dann allein zurück zur Loge links.*

PASTA Nicht alle sind mir dankbar, Sie können es mir glauben, es gibt …

SANDOVAL Dieser Undank ist schändlich.

TIGER *setzt sich.* Schändlich kommt von schänden.

PASTA *lacht herzlich.* Ich hab Sie schon vermißt, Tigerchen.

SANDOVAL U n s e r e r Dankbarkeit können Sie sicher sein.

PASTA Das ist nur Menschenpflicht, daß einer dem anderen hilft. Sie helfen mir ja auch, Sie begleiten mich ganz tüchtig beim Üben. Eine Hand wäscht die andere.

TIGER Die gewaschene Unschuld.

PASTA Was sagen Sie zu diesem Parfum, Tigerchen, die Marlene Dietrich benützt es.

TIGER Marlene Sperrhaken.

PASTA Was haben Sie da für ein Abzeichen, Zierhütchen?

SANDOVAL Herr Zierhut ist Mitglied des Trocken-Klubs. Zur Bekämpfung des Alkoholgenusses.

TIGER Henkell Trocken. Henkell Trocken ist …

PASTA Ruhig, Tigerchen. Es ist immer vernünftig, Laster zu bekämpfen.

TIGER *zu Sandoval* Sind Sie auch dafür?

SANDOVAL Wofür, Herr Kafetier?

TIGER Daß man Laster bekämpft.

SANDOVAL Dafür bin ich wirklich.

TIGER Und Sie, Fräulein Bildhauerin.

DIANA *kalt* Ich bin dafür, daß man sie verewigt.

TIGER Ihre Tochter ist gescheiter als Sie.

SANDOVAL Wie mich das freut! Ich hab mich nie ausgezeichnet, auch als Kind nicht. *Zieht die Uhr.* Ich sehe jetzt, daß ich leider gehen muß und zwar sofort. Ich muß nämlich heute abend antreten, im Kaffee zum Schwan, Herr Tiger, bei Ihrer Konkurrenz.

TIGER Der Schwan eine Konkurrenz für den Tiger!

SANDOVAL Dian, wir zahlen vorne, ich hab es eilig, es ist halb sieben, um sieben muß ich antreten.

DIANA *steht vom Tisch auf und zieht ihre Mutter nach vorne.* Mußt du hingehen, Mutter?

SANDOVAL Aber Kind, ich bin froh, daß ich die Gelegenheit hab. Das hat mir Zierhut vermittelt. Ich spiele zwei Stunden dort, dann komm ich hierher zurück und sehe nach, ob man mich hier brauchen kann.

DIANA Mutter, komm nicht hierher zurück.

SANDOVAL Dian, warum denn nicht.

DIANA Dieser Tiger ist keine Gesellschaft für dich.

SANDOVAL Ich betracht ihn nicht als solche. Er ist der Chef, bei dem ich arbeite.

DIANA Er ist so kompakt und durchschnittlich, bis auf seine Taktlosigkeit. Die ist überlebensgroß.

SANDOVAL Er ist gewohnt, mit dem Personal zu kommandieren, er hat gleich mehrere Kaffeehäuser. Im Grund ist er nicht bösartig, er versteht doch nichts von Kunst und hat dir gleich den Auftrag gegeben. Freust du dich nicht über den Auftrag?

DIANA Mutter, versprich mir, daß du dich nie mit ihm allein triffst.

SANDOVAL Das kann ich dir richtig versprechen, ich muß nur lachen, weil du mich so bedroht siehst. Eine etwas seltsame Situation für die Mutter eines erwachsenen Mädchens.

DIANA Ich fürcht ja nur für dich, weil er so taktlos ist. Er kann dich einmal sehr kränken. Er spricht nur Zweideutigkeiten ... und du bist ganz ahnungslos ...

SANDOVAL *lächelt rätselhaft.* Glaubst du, Dian?

DIANA Bist du dir klar darüber, wer dieser Tiger ist.

SANDOVAL Mir ist sein Blick nicht entgangen.

DIANA Weißt du, wie er spricht?

SANDOVAL Zweideutig, du hast es gesagt.

DIANA Wie willst du dich vor ihm schützen.

SANDOVAL Indem ich die Deutung verstehe, die mir gemäß ist.

DIANA Du siehst nur dich in den anderen wieder.

SANDOVAL Das ist mein Halt.

DIANA Ich sehe die anderen in mir. Das ist meine Qual, Mutter.

SANDOVAL Das ist deine K u n s t, Dian.

PASTA *stellt sich zu ihnen.* Was habt ihr denn da für Geheimnisse! Wartet, ich geh mit euch.

SANDOVAL Wird uns freuen. Auf Wiedersehen, Herr Zierhut, auf Wiedersehen, Herr Kafetier.

TIGER Sie kommen doch zurück? Ich sprech dann mit Ihnen wegen dem Kopf.

PASTA *reicht den Herren die Hand. Beim Abgehen* Was ist denn mit seinem Kopf los?

SANDOVAL *abgehend* Herr Tiger ist so liebenswürdig …

DIANA *nickt kühl und folgt ihnen.* Ich mach seinen Torso …

TIGER Die Mutter gefällt mir.

ZIERHUT Das sind Damen.

TIGER Das werden wir sehen.

ZIERHUT Nichts werden wir sehen.

TIGER Wetten wir, daß ich alles sehen werde.

ZIERHUT Machen Sie keine Scherze.

TIGER Wetten wir!

ZIERHUT Ich wette nicht.

TIGER Um hundert Schilling.

ZIERHUT Ich wette nicht.

TIGER Wenn Sie so sicher sind! Machen Sie doch den »Damen« ein Geschenk! Einen Monat hackt sie auf dem Klavier herum, bis sie hundert Schilling verdient. Jetzt können Sie's in einer Stunde haben.

ZIERHUT Niemals.

TIGER Sie haben Angst. Weil Sie das Geld nicht haben, wenn Sie verlieren. Wenn Sie so sicher sind! Sie sind aber nicht so sicher, Freundchen, das wollt ich heraushaben. Sie sind nicht sicher, ich bin es.

ZIERHUT *beleidigt* Ich bin ganz sicher.

TIGER Dann wetten wir. Wetten wir doch! Wetten wir um hundert Schilling.

ZIERHUT Eine solche Wette … Beleidigung der Dame. *Er springt auf, zum ersten Mal in seinem Leben gereizt.* Das ist eine Niedertracht!

TIGER *zieht ihn am Ärmel zum Tisch herunter.* Lassen Sie mich erklären. Setzen Sie sich. Sie kennen doch mein Stadtkaffee. Ich will offen mit Ihnen reden.

ZIERHUT *setzt sich würdevoll.* Hüten Sie sich.

TIGER Das will ich als Konzertkaffee einrichten. Dazu brauch ich eine anständige Pianistin, eine, die meinem Renommee nicht schadet, eine D a m e. Wie kann ich wissen, ob die Dame eine D a m e ist? Unterbrechen Sie nicht, hören Sie mich an. Man wird ihr dort nachstellen, sie ist gut erhalten. Ich werde mein Kaffeehaus nicht aufs Spiel setzen, ich will wissen, ob sie standhält. Dazu brauch ich S i e, weil sie mit mir allein nicht in ein Separée gehen wird.

ZIERHUT *greift entsetzt nach dem Hut.* Separée.

TIGER Das Lusthaus mein ich. Adelige sind schon dort gesessen, die große Welt sitzt dort, wir fahren alle drei hin und essen dort. Ich mach Ihnen dann ein Zeichen und Sie verduften. Ich will die Frau nicht bedrängen, ich bin froh, wenn sie standhält. Auf die Probe muß ich sie stellen, sonst kann ich ihr keine Arbeit geben. Sie wollen doch, daß ich sie gut bezahl, ohne – wie haben Sie gesagt – ohne Teller. Ich zahl ihr zehn Schilling ohne Teller. Natürlich ... wenn sie n i c h t standhält, kann ich nicht nein sagen. Das werden Sie verstehen. Aber Sie sind doch ganz sicher ...

ZIERHUT *feierlich* Ich schwöre ...

TIGER Ich auch. Dafür zahl ich auch noch hundert Schilling. Wenn sie nicht standhält, zahl ich Ihnen nichts, das sag ich Ihnen gleich, dann muß ich i h r zahlen, haha!

ZIERHUT Die Feuerprobe, die Wasserprobe, jede Probe, die diese Frau besteht – läßt sich fixieren, ohne Wette.

TIGER Aber warum? Wenn Sie nicht wetten, beleidigen Sie die Frau! Dann sind Sie unsicher. So seh i c h das. Wir wetten, Sie gewinnen. Geben Sie i h r das Geld, sie wird froh sein. Geld stinkt nicht.

PASTA *steht in ihrem Salon, einem großen Raum mit Stahlmöbeln, rechts vor dem Grammophon. Das Grammophon spielt Mozart. Pasta singt mit angenehmer Stimme.*

Die Ihr die Triebe des Herzens kennt
sagt ist es Liebe das hier so brennt
sagt ist es L i e b e das hier…

ZOFE *tritt von der Mitte ein.* Für Mister Stuart Smith. *Sie reicht Pasta rote Rosen.*

PASTA *betrachtet das Kuvert.* Vom Intendanten! Stellen Sie sich vor, jetzt schickt ihm der Intendant auch Blumen.

ZOFE Wo der Salon ohnehin schon ganz voll Blumen ist. Und diese vielen Noten!

PASTA Das sind Manuskripte. Diese Woche sind hundertelf Manuskripte eingelaufen. Ich hab gar nicht gewußt, daß es hundertelf Schriftsteller gibt. Wo er das alles unterbringen wird?

ZOFE Mister Stuart Smith läßt morgen wieder eine Kiste abschicken.

NICK *tritt von rechts ein. Er sieht beständig müde aus, aber dennoch beflissen zu dienen.* Neun Telephonate!

PASTA Warum sagst du immer Telephonate! *Zur Zofe* Sie können jetzt gehen, geben Sie gut acht, daß keine Parasiten sich eindrängen.

ZOFE Wie bitte?

NICK Schwämme.

PASTA Ich meine Gäste, die nicht eingeladen sind.

ZOFE *im Abgehen* Ich hab die Liste in der Tasche.

PASTA Der Maestro will morgen den Film sehen.

NICK Warum sagst du immer Maestro.

PASTA Man kann doch nicht Meister zu ihm sagen, so nennt man doch jeden Schuster.

NICK Er heißt Smith.

PASTA Der Name paßt nicht zu ihm. Was ist mit dem Film?

NICK Ich komm nicht weiter damit. Man kann nicht auf Befehl in drei Tagen einen Film machen.

PASTA Natürlich kann man das, wenn man eine hohe Anzahlung bekommt. Du, sag das keinem Menschen, sonst pumpen uns alle an. Erzähl doch rasch, oder lies vor, sonst kommen die Gäste und du hast wieder nichts gemacht.

NICK Also: der Maler X-Y macht mit seiner Braut eine Reise nach Italien. Er erlebt dort den Ausbruch eines Vulkans und rettet einem jungen Mädchen das Leben. Ihre Wildheit reizt sein Malerauge und er nimmt sie nach seiner Heimat mit.

PASTA Das ist sehr gut.

NICK Ich hab mir gedacht, jetzt müßte entwickelt werden, wie das wilde Geschöpf an der kultivierten Umgebung erkrankt ...

PASTA Quark. Das interessiert das Publikum nicht.

NICK Sag nicht immer Quatsch.

PASTA Ich hab Quark gesagt.

NICK Milieuschilderung. Also: Das Leben der Künstler, das Elend ...

PASTA Quark. Künstlerelend ist eine Phrase.

NICK Du wirst doch nicht ernstlich behaupten, Schatz, daß es heute keine Not unter den Künstlern gibt. Du hast doch selbst ...

PASTA Wer etwas vorstellt, setzt sich durch, die anderen sind lebensunfähig.

NICK Aber die Umstände heute sind doch gegen den Künstler.

PASTA Diese Umstände haben einen Mister Stuart Smith geboren, den Mann, der alles kann und der ganz Europa auf die Beine stellen wird. Die Phrase »Künstlerelend« veranlaßt die Amerikaner, alles bei uns möglichst rasch und billig aufzukaufen, also gibt es kein Künstlerelend. Schreib nur endlich den Film. Du hast ihn ganz gut begonnen, es fehlt nur noch die Idee. Nur keine Zwecke hineinbringen, keine Belehrungen. Man wird ohnehin den ganzen Tag belehrt. *Schreit* Ich hab die Idee! Das gerettete Mädchen verliebt sich!

NICK *erfreut* In den Retter!

PASTA Mir ist etwas Entsetzliches eingefallen. Du hast die Braut vergessen.

NICK Welche Braut?

PASTA Du hast doch begonnen: Der Maler X-Y macht mit seiner Braut eine Reise.

ZOFE *öffnet die Türe und läßt den Dichter* TELL *ein. Tells Gesicht ist ein hinreißend lebhaftes Knabengesicht. Er trägt ein offenes Hemd und hält zwei Bücher in der Hand.*

PASTA Ein wahres Glück, daß du da bist, Tell, eine Fügung. Du kannst uns ein wenig helfen. Wir brauchen eine Idee für einen Film. Du hast manchmal so gute Einfälle.

TELL *spricht mit sehr sanfter Stimme.* Zwei Dörfer … deren Uhren aus einer alten Kaprize um eine Stunde verschieden gehen. Und alle Zwischenfälle die daraus entstehen, launisch, tragisch, die ganzen reizenden bösen Verwirrungen, die sich daraus ergeben, daß es mit einem Schritt ins andere Dorf erst viertelzwölf ist, wenn es im anderen Dorf schon vierteleins ist.

NICK *verweisend* Das ist ein Romanstoff, mein Lieber.

PASTA Das ist überhaupt kein Stoff, das ist eine verrückte Idee. Komm uns mit keinen Verrücktheiten.

TELL Wie wärs mit der Geschichte eines Scheintoten. Der unerwartet erwacht und glaubt, daß er alles Entsetzliche, das vor ihm gesprochen und getan wird, nur träumt …

PASTA Hör auf. Nur keine Psychologie! Die Welt ist gar nicht so schlecht wie du sie darstellen möchtest.

NICK Wir bleiben bei meinem Thema, es hat viele Filmmöglichkeiten, Italien, der Vulkan …

PASTA Das gerettete Mädchen verliebt sich in den Maler, wo wohnt sie übrigens?

NICK Sie hat Talent, er unterrichtet sie im Malen, sie wohnt natürlich bei ihm.

PASTA Das geht nicht. Das geht unmöglich, Nick. Das würde das Publikum abschrecken. Ein junges Mädchen wohnt nicht bei einem ledigen Herrn.

NICK Tell! Hast du einen Einfall? Sagen wir – Hausnummer – Der Held ist verlobt mit einer Frau von Welt, das urwüchsige junge Mädchen tritt dazwischen, das ist natürlich nur eine Hausnummer. Oder: Zweite Hausnummer. Der Held hat ein Verbrechen zu verbergen, das junge Mädchen findet es heraus … Frage: wie findet sie es heraus?

TELL Sie rekonstruiert es aus seinen Skizzen, die er heimlich entwirft und versteckt.

NICK Ganz gut, das ist etwas. Nur weiter.

PASTA Streng dich an, Tell.

TELL Geht es denn … daß sie seine Beziehung stört … und er ein Verbrechen begangen hat … das sind zwei verschiedene Handlungen … die beide nicht zu Ende geführt sind.

NICK Du verstehst das nicht, hier wird nicht Theater gespielt, das ist ein Film! Spannung, Handlung. Ein Verbrechen. Mord! Hausnummer – Lustmord.

PASTA Um Gotteswillen, nur keinen Lustmord! Das ist Psychologie!

TELL Der Held könnte einen heftigen Traum haben und unter dem Eindruck des Traumes ein Verbrechen …

NICK Nur keine Träume, das kann das Publikum nicht leiden.

TELL *ironisch* Laßt ihn eine Doppelrolle spielen, am Tag

der berühmte Maler, nachts treibt er sich herum und lebt sein eigentliches Leben ... ist das banal genug?

NICK Das ist eigentlich eine Idee.

PASTA Am Tag der feine Herr, nachts ein Vagabund, das ist unsympathisch. Ein Held darf nicht in Schmutz waten. Ich hab die große Idee, Nick. Er hat einen Bruder, der ihm sehr ähnlich sieht, ein verkommener Mensch, der ihm immer den Namen stiehlt ...

NICK Und der den Mord begangen hat ...

PASTA Der große Maler wird verdächtigt ...

NICK Und jetzt rettet das Mädchen ihn aus Dankbarkeit ...

PASTA Da hast du das Stück!

NICK Ist sie nicht ein Prachtweib!

PASTA Quark. Jetzt geht hinauf und arbeitet. Die Gäste werden gleich erscheinen.

TELL Kommt sie?

PASTA Marie Schmidt kommt.

TELL Nein. Sie.

PASTA Ach so, die kleine Bildhauerin. Die kommt auch. Sandoval heißt sie.

TELL *geht mit Nick nach rechts ab.* Sandoval ... *kommt zurückgelaufen.* Wie heißt er denn?

PASTA Wer?

TELL Der Amerikaner.

PASTA Mister Stuart Smith.

TELL Das ist ein englischer Name.

PASTA Der hat dir so viele Vornamen, amerikanische, ich kann mir nie alle merken. Picton.

TELL Picton Smith paßt nicht.

PASTA Er heißt noch vier riesig schwere Namen, die ich mir nicht merken kann, er ist so fein, er spricht nie von sich.

TELL Wieso wohnt er dann bei dir?

NICK *kommt zurückgelaufen, um ihn zu holen.* Meine Akquisition!

TELL Jetzt versteh ich, du hast ihn angelockt und Pasta hat ihn nicht mehr ausgelassen.

PASTA Er wollt erst nicht bei uns wohnen, wie er mich gesehn hat, hat er eingewilligt.

NICK Er war im Filmstudio, er ist fremd in der Stadt und sehr zurückhaltend.

PASTA Du, der ist dir zurückhaltend!

TELL Auch dir gegenüber? Wie bringt er das fertig?

PASTA Hinaus mit dir! *Sie drängt beide hinaus.*

ZOFE *öffnet die Mitteltüre, meldet* Frau Marie Schmidt!

SCHMIDT, *Schauspielerin, tritt rasch auf Pasta zu und lächelt bezaubernd.* Ich freu mich sehr …

ZOFE *trägt ihr ein Päckchen nach, reicht es Pasta und geht ab.*

SCHMIDT Ich freu mich sehr auf den heutigen Jour.

PASTA Ich freu mich, daß Sie gekommen sind, woher haben Sie denn …

TELL *kommt zurückgelaufen.* Könntest du nicht im Meldezettel nachschauen? *Er bemerkt die Schauspielerin, lacht entzückt und verlegen.* Oh!

PASTA Im Meldezettel? Was denn für einem Meldezettel?

TELL Wie er mit dem Vornamen heißt.

PASTA Hörst du noch immer nicht auf! *Zu Frau Schmidt* Er will unbedingt wissen, wie Mister Stuart Smith mit seinen vielen Vornamen heißt. Zu ihm paßt kein Vorname! Er heißt Stuart Smith, das find ich so interessant.

SCHMIDT Natürlich, zu ihm paßt kein Vorname, man sagt ja auch nur Prince of Wales und weiter keinen Vornamen.

PASTA Natürlich, das ist bei Persönlichkeiten so. Du mußt jetzt gehen, Tell, troll dich.

TELL *blickt fasziniert auf Frau Schmidt.* J e t z t soll ich gehn! Nein, jetzt geh ich nicht!

PASTA Jetzt möcht er hierbleiben, weil er eine schöne

Frau sieht! Schau daß du weiterkommst, du weißt schon warum.

TELL *geht ab, den Kopf bis zuletzt zurückgewendet.*

SCHMIDT *lacht.* Er ist reizend.

PASTA Jetzt halt ich schon die ganze Zeit dieses Päckchen in der Hand, ich weiß gar nicht, wie das zu mir kommt.

SCHMIDT Ein kleines Geschenk von mir, der neueste Flap-Jack. Ihm hab ich Blumen aufs Zimmer tragen lassen.

PASTA *auspackend, schreit* Aus Gold! Das ist aber schön von Ihnen, das heb ich mir gut auf! Das werd ich immer behalten, zum Andenken an Sie!

SCHMIDT Sehr freundlich. Ist er zuhause?

PASTA Er muß jeden Moment erscheinen. Haben Sie eine Ahnung, was in meinem Haus für ein Betrieb ist! Manuskripte, Bilder, sogar Plastiken nimmt er mit.

SCHMIDT *sehr interessiert* Er nimmt das alles nach Amerika mit?

PASTA Er läßt es abschicken. Er ist kein gewöhnlicher Agent, er ist sozusagen Welt-Manager in Kunst. Er bringt Manuskripte unter, vermittelt den Verkauf von Bildern, drüben, er placiert große Talente. Und da er unmöglich alles selbst prüfen kann, helfen wir ihm bei der Wahl der Künstler, ich und Nick, ich weiß oft nicht, wo mir der Kopf steht, aber man muß ihn natürlich bei seinem edlen Werk unterstützen.

SCHMIDT Sagen Sie, nimmt er wirklich keine Prozente. Keine Provision?

PASTA Nicht von den Künstlern. Nur von den Verlegern und Kunsthändlern, würd ich mich sonst für ihn so begeistern?

SCHMIDT Ich fühl mich geschmeichelt, weil er Smith heißt, es ist wie eine Fügung.

PASTA Wieso?

SCHMIDT Die Namensgleichheit. Schmidt und Smith.

Sie glauben, er wird mich im Guild-Theatre unterbringen?

PASTA *schreit* Sie sind schon untergebracht! Sie bekommen einen Vertrag! Er ist bevollmächtigt zu engagieren!

SCHMIDT Und die Spesen des Transports, die Reisen, wer zahlt ihm das?

PASTA Er hat hier einen Geldmann gefunden, der sich beteiligt. Die Leut laufen ihm nach mit ihrem Geld. Jochum hat ihn bei einem großen Verlag eingeführt, der Kritiker. Er kommt auch heute.

SCHMIDT *pudert sich.* Wer kommt denn noch?

PASTA Hofmaler Kirschl, Bildhauer...

SCHMIDT Wie haben Sie ihn eigentlich kennen gelernt?

PASTA Wen, Kirschl?

SCHMIDT Mister Smith.

PASTA Nick hat ihn im Filmstudio getroffen, er war etwas verloren, er hat Filmmanuskripte gesucht, Nick hat ihn gleich eingefangen, er schreibt jetzt einen Film für ihn, er hat Schauspieler gesucht, Nick hat sofort Sie vorgeschlagen.

ZOFE *öffnet, meldet* Maler Beran.

BERAN *tritt ein. Er sieht aus wie ein wächsernes Heiligenbild.* Die schönen Blumen! *Sieht sich um.* Sogar Magnolien. *Er erblickt Frau Schmidt.* Und Sie!

PASTA Daß Sie sich endlich bei uns sehen lassen! Da müssen wir wirklich einen so illüstren Gast haben, damit Sie kommen!

BERAN *verneigt sich vor ihr und küßt Frau Schmidt die Hand.* Wenn Sie mit dem illüstren Gast diese Dame meinen, Frau Pasta, dann kann ich mich nicht verteidigen, mich verteidigt die Schönheit.

PASTA Ich sehe, ihr werdet euch ganz gut verstehen, ich muß einen Moment hinaufgehen und nachsehen, wie es mit dem Film steht. Ihr entschuldigt mich doch. *Sie geht nach rechts ab.*

SCHMIDT Bitte sehr.

BERAN Wie geht es immer, schöne Frau.

SCHMIDT Schöne Frau. Sie wollen mich doch nicht malen.

BERAN Wie kann man Sie denn malen, Sie sind ein fertiges Bild. Vollkommen.

SCHMIDT Und nur das Unvollkommene regt Sie an. Vielleicht wird Sie Mr Stuart Smith interessieren.

BERAN Der ist schon gemalt worden. Er erinnert mich an eine Radierung eines holländischen Malers …

SCHMIDT Mich erinnert er an einen Großindustriellen.

BERAN *lacht.* Haben Sie denn noch nie einen Großindustriellen gesehen? Der hat etwas gelernt und sein Amt macht ihm oft schweres Kopfzerbrechen.

SCHMIDT Ich hab ihn nur flüchtig gesehn, im Kaffee zum Tiger. Ich hab mir gedacht, das muß ein Großindustrieller sein.

BERAN Aber, aber. Wo ist denn bei dem Amerikaner das Eiserne, das ganz wörtlich Großzügige des Industriellen. Wären seine Äuglein nicht, ich wär versucht sein Gesicht unbedeutend zu finden. Ich traf ihn ganz zufällig in der Albertina, das heißt, ich half mit meinem Englisch aus und lernte ihn so kennen. Er ist gemessen und höflich, sehr höflich, aber das ist alles.

SCHMIDT Er ist aristokratisch in seinen Bewegungen. Dabei hilflos, ich bin ganz gerührt …

BERAN Es ist ein Glück für die Menschheit, daß schöne Frauen einen so schlechten Geschmack haben. Sie sorgen dafür, daß die Schönheit nicht verkümmert.

PASTA *kommt zurück.*

SCHMIDT *lacht geschmeichelt.* Sagen Sie, liebe Pasta, wie sieht Stuart Smith Ihrer Ansicht nach aus?

PASTA Wie ein spanischer Herzog.

BERAN Auch das noch! Wie glauben Sie, würde er sich benehmen, wenn er eine Liebeserklärung macht.

PASTA Wie ein Schloßherr.

SCHMIDT Wie ein Raubritter.

PASTA Der kniet bestimmt und sagt ein Sonett auf.

SCHMIDT Der kniet nicht, der entführt gleich.

ZOFE *meldet ehrfürchtig* Mister Stuart Smith.

MISTER STUART SMITH *tritt ein. Er ist beeindruckt von den Ehren, die ihm zuteil werden, auch von der guten Gesellschaft, aber nicht ohne zu vergessen, daß dies nur ein kleiner, verarmter Kontinent ist. Dies hatte man Gelegenheit zu bemerken, als er bei Frau Sandoval eindringen wollte. Er reicht die Hand mit etwas geiziger Höflichkeit.*

PASTA Da sind Sie! Es ist gut zehnmal nach Ihnen telephoniert worden! Bitte nehmen Sie Platz, es wird gleich der Ansturm losgehen. Bitte in die Mitte, Mr Stuart Smith.

SMITH *verbeugt sich vor Marie Schmidt und setzt sich.*

SCHMIDT *lächelt bezaubernd.* Darf ich mich neben Sie setzen?

PASTA Maler Beran ... richtig ihr kennt euch schon.

BERAN *setzt sich nach der Begrüßung in einiger Entfernung nieder, Pasta bleibt stehen.*

SCHMIDT Gefällt es Ihnen bei uns?

SMITH Swell, sehr gut, wirklich.

SCHMIDT Sehr liebenswürdig.

ZOFE *öffnet, meldet* Bildhauer Holle.

HOLLE *ist groß und blond und sieht aus wie ein träumender Klotz. Er reicht jedem derb die Hand und setzt sich zu Beran, mit dem er leise ein Gespräch beginnt.* Hinter mir kommt Kirschl, Frechheit, daß s' den einladen, wenn mir da sind.

BERAN *leise* Sie meints nicht schlecht. Hofmaler. Auf Amerikaner macht so was noch Eindruck. Sie halten das für die alte Welt.

ZOFE Herr Hofmaler Kirschl.

PASTA Das ist wirklich reizend Herr Hofmaler... darf ich bekannt machen, Hofmaler Kirschl – Mister Stuart Smith, unsere Schmidt kennen Sie, Beran, Holle.

HOFMALER *opulent, feierlich* Wie fühlen Sie sich in unseren Gefilden? *Er rückt seinen Stuhl zu Smith.*

SMITH Was ist das Gefilden.

PASTA Der Herr Hofmaler meint, wie es Ihnen bei uns gefällt.

SMITH *lernbegierig* Gefilden ist gefällt. Alles ist gut, danke sehr.

HOFMALER In der Fremde fühlt man sich nie recht zuhause.

SMITH Everything is well.

HOFMALER Fühlen Sie sich sehr angestrengt von Ihrer geschätzten Tätigkeit?

SMITH Oh, ja, danke.

HOFMALER Unser Land ist schön, nicht wahr.

SMITH Sehr schön, wirklich.

HOFMALER Gefällt Ihnen unsere Flora?

SMITH *sieht sich um.* Welche ist Flora?

HOFMALER Vegetation. Sie haben doch drüben eine ganz andere Landschaft, Yellowstonepark.

SMITH Ganz bestimmt.

HOFMALER Fällt Ihnen das Deutsche sehr schwer?

PASTA Mister Smith spricht sehr gut Deutsch, nur mit etwas Accent. Ich finde das gerade so nett.

SCHMIDT Reizend.

SMITH Ich danke sehr.

PASTA Er hat es nicht gern, wenn man Englisch zu ihm spricht, er sagt, lieber läßt er die anderen sich mit ihm abplagen ...

ZOFE *meldet* Doktor Jochum!

JOCHUM *verneigt sich tief vor allen und nimmt hurtig neben dem Hofmaler Platz.* Ihr letztes Bild hat mir sehr gefallen.

PASTA Welches meinen Sie?

HOFMALER Die Heerführer.

JOCHUM Jeder einzelne Heerführer zum Sprechen ähnlich.

PASTA Eine Glanzleistung.

HOLLE *leise zu Beran* A Photographenalbum.

SCHMIDT Ich kann mir gar nicht vorstellen, wie man das malt, eine ganze Armee, mein ich.

HOFMALER Die Früchte reicher Arbeit, gnädige Frau.

JOCHUM Ja, wirklich, Herr Hofmaler sind sehr fruchtbar.

HOLLE *leise zu Beran* A Früchtl is er.

ZOFE *tritt mit dem Tablett ein, reicht in der Folge lautlos Teeschalen herum.*

PASTA Maler Beran arbeitet schon seit Monaten an einem Bild.

BERAN Ich male ein und dasselbe Porträt jetzt schon zum dritten Mal und bin noch immer nicht zufrieden damit.

PASTA Sie sind viel zu pedant. *Sie reicht Mr Smith ein Tablett mit Konfekt.*

BERAN Ich beneide die leichten Naturen, von denen man sagen kann »den Seinen gibts der Herr im Schlaf«. Mir raubt der Herr den Schlaf.

HOLLE *laut* Es schaut aber auch wos dabei heraus!

BERAN Glauben Sie mir, lieber Freund, das Resultat ist nicht den Einsatz wert.

HOLLE Bei die andern is ka Einsatz und ka Resultat.

JOCHUM Wie denkt man bei Ihnen in Amerika drüben.

SMITH Über wen meinen Sie?

JOCHUM Ist man für Präzision oder Initiative.

SMITH Das würde einen zu langen Weg gehen das zu erklären.

JOCHUM Die neue Richtung ist für Intuition. In der Malerei.

SMITH Die Mona Lisa ist auch ganz schön.

JOCHUM Welche Kunstgattung ziehen Sie vor. Welche Art der Kunst …

SMITH *mit einem Blick auf Frau Schmidt* Schauspielerei.

JOCHUM Nicht wahr! Es geht nichts über den reproduzierenden Künstler. Er ist ganz selbstlos. Dem Mimen flicht die Nachwelt bekanntlich keine Kränze.

SMITH Was ist Mimen?

JOCHUM *unterwürfig* Schauspieler.

HOLLE In ihren Kritiken san S' aber net so konzülliant. Da beißen S' die armen Teifel.

PASTA Das ist der richtige Kritiker. Beißend im Urteil, geschmeidig im Umgang.

SMITH Aber ich liebe diese Kunst nur bei einer Frau. Man sollte nur Frauen alle Rollen spielend lassen. Ein Mann, der spielt, ist drole.

HOLLE Der umgestülpte Shakespeare.

JOCHUM Nicht wahr! Die Frau ist die geborene Schauspielerin. Beim Mann ist alles angelernt.

BERAN *ehrlich* Das möchte ich nicht sagen. Immer muß gelernt werden, besonders in der Kunst.

PASTA Der Herr Kritiker ist nur gegen Bildungsprotzen. Mr Stuart Smith kann das auch nicht leiden, wenn jeder gleich seine Weisheit auskramt.

SCHMIDT Da bin ich aber sehr erleichtert, Herr Stuart Smith, ich bin so riesig ungebildet.

SMITH Ah, aber es steht Ihnen gut.

PASTA Ich fang schon an eifersüchtig zu werden, sonst macht er immer nur mir den Hof.

SMITH Sonne und Mond, alles ist schön.

PASTA Das laß ich mir gefallen.

SCHMIDT Pasta ist sicher die Sonne.

HOLLE *halblaut* A Sonnenblume is.

SCHMIDT Und Sie, Herr Stuart Smith sind … undurchdringlich.

SMITH Das muß ich wohl.

HOFMALER Ich sehe mir auch schon immerzu Ihren Kopf an, ich stelle mir vor, wie man Sie malen müßte.

JOCHUM Ein Herold, der vom Olymp die Namen der Künstler verkündet.

HOFMALER Nicht ganz. Ich stelle mir eher einen Messias vor. Dekorativ. Mit Kranz im Hintergrund.

SMITH *wehrt ab.* Aber nein ... ich ...

BERAN Mich erinnert unser Gast bereits an ein Bild, an einen holländischen Kaufherrn, eine Radierung ...

PASTA Erlauben Sie, der Maestro ist doch kein Kaufherr! Er ist doch gerade das Gegenteil, wie können Sie so etwas sagen, er ist doch ganz uneigennützig ...

SMITH *wehrt ab.*

BERAN Beruhigen Sie sich, liebe Frau, es ist keine Beleidigung mit einem Rembrandt-Porträt verglichen zu werden.

HOLLE *zu Smith* I mecht was frogn.

SMITH *versteht kein Wort.* Wenn ich bitte darf?

PASTA Holle will Sie etwas fragen.

SMITH Bitte zu verfügen.

HOLLE Soll I Ihna Köpf mitgeben oder nur die Bülder.

PASTA Soll er Ihnen Plastiken mitgeben oder Photographien.

SMITH O, jedes von beiden.

HOLLE I habs net verstandn.

PASTA Einen Kopf und sonst nur Photographien, der Transport ist ziemlich teuer.

SMITH Sehr verpflichtet.

HOLLE Soll ma ühm die Transpurt glei zahln?

BERAN Er hat einen Geldmann, der beteiligt ist, soviel ich weiß.

HOFMALER *zu Smith* Wie hoch sind die Gemälde versichert?

SMITH Gemälden?

PASTA Die Bilder.

SMITH Für fünfhundert Schilling. Die Monumenten für das Zweifache.

PASTA Plastiken meint Mister Smith.

HOFMALER Ich möchte Sie ersuchen, meine höher zu versichern, man kommt in die Jahre, da wird jedes Bild mehr wert.

SMITH Das Boot darf nicht stranden, darf es.

BERAN So kann man beruhigt sein, daß nichts verloren geht? *Zu Holle* Meine Frau weint über jedes Bild, das ich verkaufe.

JOCHUM Das ist das Los des bildenden Künstlers, die Schriftsteller bekommen alles schöner und besser ausgestattet zurück.

SMITH Wenn sie verkaufen.

PASTA *macht Jochum ein Zeichen, der sich erhebt.*

JOCHUM Mister Stuart Smith hat etwas ausgesprochen, das Wasser in unsere Mühlen gießt, die überfließen von Dankbarkeit für Sie, Mister Smith, der Sie den Künstlern unserer Stadt Ihre Kräfte aufopfernd zur Verfügung stellen. Ich glaube im Sinne aller zu sprechen, wenn ich Ihnen hiermit den Dank der gesamten Künstlerschaft feierlichst ausdrücke. Sie sind den Künstlern heute A l l e s .

ALLE *applaudieren.*

SMITH Damen und Herren, es ist mir eine Schwierigkeit zu sprechen. Ich weiß die Sprache nicht. Aber auch in English fällt es mir schwer etwas zu sagen, weil ich bin dafür, daß die Autoren sollen schreiben, die Artisten sollen reden und die anderen sollen schweigen wie ein Fisch. *Zu Jochum* Sie haben mir nette Dinge gesagt, ich hoffe es zu verdienen, aber ich bin nicht alles. Wir sagen bei uns: der Künstler ist nichts, der Agent ist etwas, der K ä u f e r ist alles. Ich bin nur etwas. Es ist alles, was ich sein kann. Und es ist mein *zu Pasta* way?

PASTA Weg.

SMITH *zögernd* Mein Weg es zu erklären.

ALLE *applaudieren.*

PASTA Das haben Sie reizend gesagt: der Künstler ist nichts, der Agent ist etwas, der Käufer ist alles. Das kursiert morgen in der Stadt herum.

JOCHUM Charmant. Beim Verlag pflegen wir zu sagen: der Autor ist nichts, der Verleger ist etwas, der Buchhändler ist alles.

HOLLE *zu Beran, zitierend* Schlogts ihn tot, den Hund, er is a Rezensent.

ZOFE *öffnet, meldet* Fräulein Sandoval.

DIANA *tritt ein, licht und steif wie eine Porzellanfigur.*

PASTA Hier sitzen lauter Berühmtheiten, aber das macht nichts, liebes Kind, daß Sie noch nicht berühmt sind, Sie sind noch sehr jung. *Zu Smith* Die junge Bildhauerin, von der ich Ihnen schon gesprochen habe.

SMITH *steht auf, will höflich grüßen, erkennt Diana als das Mädchen, das ihm die Türe gewiesen hat. Er ist leicht konsterniert, faßt sich, reicht ihr nicht die Hand und sagt eisig* Wir kennen uns …

DIANA *erschrickt und sagt stotternd* Ich … ja ich glaube …

PASTA *sehr erstaunt* Sie kennen Mister Stuart Smith? Das sollte mich sehr wundern. Er hat mir doch nichts erzählt!

DIANA *schweigt.*

BERAN *springt auf und stellt sich vor.* Beran.

HOLLE *steht auf.* Holle.

PASTA Das ist Bildhauer Holle, sehn Sie, Ihr Wunsch ist erfüllt. *Zu Holle* sie hat sich sehr gewünscht, Sie kennen zu lernen, setzen Sie sich neben ihn, *halblaut* das ist unser Hofmaler, der mit Frau Schmidt spricht. *Zu Jochum* Sie gestatten, Herr Doktor, Fräulein Sandoval.

JOCHUM *mit Kälte* Sehr erfreut.

ZOFE *bringt einen großen Blumenkorb und stellt ihn neben*

Smith hin. Sie reicht ihm eine Visitenkarte. Die Dame wartet draußen.

PASTA Das geht so bis in die sinkende Nacht. Soll ich nachsehen?

SMITH Nein, danke, ich werde selbst sehen, wenn Sie gestatten. *Er verneigt sich entschuldigend und geht durch die Mitte hinaus.*

HOFMALER *versorgt Frau Schmidt mit Artigkeiten und zeigt auf ihre Perlen.* Zähne so schön wie Perlen, Perlen so echt wie die Zähne.

PASTA *will Diana weiter ausfragen, wird aber von Jochum okkupiert.* Sollte man ihm nicht eine öffentliche Ovation …

BERAN *zu Diana* Sie sind Bildhauerin, gnädiges Fräulein, werden Sie i h m *zeigt zur Türe* auch etwas mitgeben?

DIANA *stockend* Ich hab das bis jetzt gehofft … aber ich hab seine Gunst »verwirkt«, wie unser Mieter sagen würde. Ich hab ihn nämlich in einer unangenehmen Situation kennengelernt, die sich dann sehr verschärft hat. Er wollte bei uns in … ein Zimmer eindringen … er war nicht sehr taktvoll … und ich war nicht sehr höflich … ich hab ihn eigentlich hinausgeworfen.

HOLLE *lacht.* G'scheit hobn S' des g'mocht.

BERAN Sagen Sie das nicht, lieber Freund. Amerika ist heute unsere einzige Hoffnung. Was sollen wir Künstler heute sonst anfangen? Allerdings muß ich gestehen, gnädiges Fräulein – ich weiß nicht, was zwischen Ihnen vorgefallen ist – aber eine Taktlosigkeit hätt' ich mir auch nicht gefallen lassen.

DIANA Ich bin sehr froh, daß Sie das sagen. Ich bin hier jetzt in einer peinlichen Lage … ich kann nicht gut weggehen … und kann nicht gut bleiben. Ich fürchte mich offen gestanden vor ihm.

BERAN Was gibts zu fürchten? Wird er im Feuer nicht zur Asche verbrennen und in der Erde nicht verfaulen wie wir alle? Bleiben Sie ruhig hier, wenn er ein feiner Mensch ist, wird er den Vorfall übergehen, und ist er kein feiner Mensch, dann versprechen wir uns besser überhaupt nichts von der ganzen Aktion.

DIANA Aber Frau Pasta …

BERAN Ist pastös.

HOLLE Dick aufgetrogn is'. Die hat a dicke Haut.

ZOFE *tritt ein, serviert Likör.*

PASTA Was macht Mister Smith so lange draußen?

ZOFE Er muß sich von einer Dame abküssen lassen.

PASTA *lacht laut.* Wer ist es denn? Hat sie Ihnen gesagt, wie sie heißt?

ZOFE Tänzerin stand auf der Visitenkarte.

PASTA Das wird doch nicht die berühmte Bella Buff sein!

ZOFE Bella Buff, ja, das stand auf der Karte.

PASTA *bewundernd* Unglaublich! Sie hat doch ihren Agenten!

SCHMIDT Und kann sich's leisten, eine hohe Provision zu zahlen.

PASTA Aber er nimmt doch kein Geld.

JOCHUM Er arbeitet natürlich nicht umsonst. Er kassiert sich sein Geld an der Quelle ein, das ist die Usance in Amerika.

HOFMALER Beim Kunsthändler.

JOCHUM *nickt.* Bei Verlegern. Er macht blendende Geschäfte.

PASTA Ich bin sehr froh, daß er blendende Geschäfte macht, er verdient es, haben Sie eine Ahnung, wie der Mann angestrengt ist.

SMITH *tritt ein, wischt sich die Stirn mit einem Sacktuch.*

HOLLE Augenblicklich wor er net sehr angstrengt.

ALLE *außer Smith lachen.*

PASTA Was wir gehört haben! Wir haben die Küsse bis hierher gehört!

SMITH *setzt sich, lacht ohne Verlegenheit.*

PASTA Ich kann verstehen, daß sie Sie abgeküßt hat, wer würde Sie nicht abküssen?

SMITH Ah.

SCHMIDT Malt man bei Ihnen in Amerika auch nach dem Akt?

SMITH *erschrocken* Nach dem Akt?

SCHMIDT Nach nackten Modellen. Hier ist das eingeführt. Das ist doch eigentlich unmoralisch.

SMITH Unsitten sind überall ganz dasselbe.

PASTA Geistreich.

BERAN *zu Schmidt* Ich staune, daß eine so sichere Dame, und noch dazu Schauspielerin, so denken kann. Gibt es etwas Schöneres als den lebenden Körper?

SCHMIDT Sie wissen doch, Herr Beran, daß die Maler mit ihren Modellen nicht nur arbeiten.

BERAN *indigniert* Dann stimmt es wohl auch, daß der Weg zu einem Engagement über das Schlafzimmer des Direktors geht, schöne Frau.

PASTA Hören Sie, das ist auch nicht so erfunden, die Kunst fordert Opfer.

SMITH *zu Frau Smith* Sind Sie willig zu opfern?

SCHMIDT *lächelt bezaubernd.* Vielleicht.

BERAN Ich weiß, daß Sie nur scherzen. Es wäre schade um Sie, sehr schade. Im Grund ist es kein Opfer, sondern die Preisgabe seiner Eigenart. Mehr! Seiner Seele.

DIANA *zaghaft* Aber wenn man gezwungen ist nach Aufträgen zu … modellieren … wenn man dem Auftraggeber auch noch … danken muß … ist das keine Preisgabe?

BERAN *warm* Was soll ich Ihnen darauf antworten, gnädiges Fräulein, Sie bringen mich in Verlegenheit. – Den alten Griechen ist es besser ergangen als uns.

PASTA Wie können Sie das sagen, wo wir einen Mister Smith haben! Den hätte es im alten Griechenland nie geben können.

DIANA Schon weil damals Amerika noch nicht entdeckt war.

ZOFE *meldet* Frau Buff läßt fragen, ob sie … *sie flüstert.*

PASTA *zu Smith* Wollen Sie sie empfangen, sie hat einen guten Namen als Tänzerin.

SMITH Eine Tänzerin häßlich ist wie eine tote Blume.

HOLLE *zu Beran* Das is a G'hauter.

PASTA *lacht.* Darf sie nicht kommen?

SMITH Lassen Sie sie, wenn sie will.

BUFF *tanzt herein. Sie ist klein und ihr Kopf wird von ihrer Nase heruntergezogen. Sie kreist um Smith, ihr Blick bleibt gebannt auf seinen Schuhen haften. Sie winkt allen zu, sitzen zu bleiben, dann spricht sie in schadhaftem Englisch.* I have changed my mind, I have thought, I must come in, after all.

SMITH Smart. I'm afraid, we'll have to speak German.

BUFF *setzt sich.* Wissen Sie, daß ich Sie neulich fasziniert beobachtet habe?

SMITH *erstaunt* Mich? Mich haben Sie beobachtet?

BUFF Im Kaffee zum Tiger. Wissen Sie, was mich an Ihnen fasziniert hat?

SMITH Aber nein, das weiß ich nicht.

BUFF Ihre Füße.

SMITH *entsetzt* Meine Füße!

BUFF Elastisch und doch kräftig. Tanzen Sie?

SMITH Es ist mir sehr leid, ich tanze nicht.

BUFF Schade. Sie sind d e r Tänzer. Sie kommen aus London?

SMITH Amsterdam.

BUFF *schleudert den Stuhl weg und saust zum Grammophon.* In Amsterdam hab ich große Erfolge gehabt, mit diesem Tanz – *sie sucht unter den Platten und legt den Türkischen Marsch von Mozart ein.* Ich find ihn leider nicht hier, aber das ist auch im ständigen Reportoire – *sie beginnt zu tanzen und sinkt nach dem Tanz Smith zu Füßen.* Man kann hier nicht gut tanzen, zu wenig Raum. Zigarette, bitte.

SMITH *reicht ihr eine Zigarette und Feuer.* Ja, natürlich. Man muß fliegen können.

BUFF Wie Sie mich verstehen!

SMITH Danke sehr.

BUFF Wann sind Sie in New York.

SMITH Ich denke im Winter.

BUFF Dann sehen wir uns dort. *Sie springt auf, macht eine Pagenverbeugung und geht durch die Mitte ab, von Pasta gefolgt.*

PASTA *zurückkommend* Ein aufgespießter Schmetterling.

SCHMIDT Aufgespießt, aber kein Schmetterling.

BERAN Daß die Frauen sich um so grausamer verhalten, je schöner sie sind! Die Frau ist vielleicht ein aufgespießter Schmetterling, der nie erlöst wird, aber eben darum nicht abstoßend, nein, eher rührend, man sollte die Nadel nicht noch fester stecken.

PASTA Die Wahrheit über alles, besonders in der Kunst.

DIANA Aber wo ist die Grenze? Mit welchem Recht stellen wir Van Gogh über Böcklin?

PASTA Ich stell ihn gar nicht über Böcklin.

Sie sagt Böck l i n.

HOLLE *zitiert* Wart Frieda Schanz, nennst noch einmal statt B ö cklin Böck l i n du mich, dann nehm ich ein Stöcklin und heb dir auf dein Dichterunterröcklin …

TELL *ist leise von rechts eingetreten und vollendet den Vers.* Ich heiße nicht Böckl i n , ich heiße B ö cklin.

PASTA Da bist du endlich, Mister Smith hat schon eine Menge geistreicher Dinge gesagt.

TELL *reicht ihm die Hand, und geht auf Diana zu.* Ein wenig hab ich Sie mir so vorgestellt. *Er zieht seinen Sessel zu ihr und setzt sich.*

PASTA *trägt das Grammophon ins Nebenzimmer und legt eine Platte ein: die Ouvertüre aus der Oper Rosamunde von Schubert. Zurückkommend* Ich glaube, wir werden jetzt in den Salon gehen und tanzen, die Diskussionen wachsen dem Maestro schon zum Hals heraus. Er muß sich das alles ins Amerikanische übersetzen, das ist keine kleine Arbeit.

HOFMALER und JOCHUM *reichen beide Frau Schmidt den Arm und geleiten sie in den Salon. Pasta reicht den anderen Herren Likör.*

DIANA *beiseite zu Tell* Sie sind der Dichter.

TELL Sie sind mir a u c h versprochen worden.

DIANA Sie sind etwas rasch.

TELL Und Sie bedächtig.

DIANA Sie sind unverblümt.

TELL Und Sie sind entzückt.

DIANA *entzückt* Von Ihnen?

TELL *nickt.* Von Ihrer nächsten Plastik.

DIANA *lacht.* Die sind Sie?

TELL Die werde ich sein.

PASTA *reicht Likör.* Tell, du bist schon wieder ungezogen, du hast die Gäste nicht begrüßt!

BERAN Bleiben Sie, junger Freund, wir alle können Sie verstehen, ich hätte mich auch gleich neben die junge Dame gesetzt.

PASTA *holt zeremoniell Mister Smith, nimmt seinen Arm und geht mit ihm in den Salon.* Wieso kommen Sie darauf, daß Sie die kleine Bildhauerin kennen, die heute bei mir zu Gast ist?

SMITH Es war ein Unfall.

PASTA Es ist Ihnen doch nichts geschehen.

SMITH Ich meine incident.

PASTA Oh, Zwischenfall. Erzählen Sie mir doch … *Sie gehen nach links in den Salon.*

TELL *zeigt auf die abgehende Pasta.* Die umgekehrte Penelope.

DIANA Penelope?

TELL Penelope.

DIANA Ich verstehe nicht recht.

TELL Penelope schwieg und wob.

DIANA Und Pasta?

TELL Redet und zertrennt.

DIANA Sie redet. Aber sie zertrennt?

TELL Jeden Gedanken, den man anspinnt.

DIANA Sie redet wirklich etwas viel. Wenn sie es nicht so gut meinte, wäre sie beinahe taktlos.

TELL Sie sind die umgekehrte Pasta.

DIANA Also die Penelope.

TELL Nein, aber Sie drücken sich etwas zu höflich aus. Sagen Sie doch gleich, sie ist die farnesische Kuh.

DIANA Warum gerade die farnesische?

TELL Weil sie ewig willig die vollen Eutern darbietet.

DIANA Das ist schön von der Kuh.

TELL Aber Pastas Milch ist ranzig.

DIANA Das ist aber scharf! Dabei bin ich froh, daß Sie gekommen sind! Sie sind sehr hereinstürmend und befreiend! Es war eine etwas schwüle Atmosphäre, wenigstens für mich.

TELL Mich freut, daß sich die Gegensätze anziehen.

DIANA Gegensätze?

TELL Sie sind schweigsam, ich schwatzhaft, Sie sind zart, ich derb, Sie sind schön, ich ...

DIANA Häßlich, – groß – klein – schmutzig – rein,
wie ist das mit gescheit?

TELL Bei gescheit geht es nicht. *Beide lachen.*

DIANA Es gibt Zufälle im Leben, die wie Fügungen aussehen.

TELL Nicht wahr.

DIANA Unfälle, sollt ich sagen.
TELL Unfälle …?
DIANA Ein Herr sucht ein Zimmer …
TELL *enttäuscht*
Ein Zimmer!
DIANA Bei uns.
TELL *zornig* Ist das die Fügung?
DIANA Das ist schon die Katastrophe.
TELL Und wo ist die Überhebung?
DIANA Die ist im Salon.
TELL Ein Herr sucht ein Zimmer …
DIANA Bei uns.
TELL Und verliebt sich.
DIANA Und wird hinausgeworfen.
TELL Und dieser Herr … im Salon … ist … Mister Smith!
DIANA Mein Mäzen.
TELL *zornig* Und dieser Herr ist die Fügung!
DIANA Ist das Pech.
TELL Das Pech?
DIANA Der hinausgeworfene Mieter.
TELL Ich finde … ein Gesicht …
DIANA Das findet man selten …
TELL Das ich kenne …
DIANA Von einer früheren Existenz …
TELL Das ist Fügung.
DIANA Ist das nicht schon Glück?
TELL Zuweilen kommt im Traum …
DIANA Ein Brief …
TELL *spöttisch* Ah!
DIANA Falsch?
TELL Es kommt kein Brief.
DIANA *enttäuscht* Nein?
TELL Er ist schon da! *Er zieht einen Block aus der Tasche und reicht ihn ihr.*

DIANA *liest* Wie Deinen Namen in schmelzenden Lauten
Nachtigallen den Winden vertrauten
Zitterten Bäume, Blumen und Ähren
Als kämst du …

PASTA *kommt aufgeregt angerannt.* Tell, geh sofort in den Salon, Nick ist in eine Diskussion verwickelt und kann sich nicht helfen!

TELL *zu Diana* Ich fliege, damit ich schneller zurück bin.

PASTA *zu Diana* Mit Ihnen hab ich noch ein Hühnchen zu pflücken, da sind ja schöne Sachen vorgefallen. Sie haben einen Amerikaner beleidigt, Sie haben ihn direkt hinausgeworfen! Meinen Gast!

DIANA *betreten* Er war nicht sehr taktvoll …

PASTA Aber Sie haben ihn vollkommen mißverstanden … er hat seinen Sekretär gesucht … er muß sich in der Wohnung geirrt haben … er wollte inspizieren, er wollte nicht eindringen … wie konnten Sie so etwas tun? Das hätt ich nicht von Ihnen gedacht, das müssen Sie gutmachen! Das sind Sie der ganzen Stadt schuldig, sich selbst sind Sie es schuldig, Mister Smith wird sich nicht für Sie einsetzen, wenn Sie ihn nicht um Entschuldigung bitten!

DIANA *empört* Verlangt er das!

PASTA Ich verlange es! Ich kann es nicht dulden, daß ein so feiner Mensch gekränkt wird, bloß weil er fein ist, noch dazu von meinen Gästen!

DIANA Aber ich war damals nicht Ihr Gast! Ich kannte Sie noch gar nicht!

PASTA Aber jetzt kennen wir uns. Sie haben Mister Smith bei mir kennen gelernt. Sie müssen sich entschuldigen!

DIANA Das kann ich nicht.

PASTA Wenn Sie das nicht können, geb ich Ihnen ihre Plastiken zurück, Mister Smith wird für Sie keinen Finger rühren!

BERAN *ist die ganze Zeit über im Hintergrund mit Holle in*

ein Gespräch vertieft gewesen, bei den letzten Sätzen wird er aufmerksam. Er stellt sich neben Diana hin. Verzeihen Sie, hab ich recht gehört? Sie verlangen von einer Dame, daß sie einen x-beliebigen Herren um Verzeihung bittet? Das kann doch nicht Ihr Ernst sein.

PASTA *hysterisch* Ein x-beliebiger Herr! Das werden wir noch sehen, ob das ein x-beliebiger Herr ist, das heißt, Sie, Herr Beran werden das nicht sehen. *Zu Diana* Und Sie auch nicht, wenn Sie sich nicht eines Besseren besinnen und die Ehre meines Hauses retten!

HOLLE *tritt zu Pasta. Gutmütig und bemüht, nicht im Dialekt zu sprechen.* Ich nehm ein Stöcklin
Und heb dir auf dein Röcklin!

PASTA *wild zu Diana* Sind Sie jetzt zufrieden! *Sie geht dramatisch ab in den Salon.*

BERAN *zu Holle* Ich geh. Ich kann diese Speichelleckerei nicht länger mitansehen.

HOLLE I geh mit, Beran, mir is' a z'wider.

BERAN Leben Sie wohl, junge Dame und wenn Sie mich brauchen sollten, ich steh zu Ihrer Verfügung.

DIANA *verwirrt* Es ist mir leid, daß Sie sich meinethalben überworfen haben, ich möcht lieber selbst gehen ...

HOLLE Des is uns wurscht! Rufen S' mi an und sitzen S' mir lieber.

DIANA *erlöst* Wie gern! Da kann ich viel lernen.

HOLLE Z'sammsinken wern S'! I nimms Moterial immer zu wach und nachher stürzt mir der ganze Haufen z'samm. Lernen S' nur des net von mir.

DIANA Das kann ich schon selbst.

HOLLE *winkt ihr im Abgehen, Beran folgt ihm.*

SMITH *kommt die Pfeife rauchend vom Salon.* Sie wollen mich sprechen.

DIANA Ja, das heißt, Frau Pasta will.

SMITH Frau Pasta will, Sie nicht.

Diana Doch, ich möchte aufklären …
Smith Sehr gut. Klären wir auf. Wann.
Diana Jetzt gleich.
Smith Hier? Das ist nicht geeignet.
Diana Wo wünschen Sie Aufklärung?
Smith Ich bin morgen for tea in das … lust-palace … warten Sie eine Minute. *Er zieht ein Notizbuch heraus.* Lusthaus. Zu ein Konferenz. Nachher hab ich etwas Zeit.
Diana Im Lusthaus …? Ich soll bis ins Lusthaus … gehn Sie nicht etwas zu weit …
Smith *arrogant* Nehmen Sie ein Wagen. *Er nickt flüchtig und tritt in den Salon.*
Tell *zurückkommend, erklärend* Ein Gespräch über Kunst, unter lauter Photographen!
Diana Meines war dafür dramatisch. Ich bin bei der umgekehrten Penelope in Ungnade gefallen. Lachen Sie nicht, das ist für mich tragisch. Denn ich kann's nicht ändern. Meine Mutter sagt immer, den härtesten Stein hab ich noch nicht bearbeitet. Der bin ich selbst. Aber ich mag nicht in mich hineinhauen. Und ich mag mich nicht ducken.
Tell Wenn wir Künstler nicht Haltung haben, wer sollte es sonst?
Diana Und jetzt werd ich mich erquicken und Ihr Gedicht lesen *liest*

Wie deinen Namen in schmelzenden Lauten …

Vierter Akt

Ein großes Zimmer im Lusthaus. *Durch die Balkonscheiben sind die Praterbäume sichtbar. Das Zimmer ist mit rosa Ampeln beleuchtet. In der Mitte vorne steht ein gedecktes Tischchen, davor sitzen an der Breitseite* Tiger, *rechts Frau* Sandoval, *links* Zierhut.

Tiger Wissen Sie, wo wir sind?

Sandoval Im Lusthaus.

Tiger Warum heißt es Lusthaus?

Sandoval Weil der Adel hier unter den Alleen lustgewandelt ist.

Tiger Falsch. Lusthaus kommt von Lust. Weil hier Separées sind.

Sandoval So? Das gibt es hier?

Tiger Das ist ein Separée.

Sandoval Was für Scherze Sie machen, Herr Tiger, ich weiß doch, wie ein Separée aussieht. Es ist klein und hat keine Fenster.

Tiger Woher wissen Sie das?

Sandoval Vom Kino.

Tiger Also was ist denn das?

Sandoval Das ist ein Gastzimmer, vielleicht ein Lesesaal.

Zierhut Dem Reinen ist alles rein.

Tiger Reden Sie nicht so viel, Zierhut.

Sandoval Aber Herr Zierhut redet doch nicht viel. Die ganze Zeit hat er nichts gesprochen.

Tiger Schweigen ist Gold. Er kann schon verdienen, wenn er schweigt.

Sandoval Herr Zierhut verdienen? Wie meinen Sie das?

Zierhut Diese nämliche Frage verbrennt mir die Zunge.

Tiger Schweigen ist Gold. Hundert Schilling ist die Antwort.

SANDOVAL *lacht.* Etwas problematisch. Haben Sie die schönen Bäume gesehen, Herr Tiger? Dian mußte sie einmal für mich zeichnen. Sie zeichnet besonders gut.

TIGER *ohne sich umzusehen* Alte Bäume sind besser als junge.

KELLER *tritt ein mit einem Tablett und deckt fertig.*

SANDOVAL Was für ein schöner Blick über die Wipfel der Bäume. *Sie tritt zur Balkontüre.*

KELLNER Der Balkon führt um das Haus herum, wenn die Dame wünscht. *Er öffnet die Balkontüre.* Das alte Wien!

SANDOVAL Das alte Wien. Vindobona. *Sie tritt hinaus.*

KELLNER *geht nach links ab.*

TIGER Vindobona! Kommen Sie zurück!

ZIERHUT Sie haben mich in etwas hineingezogen, das nicht zu mir paßt.

TIGER Blödsinn. Sie haben Angst.

ZIERHUT Es paßt nicht zu mir.

TIGER Sie haben Angst.

ZIERHUT Ich fürchte Gott.

TIGER Und den Tiger.

ZIERHUT Und um die Dame.

TIGER Ich beiß ihr nichts ab.

ZIERHUT Wenn die Dame etwas merkt.

TIGER Mein Ehrenwort wird Ihnen genügen.

ZIERHUT Es wäre erschütternd.

TIGER Ein Erdbeben.

ZIERHUT Mein Trost – Ihre baldige Niederlage.

TIGER *lacht dröhnend.* Meiner auch.

ZIERHUT Sie werden sich lächerlich machen.

TIGER Sie sind schon lächerlich.

ZIERHUT Ich wage viel.

TIGER Hundert Schilling. Sie gewinnen hundert Schilling.

ZIERHUT Ich verzichte darauf.

TIGER Kaufen Sie der Jungen ein Pyjama.

ZIERHUT Ein Stein ist ihre Sehnsucht.

TIGER Was für ein Stein.

ZIERHUT Ein großer Marmorstein. Zur Arbeit. Sie erweicht ihn zu einem Gott.

TIGER Die Steinmetze.

KELLNER *tritt ein, serviert.*

TIGER Bringen Sie gleich alles auf einmal, damit Sie nicht immer hin und hergehen. Sie machen mich ganz nervös.

KELLNER Wie befehlen. *Er geht ab.*

TIGER Vindobona, kehre zurück!

SANDOVAL *eintretend* Der Balkon führt bis ans Ende. Wollen Sie es sich nicht auch ansehen, Herr Tiger, die Aussicht ist wunderschön.

TIGER Aussichten sind mir lieber.

KELLNER *schiebt einen Zimmerkellner vor sich hin und placiert ihn an Stelle des Tischchens. Zu Zierhut, der ihm hilft* Danke, höflichst.

TIGER Setzen, Vindobona.

SANDOVAL *setzt sich* Warum nennen Sie mich eigentlich Vindobona?

ZIERHUT Ein artiges Gleichnis. Die schöne Stadt mit ihren Schätzen.

TIGER Verborgene Schätze.

ZIERHUT Eine Verkörperung, sozusagen.

TIGER *brüllt* Verkörperung!

SANDOVAL Das ist ja ein Zaubertischchen! Danke Herr Tiger, nur keinen Wein. Wann haben Sie denn das alles bestellt? Der Ober sieht übrigens aus wie ein verkleideter Graf. Haben Sie bemerkt? Diskret und vornehm.

TIGER Diskret muß er sein.

SANDOVAL Aber warum?

TIGER Dafür wird er bezahlt.

SANDOVAL Doch nicht Kellner. Kammerdiener müssen diskret sein.

TIGER Kellner erst recht. Trinken Sie – Zierhut trinkt schon.

SANDOVAL Danke vielmals, ich trinke nie.

ZIERHUT Wein umnebelt. Die Dame handelt klug.

TIGER Sie sind schon umnebelt. Reden Sie nicht so viel.

SANDOVAL Aber nein, Herr Zierhut ist gar nicht umnebelt. Aber was Sie sich für Spesen machen, Herr Tiger, das war gewiß nicht notwendig. Ist es eine traurige Sache, die Sie mit mir zu besprechen haben?

TIGER *trinkt.* Nein.

SANDOVAL Da bin ich aber sehr froh. In dem behaglichen Raum, bei den rosa Ampeln und den schönen Bäumen, vor dem Zaubertischchen, wäre ein trauriges Gespräch nicht am Platz.

TIGER *kauend* Essen Sie, Zierhut ißt schon. Sehn Sie.

SANDOVAL Worauf bezieht sich, was Sie mir zu sagen haben.

TIGER Familiäres.

SANDOVAL Das hätt ich mir denken können, das beschäftigt jeden. Ich hab auch einen kleinen Hader mit meiner Tochter, eine kleine Meinungsverschiedenheit.

ZIERHUT Klein und fein.

TIGER Groß und mein.

SANDOVAL Dian müßte sich nämlich über einen Vorfall entschuldigen, sie ist aber halsstarrig, wie die Jugend heute überhaupt und kann sich dadurch sehr schaden.

TIGER *kauend* Sehn Sie, jetzt sprechen Sie gescheit. Das schadet.

SANDOVAL *erstaunt* Haben Sie vielleicht eine gewisse Halsstarrigkeit an mir bemerkt? Ich werde wegen meiner Nachgiebigkeit sogar ausgelacht.

TIGER Da ist nichts zu lachen.

SANDOVAL Dian ist leider bockig. Frau Pasta besteht darauf, daß sie sich wegen eines peinlichen Vorfalls entschuldigt, sie weigert sich, das ist mir sehr unangenehm. Frau Pasta meint es nämlich gut mit ihr. Dieser Engländer, oder

Amerikaner, bei dem sie sich entschuldigen soll, will nämlich ihre Plastiken in Amerika günstig unterbringen. Ein Wort von ihm, und sie sind verkauft.

ZIERHUT *erklärend* Sie hat besagten Mister beinahe beleidigt.

TIGER Wie heißt er.

SANDOVAL Ich muß Ihnen recht geben, lieber Freund, wirklich nur beinahe. Er war etwas taktlos und sie hat ihn abgewiesen.

TIGER Wie heißt er?

SANDOVAL Ein gewisser Herr Schmidt. Nehmen Sie ein Stück Brust, Herr Tiger, das Huhn ist ganz mürb.

TIGER Der Schenkel ist mir lieber.

SANDOVAL Und so sind wir jetzt ein bißchen überquer. Doch ich behellige Sie da mit meinen Angelegenheiten, eigentlich wollten doch S i e sich mit m i r beraten, Herr Tiger. Es ehrt mich, daß Sie mir vertrauen. Wollen Sie mir nicht erzählen, was Sie auf dem Herzen haben?

TIGER Erzählen Sie mir lieber, was haben Sie da in dem Packerl.

SANDOVAL *öffnet ein Paket und zieht drei riesige Strähnen Wolle heraus.* Das hier, das ist Wolle! Dian will sich daraus eine Bluse stricken. Ich hab sie in diesem Bezirk gekauft, hier ist alles billiger als bei uns. *Sie legt die Strähnen auf den Sessel neben sich.*

ZIERHUT *nachdenklich* Herr Schmidt? Englisch ausgesprochen? Ich glaube ich werde Ihnen dienlich sein können, in dieser Angelegenheit. Ich glaube mich nicht zu irren … ich habe Verbindungen … ich scheine den Herrn persönlich … ein Herr, mit dem sich reden läßt … als Brotgeber generös … ich werde mit dem Mister selbst verhandeln in Auslassung der Dame Pasta.

SANDOVAL Dazu sind ihnen die Wege abgeschnitten, er wohnt nämlich bei Frau Pasta.

Zierhut Ganz richtig, seit kurzem.

Sandoval Woher wissen Sie das, Herr Zierhut?

Zierhut Ich arbeite für den Mister.

Sandoval Ist das Ihr Chef! Welche gute Fügung! Hoffentlich überschätzen Sie ihn nur nicht, Herr Zierhut, Sie müssen ihn freilich besser kennen, ich hab ihn nicht von seiner besten Seite erlebt … aber …

Tiger Welche ist die beste Seite?

Sandoval Nun, Herr Tiger, Sie hab ich von einer besseren Seite kennen gelernt.

Tiger Die Würfel sind gefallen, Zierhut.

Zierhut *bückt sich und sucht den Boden ab.*

Tiger Was machen Sie da, Sie Waisenknabe, machen Sie keine Dummheiten. Avanti. Draußen sitzt mein Geschäftspartner.

Zierhut *steht gehorsam auf und geht nach links ab.*

Sandoval Herr Zierhut! Laufen Sie doch nicht mitten im Essen fort! Sie sind doch noch nicht fertig!

Tiger Er kommt gleich. Ein langweiliger Patron.

Sandoval Das dürfen Sie nicht sagen. Ich schätze Herrn Zierhut. Er ist fein und sehr gefällig. Er ist mein guter Geist. Ja, wirklich.

Tiger Hier haben Sie hundert Schilling für den Kopf. Bis Ihre Tochter fertig ist, zahl ich das Ganze.

Sandoval Danke Herr Tiger, aber geben Sie es meiner Tochter, wenn sie mit der Plastik fertig ist.

Tiger Stecken Sie nur ein, Sie gefallen mir besser als Ihre Tochter.

Sandoval Das sagen Sie zum Glück nur aus Höflichkeit, meine Tochter ist schön und ich bin darüber sehr glücklich, ich war nie schön.

Tiger Mir gefallen Sie besser. Kalt ist es hier. *Er schließt die Balkontüre.*

Sandoval Warum schließen Sie die Türe, Herr Tiger?

TIGER Weil Sie mir so gut gefallen. *Er geht auf sie zu und will sie umarmen.*

SANDOVAL *steht erregt auf.* Bitte lassen Sie mich! Was fällt Ihnen ein! Ich muß fort! Ich gehe!

TIGER Sie gefallen mir gut.

SANDOVAL Bitte lassen Sie mich doch! Meine Tochter kann jeden Augenblick kommen! *Sie wendet sich zur Türe, er kommt ihr zuvor. Ohne daß sie es merkt, riegelt er ab.*

TIGER Ihre Tochter weiß nicht, wo wir sind.

SANDOVAL Doch, sie weiß es, ich ließ ihr Bescheid beim Ober! Sie kommt mir bestimmt nach, sie fährt gern ins Freie! Sie wird gleich hier sein.

TIGER *wütend* Was! Sie gehn mit mir in ein Separée und lassen Ihre Tochter nachkommen! Glauben Sie, ich bin verrückt! Ich laß mich nicht an der Nase herumführen.

SANDOVAL Ich verstehe Sie nicht ganz Herr Tiger, ich bin mit Ihnen in kein Separée gegangen. Sie werden mich entschuldigen, wenn ich Sie jetzt verlasse.

TIGER Bleiben Sie da! Wie schaut das aus! Ich laß mich nicht blamieren! Wenn Sie nicht wollen, kann man nichts machen! Ich tu Ihnen nichts!

SANDOVAL Herr Kafetier! Nehmen Sie sofort das Geld! Und jetzt holen Sie Herrn Zierhut! Sonst hol i c h ihn.

TIGER Was fällt Ihnen ein! Bleiben Sie! Lassen Sie ihn, er ist jetzt nicht allein, das ist eine Beleidigung, Sie spielen in meinem Kaffeehaus, Sie könnten gescheiter sein! Ich wollt, daß Sie leichter verdienen! Was tu ich Ihnen, Sie könnten gescheiter sein!

SANDOVAL Und Sie Herr Tiger könnten sich schlechte Scherze ersparen.

TIGER Ich wollt Ihnen nur helfen. Fürchten Sie sich nicht, mir ist schon die Lust vergangen. Ich les die Zeitung, damit Sie Ruh geben. Warten Sie, bis Zierhut kommt. Wie schaut das aus. Man kann ihn jetzt nicht stören.

SANDOVAL Wissen Sie, Herr Kafetier, das glaub ich nicht, daß Zierhut mit einer Dame im Separée ist, das reimt sich nicht mit vielem zusammen, das ich von ihm weiß. Aber, wenn Sie wirklich ruhig die Zeitung lesen, werde ich hier auf meine Tochter warten. Ich will indessen meine Wolle aufwickeln. *Sie nimmt eine Strähne und legt sie um zwei Sessel.*

TIGER Wickeln Sie, wickeln Sie, so viel Sie wollen, nur bleiben Sie ruhig. Wenn da jemand an der Türe horcht, lacht mich das ganze Haus aus.

SANDOVAL *wickelt flink die Wolle auf.* Wer sollte denn horchen, Herr Tiger.

TIGER Ich versteh eins nicht. Da wickeln Sie Wolle und Ihre Tochter strickt. Sie kann es sich doch anders machen.

SANDOVAL *immer flink die Wolle wickelnd* Meine Tochter verkauft sich nicht, Herr Tiger.

TIGER Verrückt. Sie verkaufen sich doch auch, wenn Sie in Nachtkaffees spielen.

SANDOVAL *lächelt nachsichtig.* Da verkaufe ich meine Arbeit. Aber kein Gefühl.

TIGER Na schön. Dann soll sie auch arbeiten. Wozu macht sie die Sachen, wenn es nichts einbringt.

SANDOVAL Welche Sachen?

TIGER Die Figuren.

SANDOVAL Weil sie muß.

TIGER Wer zwingt sie.

SANDOVAL Sie selbst fühlt sich gezwungen.

TIGER Wenn Ihre Tochter beim Büffet sitzt, kann sie reich werden.

SANDOVAL Wenn meine Tochter beim Büffet säße, müßte sie sterben.

TIGER Daran ist noch niemand gestorben. Warum gleich sterben?

SANDOVAL Weil sie Künstlerin ist.

TIGER Wenn sie die Figuren nicht macht, braucht sie keine Künstlerin zu sein.

SANDOVAL Sie wird immer Künstlerin sein. Beethoven war taub und hat doch komponiert.

TIGER Und was hat es ihm eingetragen?

SANDOVAL Ewigen Ruhm.

TIGER Flüssiger Ruhm ist mir lieber.

SANDOVAL Wenn alle so dächten wie Sie, würde es sich nicht erweisen, daß Gott den Menschen nach seinem Ebenbild geschaffen hat.

TIGER Wieso.

SANDOVAL Der Künstler ist zu leise, um gehört zu werden, wenn er sich gegen das Häßliche auflehnt. Und darum versteckt er sich in eine andere Form, um sich zu erklären. Erklären muß er sich aber, denn sonst würde ihn der furchtbare Druck in den Wahnsinn treiben. Können Sie mich verstehen?

TIGER Ich versteh nicht, wozu die andern die Sachen kaufen sollen.

SANDOVAL *legt einen fertigen Wollknäuel auf den Tisch, schlingt die zweite Strähne um die Sessellehnen und spricht sanft weiter, immer flink die Wolle wickelnd.* Auch den anderen Menschen genügt ihr dumpfes Empfinden nicht mehr. Sie wollen mehr werden. Die Menschen brauchen den Künstler.

TIGER Geld brauchen sie, damit sie sich anessen können.

SANDOVAL Würde brauchen sie. Wie soll sie der Künstler ihnen geben, wenn man ihn jetzt aussterben läßt.

TIGER Von mir aus braucht er nicht zu sterben.

SANDOVAL Doch, Herr Kafetier, gerade Sie sind so einer. Sie wollen doch, daß meine Tochter Büffetdame wird. Sie hat aber eine feine Haut.

TIGER Sie haben auch eine feine Haut.

SANDOVAL Ich hab leider keine dicke Haut, Herr Tiger.

TIGER Um so besser. Ich weiß etwas, was noch nie da war.

SANDOVAL *legt den zweiten Knäuel auf den Tisch und nimmt die dritte Strähne vor.* Was denn, Herr Kafetier?

TIGER Ein Separée, in dem Wolle gewickelt wird.

SANDOVAL Das ist doch kein Separée! Das Ganze war ein schlechter Scherz von Ihnen. Übrigens gibt es sogar Agenten, die ihre Fähigkeiten in den Dienst der Kunst stellen und ganz schön verdienen. Da ist zum Beispiel dieser Mister Schmidt eine wahre Wohltat für die Künstler.

TIGER *träge* Was macht er für Wohltaten.

SANDOVAL Er bringt ihre Werke nach Amerika und verkauft sie dort.

TIGER Und das ist ein Geschäft?

SANDOVAL Ein sehr gutes. Er bekommt Prozente von den Kunsthändlern.

TIGER W i e heißt er?

SANDOVAL Schmidt. Schmidt und englisch ausgesprochen.

TIGER Schmidt? Komisch.

SANDOVAL Das ist ein häufiger Name.

TIGER Ich kenn auch einen Schmidt. Smith heißt das. Wie heißt er mit dem Vornamen?

SANDOVAL Warten Sie, Dian hat es mir gesagt. So etwas Historisches war es. Tudor … nein … Stuart. Stuart, Pliton, nein Picton …

TIGER *fährt auf.* Stuart Smith!

SANDOVAL Warum brüllen Sie so, Herr Tiger.

TIGER Stuart Smith? Was für Geschäfte macht er?

SANDOVAL Etwas höflicher, Herr Tiger. Er schickt Kunstwerke nach New York, die dort verkauft werden. Natürlich bekommt er Prozente.

TIGER Was für Prozente! Wie schaut er aus!

SANDOVAL Breitschultrig, aber mager. Vife Augen. Dian meint zwar, er sieht aus wie ein Photograph.

TIGER Wie ein Kommis sieht er aus!

SANDOVAL *erstaunt* Sie kennen ihn?

TIGER Ob ich ihn kenne. Aber er kennt mich nicht! Er soll mich kennen lernen!

SANDOVAL Klopft es nicht? Wer rüttelt denn an der Türe? *entsetzt* Sie haben abgesperrt! *Sie eilt zur Türe und riegelt auf. Erfreut* Da seid ihr, wo waren Sie so lange, Herr Zierhut, Herr Tiger hat abgesperrt, er liebt zuweilen einen schlechten Scherz. Gut, daß Du gekommen bist, Dian, warum bist du so blaß, Kind?

DIANA und ZIERHUT *treten stumm ein. Zierhut bebt.*

TIGER *schreit* Zahlen Sie hundert Schilling, Zierhut.

TIGER Was tust du hier, Mutter?

SANDOVAL *unbefangen* Ich hab Wolle gewickelt. Die ganze Zeit, die Herr Zierhut draußen war. Die Wolle für deine Bluse, Dian, hoffentlich gefällt sie dir.

DIANA *erlöst* Diese Wolle!

ZIERHUT *belebt sich* Sie ... gnädige Frau, Sie ... haben Wolle gewickelt!

DIANA *lacht unbändig.* Du hast Wolle gewickelt!

ZIERHUT *bricht in ein trockenes, bei ihm ganz ungewohntes Lachen aus.* Sie haben Wolle gewickelt. Da sind sie ja, die Knäuel ...

SANDOVAL Während Sie verschwunden sind, Herr Zierhut. Wo waren Sie denn? Warum wundert euch das eigentlich so, daß ich Wolle gewickelt habe. Herr Tiger wollte Zeitung lesen, doch mußte er einige Moralpredigten von mir anhören. Er ist mir aber nicht böse.

ZIERHUT *triumphierend* Herr Kafetier!

TIGER *wild* Hören Sie, ich erfahr da gerade, daß dieser Smith ...

ZIERHUT Interessiert mich nicht, Herr Kafetier. Die gnädige Frau hat Wolle gewickelt.

SANDOVAL *leise* Was ist denn in dich gefahren, Kind!

DIANA Ich muß dich um Verzeihung bitten, Mutter, du bist so hilflos, ich hab gefürchtet …

SANDOVAL *lächelt rätselhaft.* Das hast du wirklich gefürchtet …

DIANA Ich schäm mich mehr, als ich sagen kann. Ich bin zu jeder Buße bereit.

SANDOVAL Gut, Dian. Du wirst dich zur Buße nicht bei mir, aber bei Herrn Schmidt, oder Smith entschuldigen.

DIANA Dazu ist es jetzt zu spät, Mutter, ich hab ihn getroffen …

TIGER *erregt auf Zierhut einsprechend* Hören Sie doch ordentlich zu, dieser Smith …

ZIERHUT Interessiert mich nicht. Ah, da liegen die hundert Schilling, die Anzahlung für Ihr Porträt, die werde ich gleich an mich nehmen. *Er faltet die Note zusammen und steckt sie ein.*

DIANA Die Büste ist beinahe fertig, Herr Tiger kann sich sie ansehen.

ZIERHUT Ausgezeichnet! Wir gehen sofort! Wir fahren! Wir fahren nach Hause zu Ihnen! Kommen Sie, Herr Kafetier!

DIANA Habt ihr bemerkt! Zum ersten Mal spricht Herr Zierhut nicht im Telegrammstil.

ZIERHUT Kommen Sie, Herr Kafetier! Schauen wir Ihren Kopf an! Ich bin neugierig, was Sie auf der Büste für ein Gesicht machen.

TIGER Ist mir egal. *Zornig* Jetzt hören Sie schon einmal! Dieser Stuart Smith, dieser Impresario und Amerikaner und weiß ich was noch – ist mein Agent!

ZIERHUT *erstaunt* Mister Smith?

DIANA Smith? Doch nicht Ihr Agent!

ZIERHUT Mr Smith, mein Chef?

TIGER Was, Ihr Chef ist er auch noch! *Er rennt wütend hinaus.*

SANDOVAL Irren Sie sich nicht? Meinen Sie Herrn Stuart Smith?

ZIERHUT Mein Mister ist Ihr Mister.

DIANA Ist der Herr, bei dem Sie Sekretär sind?

ZIERHUT Muß er wohl sein.

SANDOVAL Und darum war er damals bei uns.

DIANA Jetzt versteh ich. Das hat er mir beteuert. Er hat mir das auch erklärt, er sagt aber immer Sir Hutt.

ZIERHUT Mutwillige Verballhornung und Erhebung in den Adelsstand.

SANDOVAL Und die vielen Pakete sind wahrscheinlich Bilder ...

ZIERHUT Bücher, Statuetten.

SANDOVAL Ich versteh nicht, er wohnt doch bei Frau Pasta, wieso sind wir uns dort nicht begegnet?

ZIERHUT Erst seit kurzem. Vorher wohnte man im Hotel.

DIANA Haben Sie gewußt, daß ich ihn kenne?

ZIERHUT Ich konnte es entnehmen. Heute. Beim Abendessen mit der gnädigen Frau.

SANDOVAL Verstehst du das Ganze? Wieso bist du eigentlich schon hier Dian?

DIANA Ich hatte mit Mr Smith eine Verabredung, Mutter.

SANDOVAL *entsetzt* Hier im Lusthaus!

DIANA Unten im Pavillon. Du wolltest doch, daß ich mich entschuldige ...

SANDOVAL *erfreut* Du hast dich entschuldigt?

DIANA Ich hab ihn noch mehr beleidigt ...

TIGER *kommt zurückgelaufen, brüllt* Galanterieware.

SMITH *folgt ihm, indigniert* Galante Ware haben Sie gesagt. Urnen, Bronzen. Das habe ich gesagt.

TIGER Bronzen. Was denn ist das. Ein Vogel auf einer Aschenschale ist eine Bronze. Ein Vogel, der einen Leuchter hält. Das ist Galanterieware.

SMITH Und wenn er ein Kind hält?

Tiger Meinen Sie einen Storch!

Smith *mit Verachtung* Ich meine Ganymed.

Tiger Den kenn ich nicht. Ich trete zurück. Und ich will meine Anzahlung zurück. Ich habe über gute solide Ware gesprochen. Ich riskiere nichts für Schund.

Smith *hat Zierhut erblickt.* Sir Hutt, gut daß ich Sie treffe! Bilder, Büsten, Urnen, das ist Schund, und Aschenschalen, das ist Kunst! I'm through with him!

Tiger Kunst ist Schund! Sie haben mich hineingelegt, Sie ... Sie ... kommen Sie sofort mit, ich trete zurück!

Smith So wird man in dieser Stadt gedankt, diese Dame hat mich beleidigt, jetzt tritt ein Geschäftspartner zurück ... *zu Zierhut* Ich ziehe sofort ins Imperial Hotel. Ich bin in einer ungeschickten Position vor die gesamte Künstler. Sie sehen ... *Er geht entsetzt ab.*

Diana Ganymed und der Storch! Und die Aschenschale! *Sie lacht.* Bin ich froh, daß ich mich nicht entschuldigt hab!

Zierhuts Zimmer.. *Die Wände sind bis zur Decke mit Paketen angefüllt. Bett, Sessel, Kommoden, Tische sind erdrückt von Paketen. Rechts die Türe führt zum Zimmer der Damen* Sandoval, *das aus dem ersten Akt bekannt ist. Links die Türe führt zum Gang. Fünf Personen sind mit dem Rücken zum Publikum beschäftigt, die Pakete zu sichten.* Diana *steht vor einer Büste und packt sie aus.* Frau Schmidt *betrachtet Bilder.* Jochum *hat seinen Arm eingezwängt. Wütend zieht er ihn heraus, Bücher kollern auf den Boden.* Tell *steht auf einer Leiter.* Hofmaler Kirschl *ist unters Bett gekrochen,* Zierhut *steht aufrecht in der Mitte des Raumes und achtet darauf, daß die Gäste sein Sammetsofa nicht mit Paketen belegen.* Hofmaler Kirschl *bricht das Schweigen.*

Hofmaler *kriecht hervor und zieht keuchend ein großes Bild ans Licht.* Das ist m e i n Gemälde!

Zierhut *befriedigt* Sehr richtig.

Hofmaler Da hinunter haben Sie es placiert! Unters Bett!

Zierhut Trefflich gebettet.

Hofmaler Sie Nichtskönner! Warten Sie, bis Ihr Chef kommt! *Er stellt das Bild breit auf und sucht weiter.*

Jochum Aber das sind ja die Neuerscheinungen! *Er läßt einen Berg Bücher zur Erde fallen.* Mensch, das hätten Sie längst abschicken sollen!

Zierhut Das ist das scharlachrote Kardinalproblem.

Tell *steigt von der Leiter herunter.* Hatten Sie immer solche Berufe? Bibliothekar? Sekretär?

Zierhut Kammerdiener. *Zeigt auf sein Gesicht.* Das redliche Antlitz wurde Schicksal.

Jochum Antlitz würd ich bei Ihnen nicht sagen.

Tell Aber! Gerade Zierhut hat ein Antlitz.

Jochum Eine Stirn hat er!

Diana Zierhut ... meint es gut.

Schmidt Aber er macht es schlecht. *Sie hilft Jochum.* Er wird sich zu verantworten haben.

Zierhut In Verantwortung ergraut.

Tell Was wären Sie denn geworden, wenn Ihr Antlitz Sie nicht geleitet hätte?

Diana Zierhut wäre gern Küster geworden.

Tell Um auf den Kirchturm zu steigen und auf die Welt herabzusehen.

Zierhut Auf die Unterwelt, Herr Tell, auf den Gottesacker.

Diana Zierhut liebt die kleinen Friedhöfe um Kirchen, darum wär er gern Küster geworden.

Zierhut Da muß jeder hin und darum hätt ich gern gleich dort gewohnt.

Schmidt *zu Zierhut* Wie kommen Sie überhaupt zu der Vermutung?

Zierhut Keine Vermutung, sondern aller Welt Ende.

Jochum *indigniert* Die gnädige Frau meint Mister Smith.

Zierhut Die Ereignisse werden mich verteidigen.

Jochum Wenn Sie etwas weniger mystisch wären.

Diana *leise zu Tell* Ich weiß nämlich, daß Zierhut recht hat.

Tell Natürlich hat er recht, nur nicht so wie er meint! Das ist ein Wahnsinniger, der sich für eine Größe hält ... oder ein Kunstfeind, der alles vernichten will ...

Diana Oder ein Agent, der kein Geld hat ... gestern hab ich es erfahren, durch meine Mutter, als sie Wolle wickelte, entwirrte sich alles ...

Tell Im Lusthaus.

Diana *überrascht* Sie waren dort?

Tell Ich bin Ihnen gefolgt. Und dann war ich schrecklich eifersüchtig.

Diana Und schämen Sie sich jetzt endlich?

TELL Schrecklich, Diana Sandoval.

DIANA Ich hab noch einen zweiten Namen.

TELL Rigmar?

DIANA Falsch.

TELL Solange.

DIANA Leider nein. Er endet mit Tea.

TELL Galatea! Ich muß es ausprobieren. Das Sinngedicht: Küß eine weiße Galatee, sie wird errötend lachen!

DIANA *lacht* Sie lacht, aber sie errötet nicht.

JOCHUM *kommt wütend auf Tell zu.* Ich find die große Literaturgeschichte nicht. Das wichtigste Werk! Kostet den Verlag selbst ein Vermögen.

TELL Wozu schreibt man auch Literaturgeschichten!

SCHMIDT *lächelt bezaubernd.* Ich kann doch nichts dafür, Herr Tell! Haben Sie alles, was Sie suchen, Herr Hofmaler?

HOFMALER Wenn Sie mir Modell sitzen. Wie heißen Sie eigentlich mit dem Rufnamen.

JOCHUM *tritt zum ihm.* Maria.

SCHMIDT Ich hab noch einen zweiten Namen.

JOCHUM Gloria?

HOFMALER Die schöne Melusine?

JOCHUM Die schöne Galatea?

SCHMIDT Es brennt.

HOFMALER Dorotea.

JOCHUM Als was würden Herr Hofmaler Maria malen?

HOFMALER Als Kriemhilde.

SCHMIDT Aber ich bin doch schwarz.

JOCHUM Ein Maler hat seine eigenen Aspekte.

SCHMIDT Wie würden Sie dann Pasta malen?

HOFMALER Als Brünnhilde.

SCHMIDT Wenn sie nur schon hier wäre, daß man von hier weg könnte, es ist so häßlich hier.

TELL *hat ein Bild ausgepackt.* Eine schöne Landschaft!

DIANA Es ist ein Beran. Mich wundert, daß das Bild noch hier ist, er hat sich vom »Geschäft« zurückgezogen.

TELL Alle Schleier hat er gefangen.

ZIERHUT *legt eine Grammophonplatte ein.* Zur Verschönerung!

GRAMMOPHON Nun genug leises Flehn, süßes Kosen
Und das Flattern von Rose zu Rosen.

DIANA *singt mit* Du wirst nicht mehr die Herzen erobern
Ein Adonis, ein kleiner Narziß

SCHMIDT Das ist Pastas Stimme, das sind ihre Platten.

PASTA *schleicht freudestrahlend herein. Hinter ihr Nick.* Das ist aber ein schöner Empfang! *Sie stellt das Grammophon ein.*

JOCHUM Also was halten Sie von der Sache.

PASTA Ist alles in bester Ordnung.

SCHMIDT Wo ist Mister Smith?

PASTA Auf dem Semmering, er kommt morgen zurück. Er war etwas nervös, ich selbst hab ihm geraten, sich einen Tag auszuruhen, ich kann es ihm nachfühlen, dieser Trubel! Diese Verantwortung! Er hat auch Ärger gehabt, hat er mir angedeutet, wahrscheinlich privater Natur, er ist doch so reserviert! Der Mensch ist reserviert!

JOCHUM Aber warum hat er die Sachen *er zeigt um sich* nicht weggeschickt, Sie sagten doch, er schickt alles voraus?

NICK Da sind ja alle Manuskripte und Bilder! *Er geht die Wände entlang.*

PASTA Wahrscheinlich hat er es für ratsam gefunden, sie selbst mitzunehmen. Der Mensch ist Ihnen so pedant!

SCHMIDT Das ist einleuchtend.

HOFMALER Und deshalb hat uns dieser … dieser Mensch hierher bestellt! Mein Gemälde hat er unters Bett geschoben! Ihr Chef wird's Ihnen schon zeigen!

PASTA *zu Zierhut* Sie sind ein schrecklich überspannter

Mensch! *Zu Diana* Sie hätten ihn zurückhalten sollen, das ist eine Schande vor Mister Smith, dieses Mißtrauen! Sie haben lauter Schrullen im Kopf!

ZIERHUT Die Zeit wird mich verteidigen.

TELL Aber warum hat er wirklich nichts abgeschickt?

DIANA Zierhut hat eine schlaflose Nacht verbracht.

NICK Den Film hat er auch noch nicht bezahlt, Pasta?

PASTA Der ist gestern erst fertig geworden, den wird er uns nicht schuldig bleiben. *Sie setzt sich aufs Sofa, alle nehmen Platz. Nur Zierhut bleibt im Hintergrund.*

JOCHUM *zündet sich eine Zigarette an.* Sagen Sie, gnädige Frau, wie haben Sie ihn kennen gelernt.

PASTA *gekränkt* Nick hat ihn kennen gelernt. Im Filmstudio.

NICK Er macht das nicht zum ersten Mal.

PASTA Er hat uns Dankschreiben gezeigt von Künstlern, die durch ihn in Amerika bekannt geworden sind.

TELL Nick hat ihn eingefangen und Pasta hat ihn an die Kette gelegt.

PASTA Du scheinst zu glauben, daß ich das zum Spaß für mich tue. Ich hab genug Spesen gehabt, ich will doch nicht, daß es heißt, in der alten Welt sind wir rückständig. Die Amerikaner sind ohnehin geneigt, über uns von oben herab zu sprechen.

TELL Hör einmal Pasta, weißt du, daß dein Amerikaner mit deinem Kafetier in einer sehr komischen Geschäftsverbindung steht?

PASTA Mit welchem Kafetier?

DIANA Mit dem Tiger.

In diesem Augenblick wird die Gangtüre links aufgesperrt und herein stürzt DER TIGER, *beobachtet die Gäste nicht und geht hastig die drei Wände ab. Zu Zierhut.*

Das sind Waren!

ZIERHUT Das sind Werte, Herr Tiger.

TIGER *besichtigt die Pakete, reißt auf, schüttelt den Kopf.*

PASTA Das ist doch der Tiger!

DIANA Ganz er.

PASTA Der hat doch hier nichts zu suchen!

DIANA Er behauptet, er hat.

PASTA Aber wieso denn?

TIGER Schöne Werte!

ZIERHUT *zeigt auf das Bild von Beran.* Höchste Werte.

TIGER Das Bild! Da ist doch nichts drauf! Keinen Schilling wert!

ZIERHUT Dieses Bild ist mit Tausend bemessen.

TIGER Sagen Sie, warum malt er für das Geld nichts drauf? Meine Frau hat zuhaus ein Bild, da ist ein ganzes Zimmer drauf. Die Möbel, die Teppiche, ein Tisch mit Obst, Trauben, Trauben sind schwerer zu malen wie Glas, ein Fasan ist drauf! Daneben ist ein Bett mit einer Frau, ein Fleisch hat die, rechts und links kriegt man Appetit. Fünfzig Schilling mit Rahmen. *Er bemerkt das Bild von Kirschl.* Da ist wenigstens eine nackte Frau drauf, wenn er ihr Perlen aufgemalt hätt, das Bild hätt Aufsehen gemacht! Ich hab einen Maler gekannt, der hat auf das Straßenpflaster gemalt, was man verlangt hat. Das hätten Sie sehen sollen.

ZIERHUT Ein Zimmermaler.

TIGER Und ob! Ich hab ihn mitgenommen und wir haben uns die Zimmer bemalen lassen. Der hat eine Wassermelone aufgeschnitten gemalt. Jeden Kern hat man zählen können.

HOFMALER *zu Pasta* Das ist aber unerhört!

PASTA Der Mensch ist übergeschnappt! Wer hat ihn hereingelassen?

DIANA Der kann von selbst herein, der hat den Schlüssel von der Türe, der war heut schon einmal hier, bei Zierhut. Er sagt, das ist s e i n e Ware.

PASTA S e i n e W a r e!

TIGER *wirft ein Buch in die Luft.* Lauter Mist!

ZIERHUT *mahnend* Bücher, Bilder!

TIGER Makulatur, Muster!

ZIERHUT Werte!

TIGER Muster ohne Wert!

PASTA *steht auf.* Also diesem Menschen werde ich meine Meinung sagen!

TELL *jubelnd* Laß ihn doch! Laß ihn doch! Laß ihn doch reden!

ZIERHUT Das ist der Tiger, Kafetier zum Quadrat. Befaßt sich mit Nebengeschäften. Dieses hier ist ein Nebengeschäft.

TIGER Ein Reinfall ist es!

ZIERHUT Das Risiko ist dem Herrn Kafetier zu groß. Er ist zurückgetreten.

PASTA Sagen Sie, Tiger, wie kommen Sie hierher?

TIGER Ich komm ganz gut hierher *erblickt sie erst jetzt* das heißt schlecht, das ist mein Magazin. Das ist meine Ware.

PASTA Aber da ist doch weit und breit keine Ware!

TIGER Nicht wahr, sag ich auch! Schund ist es! *Er zieht einen Brief aus der Tasche und schwingt ihn.* Galanterieware! Der Gauner hat mir's zurückgelassen!

ZIERHUT Mister Smith ist kein Gauner. Er ist nur ... er wurde im Stich gelassen.

PASTA Was fällt ihnen ein über Mister Stuart Smith so zu sprechen!

TIGER Ein Mist ist er, kein Mister! Ich finanzier kein Papier! Packpapier wegen meiner, aber nicht Makulatur! Er hat mich begaunert.

ZIERHUT *erklärend* Herr Tiger finanziert die Spesen, die Reise, den Aufenthalt des Agenten, den Transport, die Reklame ...

JOCHUM S i e stehen hinter Smith?

HOFMALER *Sie* finanzieren das Unternehmen?

TIGER Ich? Ich bin nicht verrückt! Ich finanzier Eisen, Porzellan, Wolle, wegen meiner Petroleum, wegen meiner Packpapier, aber keinen Mist! Den Mist finanzier ich nicht!

SCHMIDT Ich versteh nicht, wer verlangt das von Ihnen?

TIGER *zu Pasta* Ich hab geglaubt, er hat was Gediegenes, da stellt sich heraus, er hat Kunstsachen!

PASTA *zu Nick* Kennst du dich aus?

NICK Ich fürchte, ja.

PASTA Was hast du, Nick, was bildest du dir schon wieder ein?

JOCHUM *zu Tiger* Sie sind der Finanzmann, der hinter Smith steht?

NICK Er will den Transport nach U.S. nicht finanzieren. Im letzten Moment hat er es sich überlegt.

ZIERHUT Und beschuldigt den Gentleman.

PASTA *grob* Wenn Sie nicht finanzieren wollen, ziehen Sie sich einfach zurück und Schluß!

TIGER Und die Ware! Was mach ich mit der Ware?

PASTA Die werden Sie schön Mister Smith überlassen!

TIGER Wieso? Er hat sie mir überlassen. Für die Anzahlung. Zweitausend Schilling Anzahlung hat er. Für die Reise und Hotelspesen. Durchgehen will er mir, mit der Anzahlung.

JOCHUM Anzahlung! Von mir hat er eine goldene Tabatiere bekommen, damit er die Neuerscheinungen placiert.

HOFMALER Ist der Mann nicht vermögend?

SCHMIDT Warum hätt er sich denn so ausgeben sollen?

JOCHUM Hätten Sie einem gewöhnlichen Agenten Kunstwerke anvertraut, gnädige Frau?

SCHMIDT Aber warum muß er sich denn zurückziehen, ein so feiner Mensch. *Zu Tiger* Woher wissen Sie, daß er sich zurückziehen will?

TIGER *schwingt einen Brief.* Weil es in dem Brief steht, Sie blöde Gans.

PASTA *nimmt ihm den Brief aus der Hand und liest* ... das ist nicht fair, ich wasche meine Hände davon. Man soll nicht Geschäften beginnen, wenn man nicht Wort hält. Hier ist der Schlüssel von das Magazin ...

HOFMALER *will sein Bild einpacken.* Frau Pasta! Sie haben uns den Mann eingebrockt, Sie sind haftbar!

TIGER Herr, was unterstehen Sie sich! Das ist meine Ware! Das ist verbrieft! Da laß ich Perlen drauf malen, rühren Sie das nicht an.

HOFMALER So eine Frechheit. Dieser Smith muß her. Wo ist er!

PASTA *weinend* Entsetzlich!

DIANA Sie werden doch nicht im Ernst Kunstgegenstände zurückbehalten!

TIGER Behalten! Im Dorotheum laß ich sie versteigern!

DIANA Sie werden doch nicht den Künstlern ihren einzigen Besitz rauben!

TIGER Ich rauben! Ich b i n beraubt!

PASTA *schluchzt* Das hätt ich von diesem Menschen nie gedacht!

SCHMIDT Er war wie ein Magnat!

TELL *hat die ganze Zeit über unbändig gelacht.* Wenn das aber Mist ist für Sie!

DIANA Dann brauchen Sie's doch nicht! *Sie geht nach rechts ab.*

TIGER Auf Mist wächst Gras! Ich laß das einstampfen! Auf die Bilder laß ich was draufmalen. Das andere laß ich versteigern. Bücher nimmt das Dorotheum.

JOCHUM Das muß man sich nicht gefallen lassen.

HOFMALER Natürlich nicht! Her mit dem Mann, dem Smith.

TIGER *brüllt Pasta an* Zahlen Sie die Zweitausend zurück! Dann können Sie alles haben! Alles!

PASTA Ich bin doch noch die Möbel schuldig, die ich mir für diesen Menschen angeschafft habe, ich kanns nicht glauben …

ZIERHUT Wenn ich einen Einwand machen darf, Mr Smith ist im Hotel Imperial und wartet auf höfliche Regelung seines höflichen Beginnens. Es liegt ihm ferne, zu schädigen, er ist ein Gentleman, und ist selbst geschädigt …

DIANA *tritt ein gefolgt von* FRAU SANDOVAL, *die eine Strickarbeit in der Hand hält. Es ist die Wolle, die sie tags vorher aufgewickelt hat. Sie ist wohltuend ruhig.*

TIGER Was! Sie sind auch da! Das ist ein Narrenhaus.

SANDOVAL Das ist meine Wohnung, Herr Tiger.

TIGER Da haben Sie mir was Schönes eingebrockt mit der Wohnung! Aber ich zeig euch's noch! Euch allen!

SANDOVAL *ruhig* Das glaub ich nicht von Ihnen, Herr Tiger.

TIGER *brüllt* Hier geht es um Geld!

DIANA Geld oder Kunst, das ist die Frage!

ZIERHUT Hier ist klar zu sehen. Phantasie ist Makulatur geworden, die Kunst in der Pranke des Tigers.

TELL *flüsternd zu Diana* Ein Bild für den Tiger.

ZIERHUT Der Mister wartet auf Regelung. Er hat es gut gemeint, er handelt korrekt und will nicht zurücktreten, wenn besagter Herr … Zahlen Sie die Spesen, Herr Kafetier.

SANDOVAL Lieber Freund, ich kenne Herrn Tiger. Er ist vornehm, das hab ich gestern erfahren. Er ist etwas barsch in den Ausdrücken, weil er so viel mit Kellnern zu tun hat. Kommen Sie, Herr Tiger, wir haben etwas zu besprechen. Überlassen Sie Frau Pasta ruhig die Verwaltung dieser Güter. Kommen Sie hinüber, sehen Sie sich die Werke meiner Tochter an. Es wird Ihnen bei mir gefallen. *Sie nimmt seinen Arm.*

TIGER N o c h Kunst!

SANDOVAL Verfügen Sie ruhig, Frau Pasta, und Herr Tiger

kommt noch zurück. Er wird sich überzeugen, daß Kunst eine gute Anlage ist. Er wird selbst einiges kaufen. Das ist jetzt das Neueste, schöne Bilder in feinen Kaffees. Er richtet ein neues Etablissement ein. Das hat man jetzt in England, Herr Tiger. Stilleben an den Wänden. Die Leute werden ganz animiert. Bestellen Champagner und trinken. Herr Tiger kommt noch zurück und wird alles ordnen. Verständigen Sie Herrn Schmidt, oder wie der Herr heißt.

TIGER *läßt sich abführen.* Nichts heißt er... ein Niemand ist das!

SANDOVAL Aber Sie sind Kafetier von ... *Sie gehen ab.*

DIANA Das ist meine Mutter.

TELL Gestern hat sie ihn umwickelt, heut umstrickt sie ihn.

PASTA Eine prächtige Frau! *Wieder optimistisch* Sie wird noch alles ordnen! Alles ist gerettet! Kinder, gehen wir alle ins Imperial und bringen wir Mister Smith die gute Nachricht! Er hält sich doch selbst für geschädigt.

JOCHUM Ich halt mich auch für geschädigt.

TELL *leise zu Diana* Sind wir geschädigt?

DIANA *faßt seine Hand.*

HOFMALER Man muß abwarten, ob sie ihn richtig wickelt.

PASTA *singt aus Carmen*

Mercedes beim Wickeln sprach
Mir ist zuwider das Laufen
Möchte einen Esel kaufen
Reiten bis hierher gemach.
Carmen wie es schon ihr Brauch
Fing an mit spöttischen Mienen
Wozu soll ein Esel dienen
's ging mit einem Besen auch ...

Vorhang

Pastora

I

Pastoras Gesichtchen war so weich und lieblich, daß ihre Mutter alles daran setzte, das schwarze Seidentuch, mit den langen handgeknüpften Fransen, ihr zu geben und nicht Barbara, der Älteren, der es eigentlich zukam. Frau Milagros benützte einen Zornesausbruch der Älteren (und die waren nicht selten), riß das schwer bestickte Seidentuch aus der Truhe und händigte es Pastora ein, die vor Freude errötete.

Ihr könnt euch nicht vorstellen, was für ein Aufsehen sie auf dem Kirchweihfeste machte, so gehoben trug sie sich in dem feinen Schal und so sehr fühlten das die Burschen. Als es dämmerte, drängten sie sich an sie heran, und Pepe Velasquez schnaubte wie der Stier in der Arena. Wenn sie zu Hause war und mit der Mutter über ihn sprach, floß ihr Mund über in Erzählungen über seine Freigebigkeit und seine Ehrfurcht. Wenn sie ihn aber sah, den Kopf rot vor Freude, die Augen, die fast heraussprangen, wenn sie die Erschütterung sah, die sie verursachte, wenn seine Hand schwer auf ihrer Schulter lag beim Tanzen, geschah es, daß sie ein Widerstreben spürte, bis in den Hals hinauf, und lieber setzte sie sich neben die Mutter hin und tanzte nicht weiter. Bald wurde da die Schar der Tänzer schütter, denn ein Bursche nach dem andern trat aus der Runde, drehte den Stuhl um und setzte sich an ihren Tisch.

Der eigensinnige Bewerber aber gab nicht nach. Abends stand er breit lächelnd vor dem Häuschen, sonntags wartete er schon in seinem neuen Staat, und die Mutter stieß sie am Arm, denn er war der reichste Bauernbursche im Dorfe. Pastora fühlte sich unter einem Zwang. Die Mädchen aber, die aus Sevilla kamen, erzählten nur immer von der Stadt. Und sie erzählten so viel, bis die Mutter nachgab und Pastora in die Stadt ließ.

Im Armenviertel Sevillas, in Creano, fand sie eine Stelle bei Sanchez, dem Obsthändler. Sie mußte das Haus reinigen, auch kochen, denn seine Frau war alt, und überdies mußte sie an Regentagen neben dem Esel einhergehen, wenn Luis Sanchez mit der Waage in der Hand durch die Straßen Sevillas zog und Obst verkaufte. Pastora hatte den Schirm zu tragen, damit das Obst nicht naß wurde. Die ganze Stadt lachte über den Alten, niemand fiel es ein, im Regen stehen zu bleiben und sein Obst zu kaufen. Es war ein schwerer Dienst, und die einzigen Erholungsstunden waren die in der Kirche, zu welcher sie Frau Sanchez täglich begleitete. Was ihr Frau Sanchez zu erzählen wußte, war, daß die Juden buschige Bärte haben und buschige Schwänze. Pastora dachte jedes Mal darüber nach, ob die Schwänze aus dem Beinkleid herausragten oder versteckt waren, aber sie schämt sich, zu fragen, und machte nur ein verwundertes Gesicht. Die jungen Leute, die den weißen Hals und die weichen roten Wangen sahen, den kleinen Mund und die Frage in den braunen Augen, bekamen Lust, sie auf ihre Weise zu beantworten. Aber Pastora zupfte an ihrem goldenen Kreuz, tat unwillig und war sehr geschmeichelt.

In der Kirche saß sie neben der Pförtnerin des Klosters Casa de Caridad, der das Mädchen auffiel. Sie hätte sie gern für das Kloster gewonnen, doch ließ sich in der Kirche nicht recht ein Gespräch anknüpfen. Einmal stieß sie auf Pastora, als diese mit dem regenschweren Schirm neben dem Esel trippelte und vom Obsthändler Sanchez noch gescholten wurde. Die Pförtnerin tat, als suchte sie Ware aus, und begann über das schlechte Obst zu stänkern. Das lockte Zuschauer herbei, indessen nahm sie Pastora beiseite und erfuhr, daß der Obsthändler nicht immer gescholten hatte, sondern erst grimmig wurde, als sie es durchaus nicht litt, daß er ihre runden Ärmchen streichelte.

In drei Tagen schon hatte sie eine neue Stelle in einem sehr feinen Haus, bei dem ehrbaren Señor Fernando Martinez y Soto und seiner ehrbaren Gattin Consuelo Gonsalez.

Eine vornehme, kühle Halle, ein Bad mit grünen Kacheln, ein Garten mit Palmen, ein Springbrunnen, ein Zimmerchen für Pastora mit weißen Gardinen und roten Blumen am Fenster, wie zu Hause. Señor Martinez y Soto hatte einen ehrwürdigen Bart, Donna Consuelos Gesicht war olivegrün und unnahbar und dann war Angeles da, die einzige Tochter des Ehepaares. Sie warf gleich am ersten Morgen die prächtige Decke von ihrem heißen Körper:

»Wenn diese Narren mir nur nicht jede Nacht aufspielen würden, Pastora, es fehlt nur, daß der Señor es hört!«

Und sie lachte über die närrischen Bewerber unten und den schlafenden Vater oben.

Es gab auch in diesem Haus reichlich Arbeit, aber jeden Nachmittag ging Pastora mit der jungen Herrin auf den Paseo. Sie legten den schwarzen Schal mit den gestickten Rosen an und warfen die Mantilla über den Kamm. Wenn die Kavaliere Angeles begrüßten und auch vor Pastora eine Verneigung machten, fiel es der jungen Herrin nicht ein, den Irrtum aufzuklären.

»Sie halten dich für ein Fräulein, Pastora!« flüsterte sie ihr ins Ohr und nahm ihren Arm. Denn Angeles war so schön, daß sie dem jungen Mädchen neben sich gern etwas von dem Glück gönnte, das ihr Tag und Nacht auf den Fersen war.

In die Kirche ging die Familie nur sonntags. Und von den Heiden durfte in diesem Hause nicht einmal gesprochen werden.

Nachts oben im Stübchen, faltete Pastora lächelnd ihren

seidenen Schal zusammen und dachte an die Promenade mit ihrer jungen Herrin. Sie dachte an die Kavaliere und an die Briefchen, die sie ihr zusteckten, aber dann wich das Lächeln. Denn wie sollte sie es je wagen, sich mit einem feinen Herrn zu treffen, sie war doch eine Magd, eine Magd, und sie schluchzte lange in ihrem kleinen Polster.

Eines Tages kam ein Telegramm an Señor Fernando Martinez y Soto, und darauf war alles im Haus erregt, denn es kündigte Besuch an. Zu ihrem Staunen erfuhr Pastora jetzt erst, daß es einen Sohn in der Familie gab, Angeles hatte auf der Promenade einfach vergessen, es zu erzählen.

Richtig, Angeles hatte einen Bruder, und sie lachte über den Bruder und verspottete ihn ein bißchen und vergaß ihn auf dem Paseo. Nur Pastora konnte ihn nicht vergessen, denn seinethalben durfte sie zum ersten Mal nicht mitgehen, sondern mußte alles zu seinem Empfang richten. Und sie wußte, daß dieser Bruder kommen würde wie ein Unglück.

Als Don Anibal eintrat und seine Eltern erblickte, sagte er »gee!«, denn er kam aus Amerika. Als er seine Schwester wiedersah, die sich auf der Promenade etwas verspätet hatte, sagte er wieder »gee!«. Nur über das Haus sagte er nicht »gee«, er fand es altmodisch und verfallen, und das grün gekachelte Badezimmer fand er abscheulich. Als dies Pastora hörte, wußte sie, daß ihre glücklichen Tage in dem Haus zu Ende waren. Sie schrumpfte wieder zusammen zu der kleinen Magd, die neben dem Esel des Obsthändlers Sanchez getrabt hatte, sie legte den schwarzen Schal ab, den sie zur Ehre des Señorito umgeworfen hatte, sie nahm ein blaues Kleid über und ging in die Küche.

Während sie das Essen auftrug, glitten ihre Augen schüchtern an dem abweisenden Bart Don Fernandos vorbei, blickten fragend auf das starre Gesicht Donna Consuelos und wagten sich zu den Schultern des jungen Herrn, dessen Wangen so mit Blut gefüllt waren, daß es bis zu den blonden Haarwurzeln drang und das ganze Gesicht färbte. Aber ihre sanften Augen erweichten nicht den Widerstand in den kräftigen Zügen. Sie sah zu Angeles hinüber, die so ganz anders aussah, als der Bruder, so schwarz und weiß und fein wie die Madonna, aber Angeles hatte heute keinen Blick für sie, sie lachte über die lebhaften Erzählungen des Amerikaners. Pastoras Finger zitterten so sehr, als sie die Schüssel auf die weiße Damastdecke stellte, daß ein brauner Streifen sich über den Rand ergoß. Hypnotisiert blickte sie auf Donna Consuelo, um den strafenden Blick zu empfangen, der ihr gebührte, blickte sie an, gelähmt vor Schreck.

»Das Beste in eurem Hause ist Pastora«, sagte eine Stimme laut und eindringlich, und Pastora senkte den Kopf, lief zur Türe hinaus, lief in ihre Kammer, setzte sich aufs Bett und lächelte in sich hinein.

Den nächsten Morgen nahm Don Anibal einen großen Bogen Papier zur Hand und schrieb eine Liste von Namen auf. Es waren die Namen aller Bekannten, deren er sich entsinnen konnte, und ihre Zahl war groß. Und nun kam frischer Atem in das ruhige Haus. Don Anibal belebte jedes Möbelstück, jeden Winkel, er stellte die Zimmer um und räumte das Silbergeschirr aus den Glasschränken. Täglich empfing er Gäste, empfing sie so vertraut, als hätte er sie erst am Vortage gesehen, gesprochen, umarmt, und Pastora hörte den fröhlichen Lärm in der Küche und ihr kindliches Herz lachte mit.

Noch mehr lachte Pastora, weil Don Anibal seine spanische Ritterlichkeit in Amerika verlernt hatte. Er küßte die Mädchen, fuhr den Damen in den Ausschnitt, streichelte ihre Taille und preßte sie an sich. Und das Merkwürdige war, es gefiel ihnen, es gefiel denselben Spanierinnen, die nachts ihre Kavaliere vor den Fenstern stehen lassen, ohne sich nur einmal im Rahmen zu zeigen.

Als der Sonntag kam und Don Anibal sich gerade anschickte, sein Pferd zu besteigen, trat ihm Donna Consuelo in den Weg und erinnerte ihn mit jener Miene, die sie sich durch jahrelange Angleichung an die Strenge ihres Gemahls erworben hatte, daß es Sonntag war. Erstaunt hob Don Anibal den Kopf, schickte sich aber sogleich in die vergessene Sitte und wartete im Vorhaus auf den Vater. Dieser erschien und sprach nur genau das Wort, das zum Aufbruch rief, Donna Consuelo trat schweigend an seine Seite, Don Anibal nahm den Arm der Schwester, und Pastora schritt ein Stück hinterher. Schon vor der Kirche entstand ein Auflauf, so viele Freunde und Freundinnen zerrten Don Anibal mit sich, bis sie ihn von seiner Familie getrennt hatten.

In der Kathedrale saß Don Fernando regungslos in seinem Betstuhl, Donna Consuelo kniete vor dem Marienbild, den Blick starr auf die Madonna gerichtet, und Angeles kauerte neben ihr, die Augen vorsichtig nach rückwärts wendend, um die Bewunderung für ihre kniende Anmut abzulesen. Pastora aber lag fast auf dem Boden, so tief verneigte sie sich vor der Heiligen, und Don Anibal unterhielt sich, so gut es ging, in der letzten Reihe und traf erst mit der Familie zusammen, als der Gottesdienst zu Ende war.

Den Rückweg nahmen die alten Herrschaften in der Equipage. Don Anibal betrachtete den mächtigen Turm der Giralda und erklärte, daß an einer Kirche der Turm immer das Schönste sei. Schon stieg die ganze Gesellschaft die Stufen hinauf und Angeles hielt einen Zipfel von Pastoras Schal, damit sie sich nicht davonmache.

»Was ist das Schönste an der Kirche!« rief Don Anibal, etwas atemlos von den vielen Stufen.

»Der Turm!« schrien alle zurück, denn das hatte er eben behauptet.

»Falsch!« kommandierte Don Anibal.

»Der Hochaltar!« rief eine fromme Seele.

Es trug ihr eine mitleidige Handbewegung ein.

»Die Madonnen!« schrie Don Anibal vergnügt und sah laut lachend auf die junge Magd neben seiner Schwester. Und Pastora mußte ihr Gesicht in einem Zipfel des Schals verstecken.

Selbst die Sevillaner erfreuten sich an dem Anblick der farbenreichen Stadt und sprachen lebhaft durcheinander. Aber plötzlich griffen sich alle entsetzt an die Ohren, flogen, wie von einem Stier verfolgt hinter Angeles her, die als erste flüchtete, flogen die Stufen hinunter, denn die große Glocke hatte eben zu schlagen begonnen. Nur Don Anibal blieb zurück und genoß die mächtigen Schwingungen, und der Donner der Glocken trieb ihm das Blut wie Flammen über seinen Kopf, und die junge Magd seines Hauses, die schüchtern am Türrahmen lehnte, denn das Laufen ziemte sich nicht für sie, erschien ihm wie ein Bild so schön. Er trat einen Schritt zurück und wies ihr galant den Vortritt.

Pastora ging nicht die Treppe hinunter, sie schwebte. Die feste Hand, die ihr über den Nacken strich, war wie ein süßer Hauch und doch war sie schwerer und härter als die Hand des Bauernburschen Pepe Velasquez.

Nachts stand Pastora am Fenster. Vom Meer her kam ein salziger Wind. Der Mond war so rund und rot, als wär er aufgemalt. Da plötzlich sah sie unten im Garten das Gesicht leibhaftig vor sich, von dem sie träumte. Sie sah das verwegene Lachen, das lebhafte Spiel der Züge, sie trat erschrocken zurück in die Kammer und kreuzte die Arme über die Brust. Da ging auch schon die Türe auf, Don Anibal stürmte herein. Er riß sie an sich, ließ sie frei, wurde ein Kind, ein heißer, wilder Knabenkopf, er drang in ihre Brust und küßte sie trotzig. Und während er sie in die Kissen wühlte, stieß sein Arm das Bild der Madonna, das darunter lag, zu Boden.

Als er gegangen war, fühlte Pastora seine Küsse wie

schmutzige Flecken auf ihrem Körper. Sie saß am Rand des Bettes, blickte auf die Madonna zu ihren Füßen und war so verworfen, daß ihr dieser Frevel nichtig vorkam gegen das, was sie litt. Sie saß die ganze Nacht auf, und am frühen Morgen trat sie aus der Kammer mit einem fremden Blick.

Vom Bad erquickt und rosig bis zu den dichten, blonden Haaren hinauf saß Don Anibal als Erster beim Frühstückstisch und sah Pastora eintreten, bleich, gesenkten Blicks, tiefe Ränder um die Augen. Bei ihrem Anblick fühlte er noch den Hauch ihres jungen Körpers an seiner Haut, und als sie die Platten auftrug, nahm er ihre Hand und küßte sie rasch.

»Du bist zu schön für diese Arbeit, Pastora!« sagte er.

Gerade da rettete eine fremde Stimme das Mädchen aus der Verwirrung. Don Manolito Vasquez, ein Freund Don Anibals, rief zum Fenster hinauf. Der stopfte noch schnell einen Bissen in den Mund und winkte ihm. Als Don Manolito eintrat, war er überrascht von dem Glanz, der heute auf dem Gesicht des jungen Mädchens lag, das er für eine Verwandte des Hauses hielt und er verneigte sich tief vor ihr. Während er ihre Augen suchte, fing er einen Blick auf, den sie auf Anibal richtete, der wacker sein Frühstück bearbeitete. Später sagte Don Manolito:

»Daß Angeles deine Schwester ist, neide ich dir nicht, denn du kannst um sie nicht werben, aber, daß Pastora nicht deine Schwester ist, darum beneide ich dich, du Glücklicher!«

Anibal schmeichelte diese Rede, und es geschah, daß er noch am gleichen Tag Anlaß fand, sich über seinen Burschen zu beschweren, der ihm die Schreibarbeiten und Botengänge machte, und er entließ ihn auf der Stelle. Gleichzeitig sandte er um Pastora, und diese zeigte sich so geschickt im Abfassen eines Briefes, daß er sich zu seiner Mutter begab und sie ersuchte, eine zweite Magd anzustellen, denn diese hier tauge für seine Arbeiten besser als ein Bursche. Was Donna Consuelo dachte, ließ sich aus ihrer starren Miene nicht ablesen, noch würdigte sie ihren Sohn überhaupt einer Antwort. Aber so viel ist sicher, daß sie am selben Tag der alten Concha, die nur zur Aushilfe kam, befahl, ganz zu bleiben und die Kammer neben der Küche zu beziehen. Und zu Pastora sagte sie:

»Wozu der Kamm im Haar, bei der Arbeit, er wird dir richtig hinderlich sein, denn du wirst dem Señorito oben helfen und mir hier in der Küche. Das gibt ein stetes Auf und Ab.«

Aber es traf nicht ein, was Donna Consuelo prophezeite. Denn Pastora hielt sich meist im Arbeitszimmer Don Anibals auf und war so eifrig, daß dieser ihr die wichtigsten Kenntnisse für Kanzleiarbeiten beibrachte. Bald war es eingeführt, daß Concha alle Hausarbeit machte, und niemand schien sich darüber zu wundern. Entschieden hätte Don Fernando seine Meinung über diesen Punkt geäußert, aber Don Fernando merkte nichts. Er schenkte seiner Umgebung gerade soviel Aufmerksamkeit, als nötig war, damit sein Hausgesetz befolgt wurde. Das Hausgesetz verlangte die Familie zu jeder Mahlzeit pünktlich an den Tisch und jeden Sonntag pünktlich in die Kirche. Für die übrige Zeit des Tages sperrte er sich in sein Arbeitszimmer, wohin der Lärm der Jugend nicht dringen konnte, denn er war ein Eigenbrötler. Vielleicht wäre Don Anibal nicht so gefügig gewesen, hätte nicht der Vater in Sevilla seinen Kredit in New York gestützt.

Die Schönheit unter Mägden unterscheidet sich von der Schönheit der Bürgerinnen nur in einem Punkt. Für wenig Geld gedungen und abgenützt, haben die Mägde so selten ihren Willen, ihre Freiheit, ja, selbst ihren eigenen Raum für sich, daß ihr Blick sich ziellos bewegt, immer einer Einschränkung gegenwärtig, eines Befehls, einer Ermahnung, – harte Hinweise auf ihre Besitzlosigkeit, Wurzellosigkeit, Weglosigkeit. Diese Unsicherheit des Blicks ist das Kainszeichen einer Magd, dieser unbehüteten Seele, die ihre große Genugtuung über die Herrin nicht kennt, weil sie die heimliche Werbung des Herrn als Demütigung ansieht und nicht als Triumph.

Mit Pastora ging eigentlich nichts anderes vor, als daß dieser Blick der Mägde, dieser scheue, duldsame Blick sich verlor. Dennoch sah sie verändert aus. Ihre Haltung schien auf einmal stolz, ihr Gang gelassen, ihre Bewegung sparsam. Und doch trug das liebe Geschöpf keine andere Genugtuung zur Schau als die der Freiheit.

Sie trug auch weiter kein anderes Gewand als ihr blaues Kleid, das am runden Ausschnitt Fältchen hatte, immer blendend weiß und eng um den Hals geschlossen. Es machte alles im Gesicht noch runder, und nur ein schmales, goldenes Kreuz, das dicht am Halse lag, gab der Weiche ein wenig Richtung.

Einmal gelang es Angeles, das Mädchen hereinzuziehen, als Gäste da waren. Pastora saß beiseite und nickte dankbar, wenn ein Herr zu ihr sprach, und Angeles sah ihr zu und fand sie viel würdiger, die Braut eines der jungen Leute zu werden, als ihre Freundinnen.

»Sprich etwas!« flüsterte sie ihr zu und gab ihr einen leichten Klaps mit dem Fächer, der Pastora wie eine Zärtlichkeit berührte. Schwer war ja nur ein Wort zu sprechen. Denn man hatte eine leise Stimme und Angst, und wenn man überhört wurde, mußte man sich schämen. Sie saß wie verzaubert, ihr kleiner Mund blieb verschlossen und war so tiefrot, wie das Blatt einer Rose und ihre Finger lagen im Schoß, so weich und zugespitzt, wie die Finger der Madonna.

»Pastora, sieh nur Mercedes. Die ist im Tanzen schon weiter als du und dabei ein Jahr jünger!« sagte Angeles, und Pastora verstand das Stichwort.

»Ja«, sagte sie und lächelte ruhig, »das hab' ich mir auch gedacht, sie muß in der Profession sein!«

»In der Profession!« schrien die Mädchen, und Pastora blieb noch immer ahnungslos, aber sie lachten spöttisch, denn ihre fremde Anmut war ihnen zuwider.

Da hab ich das Wort verwechselt, dachte sie und zuckte mit den Augen, aber in der Aufregung vergaß sie noch immer, welches Wort.

Don Manolito sah mit Entzücken, wie das weiche Gesicht dunkelrot wurde, wie die vollen Finger sich im Schoß bewegten und die Verlegenheit herumdrehten. Die braunen Augen zuckten, wie bei einem Kind, das gleich weinen wird, und Don Manolito dachte, wenn dieses Mädchen auch keine Peseta besitzt, so möchte ich sie doch zur Frau haben.

»Es kommt vor, daß man sich verspricht«, sagte Angeles, und Don Manolito sah, wie sie dem Mädchen mit den Wimpern ein Zeichen gab, nicht anders als eine Mutter, die ihr Kind beschwichtigt, und ein Strahl brach aus diesen Wimpern, Don Manolito vergaß Pastora und wandte keinen Blick mehr von dem andern Gesicht. Auch Pastora blickte zu ihr hin. Aber was nützten diese goldenen Worte, Don Anibal hatte mitgelacht. Als sich neue Paare zum Tanz erhoben, benützte Pastora die Unordnung und schlich hinaus. Niemand hielt sie zurück. Denn erst als sie gegangen war, bemerkte Don Manolito ihre Abwesenheit. Sie saß indessen in ihrer Kammer und das Herz tat ihr weh. Sich auszumalen, wie Don Anibal um die Mädchen war, peinigte mehr, als ihm zuzusehen ...

Eines Tages spazierte Pastora neben der jungen Herrin, und beide blickten auf den Kavalier zu ihrer Seite, während Anibal voranlief, eine Dame an jedem Arm. Auf einmal stockte ihr Fuß, so sehr erschrak Pastora. Eine schwere Hand preßte sich in ihren Arm und schüttelte sie zurecht.

»Du schreibst nicht und du kommst nicht!« Vor ihr stand Pepe Velasquez. Sie sagte erst kein Wort. Dann sah sie sich allein mit ihm stehen, die andern waren weit voraus.

»Ich schreib nicht, das ist wahr, aber ich hab auch nichts versprochen, ich komm nicht wieder, Pepe, ich ... ich hab einen andern gern.«

»Pastora!« rief Pepe und sein breites Gesicht zuckte.

»Pastora!« rief Angeles und winkte lebhaft.

»Pastora!« rief eine Männerstimme, wie ein Eigentümer seinen Besitz anfordert.

Pastora verlor den Kopf. Drüben riefen sie sie zu sich, sie ließ Pepe stehen und wandte sich nicht *einmal* um.

»Ein Landsmann!« stammelte sie, froh, daß niemand es beachtete. Denn die Fräulein vorne drehten jede Weile lachend den Kopf, um eine Bemerkung Don Anibals wiederzugeben, der die reizende Stadt mit den Augen des Amerikaners zerpflückte. Da erblickte er Pastoras erregtes Gesichtchen, in dem das Blut durch die feine Haut fast spritzte, und er griff mit breiten Fingern hinein in das Milchweiße, das Blutrote und den Tau darauf, und zerstörte es.

Seither ging Pastora nicht mehr mit auf die Promenade. Zu Hause aber dauerte die frohe Stimmung nicht an. Es gab erregte Gespräche bei den Mahlzeiten, jedoch Pastora verstand kein Wort, es geschah auf Englisch, und selbst Angeles wurde hinausgeschickt. Und Don Anibal erzählte nichts, er liebte nur fröhliche Gesichter, Reden und Feste.

Eines Tages bemalte Pastora alte Blechbüchsen – man stellt Blumentöpfe hinein in Sevilla und es ist kein Haus, das nicht die zierlichen Balkons und Erkerfenster mit Blumen schmückt, es gibt der Stadt dieses bunte Leben –, da sah sie einen vornehmen Herrn ins Haus treten, einen Fremden in der Stadt. Er hieß Mister Picton Wooster und verlangte Don Anibal zu sprechen. Der Gast sah Don Anibal irgendwie ähnlich. Er trug denselben Schnitt des Anzugs, er war rosig, licht und selbstsicher wie dieser, und nur bei seinen Bewegungen schien jeder Zug berechnet. Mister Wooster blieb unberührt von den lebhaften Ausbrüchen seines Freundes und trat in den Salon ein. Pastora konnte vom Arbeitszimmer jedes Wort des Gespräches mitanhören, und hätte sie Englisch verstanden, sie hätte erfahren, daß Mister Wooster, der Geschäftspartner aus New York nebenan saß, und daß er gekommen war, um den Vertrag zu lösen. Denn er hatte im Laufe der Jahre das Geschäftsvermögen vervierfacht, Don Anibal hingegen seinen Anteil auf ein Viertel reduziert.

Die Türe unterbrach das unerquickliche Thema, denn sie öffnete sich weit, und herein kam Angeles. Sie war erstaunt über das fremde Gesicht in der Stadt, erfuhr, daß der Besuch direkt aus New York kam, warf die Mantilla ab und sagte »Olalá!«. Dann setzte sie sich auf den Tisch, zog die Knie an, steckte eine Zigarette zwischen die Lippen und zeigte dem Gast das blaße Oval einer Spanierin unter seidenen, glatten Haaren.

»Ich wußte nicht, daß ich gleich am ersten Tag eine Carmen sehen werde«, sagte Mister Wooster.

Angeles lächelte über so viel Geist. Und dann sah sie ihn über die winzige Nase hinweg an, so als wäre die kleine Nase ein gewaltiges Hindernis und dann hielt sie es für das Beste, wieder nichts weiter zu sagen als »Olalá!«.

Wieder wurde die Türe geöffnet, diesmal langsam und gemessen, und die beiden jungen Männer erhoben sich rasch. Herein trat Señor Fernando Martinez y Soto, denn ihm war die Ankunft des Gastes gemeldet worden. Nach einigen höflichen Phrasen begann er auch sogleich mit der geschäftlichen Besprechung. Da ergab es sich (zu Don Anibals Staunen), daß es Mister Picton Wooster mit der geschäftlichen Besprechung nicht eilig hatte, er war vielmehr zu seiner Erholung nach Spanien gekommen und um die Familie seines lieben Partners kennen zu lernen. Selbst Señor Fernando Martinez staunte, denn die Geschäftsbriefe Mister Woosters hatten anders geklungen, und nur Angeles staunte nicht.

Diesem Gast zu Ehren kam jetzt Don Fernando täglich eine Stunde früher herunter. Eines Tages fand er das Haus voll junger Gäste. Statt sich zurückzuziehen, nahm der Señor an der Wand Platz und sah nicht ohne Befriedigung seiner einzigen Tochter zu, die mit hochgezogenen Knien, den Schal an der Schulter gelockert, auf dem Tisch saß und Stecknadeln zwischen die Lippen nahm, damit ihr niemand zu nahe trete, während sich die jungen Herrn durch diese Nadeln angezogen fühlten, als wären es Magnete. Und dann sah er zu Mister Picton Wooster hin, der steif in seinem Fauteuil saß und seine kleinen Augen schief auf Angeles richtete und sonst nirgendshin, und dann sah der Señor auf seinen Sohn, der mit drei jungen Damen zugleich zu tanzen versuchte, und sein Auge schweifte an der Gesellschaft vorbei und der dunklen Gestalt eines Mädchens nach, das sich eben davonschleichen wollte. Als er näher hinsah, erkannte er die Magd Pastora. Er erhob sich gemessen, trat auf sie zu und sagte befehlend:

»Du bringst den Gästen vom Manzanilla und hältst kaltes Fleisch bereit zu Ihrer Verfügung.«

Ob die Gäste den Befehl vernahmen, konnte Pastora nicht feststellen, denn sie ging zur Tür wie eine Blinde. Ihr war, als hätten die Tänzer stillgestanden, die flüsternden Paare aufgeschaut und jeder Blick sich auf sie gerichtet in sprachlosem Staunen. Und doch konnten den Befehl nur zwei oder drei in der Nähe sitzende Personen gehört haben. Sie lief in die Küche, um zu sehen, ob die Concha von ihrem Ausgang zurück sei, sie lief ins Schlafzimmer nach Donna Consuelo, doch keine der Frauen war im Hause. Aber eher wäre sie gestorben, ehe sie, das Tablett in der Hand, als Dienerin in jenen Salon getreten wäre. Zitternden Herzens schloß sie sich in ihre Kammer ein.

Sie hörte, wie die Gäste lärmten, sie hörte, wie sie gingen, einer nach dem andern, und als der letzte Gast gezählt war, stieg sie behutsam die Treppe hinunter. Zu spät bemerkte sie den Señor in der Halle. Wie in Gedanken versunken stand er da; als er sie sah, schien er sich an etwas zu erinnern. Er furchte seine Stirn bis zur Nasenwurzel, er maß die Magd mit einem Seitenblick:

»Du verläßt morgen den Dienst«, sagte er streng.

Pastora ging auf ihr Zimmer, kniete vor dem Bett und weinte.

Als aber Donna Consuelo nach einer Stunde in die Kammer trat, fand sie das Mädchen damit beschäftigt, ihre Wäsche in ein kleines Köfferchen zu packen. Donna Consuelo übersah es und sagte mit starrer Miene:

»Du warst ungehorsam, Pastora, doch dieses Mal sei dir verziehen, du darfst bleiben.«

Was jetzt in Pastora vorging, war nicht einfach. Es verwirrte sich ihr alles. Sie vergaß, daß die stolze Señora zum ersten Mal in die Stube der Magd hinaufgestiegen war, sie vergaß, daß sie mit ihrem Leben an dem Haus hing, an seinen Bewohnern – Pastora vergaß alles, Pastora dachte vielmehr, daß sie keine Magd war, sie war nie zur Magd geboren, denn hatte sie nicht den reichsten Bauernburschen in Las Hermanas verschmäht? Und hatte nicht die Señorita das erkannt und – der Señorito? Und ließ sie sich jetzt gnadenweise zurückbehalten, mußte das nicht gerade so aussehen, als wäre sie eine Magd? Pastora vergaß sich ganz und gar und sagte:

»Ich werde nicht bleiben, Señora!«

»Das mache mit *dir* aus!« Donna Consuelo drehte sich in ihren Röcken, zeigte einen geraden Rücken und schritt zur

Türe. Und sie öffnete sie weit und rasch und schloß sie mit einem Ruck.

Pastora legte immer langsamer ein Wäschestück nach dem andern in den Koffer, und als schon längst alles eingereiht war, schichtete sie traurig Stück auf Stück und kramte noch in den Laden und fand es nötig, das saubere Zimmerchen zu ordnen und lauschte zur Treppe hinaus, aber niemand kam. Sie hatte längst den Kamm zurechtgesteckt, den Schleier über das Haar gelegt, aber niemand kam. Sie versank so sehr in ihren Kummer, daß sie wie vergessen auf dem Bettrand sitzen blieb, den kleinen Koffer, ihre ganze Habe, neben sich, das Symbol der Weglosigkeit, Wurzellosigkeit, Besitzlosigkeit.

Sie schreckte nicht einmal auf, als die Türe sich öffnete, so dumpf war alles um sie. Ins Halbdunkel trat Angeles, umarmte sie, warf ihr die Mantilla herunter, sperrte den Koffer auf und nahm scheltend Stoß auf Stoß heraus. Dann erzählte sie von ihrem Glück (darum war sie so lange nicht heraufgekommen), denn eben hatte sie sich unten verlobt, verlobt mit dem Amerikaner, und sie verspottete seine breiten Schultern und seine verliebten Augen und sein Englisch, und überhaupt gefiel es ihr, daß sie nicht verstand, was er sprach und sie zeigte einen Ring mit einem großen Stein, viel zu groß für ihren feinen Finger und dann erzählte sie von ihrem Trousseau, der Wäsche aus Paris, den acht handgestickten Seidenschals, den vierzehn Kämmen, und dem großen Fächer mit echten Perlen, *echten* Perlen. Pastora hörte von dem Glanz, sah ihn auf dem Gesicht der jungen Herrin, und war ihr nicht neidisch, so sehr liebte sie sie. Pastora dachte nur, wenn sie, die Herrin, alles hat, den Freier, die behütenden Eltern, die reiche Aussteuer, diesen ganzen Aufwand, der nötig ist, damit die feinen Herren um ein Mädchen werben und damit ein Mädchen wählen darf, so ist es billig, daß ich, die Magd, ein Weniges habe, eine

Stelle in einem Amt, in einer Kanzlei, um keine Magd mehr zu sein und nicht fortgeschickt zu werden. Und Angeles konnte das verstehen, und sie kamen überein, daß Pastora das Zimmerchen weiter behalten sollte, bis sie eine Stelle fand.

Pastora rührte das Essen nicht an, das die junge Herrin zu jeder Mahlzeit hinaufschickte. Täglich ging sie auf die Suche nach Arbeit. Eine kurze Prüfung genügte und sie wurde fortgeschickt. Zuletzt war sie schon so zaghaft, daß an sie gar nicht mehr die Reihe kam, so sehr versteckte sie sich. Einmal hätte sie eine Stelle sofort antreten können. Der Chef, ein alter Herr, winkte sie herein, obwohl zwei andere Bewerberinnen vor ihr gewartet hatten. Der Herr hatte Ähnlichkeit mit dem Obsthändler Sanchez, als ob er sein leiblicher Bruder gewesen wäre. Er streckte die spitze Zunge heraus, über die Lippen floß der Speichel, und er lächelte Pastora an. Sicher irre ich mich. Was weiß denn ich von diesen Herren. Ich werde meine Arbeit machen und es wird mich schon nicht den Kopf kosten, dachte Pastora. Aber als er ihren runden Arm faßte und die alten Finger darin eingrub – denn er versuchte es gleich, bevor er sich festlegte –, da war Pastora entschlossen, die Stelle nicht anzunehmen.

Sie kehrte heim und wartete in ihrer Kammer auf die junge Herrin, auf ein Wort von ihr, aber Angeles gab sich ihrer glücklichen Gedankenlosigkeit hin, und Don Anibal – als er nachts kam, ließ er ein Päckchen Banknoten bei ihr zurück.

Als sie das Geld am nächsten Morgen fand, hatte sie Mühe, sich in das Arbeitszimmer zu schleichen und die Scheine zurückzulegen. Das Geld auf dem Schreibtisch fand Donna Consuelo, schüttelte den Kopf über den Leichtsinn des Sohnes und nahm es an sich, bereit es zu geben, wenn es verlangt wurde.

Pastora aß die billigsten Fische, Obst und Weißbrot und suchte weiter eine Stelle. Eines Tages kam sie niedergeschlagen nach Hause und fand einen Brief der Mutter vor. Jeder Satz darin war so schrecklich, daß Pastora mit dem Brief in der Hand hinunter wollte, um ihn der jungen Herrin zu zeigen. Sie war so betäubt, daß sie die Treppe vergaß und sich überschlagend ein ganzes Stockwerk in die Tiefe stürzte.

Als sie von ihrer Ohnmacht erwachte, lag sie in ihrer Kammer und fühlte einen schmerzenden Klumpen in der Brust. Auf dem Bett ausgebreitet lag der Brief. Pepe Velasquez sprach über sie herum, stand darin, geputzt wie eine Dame geht sie einher, mit Herren auf der Straße treibt sie es, auf der Straße schämt sie sich nicht, hochmütig ist sie geworden. Aus Trotz, schrieb die Mutter, hat Pepe seine frühere Geliebte geheiratet, die Paquita, die bläht sich und geht ohne Gruß vorüber und behängt sich mit Seide. Pastora schloß wieder die Augen.

Die Schmerzen ließen nach. Sie fühlte sich verlassen. Sie sah Angeles an ihrem Bett sitzen, aber sie dachte, daß es eine Gnade war und die Tränen liefen über ihre Wangen.

Angeles brachte ihr leichten Brei, sah darauf, daß sie aß, legte ihr Kompressen auf, machte ihr sanfte Vorwürfe und ließ sie nicht den Körper bewegen, damit die gebrochene Rippe nicht in die Lunge stieß. Sie kam mehrmals im Tag, und die Concha kam und brachte das Essen, aber sonst kam niemand.

Pastora erholte sich nur langsam, und als der Hochzeitstag gekommen war, konnte sie erst auf dem Bett sitzen. Als Braut geschmückt trat Angeles ein letztes Mal zu ihr in die Kammer. Das schmale Gesicht umrahmte ein Myrtenkranz, zarte Schleier hingen zu beiden Seiten, Schleier knüpften das seidene Kleid, hüllten es ein, rafften sich anmutig über dem Arm des schönen Mädchens, darüber fielen Myrten, und die Braut neigte sich über Pastora, und, ohne die Harmonie ihres Aufzuges zu zerstören, aber auch ohne Steifheit und Zurückhaltung umarmte sie sie und küßte sie auf den Mund. Der glückliche Anblick und der starke Geruch der Myrten verwirrten Pastora so sehr, daß sie ein wunderbares Bild wie eine Ahnung vor sich sah und zum ersten Mal trug sie sich mit Hoffnungen, die sie dem jungen Mädchen vor sich gleichstellten.

Angeles küßte nach der Hochzeit den Eltern die Hand, und die Eltern küßten ihre Augen. Dann umarmte Don Anibal die Schwester.

»Achte, daß für Pastora gesorgt wird«, flüsterte sie dem Bruder ins Ohr und errötete. Und jetzt trat Mister Picton Wooster auf seinen neuen Schwager zu und hatte ihm noch ein ernstes Wort zu sagen, und dann trennte man sich.

Pünktlich wie eine Uhr trug die Concha zu jeder Mahlzeit das Essen hinauf in die Kammer, aber sobald Pastora ausgehen durfte, rührte sie keinen Bissen mehr an. Sie ernährte sich von ihren Ersparnissen und wurde so mager, daß ihre Knie zitterten. Ihr schien, als wäre kein Tropfen Blut in ihrem Körper. Ängstlich schlich sie durch die Halle und versteckte ihr Gesicht. Einmal hörte sie ihren Namen rufen. Sie hielt die Hand am Geländer fest, so sehr erschrak sie über die Stimme. Ihr Körper fiel ein. Ängstlich drehte sie den Kopf. Don Anibal sah vor sich den demütigen Blick einer Magd, ihr Erschrecken und ihre Angst.

»Geht es gut, Pastora, so ist's recht!«

Er warf den Mantel über, winkte fröhlich mit dem Handschuh und ging.

Pastora drängte so hastig die Treppe hinauf, daß ihre Knie bei jedem Schritt anschlugen.

Bei einem Schmerz, der von innen kommt, ist es, als würden wir uns selbst zerpflücken. Und wenn die Hoffnung uns liebt, so ist es, als würden wir uns selbst streicheln. So geschah es Pastora. Ihre Wünsche waren so stark, daß sie sich selbst zu trösten begann, so als wären es nicht die kühlen Worte des Herrn an die Magd gewesen. Sie blickte in den Spiegel, glättete das Haar, suchte ihr Gesicht und klaubte sich zusammen. Ich muß nur wie früher werden, dachte sie, und ich sitze sonntags immer zu Hause, als ob ich so arm wäre und niemanden hätte. Sie dachte nach, wohin sie sonntags gehen sollte, damit es nicht aussah, als wäre sie so arm, daß sie niemanden hätte.

Als der Sonntag kam, ging Pastora zu der Pförtnerin Serafina, die sie jedes Mal in der Kirche ansprach und in den Klostergarten einlud. Serafina hatte ein Gesicht, das nie jung war. Nase und Kinn waren stumpf. Ihre Hände fühlten sich rissig an. Sie bewirtete das Mädchen mit Kaffee und Klostergebäck. Die erste Stunde verging rasch. Aber als es dämmerte, legte sich jeder fallende Schatten schwer auf das Mädchen, die Enge bedrängte sie, die Tröstungen des Gebetes und der guten Worte genügten nicht mehr und wie vor sich selbst flüchtete Pastora fort.

Zu Hause krümmte sie sich tief ins Bett ein. Sie hätte sich in die Erde graben wollen. Sie stand bald auf, bald legte sie sich wieder, bald trat sie ans Fenster, und nicht einen Augenblick fand sie Ruhe.

Am nächsten Tag sagte Donna Consuelo zur alten Concha:

»Nun, Pastora hat ja einen Bewerber, da sie sonntags ausgeht.«

Die Concha wußte es besser. Da sie aber schlecht gelaunt war, sagte sie nichts dazu.

Gerade da trat Don Anibal aus dem Haus, und als er den Kopf hob, fiel sein Blick auf das kleine Fenster unter dem Dach. Ins Zimmer gewendet stand Pastora und flocht mit weichen Fingern den Zopf, der über die roten Nelken auf dem Fensterbrett fiel, und es sah aus, als wüchsen sie aus ihren Haaren heraus. Das weiße Kleid ließ die Schulter sehen und die Linie des Halses. Don Anibal lachte gut gelaunt und schwang grüßend den Handschuh hinauf, dann bog er rasch um die Ecke und versäumte den Anblick der Freude, deren Ursache er war. Pastoras Lächeln belauschte Curro, der Kutscher, der dem Blick des jungen Herrn gefolgt war. Er sah, wie sie mit weichen Bewegungen eine Flasche Wein aufhob, zögernd hielt, entkorkte, in ein Glas goß und dieses an die Lippen führte, er sah, wie sie sich zurücklehnte, als fühlte sie den starken Wein durch die Adern fließen.

»Olalá!« schrie er hinauf, »man wird bald nicht auf den Füßen stehen können!«

Es weckte Pastora aus ihren Gedanken, die rascher als sonst das Zimmer räumte, das Bett mit frischem Laken überzog, weiße Deckchen auflegte und sich sorgfältig wusch.

Zum ersten Mal ging sie mit dem Gefühl des Genesens die Treppe in die Halle hinunter. Hier begegnete ihr Donna Consuelo, Pastora grüßte sie, den Rest eines Lächelns auf ihren Lippen und ihr schien, als hätte die Señora freundlicher als sonst genickt. Es war ein glücklicher Tag. Sie schritt durch die Orangenallee dem Bazar zu, um nachzusehen, ob nicht eine Stelle ausgeschrieben war für eine Verkäuferin oder ein Anrichtemädchen. Sie blieb auch mit dem Eishändler Gigi im Wort, einem Italiener, der ihr den nächsten Tag Bescheid sagen wollte. Dann spazierte sie durch die blühende Stadt, streichelte die Früchte der Orangenbäume, streichelte einen kleinen Esel, der verstockt stand und nicht weiter wollte, prüfte die Blumen an den gelben Häusern, sah einen alten Brunnen, der sie an das Dorf erinnerte, und befand sich auf einmal mitten unter den Palmen, die sich gemessen im Wind bewegten. Und die warme Sonne, der Atem der Bäume, ihre Jugend, der kräftigende Wein und die Zurufe der jungen Leute, alles das erfrischte ihre Wangen und ihre Lippen.

Gerade inmitten von Palmen querte ihren Weg Don Manolito. Er grüßte tief, und Pastoras Fuß stockte, denn wie fürchtete sie ein Gespräch mit ihm! Da trat er schon auf sie zu, erkundigte sich nach ihrer Gesundheit, nach dem Befinden der Familie, nach Angeles, und wäre gern noch lange gestanden, um mit dem Mädchen zu plaudern, so sehr gefiel ihm das rasche Erröten und Erblassen ihrer Wangen, ihre weiche Anmut und die sanfte Stimme, aber sie lief davon, als wäre der Teufel hinter ihr her. Kaum hatte sie nämlich mit Don Manolito gesprochen, da wurde ihr klar, daß sie unmöglich jenen Posten annehmen konnte, bei dem sie alle Freunde und Bekannte des Hauses als Verkäuferin sehen würden, und sie ging sofort in den Bazar und kündigte dem Eishändler auf.

Wenn sie auch heute noch so erwartungsvoll dem Haus zuschritt, kaum trat sie in die Halle, da duckte sie schon das Köpfchen und zwang den leichten Gang in ein Schleichen. Denn die Halle gab die Strenge der Señora wieder, heute war sie noch kälter, breite Kisten verunzierten sie, Kisten mit schwarzen Öffnungen.

»Was ist denn mit diesen Kisten, Concha?« fragte sie in der Küche, sogleich wieder munter und gelöst.

»Der Kopf soll ihr platzen!« Die Concha zerrte an dem Teig, der auf den Herdkacheln trocknete. »Dafür hab' ich mir das Fleisch abgeschunden! Dafür bückt man sich den Rücken krumm! Der Kopf soll ihr hämmern, bis er platzt!«

»Aber Concha!« Pastoras kleiner Mund lächelte, daß es jedes Herz gewonnen hätte. Aber die Concha sah nicht hin. Sie beugte sich tief über das Herdloch, kroch dann in den Schrank hinein und schlug mit dem Kopf darin herum, als wäre er ein Kochlöffel.

»Reiche Leute haben nie genug! Na, du bist auch nicht

anders! Dir war das Dorf auch nicht gut genug! In die Stadt hast du müssen! Jetzt stehst du da! Du hasts freilich leichter! Du bist jung! Aber wer nimmt mich alten Körper noch in seinen Dienst! Du bist alt, sagen sie, geh ins Kloster! Als ob die im Kloster einen hineinlassen, wenn man den Strumpf nicht voll hat! Wenn ich das Geld hab, was brauch ich das Kloster!«

»Aber wie sprichst du denn, Concha, wer sagt dir denn, du sollst ist Kloster gehen!«

»Kein Mensch. Du kannst gehen, haben sie gesagt. Zerbrich dir den Kopf wohin! *Sie* soll sich den Kopf zerbrechen! Platzen soll er ihr!«

»Was ist denn geschehen, Concha?«

»Viel ist geschehen. Sie fahren fort! Unsere Stadt genügt ihnen nicht! Sie brauchen die neue Welt! Alles nehmen sie mit! Das Silber und das Porzellan und das Glas. Jedes Stück!«

Die Concha hörte einen leisen Fall, aber es dauerte eine Weile, bis sie sich umdrehte, so verärgert war sie. Der Kopf des Mädchens lag auf dem Tisch, in die Arme vergraben.

»Was gibt's zu flennen! Dir wär auch nichts recht! Fahr zurück zu deiner Mutter! Wie viele haben keine Mutter! Haben nie eine gehabt! Die im Dorf nehmen's nicht genau! Die Brut stoßen sie herum. Wer seid ihr, wohin gehört ihr, sie wissen's nicht. – Was läufst denn weg, bleib da, ich hab was für dich! Na also, geh hinauf und lies! Vielleicht stecken hundert Dollar drin! Hundert Mosquitos!«

Als die Concha den nächsten Morgen in die Küche kam, stand Pastora munter bei der Arbeit. Viel flinker als unter den Fingern der Alten wurde der Salat bereitet, das Obst geschält, der Kuchen verrührt.

»Was ist denn geschehen«, brummte sie zufrieden, »bist auf einmal kein Fräulein mehr?«

»Denk dir, Concha, ich fahr mit!«

»Du fährst mit! Na, was du für ein Glück hast! Mich armen Körper lassen sie verrecken!«

»Aber Concha, du hast doch dein Häuschen!«

»Davon kann keiner abbeißen. Mußt du einen Passierschein haben?«

»Das weiß ich nicht. Aber dann hast du doch das Schlüsselgeld, wenn du den Friedhof aufsperrst!«

»Davon wird einer nicht fett. Wann hat sie es dir denn gesagt?«

»Überhaupt noch nicht. Und dann hast du doch deine Ersparnisse Concha.«

»Was! Sie hat dir nichts gesagt! Und da glaubst du, du fährst mit?«

»Aber die junge Herrin hat es mir geschrieben! Sie hat schon alles angeordnet! Sie können dort kein Mädchen finden, sie brauchen mich!«

»Laß den Wein, der Señorito ißt nicht zu Hause! Es wird sich erst zeigen, ob sie dich mitnimmt!«

»Freilich nimmt sie mich mit, wenn es die junge Herrin so haben will – warum ißt der Señorito nicht zu Hause?«

»Der hat genug von dem Tanz, er stoßt überall an die Kisten an! Sprich du nur gleich mit ihr, dann wirst du wissen, ob sie dich mitnimmt!«

»Aber das darf ich doch nicht, Concha, ich muß doch warten, bis sie mich fragt. – Wohin ist er denn gezogen?«

»Zu den Vasquez. Wenn du warten wirst, bis sie dich fragt, kannst du lang warten! Tu den Mund auf, sonst bleibst du hier!«

»Concha! Wie du bist! Sie brauchen mich doch dort! Wie lange bleibt er bei den Vasquez?«

»Was weiß denn ich! Bis der Rummel vorüber ist! Die Junge und die Alte sind zweierlei! Wenn du nicht sprichst, wird nichts daraus!«

»Du siehst immer schwarz! Concha!«

»Das lernt man, wenn man am Friedhof wohnt. Da geht jeder Tag schwarz aus. Da wird viel gejammert.«

»Dort lebt sich's traurig!«

»Man gewöhnt sich dran. *Jetzt* kannst du der Concha helfen, die ganze Zeit über hast du nichts angerührt. Geh und hilf dem Curro packen, ich brauch dich nicht mehr hier!«

»Ich trau mich nicht, Concha!«

»Was ist da zu trauen, der frißt dich mit den Augen, wenn er dich sieht.«

»Nicht wegen dem Curro, wegen der Señora!«

»Die wird dir schon nichts tun, wenn du für sie arbeitest, davon kann sie nicht genug kriegen!«

II

Das Leben ist hart, weil die Menschen kalt sind. Sie gehen umher wie Tote. Sie sehen nicht die Blicke um sich. Sie fühlen nicht die Wünsche. Sie lauschen nicht, sie hören weg. Sie gehorchen nur ihrem Blut. Und ihr Blut ist böse.

Der Tag der Abreise war gekommen, und Donna Consuelo hatte noch kein Wort gesprochen. Die Augen, die das Mädchen zu ihr aufhob, sah sie nicht. Die weiche Anmut ihrer Bewegungen war ihr zuwider. Den Brief ihrer Tochter las sie vor dem Sohn. »Es wird nicht gehen«, sagte sie, »denn das Mädchen hat einen Bewerber.«

An diesem Tag kam Pastora in die Küche und hielt ihr goldenes Kreuz in der Hand.

»Siehst du dieses Kreuz, Concha?«

»Ja, was ist damit?«

»Ich trau mich nicht, es dir zu sagen, weißt du.«

»Du traust dich nie, was zu sagen. Jetzt hast du ja gesehen, wohin das führt. Die Tränen sitzen dir locker, das verstehst du! Tu lieber den Mund auf!«

»Sprich du für mich, Concha!« Sie legte das Kreuz auf den Tisch neben sie hin.

Die Concha blickte es wohlgefällig an. Dann schob sie es weg.

»Schad um dich!« Sie humpelte hinaus und klopfte bei der Señora an.

»Da hat die Pastora einen Brief von der jungen Herrin. Sie möcht mitfahren«, sagte die Concha und wischte sich über den Rock.

»Es ist zu spät«, sagte Donna Consuelo, ohne ihr Gesicht zu zeigen.

»Warum ist es denn zu spät? Sie ist doch gleich fertig mit ihren Kram und den Passierschein hat sie schon, den hat sie sich schon geholt!«

»Sie besinnt sich zu spät.« Donna Consuelo fegte mit der Hand in der Luft, als wollte sie die Alte samt ihrer Geschichte wegfegen. Auf einmal wandte sie den Kopf.

»Ich überlasse Pastora das Haus, sie kann darin bleiben, wenn sie will.«

Eine Stunde später stand sie in der Halle und zog die Lederhandschuhe über.

»Du behältst die Schlüssel, Pastora, so lange du in der Stadt bleibst. Ziehst du aber fort, so trägst du sie zu den Cañedos. Achte auf das Haus. Und hier ist die Adresse für die Briefe.«

Sie reichte ihr die Hand und trat in das Vorhaus. Ihr folgte Señor Fernando Martinez mit stummem Nicken. Don Anibal war eben erst angefahren, denn er hatte den Feldstecher bei den Vasquez vergessen und mußte noch einmal zurück. Er legte den Riemen fest um die Schulter und räkelte sich behaglich in der neuen Reisedress.

»Auf Wiedersehen, Pastora«, sagte er herzlich und preßte ihre Hand und bei ihrem Erröten und Erblassen sagte er:

»Ich komme wieder!« Und glaubte es wirklich. Denn seinem leichten Sinn schien dies eine Kleinigkeit, eine Reise von New York nach Sevilla, er lachte mit jener Heiterkeit, die ein Erbstück ist, ein Privileg mancher Menschen, unverwüstlich und unwiderruflich, er neigte seinen frischen Kopf hinunter und flüsterte ihr ein Wort zu, trat in das Vorhaus, winkte mit dem Handschuh, stieg zu den Eltern in den Wagen, wandte noch rasch den Kopf und bog um die Ecke.

Pastora stand lange bei der Türe. Heftige Windstöße schlugen sie auf und zu und stießen jedes Mal an den Arm und die Schulter des Mädchens. Aber sie fühlte es nicht.

»Willst du dir die Glieder zerschlagen«, schrie die Concha von der Küche. Pastora trat in die Halle und suchte sie mit den Augen ab. Dann fand sie den weiten Mantel, der vergessen dort hing und nahm ihn in die Arme, so, als wäre ein Mensch darin, und ging damit hinauf in ihre Kammer.

Nach einer Weile öffnete die Concha die Türe und sah sie auf dem Bett sitzen. Sie blickte nicht auf, sondern war ganz verloren, und mit ihrer weichen Hand strich sie langsam über den Stoff des Mantels.

»Unten auf dem Escritorio liegt ein Brief für dich! Geh schnell und schau nach! Vielleicht sind tausend Pesetas drin! Tausend Mosquitos!«

Pastora ging hinunter und suchte zuerst, ob sein Bild noch dort stand. Dann erkannte sie die großen, munteren Schriftzüge auf dem Kuvert. Unsicher riß sie es auf. Aber es war kein Schriftstück darin, kein Wort, in ihrer Hand blieb ein Bündel Banknoten und es fiel auf den Schreibtisch.

Als sie in die Halle trat, stand die Concha da, im Kopftuch, ihren Reisesack neben sich.

»Du schaust aus! Wie eine Leiche! Einmal hab ich eine Leiche gewaschen, eine Junge, die war weiß wie Du! Die ist mir unter der Hand warm geworden. Steht auf und geht weg. Laß nur, ich trag mir meinen Kram schon selbst und überhaupt, ich geh nicht heut!«

Ärgerlich trug sie ihr Bündel zurück in die Küche. Dann kochte sie eine Suppe und stellte auch einen Teller vor das Mädchen hin.

»Das war ein Aufsehn! Durch das Rütteln ist sie aufgewacht. – Trink deine Suppe, ich hab es satt. Fängt zum Gehen an, jetzt geht sie zur Tür, geht wie ein Geist, ich kann vor Schreck den Mund nicht bewegen, splitternackt geht sie über den Schnee, die Totengräber sind davongelaufen, der Wächter fängt zu schreien an, erst auf der Gasse haben sie sie aufgehalten und wie sie sie nach Hause bringen, schüttelt sie sich, daß das Bett kracht, kriegt ein hohes Fieber und in drei Tagen stirbt sie wirklich. – Iß deine Suppe! – Das kommt davon, wenn einer im Grab zu leben anfängt. Bei den Armen ist das oft. Wenn sie die ausgraben, finden sie oft einen, der sich auf die Seite gelegt hat. Das von der Espina ist in der Zeitung gestanden. Ich steh auch drin. Wart, ich zeig dir's!«

Den nächsten Morgen stand die Concha wieder bereit. Aber als Pastora herunterkam, schleppte sie ihren Reisesack wieder in die Küche zurück.

Sie blieb eine ganze Woche, und dann war es hohe Zeit. Am letzten Tag bemerkte sie, wir Pastora verstohlen ein Stück trockenes Brot, das für die Tauben bereit lag, in ihrer Schürze barg.

»Im Schrank hast du Reis und Zucker, was werd ich das mitschleppen! Laß das Geld nicht auf dem Escritorio! *Dein* Geld ist es. Iß und trink dich satt. Bei mir kannst du auch Arbeit haben. Komm nur, wann du willst. Man gewöhnt sich dran!«

»Ich werd schon hinkommen, Concha, aber nicht zu Fuß.«

III

Liebe Mutter!
In diesem Brief finden Sie zehn Pesetas. Eine Kiste mit Kleidern kommt noch an. Sie müssen die Stücke nur zählen. Das blaue Kleid ist für Carmencita, das Kopftuch ist ganz neu und für Sie. Ich hab es auf dem Jahrmarkt billig bekommen. Bei euch verkaufen sie es doch viel teurer. Der Weinschlauch gehört dem Großvater. Das sage ich gleich, liebe Mutter, ich werde nicht kommen. Im Dorf sprechen sie schlecht von mir, und ich hab ja die Arbeit. Samstag reib ich die Fliesen in der Kapelle, damit für Sonntag alles blank ist. Sonntag ist frei, da geh ich nur zur Frühmesse hin und die Pförtnerin steckt mir beim Weggehen jedes Mal einen Sack mit Klosterkuchen zu. Montag reib ich den großen Gang und die Zelle der Oberin. Die Oberin ist sehr zufrieden mit mir und hat mir eine gewundene Kerze geschenkt, wenn man sie ausdreht, hat sie zehn Armlängen. Ich brenne sie jeden Abend, bis der Nachwächter anläutet. Da können Sie ganz beruhigt sein, er läutet und ich antworte, und am Tage bin ich ja nicht zu Hause. Die andern Tage kommen die Stiegen dran, und dann die Zellen der Klosterschwestern, bis es Samstag wird. Am Samstag wieder die Kapelle. Mir kommt immer vor, als hätt ich sie ja erst gerieben. Das Essen bekomm ich im Kloster und das Geld leg ich weg, damit Sie herkommen können. So werden Sie auch Sevilla sehen. Ja, es geht ganz anders zu als auf dem Dorf. Ja, was Sie fragen, liebe Mutter, er war früher Kutscher hier. Aber mir liegt nichts an ihm. Er hat auch die Kiste abgeschickt. Aber in der Stadt entschließt man sich nicht so schnell. Nein, das Haus verlaß ich nicht, liebe Mutter, die Herrschaft hat auch Vertrauen zu mir gehabt und sie kommen noch dieses Jahr zurück, denn sie wollen das Haus verkaufen. Dann siedeln sie ganz hinüber und nehmen mich

mit. Diesmal ist es bestimmt, denn die junge Herrin hat schon ein Kindchen, ein kleines Mädchen. Es vergeht auch kein Monat, daß sie mir nicht schreibt. Es wäre auch sehr undankbar von mir, denn alle Kleider hat sie mir gegeben und alles aus ihrer Mädchenzeit, sogar die Kettchen und Ringe. Einen Ring hab ich in Ihr Kopftuch geknüpft. Er gehört für Carmencita zur Konfirmation. Ja, auf dem Bild sieht sie mir ähnlich. Sie soll aber bei Ihnen bleiben und es sich aus dem Kopf schlagen. Die Stelle ist gut verheilt, Mutter, nur fühl ich ein Stechen, aber es vergeht wieder. Abends bin ich sehr müde, und glauben Sie mir, liebe Mutter, ich denk dann, es geht nicht mehr. Aber am Morgen geht es dann wieder. Meine Hände sind auch ganz rauh. Die Kinder würden schaun, was ich für zwei süße Kätzchen habe. Ich muß zu Mittag immer herüber kommen und sie füttern. Ich hab sie von der Concha, eins hat sie selbst behalten, eins gibt sie einer Frau, die jeden Tag zum Friedhof kommt, ihre Tochter liegt dort, und eines hat die Serafina, sie zieht es bei ihrem Bruder auf, denn die Oberin erlaubt es nicht. Im ganzen Kloster ist kein Spiegel, wenn die Serafina sich kämmt, borgt sie sich von der Gärtnerin die Gießkanne aus. Bei der Concha möcht ich nicht sein. Dort ist es schaurig. Sie ist auch bös deswegen. Jetzt muß ich aber schließen. Die zehn Pesetas sind für Sie, für Kaffee und für einen schönen Kranz für den Vater. Ich umarme Sie. Die Kinder sollen mir schreiben, wie ihnen die Kleider gefallen. Ich bitte auch, sind Sie mir nicht böse, liebe Mutter.

Pastora.

Ist die Barbara schon verträglicher?

Eines Tages fanden die Nonnen Pastora auf der Stiege des Klosters. Sie wurde in eine Zelle getragen.

Als sie zum ersten Mal die Augen öffnete, sah sie im Nebel ein Gesicht in einem weißen Rahmen. Es war dunkel und unbeweglich. Es verschwand sofort wieder. Einmal nahm sie auch das Licht wahr. Es war hell, und durch einen Schleier flogen schneeweiße Vögel. Was sind das für weiße Vögel, dachte Pastora. Und es wurde wieder finster. Eines Tages sah sie das Licht und hörte die Stimme der Nonne.

»Nicht weinen«, sagte sie streng. »Schön ruhig bleiben, schön ruhig.«

Pastora erkannte Schwester Amalita, sie verstand, daß es aus Güte war, und begann darüber zu schluchzen.

Dann sagte sie etwas, Schwester Amalita beugte sich über sie und reichte ihr einen Löffel Milch. Doch Pastora schüttelte den Kopf. Schwester Amalita versuchte es noch einmal und holte dann Schwester Maria. Die neigte ihr Ohr dicht über den Mund der Kranken, aber sie verstand nichts. Die Pförtnerin Serafina wurde gerufen.

»Aber nein«, sagte sie mit weinerlicher Stimme, »die sind nicht verhungert, deine Katzen.« Und sie zog der Kranken die Decke über.

Erst nach zwei Monaten verließ Pastora das Kloster. Sie trat bei der Pförtnerin ein, und Serafina übergab ihr die beiden Kätzchen, die sie seit dem Morgen in einem Körbchen verborgen hielt, der Bruder hatte sie gebracht. Pastora trug die Kätzchen in den Händen, als wären sie aus Schnee.

Das Haus konnte sie aufsperren, aber die Finger zitterten ihr. Mit jedem Schritt die Treppe hinauf fühlte sie sich schwächer. Es gelang ihr noch, die Türe ihrer Kammer zu öffnen, und dann ließ sie sich aufs Bett fallen. Sie hatte dabei acht, daß die Kätzchen nicht gefährdet wurden. Sie sprangen über ihren Kopf, legten sich auf ihren Hals, schnurrten ihr ins Gesicht, rieben das rauhe Zünglein an, und mit ihren weißen Pfötchen weckten sie die Ohnmächtige auf. Pastora öffnete die schweren Lider, und wohl sah sie die Dinge um sich: Das Zimmer, den Kasten, das Kreuz über dem Bett, den weißen Vorhang, das Licht am Fenster. Aber es war doch alles tot.

Die Luft stärkte sie. Sie griff nach der Schale Milch, die ihr Serafina bereit gestellt hatte und trank sie halb leer. Dann setzte sie sich aufs Bett und dachte nach, wie es möglich sein würde, diese Schwäche zu überwinden. Sie hielt die Schale vergessen im Schoß, die Kätzchen sprangen herbei, leckten lebhaft die Milch auf, und Pastora versuchte zu lächeln. Aber die Mundwinkel zogen sich wie im Gram nach abwärts. Sie fuhr mit der Hand über das Gesicht und erkannte es nicht, so mager war es. Als wäre Blut darauf, zog sie die Hand weg. Sie streckte den Arm aus und drehte den Spiegel zur Wand, damit sie sich nicht sah. Und dabei erinnerte sie sich, daß sie zu Hause es so machten, wenn ein Toter im Hause war.

Sie hörte Gesang. Es klang wie aus der Kirche. Sie stand auf und lehnte sich ans Fenster. Es war der Umzug einer Bruderschaft. Die Kapuzen fielen ihnen über die Augen.

Christo mio adolorio
Que cargao de penas vas ...

Diese Klage weckte sie auf. Sie begann zu schluchzen. Nicht einmal der Mutter starb sie weg. Da waren ja noch vier Kinder. Für wen sollte sie Geduld haben?

Die Kätzchen zu ihren Füßen schnurrten und schmiegten sich an ihr Bein.

»Pastora! Pastora! steht beim Fenster und hört nicht! Wirf mir die Schlüssel herunter! Ich klopf mir schon die Knochen weich! Na, endlich!«

Pastora hörte die Concha unten noch eine Weile schimpfen, erst dann kam sie herauf. Sie keuchte und stellte einen offenen Korb nieder. Im Korb hockte eine dicke Katze.

»Das ist ein Leben! Im Dom tanzen sie morgen! Da! Beiß ab!«

»Dank dir schön, Concha, aber ich darf nicht, die im Kloster…«

»Die im Kloster! Die Concha sagt dir, du mußt essen! Von Milch kann einer nicht leben! Das steht schon in den heiligen Büchern! Aber darf die Concha denn was reden? Jetzt gilt nur, was die im Kloster sagen! Hol das Geld herauf und komm!«

Pastora blickte erschrocken auf die riesige Nase und die großen Poren im ganzen Gesicht der Concha.

»Hol endlich das Geld! Das Geld liegt noch dort unten!«

»Ich brauch es nicht, Concha, ich hab Erspartes. Die Mutter darf ich ja jetzt nicht kommen lassen, die darf mich ja nicht so sehen!«

»Pack deine Sachen, sag ich!«

»Wozu soll ich denn meine Sachen packen?«

»Du kommst mit! Hier kannst du nicht bleiben! Wer soll dir das Essen kochen!«

»Ach, ich trau mich ja nicht zu schlucken Concha, und zu dir mag ich nicht, nimm mir's nicht übel, dort riecht's nach den Gräbern, ich find mich dort nicht zurecht!«

»Steckt immer noch der Hochmut in dir! Das Dorf war dir nicht gut genug, der Pacco war dir nicht gut genug, den Curro hast du ausgelacht, jetzt ist dir mein Häusl auch noch zu gering!«

»Der heißt ja nicht Pacco!« Pastora weinte in ihr Sacktuch hinein.

»Ob er Pacco heißt oder Paolo, das ist ganz gleich! Dein Hochmut wird dich schon auf den Friedhof bringen! Paßt dir mein Papagayo vielleicht auch nicht? Nicht in der Zehe hast du seinen Verstand! Wie dieser Vogel spricht! Ein Vogel, der spricht! Ein so kleiner Vogel! Concha! ruft er schon wenn ich aufsperr! So eine Rohheit gegen ein heiliges Tier! Weißt du wie alt er ist! Der hat noch die Königin bei lebendem Leibe gekannt! Ich geh! Keine Minute bleib ich länger! Geh du nur weiter in dein Kloster!«

Concha faßte heftig den Korb, entschlossen, ihre Gaben wieder mit nach Hause zu nehmen. Die Katze war indessen herausgekrochen und spielte mit den Kleinen. Die Concha fing sie ein und setzte sie in den Korb, beleidigt, weil sie mit der Gegenpartei spielte.

»Jetzt gehst du auch noch weg zu allem Unglück!« Pastora bedeckte die Augen mit den Händen.

»Natürlich geh ich weg«, sagte die Concha und setzte sich nieder. Dann sah sie das widerstrebende Mädchen ehrlich erstaunt an. »Wie sie bei uns draußen das Kreuz herausgeputzt haben! Na, wenn du nicht willst, bleib da, mir kann's recht sein! Im Dom ist heut eine zusammengefallen!« Die Concha begann durcheinander alle Neuigkeiten der Woche zu erzählen und zog dann eine bemalte Madonna aus Brezelteig aus dem Korb.

»Da hast!«

»Dank dir schön, Concha!« Pastora versuchte zu lächeln, aber statt zu lächeln, zogen sich ihre Mundwinkel wie im Gram nach abwärts und die Tränen liefen ihr über die Wangen.

»Na, wirst jetzt auch noch flennen!« Ein prachtvoller Torero kam zum Vorschein, der behaglich neben der Madonna im Korb geschlafen hatte.

Pastoras Wimpern glitzerten noch von Tränen, aber sie griff nach dem Torero.

»Ist der aber schön!«

»Das hab ich mir gedacht, da greift sie gleich zu!«

Pastora betrachtete den mit rosa Zuckermaschen geputzten Torero und lächelte jetzt wirklich, über die vielen Farben darauf. Dann glitt ihr Blick zum Fenster hinaus.

»Schau, Concha, da ist schon der Mond und es ist noch hell!«

»Was geht dich der Mond an! Kümmer dich lieber um dich! Jetzt geh ich! Wie deine Katzen nur ausschaun!«

»Warum trägst du denn deine herum?«

»Das Tier will doch auch einmal wegkommen! Was du für Fragen stellst! Lernst du das im Kloster! Komm Gatica, wir schaun uns den Umzug an!«

Pastora begleitete sie hinunter. Vom Fenster sah sie dann der Concha nach.

»Kannst kommen, wann du willst!« brummte die hinauf.

Es dämmerte. Vor der Villa nebenan spielte ein Leiermann. Eine Gitana ging vorüber, mit vollen, roten Lippen. In der Nähe des Leiermanns blieb die Geschmückte stehen, ohne ihn zu beachten. Ihre Armringe blitzten, eine Dose blitzte in ihren Händen, sie entnahm ihr eine Zigarette, sie führte sie an die Lippen. Jede Bewegung war ein Hinweis auf ihre übergroße Schönheit, und wie als Hinweis auf den Überfluß um sie, warf sie die Zigarette nach dem ersten Zuge weg. Die Vorübergehenden blickten ihr nach. Die Verheißung, die sie ausstrahlte, drang hinauf zu Pastora, vom Park her kam ein schwerer Geruch von blühender Erde, von Bäumen und Rosen, die Pfauen schillerten auf den Palmen und Granatbäumen, Orangen leuchteten wie glühende Flecken aus dem Orangenwald.

Eine Dame in weitem Spitzenrock erschien auf dem Balkon des Nebenhauses und setzte sich an den glitzernd gedeckten kleinen Tisch. Ihre Haut war weiß, ihr Haar tiefschwarz, sie trug Granatblüten hinter den Ohren. Sie bewegte ihren lässigen Körper über die Balustrade und sah zu, wie das große Feuer im Patio angezündet wurde. Man hörte die Musik und den Lärm der Tanzenden. Mit wohliger Langsamkeit bog sich die Dame nach vorne und lehnte sich dann zurück in ihren Korbstuhl. Auch ihr Körper atmete warme Lust aus.

Nur Pastora weinte.

IV

Schon sicher eine Stunde saß Pastora vor der Schwester Amalita.

»Ich hab noch eine Frage«, sagte sie, und unter der Blässe sah man das spärliche Blut aufsteigen. »Darf ein armer Mensch nicht stolz sein, Schwester?«

»Hochmut ist Sünde«, sagte Schwester Amalita.

»Ich meine nicht Hochmut, Schwester, ich meine Stolz!«

»Das ist dasselbe, Kind, Demut ziemt uns.«

Pastora blickte das tote Gesicht der Nonne an, die kahlen Wände, den klagenden Christus am Kreuz, und dann schielte sie zum Fenster hin. Sie hat es leicht, sie ist so rein. Aber ich will lieber sündig sein und leben. Und ihr Blut sehnte sich hinaus nach Farbe, Glanz und Duft.

»Wie still es hier ist.« Sie stand auf, bekreuzigte sich und dankte noch einmal für die gütige Pflege. Bei der Pförtnerin trat sie ein.

»Nun? Wie war's denn?«

»Ach, Serafina, ich darf ja keinen Dienst mehr versehen, ich muß mir eine Arbeit suchen, bei der ich ruhig sitzen kann.«

»Das ist ein großes Unglück! Was wirst du denn da tun?«

»Ich kann sticken, aber wo bekomm ich nur Stickarbeiten?«

»Das weiß ich selbst nicht, wie du das machen sollst.«

»Ich werde in den Geschäften herumfragen müssen. Bei manchen steht es ja sogar angeschrieben.« Pastora machte schon jetzt ein hilfloses Gesicht, als ob sie in das Geschäft trat. »Leb wohl, Serafina, Sonntag komm ich wieder!«

Am Heimweg sah sie sich die Läden an und überlegte, ob sie nicht lieber Briefe abgeben sollte, statt selbst zu sprechen. In einem glänzenden Automobil saß am Steuer niemand anderer als Curro.

»Grüß Gott, Curro!« Sie lächelte im voraus über einen Scherz, den er gleich machen würde. Curro hob den Kopf, aber er sah fremd drein. An den Augen erkannte er dann Pastora und sprang sogleich heraus.

»Bin ich so mager?« dachte Pastora und griff mit der Hand auf ihre Wange. Ja, Curro war nicht mehr Kutscher, und er zog ein Bild heraus, darauf war er abgebildet mit seiner Braut, denn er war jetzt verlobt. Und er lachte erfreut und erzählte von der hübschen Braut, und ein Herr trat heraus und stieg in den Wagen und Curro griff höflich an die Kappe, stieg ein und kurbelte den Motor an.

Gewiß, er meinte es freundlich, sie hatte ihn ja nicht wollen, aber warum tat es ihr jetzt weh?

Als sie den Schlüssel im Haustor umdrehen wollte, blieb er stecken. Da auf einmal öffnete sich die Türe von innen. Auf der Schwelle stand Donna Consuelo.

»Was wollen Sie! Padre piadoso! Du bist es!«

»Ich war sehr krank.«

»Ja, das hast du uns geschrieben!«

Pastora betrachtete die Señora mit einem Gefühl, als wäre sie selbst plötzlich von der Fremde in die Heimat gekehrt. Das altgewohnte, braungemusterte Kleid war ihr vertraut, die hohe Gestalt, die strenge Miene, der Geruch nach einer etwas absonderlichen Seife. Donna Consuelo schien verjüngt. Ein frischer Hauch lag über ihrem Gesicht, ihre Bewegungen waren rascher. Pastora erkannte sofort, daß jener alte Groll verflogen war.

»Du fährst mit mir«, sagte sie auch gleich am ersten Tag.

Und schon am ersten Tag kamen Käufer und Agenten und besichtigten das Haus, denn Donna Consuelo hatte das von New York aus geregelt. Dort ging alles flott, erzählte sie. Sie war jetzt gesprächiger als früher.

Pastora achtete nicht auf die Mahnung der Schwester

Amalita, sondern arbeitete im Hause. Das Merkwürdige war, es schadete ihr nicht, ihr Gesicht wurde sogar voller, die scharfen Linien verwischten sich wieder, zweimal lächelte sie wie früher. Es war, als Donna Consuelo bei der Erzählung sagte:

»Du wirst es ja sehen!«

Aber dann kam der eine Satz. Ein Satz, und er zerstörte alles.

»Don Anibals Junge, das ist ein kleiner Teufel!«

Pastora ließ den Löffel im Teig stecken und ging zur Türe. Draußen lehnte sie den Kopf an den Rahmen. Dann ging sie die Treppe hinauf, und sie ging hinauf wie ein Mensch, der am seichten Strand steht und langsam ins Meer hinausgeht, erst sind nur die Füße im Wasser, dann schon die Knie, dann steigt das Wasser bis zu den Lenden, dann bis zu den Schultern, dann bis zum Hals, aber er geht weiter, obwohl er weiß, daß der nächste Schritt schon der Tod sein wird. Und Pastora trat ins Schlafzimmer der Donna Consuelo, nahm ein Bild in die Hand. Es war ein Säugling, und Pastora erkannte die Züge Don Anibals.

Sie trat in ihre Kammer und legte sich aufs Bett. Auf einmal war ihr das kleine Zimmer verhaßt, die helle Mauer war ihr verhaßt, das Kruzifix, das Heiligenbildchen, der umgekehrte Spiegel, der Kasten, die weiße Gardine. Pastora lag lange, aber dann rief die Señora sie hinunter.

»Ich hab ruhen müssen.«

»Ruh dich gut aus, damit du auf der Reise nicht erkrankst.« Sie streifte mit einem flinken Blick ihr weißes Gesicht.

»Das ist auch, was ich sagen wollte, ich werde nicht fahren können, Señora.«

»Es wird vielleicht das Beste sein.« Sie sah sie noch einmal an. Und vielleicht hätte sie noch etwas gesagt, aber ein

Käufer meldete sich, er kam zum zweiten Mal, und Donna Consuelo führte ihn in das Gesellschaftszimmer und ließ ein Drittel des Preises nach, und der Käufer verzichtete dafür auf die Teppiche, und sie ging ins Arbeitszimmer, um den Kontrakt aufzusetzen, und fand auf dem Schreibtisch große Banknoten verstreut liegen, als wären es entwertete Lose.

Als sie die Scheine zusammenklaubte, fand sie unterhalb ein zerrissenes Kuvert mit der munteren Schrift ihres Sohnes. Sie steckte auch das Kuvert zu sich, trug Mappe und Tintenfaß hinüber und der Vertrag wurde geschrieben, gezeichnet und versiegelt.

Als der Käufer gegangen war, trat die Señora in die Küche und sagte:

»Hoffart schickt sich nicht für dich, Pastora!« Und sie legte das Kuvert mit dem Geld neben sie hin und sprach etwas leiser:

»Wenn du es im Kloster einzahlst, nehmen sie dich auf, und du bist für dein Leben versorgt.«

Habe ich denn recht und alle haben Unrecht? dachte Pastora und schwieg.

Sie blieb im Hause, bis die Señora abreiste. Mit jedem Tage wurde sie schwächer. Als Donna Consuelo in den Wagen stieg, nahm Pastora das Körbchen mit den Katzen und dem kleinen Koffer und ging ins Kloster.

Schwester Amalita war so erstaunt über das, was sie von ihr vernahm, daß sie sich erdreistete, bei der Schwester Oberin zu ungehöriger Stunde anzuklopfen.

Die Oberin besah das Geld in dem zerrissenen Kuvert mit Pastoras Namen darauf und sagte dann:

»Du erweist dich sehr dankbar, meine Tochter!«

Schwester Amalita hinter ihr nickte gerührt über sich selbst, denn ihrem Verdienst war die große Spende zuzuschreiben.

»Wir werden dich aufnehmen, wann immer du kommst.« Die Oberin sah das dicke Bündel mit Noten an.

»Das Geld ist für die Pflege«, sagte Pastora einfach, und die Oberin lehnte sich zurück, als wäre sie aussätzig. Dann erhob sie sich und reichte ihr die Hand.

Air raid

Wir saßen zu ebener Erde vor dem Kamin, Harry und ich. Es donnerte jede Weile etwas zum Himmel hinauf oder vom Himmel herunter.

»Wenn noch so ein Segen auf uns niedergelassen wird, kriech ich unter den Tisch«, sagte ich.

Die Dame des Hauses kam mit einem Tablett und reichte uns Tee. Sie war steinalt, doch ihre Äuglein lachten pfiffig. Sie entschuldigte sich, weil sie uns allein lassen mußte. Aber sie las einen spannenden Detektivroman und hatte Eile damit. Denn er gehörte dem Nachbar und dieser war sehr empfindlich.

»Wenn ich ihm sein Buch nicht rechtzeitig zurückgebe, glaubt er, es ist, weil er eine schwarze Haut hat.«

»Sie sollten doch lieber mit uns hier bleiben«, ich zeigte auf den mächtigen massiven Tisch dicht beim Fenster, »für jeden Fall.«

»Was für einen Fall?« fragte sie. »Darum habt ihr Spanier den Krieg verloren, weil ihr so ängstlich seid. *Sie* könnten dieses Buch nicht lesen, selbst ich hab schon eine Gänsehaut.«

In diesem Augenblick hörten wir ein Getöse, wie wenn es Eisenbarren auf den Krystall-Palast regnete. Ich wollte unter den Tisch, war aber zu schwach ihrer Verachtung gegenüber.

»Hitler wird doch nicht *mein* Haus treffen«, sagte sie. »Doch nicht dieses kleine Haus. Er sieht es nicht einmal. Mein Verstorbener ist jedes Jahr mit dem Flugzeug nach Paris und zurück gefahren und hat es nicht gesehen. Ich würde gern mit Ihnen hier bleiben, damit Sie sich nicht so fürchten, aber ich hab den Kapitän mit dem Dolch in der Schulter gelassen, das heißt, nicht ich, der Detektiv hat ihn drin gelassen. Er will ihn nicht herausziehen, bevor der Arzt kommt. Er sagt, er würde sonst verbluten. Und das alles spielt sich auf dem Schiff ab. Der Arzt wird jetzt geholt und Sie werden verstehen, daß ich weiter lesen muß, ob er überhaupt noch lebt. Das ist wirklich eine schreckliche Welt, zu meiner Zeit hätte man den Dolch nicht in seinem Körper gelassen.«

Sie ging in ihr kleines Zimmer, setzte sich in ihren Armstuhl vor den Kamin, und ich konnte nur erreichen, daß sie die Türe offen ließ.

»Wir müßten nicht gerade vor dem Feuer sitzen«, sagte ich zu Harry, als es unheimlich dröhnte.

Er sah mich mit milden blauen Augen an.

»Du gehst mir auf die Nerven«, sagte ich. »Ich will nicht unter drei Tonnen Zement eingezwängt liegen, verstehst du. Niemand will das. Du willst es auch nicht, du hast nur keine Phantasie!«

Er lächelte so nobel, daß ich es nicht zuwege brachte, ihn zu hassen. So sehr ich es wollte. Ich versuchte ihn zu reizen.

»Was denkst du eigentlich, wenn du so gelassen hier sitzt. Denn denken mußt du etwas. Eine Funktion in dir denkt. Das Gehirn arbeitet trotz deinem Phlegma.«

»Ich frage mich, ob diese jetzt auf uns fallen wird«, sagte er. Eine Bombe pfiff nieder. Es war zu spät, unter den Tisch zu gleiten. Die alte Dame im Nebenzimmer schrie auf.

Ich ging sie holen. Ich wußte, sie würde nachgeben.

»Was hab ich Ihnen gesagt! Der Mann ist tot! Natürlich muß ein Mensch sterben, wenn man den Dolch in seinem Körper läßt. Und das ist nicht alles. Ins Meer haben sie ihn geworfen, diese Barbaren! Sie werden mir doch nicht einreden, daß es jetzt Brauch ist, die Menschen unchristlich zu begraben. Ich werd es dem Erzbischof schreiben.«

»Wollen Sie sich nicht zu uns setzen, Großmütterchen? Sie lassen heut alle Bomben auf unseren Bezirk los.«

»Bomben?« sagte sie und sah mich erstaunt an.

Der Neger vom Nebenhaus kam herein. Er war außer Atem. Er hatte eine böse Ahnung, sagte er, daß *sein* Haus heute das Ziel der Deutschen war. Weil er ein Schwarzer ist. Er hatte schon seine Frau und die Kinder in die Untergrundstation gebracht und suchte den Warden. Er sah beklagenswert aus. Zum ersten Mal machte ich die Erfahrung, wie es ist, wenn ein Neger erblaßt. Ich reichte ihm eine Schale Tee, er wies sie zurück. Sein hilfloser Blick griff mir ans Herz. »Ein Neger muß ein Haus haben«, sagte er »damit er seine Haut verstecken kann.« Die alte Dame kam auf ihn zu. Sie bat ihn, sie zu entschuldigen. Aber sie bezichtigen jetzt gerade die Stewardess des Mordes, ein liebes, unschuldiges Geschöpf, sie heißt Patience, wie ihre älteste Enkelin, und darum muß sie rasch fertig lesen, denn das hätte auch ihrer Enkelin passieren können. Sie beruhigte aber den Neger und versicherte ihm, es liegt immer ein schützender Nebel über unserer Straße, weil der Teich in der Nähe ist. Sie schüttelte ihm herzlich die Hand, und der Neger ging den Warden suchen und die alte Dame den Mörder.

Harry drehte das Licht ab und öffnete das Fenster. Wir atmeten die würzige Luft ein und blickten auf den Himmel. Englische Flugzeuge schwirrten vorüber und gaben den Scheinwerfern Signal. Ich schickte ihnen glühende Wünsche hinauf. Harry hob seine lichten Augen besorgt auf, ihm schienen sie ein Stück von ihm selbst. Keinen Augenblick war er um sich besorgt.

Stille trat ein. Wohltätige Ruhe. Die Braven hatten die Deutschen verjagt. Wir sahen die herrlichen Sterne und dachten das selbe. Daß es nicht möglich war. Daß unmöglich ernste Männer, Frauen und Kinder eine ganze Stadt mit Bomben bewerfen konnten. Doch dann surrte es wieder. Die Sterne sahen jetzt wie Flugzeuge aus, wie Teufel, Bomben und Feuer. Der Himmel war zur Hölle geworden.

Plötzlich kam es nieder. Die Hölle ließ sich nieder, stürzte herab und geradewegs auf mich zu. Ich wankte zurück ins Zimmer, tauchte unter den Tisch und zerrte Harry mit.

Und jetzt rollten sie heran, die drei Tonnen Zement, die ich gefürchtet hatte. Ich schloß die Augen. Staub kam nieder.

»Ich leb noch«, sagte Harry. »Und wie steht's mit dir, Junge?«

»Ich ... ich weiß nicht ...«

»Bist du verletzt?« Unter dem Tisch hockend begann er mich abzutasten. Er zog seine Lampe aus der Tasche. Dann kroch er heraus und zerrte mich hervor. Ich stand inmitten von Ziegeln, Trümmern und Staub. Ich lehnte zitternd an den Tisch.

»Knapp entkommen«, gestand Harry, erregt und gerührt. Ich wußte, sein ganzes Leben wird er mir für den Tisch dankbar sein und wird sein ganzes Leben nicht darüber sprechen. Heiße Freude durchzuckte uns. Nur eine Mauer des Zimmers war eingestürzt. Sie führte in den kleinen Nebenraum, wo die alte Dame saß. Wir kletterten ins nächste Zimmer. Das heißt, in das, was früher das nächste Zimmer war. Der Sternenhimmel war hier sichtbar. Wir wateten in den Hintergrund, dort brannte noch das Feuer im Kamin und dort entdeckten wir die alte Dame. Sie saß in ihrem Zimmer wie auf einer Bühne, die Frontwand auf die Straße zu war geöffnet.

Sie schien unverletzt.

»Oh«, sagte sie hocherfreut. »Gut daß ihr kommt. Ihr habt eine Lampe. Bin ich froh. Borgt sie mir bitte einen Augenblick. Denkt euch, das Licht ist ausgegangen, gerade wie sie den Mörder gefunden haben!«

Der letzte Wille

Wir näherten uns dem Haus. Schrapnellstücke prasselten nieder. Eine junge Frau mit einem Kind im Arm schritt an uns vorüber. Ihre Züge waren herb.

»Ob wir sie hereinrufen?« sagte mein Bruder zu ihr gewendet und öffnete die Türe. Sie sah ihn an und stockte. Dann eilte sie weiter. Sie ging den breiten Pfad entlang, der unser Haus vom Nachbarhaus trennt.

Wir traten ins Wohnzimmer, es ist seit dem Blitzkrieg unser Schlafraum. Es pfiff durch die Luft und dröhnte, und jetzt bewegte sich der Boden unter uns. Wie ein Schiff im Sturm. Besinnungslos vor Angst lief ich ins Freie. Mein Bruder holte mich zurück.

Das Haus jenseits des Pfades stürzte ein. Schwarze Wolken flogen auf. Steine schlugen um uns nieder.

Er schob mich ins Haus und zögerte an der Schwelle. Er blickte hinaus.

»Wir hätten sie hereinrufen sollen«, sagte er.

»Wen?« – »Die Frau mit dem Kind.«

Leute liefen hin und her, wie aus dem Boden gewachsen. Die Feuerwehr war schon zur Stelle. Das Gebäude, ein Möbellager, brannte. Wir trugen Kübel mit Sand herbei.

Als der Brand gelöscht war, ließen wir im hellen Mondschein die Trümmer eines Hauses zurück. Sie unterschieden sich von den Trümmern anderer Häuser durch die glänzenden Bretter und farbigen Damaststücke, die von Sessel- und Divangerüsten hingen.

Erschöpft warfen wir uns aufs Bett. Ich fühlte, wie ich in Schlaf sank, tief und willenlos.

Da auf einmal klopfte es. Es klopfte an die Türe. Mit Mühe erhob ich mich. Niemand stand draußen. Niemand.

Sonderbar. Wie ein Traum täuschen kann. Denn es war ein Traum, da niemand vor der Türe stand.

Wieder sank ich in schweren Schlaf. Es klopfte.

›Ich träume‹, dachte ich. ›So wie ich immer träume. Ich träume, daß es klopft.‹

Das Klopfen wurde dringend. Unerbittlich. Ich rüttelte meinen Bruder wach.

»Hörst du etwas?«

»Es klopft«, sagte er.

Ich ging zur Türe und öffnete.

»Ist dir nicht wohl?« fragte er, als ich zurückkam. Er ist Arzt und hatte meine Blässe bemerkt.

»Es ist niemand vor der Türe.« Ich zitterte.

»Niemand vor der Türe?« Er sank todmüde zurück.

Ich konnte nicht schlafen. Ich lag und lauschte. Denn es klopfte. Es klopfte wieder. Ich rüttelte ihn wach.

»Steh auf. Hörst du?«

Wir erhoben uns jetzt beide und gingen beide zur Türe. Er öffnete. Niemand war draußen. Er trat ins Freie und sah sich um. Auf einmal wies er in die Ferne. Wo der Pfad hinter den Trümmern endete.

»Das ist aus dem Möbellager, ein Stück Damast vielleicht«, sagte ich. Er ließ sich nicht beirren. Wir stiegen über die Ruinen.

»Da!« Mein Bruder zeigte vor sich hin. Eine junge Frau lag im Gras. Die Haare verklebt von Blut. Er neigte sich über sie. Und mit einem Male hob er den Kopf und jetzt war *er* erbleicht. Er sah mich seltsam an.

»Sie muß eine Stunde tot sein ... über eine Stunde ...«, stammelte er.

»Über eine Stunde tot ...«, wiederholte ich schaudernd.

Der Mond beschien ihre herben Züge. Ihr Mund war streng geschlossen, wie in Bitterkeit. Ihr rechter Arm lag ausgestreckt, als müsse er auf etwas weisen.

Mein Bruder wandte den Kopf. Ein umgestülpter Kastenteil lag neben ihr. Wie eine Wand. Er barg etwas, das ihn fesselte. In der Ecke dieses Kastens bewegte es sich. Er hob ein kleines Bündel heraus. Ein kleines Kind. Es öffnete die Augen und lachte. Inmitten dieser grauen Trümmer, angesichts hoffnungsloser Zerstörung, neben der toten Mutter, lachte uns ein Kind an.

Es mochte ein Jahr alt sein, es war wohlgenährt und in ein weißes Mäntelchen gewickelt. Es lachte, es lachte weiter. Und es überwältigte alles: die Hoffnungslosigkeit; den Anblick der jungen Frau; ja, selbst uns, unser Grauen.

Mein Bruder reichte mir das Kind und hob die Frau in seinen Armen auf. Wir gingen dem Haus zu, ich mit dem helläugigen Knaben, er mit der toten Mutter. Ihr Kopf hing ein wenig über seinen Arm. Und wie ich sie sah, im Mondlicht, schien mir, als wären ihre Züge jetzt verändert. Mir schien, als wären sie jetzt gelöst.

Wir haben bis heute nicht darüber gesprochen, über das Pochen an der Türe. Der Knabe verklärt unser Haus. Es ist wie ein Stück Himmel, das Gesicht dieses Kindes. Wir werden kämpfen, oh, wir werden kämpfen, daß es ihm bleibt, dieses Lächeln.

Toogoods oder das Licht

Im Winter des Jahres 1940 übersiedelten wir aufs Land in das geräumige Haus eines Pastors und seiner hageren Ehefrau. Die Bedingungen waren durchwegs Verbote. Verboten war der Fleischgenuß, der Alkohol, das Rauchen, der Theaterbesuch und der Verkehr mit den Nachbarn. Das Prinzip des pensionierten Geistlichen lautete: wenn das Empire die von Gott Gezeichneten einläßt, und ich sie gar ins Haus nehme, so haben sich mir diese Flüchtlinge für die Großmut Englands dankbar zu erweisen, und sie haben mir möglichst viel Nutzen zu bringen. Denn sie wetzen die Teppiche ab, ziehen den Zug im Abtritt und schauen durchs Fenster. Sie zahlen, das ist richtig, aber was ist Geld, wie eitel ist es, welcher Schein in den Augen eines Dieners Gottes.

Morgens in aller Früh wurde Kompost erzeugt. Die beiden Toogoods taten dies auf eine eigene Weise, nämlich auf Zeitungspapier, und trugen diesen Schatz, der ihrem Leib entsprossen, hinunter in den Gemüsegarten, wo sie ihn nach einem Jahr in der Form von Karotten zurückbekamen. Denn sparsam sei der Mensch und vergeude nichts, auch nicht seine Exkremente, dann wird der Herr es ihm lohnen. Und richtig, der Herr lohnte es. Wer hat, dem wird gegeben, und sie hatten. Sie hatten ein großes Haus mit vielen Teppichen und hellen Möbeln, sie hatten feingeschnitzte Truhen und kostbare Altertümer. Und ein Zimmer voll mit Vorräten, alle angekauft knapp ehe der Krieg ausbrach, um ihre alten Knochen aufs beste zu versorgen.

Sie hatten und nährten sich redlich. Wir hatten nichts und hungerten.

Für diesen Hunger hörten wir salbungsvolle Reden, etwa, daß man im Krieg genügsam leben müsse. Um sich für ihre Worte zu stählen, aßen sie heimlich ihre guten

Speisen, und wir bekamen die Karotten, die der Herr ihnen erwachsen ließ.

Dafür aber waren sie freundlich. Mit überaus freundlicher Miene häufte uns Frau Pastor den in Wasser gekochten Kohl auf den Teller, dazu gab es Wasserkartoffel, freilich nur eine, denn sie kosteten fast einen Penny das Pfund, wiewohl nicht sie, nicht Frau Pastor, sie hatte eine Quelle, wo sich das Hundert erheblich billiger stellte, diese Kartoffel war freilich säuerlich und mit schwärzlicher Fäulnis durchsetzt, aber da blickte Frau Pastor weg und sprach davon, wie schlecht die Welt, und sie dachte, wie gut sie selbst war, die unserethalben, um unsere Seelen zu retten, diese schwarzen Trümmer aß. Ihr Lächeln glich dem Saccharin, mit dem sie uns die Süßspeise versetzte. Während sie die widerliche Grütze anrichtete, ging der Kopf des Pfarrers mit dem Löffel von der Schüssel in den Teller und zurück mit seines Weibes Löffel in die Schüssel, und er sah aus wie ein Hund, dem man den Zucker nach allen Richtungen zieht, um ihn zu reizen, der Hund wurde immer gieriger, immer gieriger wurde der Priester, und selbst wir waren so verhungert, daß wir Wasserkost und Wassergrütze verzehrten und uns am Ende für das Lunch bedankten. Ich habe nie gelästert, aber wenn Toogood mit ergebenem Blick diese Mahlzeiten einleitete mit:

»Go Bless thiss Food to our Health«

dann wollte ich keinen Segen auf dieser Kost und lieber keine Kost, als diesen Segen.

Da der Herr die Reichen erst vor der Himmelstüre bestraft, die erst dann zu einem Nadelöhr zusammenschrumpft, den Armen aber schon auf Erden zeichnet, wird jeder verstehen, daß die Toogoods für die Armen eine unüberwindliche, steinharte, heilige, selbstbewußte Abneigung hatten, die sie keineswegs in sich bekämpften. Wir standen nun vor der schwierigen Aufgabe, ihnen zu verbergen, wie es um uns stand. Denn wir wollten bleiben. Wir wollten nach den vielen Nächten der Sirenen und Särge nachts endlich ruhig liegen, wenn wir auch nicht mehr hofften zu schlafen.

Doch wiewohl wir das Geld für den Zins und die »Unkost« aufbrachten und pünktlich erlegten, erkannte der Diener Gottes bald, wie es um uns stand, und bald war's um uns geschehen.

Pastor Toogood und seine Ehefrau aßen von nun ab nicht mehr ihre guten Speisen heimlich, sondern die Schüssel bestand aus zwei Abteilungen. Und sie schämten sich nicht, den Milchbrei mit Rosinen für sich abzuteilen und mit der Miene großer Wohltäter vor uns zu essen. Der harte Blick der Frau sagte sich zur Rechtfertigung, *wir* waren rund und weich, sie aber waren dürr und hager. Da sich aber in unserer Abteilung einmal statt der Rosinen die schwarzen Köpfe der Würmer zeigten, vergaß ich Bomben, Krieg und Not und schob den Teller fort.

Dies machte die Pastorsfrau über unsere Armut erröten, doch sie fand einen Ausweg: »Betet«, sagte sie, »und es wird euch geholfen«. »Klopfet an, und es wird euch aufgetan«, sagte sie aber nicht.

Der Pastor aber sprach kein Wort, sich selbst aber sagte er etwas anderes. Wer so arm ist, sagte er sich, muß gewiß stehlen, denn das liegt auf der Hand. Und eines Tages geschah das Schreckliche. Es geschah, daß eines Tages im Hause ein Löffel fehlte. Ich entnahm meinem Koffer die silbernen Löffel, ein Andenken an die Zeit, da ich meine Mägde nicht beschuldigte, wenn sie sie stahlen, und legte sie der Frau des Pastors hin. Und ich, die ich in das Pfarrhaus gezogen war, um den Auszug aus meiner Heimat zu vergessen und den Krieg in London, die glühenden, klopfenden Herzen von feinen Kindern und Frauen, ich sehnte mich nach dem Blitz in London, nach Bomben und Schrapnells, nach der schönen Bereitschaft aller dort, nach dem sanften Mut und der stolzen Verzagtheit. Aber dann sah ich A. an, wie er sich bleich und benommen über seine Bücher neigte – er sollte nicht untergehen.

Er blickte auf den Park der Nebenvilla. Weit hinter der Villa stand ein grünes Häuschen. Es war unbewohnt und verpönt. Die Not an Obdach und Schutz auf dem Land vor dem Grauen in der Stadt stieg – das Häuschen blieb dennoch unbewohnt. A. blickte auf das Häuschen, der Epheu fesselte ihn. Er war durch eine zerbrochene Fensterscheibe eingedrungen und wucherte innen in den Räumen. Ihn fesselte der Traum in diesem Häuschen.

Mich fesselte das Verbot. Das Bungalow war ein Hauptverbot. Auch nur in die Richtung zu blicken, war Sünde. Toogoods sagten es nicht, aber es schien, als spuke der Satan dort herum. Und wenn immer sie zur Kirche gingen, schlüpfte ich durch die Hecke und hielt beim Satan Andacht.

Der Raum war weit, aber umschlungen von Epheu sah er aus wie der Dschungel. Der Dschungel war die Freiheit. Und durch die Hecke zurück schlüpfte ich in das große Haus, und es würgte mir die Kehle.

In dieser Not schickte Gott die Bomben ins Land. Er schickte so reichlich, daß auch für die Dörfer einige abfielen, und diese Bomben erschreckten die Toogoods gewaltig. Sie besannen sich darauf, daß der Herr ein riesiges Ohr besitzt, so groß wie die Reklame für einen Hörapparat. Die beiden, um es kurz zu sagen, erbleichten, wurden kläglich, und bar jeder Würde krochen sie unter den mächtigen Küchentisch.

Da ich dem Krieg mit kühler Ruhe begegnete, denn was konnte er mir noch rauben, da mir Mut, Hoffnung, Segen und Liebe schon früher geraubt worden, befand ich mich auf einmal, von den Deutschen beschützt, in Überlegenheit. Und ich reichte den Dienern Gottes Speise unter den Tisch, und nicht einmal die Ranzige, die ich von ihnen gewohnt war.

Es geschah nun das Seltsame, daß die Toogoods sich verwandelten. Sie verwandelten sich so sehr, daß ich vom Himmel Bomben erbat, von den Deutschen, von Hitler, vom Satan, ganz vergessend, wie ich doch A. vor diesen Bomben retten und seinem Werk erhalten wollte. Ich erbat Bomben, und sie kamen, und wir aßen zum Lunch Omlette auf Käse gebacken, Gelée und Pudding.

Bis zum Unglück die Bomben auf dem Lande aussetzten. Toogoods warteten nicht einmal so lange wie die Juden nach dem Auszug aus Ägypten, ehe sie wankend wurden. Auf dem Land wurde es ruhig, und die Wasserkost floß wieder in unseren Mund.

»In London sind jetzt täglich Raids«, sagte der Pastor. Es enthielt die Drohung: Muckt ihr auf und eßt nicht was ich – pflanze, so geht ihr nach London zurück.

Und um uns vollends einzuschüchtern, heckten sie einen teuflischen Plan aus. Denn wie der Schelm ist, so denkt er, und Pastors hatten darum keine gute Meinung von uns. Sie konnten in unseren Gesichtern nicht lesen, und beschlossen eine Autorität zu konsultieren.

»Es kommt unsere bewährte Freundin, die Hellseherin Penny«, sagte die Frau des Pastors eines Tages. »Sie sieht ein Licht um das Haupt des Gerechten, um den Sünder aber ist es dunkel, und dieser ist vom Teufel besessen.« Und damit sah sie mich hart an und erinnerte mich an eine dieser Masken, grotesk und böse, von den Wilden angefertigt.

Mir ward zumute wie bei uns in der Heimat den Bauernmägden, die nach reiner Luft und Kuhmilch duftend in die Stadt kommen und sich der Gnädigen vorstellen. Ist die Gnädige gnädig, so werden sie verdingt, bis ihr Duft verraucht. Ist sie ungnädig, dann leg dich hin und stirb, denn das bist du wert und nicht mehr.

Mir ward bange. Es gibt Schichten des Sehens, und sah sie in die tiefste Schicht, die Frau von der mein Schicksal jetzt abhing, dann mochte ich beruhigt zuwarten. Sah sie aber nur bis in die Mitte, das konnte sie verwirren, denn wer eine Seele hat, versteckt sie in der Tiefe.

Ich ging mit Beklemmung zum Dinner, nicht anders wurde die Farce genannt. Ich war allein. A. hetzte in London herum, um das Geld für die Miete aufzutreiben.

Als ich die Hellseherin Penny vor mir sitzen sah, wurde mir vorerst leicht zumute, denn sie war dick. Daraus schloß ich, daß sie nicht Zeit ihres Lebens ins Gras gebissen hatte. Mächtige Fleischmassen kugelten um die Arme, zerbarsten die Backen und strotzten vom Hals herab. Ihre Augen waren bedenklich. Wie die einer närrischen Bäuerin, die getrunken hat. Es mochte von den Visionen kommen. Denn Penny hatte Visionen. Visionen über Leute ihrer Umgebung, über solche, die sie nicht umgaben, über Gott, Judas, Timoschenko und Herrn und Frau Toogood. Ein Gott gab ihr zu sagen, was eben auf dem Schlachtfeld vorging, und irrte sie sich, so war das kleine Wort daran schuld, dessen sie sich bediente. Sie interpretierte, belastet von dem engen Verstand des Menschen, dem das Hohe geboten wird, der aber in der Finsternis es nicht begriffen hat.

Ihr Blick war lauernd. Ich dachte an A. und begann meinen Kampf zur Eroberung der alten Jungfrau, damit sie ein Licht sah. Damit sie ein Licht um mich sah, sagte ich also, ich sähe ein Licht um sie. Sie hielt den Atem an, ihre betrunkenen Augen flammten auf. Ich sprach weiter. Ich selbst, erklärte ich, sei ein Gefäß von Reue. Erfüllt von Reue gegen Lebende, Tote, Mitmenschen, Hunde, Götter, Feinde und Katzen, doch – unterbrach ich mich, ich hätte dies gern verborgen. Da sie aber alles wisse, vermittels ihrer Augen lese, fand ich es klug, es lieber selbst zu bekennen.

Natürlich wisse sie, sagte sie ruhig, und sie wisse mehr. Aber mein Schicksal werde sich ändern.

Bei dem Worte »ändern« sah ich so sehr den Ort, den ich ändern würde, das Dach über dem Kopf, die Landschaft, das Zimmer, wie schon so oft, daß ich nichts anderes fürchtete, als den Schatten, in dem ich mich verloren gab. Denn so eingeschüchtert war ich, so verbombt vom Leben, daß ich wirklich dachte, das Haus der Toogoods sei ein Asyl, bloß weil es ringsum nicht von Bomben regnete.

Dennoch dankte ich ihr, und ich dankte ihr auch für die Schilderung einer Vision, die sie die Güte hatte uns fast gratis, nur für Bohnen und Karotten anzuvertrauen.

Sie sah zwei Haufen einander bekämpfender Krieger, aber auf der einen Seite stand ein Engel. Es waren natürlich die Engländer, die von dem Engel beschützt waren. Hier trieb mich der Teufel, und ich konnte nicht widerstehen. Er trieb mich und stieß mich, und ich fragte, wieso sie wisse, daß der Engel auf der richtigen Seite stand, denn manchmal steht er auf der falschen Seite. Darauf erhob sie sich und strich mir ruhig und nicht ohne Güte über das Haar.

Sie hatte ein Licht gesehen.

Und jetzt, da ich »gerettet« war, wollte ich es auf einmal nicht mehr. Ich wollte nicht, daß die Hellseherin Penny ein Licht sah. Ich wollte nicht gewinnen, nicht bereuen, mich nicht beugen.

Denn auch ich hatte ein Licht gesehen.

Ich sah es durch die Glastüre, die zum Garten führte.

Vor dem grünen Häuschen im Park der Nebenvilla stand Gwendolene. Sie war sehr groß und sehr schön. Wie ein von der Sonne beschienener weißer Felsen, der plötzlich in Bewegung gerät. Sie war aus einer englischen Familie mit sehr vielen Ahnen.

Ich stand auf und schob den Sessel zurück. Ich schob ihn zurück und lief hinaus. Nie werde ich die Tollkirschen-Augen der Pastorsfrau vergessen, weil ich es wagte, mich so zu vergessen.

»Wenn du ihnen diese Pilze heute nacht in die Suppe schüttest«, sagte Gwendolene, »werden sie morgen tot sein.« Ich wußte, wir waren per »Du«, wiewohl es englisch nicht geht.

»Woher weißt du?« fragte ich, ich hatte ihr nichts erzählt.

Sie zeigte auf das grüne Häuschen. »Ich hab dich vor dem zerbrochenen Fenster gesehen.«

»Wo ist der Schlüssel, Gwendolene?«

Sie sah immer sehr ernst drein. Aber ihre Jugend lächelte auf ihr.

»Es ist ein … sündiges Haus«, sagte sie, es klang, als wäre sie Gesell in einer Schmiede und schärfte einen Dolch zurecht.

»Gib mir den Schlüssel.«

Es brauchte keinen Schlüssel. Das Lasterhaus war nie versperrt, nur der Epheu zwang es zu.

Sie brach die Türe auf, es war wie eine Kirche, die Hütte mit den lebenden Fensterscheiben. Gwendolene stand beschämt. Die Bilder an den Wänden waren von Epheu verdeckt. Es waren Bilder von Frauen, eine Tänzerin schwebte halbnackt … ihr Vater hatte sich mit diesen Frauen dort aufgehalten. Und eines Nachts war er dort gestorben … in der Sünde.

Seither leben wir in der Hütte. Ich ließ die Sünde an den Wänden, ließ sie aus Haß, aus Protest, aus Ehrfurcht für diese Sünder. Sie atmen den Frieden, den wir gesucht haben.

Der Palankin

Lustspiel

Personen

AGATHA VALORBES	
LADY REXA	
BRIAN PECKHAM (PECK)	
ROSINA	seine Frau
CHRISTINA EVANS	
JASON SPINKS	
MRS SPINKS	seine Frau
JOHN FRAZER	
CLARE	seine Frau
SEÑORA CONSUELO GONSALEZ Y SOTO (CONNIE)	
SOPHIE	ihre Tochter
TOMPKINS	Manager
DAVIES	Detektiv-Sergeant
PARKER	ein Diener

Schauplatz: London im Sommer 1952

Erster Akt

Erste Szene

Agathas Schlafzimmer im ersten Stock ihrer Villa in London. Agatha *trägt immer Hosen, und ihr blondes Haar ist kurz geschnitten. Sie spricht hart, auch wenn sie versucht, herzlich zu sein.* Clare, *ihre Freundin, ist etwas jünger, nicht ganz dreißig. Sie hat ein lichtes, weites Kleid an, denn es ist ein warmer Sommerabend, und trägt Schmuck, darunter eine Brillantbrosche, einen Alligator darstellend. Sie sitzt bei einem kleinen Tisch.*

Clare Die Krokodile hast du kaufen müssen. Gleich zwei!

Agatha *zeigt auf ihre Brosche.* Dein Schmuck ist tot, meine Krokodile leben! *Sie geht aufgeregt hin und her.*

Clare Den Schmuck hat John mir geschenkt!

Agatha Mein John ist mir durchgegangen! Mit meinem Schmuck!

Clare Ist das zu verwundern? Du hältst das Haus nicht zusammen, weil du dich nicht zusammenhältst!

Agatha Dein Mann wird dir nicht durchgehen!

Clare Ich wollte, er könnt's.

Agatha Er ist sein eigener Sträfling.

Clare *seufzt* Und ich bin mit eingesperrt.

Agatha Und ich werde eingesperrt, wenn ich das Geld nicht einzahle. *Sie zeigt auf einen Zettel.* Die zweite Mahnung von der Bank.

Clare *besieht den Zettel.* Über zweitausend Pfund! Für Krokodile!

Agatha Und für Marmorblöcke.

Clare Verkauf eine Plastik!

AGATHA Kauf mir eine ab.

CLARE Wir haben bereits zwei Büsten.

AGATHA Kauf ein Krokodil.

CLARE Ich habe keinen Teich. Und ich fürchte mich vor …

AGATHA Ich meine, kauf eines aus Bronze, ich laß es dir gießen. *Sie zeigt ihr einen kleinen Lehmentwurf, der mit feuchten Tüchern zugedeckt ist.* Schau! Das hab' ich gemacht. Dazu regen sie mich an. Wenn ich ihnen zusehe.

CLARE Ein offener Schlund! Wer wird sich das ins Zimmer stellen! Warum modellierst du nicht Engel – oder Bengel! Deine Kinder!

AGATHA Jeder wie er kann.

CLARE Jeder was ihm gemäß ist.

AGATHA Ich bin vielleicht ein Alligator, aber du bist kein Engel.

CLARE Du bist ein Sack mit einem Loch. Du wirst nächstens den Eiffel-Turm kaufen!

AGATHA Du solltest ihn kaufen und dich dort mit John verstecken!

CLARE Wie taktlos von dir!

AGATHA Du hast das Herz, mich in dieser entsetzlichen Klemme zu lassen!

CLARE Du hast überhaupt kein Herz. Lady Rexa sagt auch …

AGATHA Die ist maßgebend. Die sieht Geister.

CLARE Vielleicht gibt es Geister. Was wissen wir von dem Unsichtbaren.

AGATHA Ihre sind sichtbar.

CLARE Mit ahnt selbst oft, wenn ich bei ihr bin, daß ich …

AGATHA Daß du ein Gespenst siehst. Sie.

CLARE Dir ist nichts heilig. Nicht einmal diese großartige Frau. Sie speist vier Mal im Jahr bei Hofe.

AGATHA Wenn du nichts kaufen willst, borg mir das Geld!

CLARE Ich möchte dich erinnern, ich habe dir vor einem halben Jahr …

AGATHA Ich habe dich dafür modelliert, obwohl du mehr ein Kopf für Maler bist.

CLARE Die Büste hat nichts mit mir zu tun.

AGATHA Nein, denn sie ist gut.

CLARE Damals hast du unbedingt Graphologie studieren müssen. Vor einem halben Jahr!

AGATHA Ich wollte es als Nebenberuf. Ich erhalte zwei Kinder.

CLARE Und warum übst du ihn nicht aus?

AGATHA Ich glaub nicht an meine Diagnosen.

CLARE *zieht einen Brief aus der Handtasche.* Ist dieser Mann interessant?

AGATHA Und wie! Und sehr gebildet. Das ist ein Kunstkenner. Ein Maler vielleicht … nein … er ist eher kritisch.

CLARE Warm … warm … warm … siehst du, du triffst es ganz gut.

AGATHA Bin i c h zerfahren! Das ist doch die Schrift deines Mannes! Die hat sich aber verändert … sie ist unfrei … das ist natürlich.

CLARE Natürlich. Aber er schreibt nicht schräg.

AGATHA Warum glaubt jeder, daß ein Betrüger linksschräg schreiben muß!

CLARE *verletzt* John ist kein Betrüger.

AGATHA John ist ein Iconolâtre.

CLARE *spöttisch* Warum bist du noch immer »francophil«, dein Mann ist doch weg von dir?

AGATHA Und du wirst deinen im Stich lassen, das sag' ich dir auch ohne Schrift.

CLARE Weil eine Bildersammlung mich langweilt? Ich bin kein Iconolâtre.

AGATHA Du bist ein … Idolâtre.

CLARE Wen bete ich an?

AGATHA Dich selbst.

CLARE Und du?

AGATHA Ein Heliolâtre.

CLARE Betest du die Sonne an? Weil du so kalt bist.

AGATHA Kalt bist du! Wenn ich mit meinem Mann in deiner herrlichen Villa eingesperrt wäre!

CLARE Mit deinem Mann! Ich bin aber mit meinem eingesperrt. Deiner hätte sich nicht halten lassen!

AGATHA Für mich wäre es das Paradies.

CLARE Ich esse nicht gerne Äpfel.

AGATHA Du lebst sorgenfrei.

CLARE Und immer in Angst.

AGATHA Nur John ist gefangen. Du gehst in Gesellschaften, du trägst die neuesten Modelle, du ißt die Primeurs ...

CLARE Aber ich habe keinen Appetit.

AGATHA In deinem Fall läßt sich nichts ändern, aber mir wäre zu helfen.

CLARE Unten im Atelier hast du drei Statuen, aber nur angefangen, und es sind Bestellungen. Im Teich hast du zwei Krokodile, die werden dich arm essen. Im Garten ...

AGATHA Das bin ich schon.

CLARE Im Garten hast du deine Buben, die Krokodile werden ihnen die Beine abbeißen, alles ist hier losgelassen ...

AGATHA Und bei dir ist alles hinter Mauern.

CLARE Wenn ich Kinder hätte, ich durfte keine haben, wie hätte ich es motivieren sollen ...

AGATHA Ruft nicht jemand vom Garten? *Sie geht zum Balkon, der offen steht, man hört sie.* Natürlich, komm nur herauf! *Zurückkehrend.* Es ist Sophie.

CLARE Da mach ich mich aus dem Staub.

AGATHA Aber warum?

CLARE Spanierinnen strahlen immer über irgend etwas. Sie wissen selbst nicht worüber. Wie die Neger. Aber die wissen es.

AGATHA Dann geh durchs Kinderzimmer. *Sie öffnet die Türe links.*

CLARE Au revoir. Laß John nicht zu lange auf deinen Besuch warten, du bist die Einzige ... *Sie geht.*

AGATHA Au revoir. *Sie öffnet die Türe rechts.* Es ist nett, daß du kommst, ich gehe aber heute nicht aus, mir ist nicht danach zumute.

SOPHIE *hält ihr ein Blatt Papier vor die Nase und spricht lebhaft.* Ich habe eine Bitte! Sie verstehen sich so gut darauf! Werde ich morgen die Prüfung bestehen? *Sie liest mit Pathos*

Es tagt beinah: ich wollte nun du gingst;
Doch weiter nicht, als wie ein tändelnd Mädchen ...

AGATHA *reißt ihr das Blatt aus der Hand.* Es tagt beinah, ich wollte nun du gingst! Ich bin keine Hellseherin! Was weiß ich, ob du die Prüfung bestehen wirst!

SOPHIE Sie lesen das in meiner Schrift. Sie haben doch dem Regisseur gesagt, daß er eine große ...

AGATHA Das ist ein erwachsener Mensch! Aber deine Schrift ist unentwickelt.

SOPHIE Es ist wirklich sehr schön, daß Sie mich bei ihm eingeführt haben.

AGATHA Du sitzt auch bei meinen Kindern, wenn ich abends ausgehe. Eine Hand wäscht die andere.

SOPHIE Ich hoffe, er wählt morgen die Julia für mich aus, wenn er die Doolittle hören will, bin ich verloren.

AGATHA Das wird er sich bestimmt nicht antun. Die muß man im Blut haben.

SOPHIE Bitte, was habe ich im Blut?

AGATHA Heiße Schokolade.

SOPHIE Habe ich Talent?

AGATHA Wenn du unbedingt spielen mußt, hast du Talent.

SOPHIE Nur einen kurzen Blick auf meine Schrift!

AGATHA Du hast die dümmste Schrift, die mir je vorgelegt

wurde. Ich sehe mir allerdings nicht Briefe von Achtzehnjährigen an.

SOPHIE Sie meinen ... zu albern, um Schauspielerin zu werden?

AGATHA Aber nein. Gerade naiv genug.

SOPHIE Frau Agatha, können Sie mir etwas Gift verschaffen?

AGATHA Gift? So ernst mußt du deine Rolle nicht nehmen. Du mußt nicht Gift schlucken, weil du die Julia deklamierst.

SOPHIE Belladonna mein ich, das erweitert die Pupillen. Ich möcht' morgen strahlend aussehen. Für die Prüfung.

AGATHA Ihr Südländer! Ihr glaubt, ihr müßt selbst aus den Nüstern Leidenschaft prusten! Für den englischen Geschmack bist du viel zu leuchtend.

SOPHIE Nicht für Regisseure!

AGATHA Geh' zu einem Apotheker!

SOPHIE Ich hab' so schreckliche Sorgen!

AGATHA D u hast Sorgen.

SOPHIE Mutter will nämlich mit dabei sein. Bei der Prüfung! Ist das nicht entsetzlich!

AGATHA Laß sie doch. Sie plagt sich für dich ...

SOPHIE Unmöglich. Sie benimmt sich so peinlich ...

AGATHA Dann nimm sie nicht mit.

SOPHIE Sie sagt aber, wenn sie reich wäre ...

AGATHA Dann hätte sie eine Glasur.

SOPHIE Es gibt Leute mit viel Geld und ohne Schliff.

AGATHA Die nennt man exzentrisch. Ich kenn eine. Die Lady Rexa.

SOPHIE Die Lady Rexa hat einen Geist im Haus.

AGATHA Jetzt verwechselst du Hamlet mit Romeo.

SOPHIE Die ganze Gegend spricht davon.

AGATHA Das habe ich heute schon gehört. Ihr Mann.

SOPHIE Die Leute sagen ... es ist nicht ihr Mann, es ist der Mann Ihrer Freundin Clare.

AGATHA Rede diese Dummheiten nicht nach. Clare war gerade hier.

SOPHIE Das hindert doch nicht, daß der Geist ihres Mannes …

AGATHA Bei der Lady Rexa umgeht. Der hat anderen Umgang.

SOPHIE Aber wenn sie ihn umgebracht hat … ich meine die Leute sagen, Ihre Freundin Clare hat ihn betäubt und lebend begraben und darum geht sein Geist … *Es klopft.*

DETEKTIV-SERGEANT DAVIES *tritt ein, ohne eine Antwort abzuwarten und ist etwas erstaunt, weil* SOPHIE *aufschreit.*

DAVIES Verzeihung, ist hier ein Mann eingedrungen?

SOPHIE Meinen Sie den Geist?

DAVIES Geist heißt er? Das ist nicht der, den ich suche. Er bricht in die Häuser ein …

AGATHA Das tun S i e, Inspektor.

DAVIES *verneigt sich leicht.* Detektiv-Sergeant Davies. *Er zeigt sein Abzeichen.*

AGATHA Ich kenne Sie, Sergeant, wie wirklich bei mir eingebrochen wurde, sind Sie nämlich erst n a c h h e r gekommen!

SOPHIE Sind S i e ein Detektiv? Ich dachte, ein Detektiv ist tückisch scharf, zugespitzt, energisch, rasch …

DAVIES Es treibt sich ein junger Mensch herum.

AGATHA Ein Einbrecher, das haben wir bereits heraus.

DAVIES Ganz so einfach ist es nicht. Er hat ein ganz bestimmtes Ziel …

AGATHA Eine Million Pfund? Oder genügen Dollars?

DAVIES Er will kein Geld … er will eigentlich …

AGATHA Nur Schmuck. Kein Vertrauen in den Sterling. Meinen kann er haben.

DAVIES Wo waren Sie vor einer halben Stunde?

AGATHA Wo ich jetzt bin.

DAVIES Diese Alligatoren unten ... die sind doch lebend? Haben Sie eine Bewilligung?

AGATHA Das sind meine Wachhunde. Glauben Sie, er wird die wegtragen?

DAVIES *eilt rasch zur Tür links und stößt sie auf.* Es ist jemand hier drinnen ... *Er schließt sofort wieder.*

AGATHA Meine Scheuerfrau. So darf man sie aber nicht nennen.

DAVIES Sind Sie immer so behutsam?

AGATHA Nur mit der Putzfrau. Man kriegt nämlich keine.

DAVIES *geht zum Balkon.* Würde es Ihnen etwas ausmachen, diese Türe heute Nacht geschlossen zu halten?

AGATHA Ich würde ersticken.

DAVIES Erschrecken Sie leicht?

AGATHA Nur vor dem Unsichtbaren. Wenn Sie wirklich glauben, daß der Geist der Lady Rexa ...

DAVIES Vielleicht ist es besser, das Telephon zum Bett zu stellen. *Er tut es, nickt kaum merklich und geht.*

AGATHA Danke, Sergeant!

SOPHIE Sie kommt fast täglich zur Mutter.

AGATHA Wer kommt.

SOPHIE Mrs Evans. Die Putzfrau, der man es nicht sagen darf. Mutter liest ihr ihre Briefe vor.

AGATHA Sie gehört in die Kategorie der Sammler.

SOPHIE Sie meinen, sie sammelt Liebesbriefe?

AGATHA Die Briefschreiber sammelt sie. Achtung. Sie kommt.

CHRISTINA EVANS *tritt ein, einen Regenmantel über dem Arm. Sie ist 34 Jahre alt, sauber und nett gekleidet.*

EVANS *etwas frech, aber lachend* Wenn meine Kleine so unordentlich wäre, wie Ihre Buben *sie bemerkt Sophie* – Guten Abend. Und wie geht es der Mutter?

SOPHIE Sie klagt. Wie immer. Ich muß jetzt nach Hause. *Zu Agatha.* Ich komm morgen Abend, wenn Sie ausgehen wollen. *Zu Evans* Gute Nacht! *Sie geht durch die rechte Türe.*

EVANS Gute Nacht! *Zu Agatha* Schade, daß sie schwarze Haare hat.

AGATHA Ich habe ganz vergessen ... ich bin so benommen. *Sie eilt zum Balkon.* Laß mich das Resultat wissen! *Zurückkommend* Wenn sie nicht durchkommt, wäre das ein Schlag. Sie kann es sich nicht leisten, einen Lehrer zu nehmen.

EVANS M u ß sie Schauspielerin werden?

AGATHA Offenbar muß sie.

EVANS Sie ist nicht wirklich hübsch. Nicht graziös.

AGATHA Sagt man Ihnen, daß Sie graziös sind? Setzen Sie sich einen Moment. Sie sind sehr lebhaft und beweglich.

EVANS Dabei habe ich so ein langweiliges Leben zuhause. Mein Mann ist so ruhig, immer ganz still.

AGATHA Aber Ihre Verehrer sind doch nicht langweilig.

EVANS Die sind auch nicht spannend. Im Anfang schon ... aber später ...

AGATHA Was fasziniert Sie eigentlich? Schmuck? Kleider?

EVANS Ich seh gern zu, wenn ein Feuer ausbricht.

AGATHA *zu sich* Pryolâtre. *Laut* Eine gefährliche Neigung.

EVANS Der Zirkus freut mich auch. Natürlich nur wenn etwas los ist ... wenn ein Seiltänzer abstürzt.

AGATHA Sie sehen das Elend gern in Flittern.

EVANS Ich seh gern zu, wenn ein Taucher ins Meer steigt, wenn Sie das meinen.

AGATHA Und wenn ein Einbrecher ins Zimmer träte?

EVANS Ich träum' manchmal, daß einer im Zimmer steht, und ich kann vor Angst nicht schreien.

AGATHA Mit solchen Träumen werden Sie Ihre Angst los.

EVANS Hätten S i e keine Angst?

AGATHA Ich habe Jiu-Jitsu gelernt, das sind gute Tricks.

EVANS Und wenn er sie auch gelernt hat, die Tricks?

AGATHA Mrs Evans, Sie sprechen sehr gut, Sie artikulieren fast wie eine Schauspielerin, wo haben Sie das gelernt?

EVANS Durchs Radio.

AGATHA Wenn Sie schon nicht in einer Schule sind, warum haben Sie nicht zuhause lesen gelernt?

EVANS *peinlich berührt* Mir wird schwindelig, wenn ich Buchstaben sehe, sie kribbeln wie Käfer... es sind die Nerven.

AGATHA Kommen Sie nicht in Verlegenheit? Man muß doch öfter etwas unterschreiben oder lesen.

EVANS Gestern beim Tanz. Mein Partner wollte, daß ich ihm für seine Frau eine Grabschrift aussuche. Er hat mir eine lange Liste gezeigt. Es war schrecklich.

AGATHA Sie haben natürlich gesagt, Sie haben die Brillen nicht mit.

EVANS Ich habe gesagt, hör mir auf mit den Gräbern, jetzt sind wir beim Tanz. Er ist von der Feuerwehr.

AGATHA Ich dachte, der Manager vom »Octopus« ist Ihr...

EVANS Nur zum Wochenende. Wenn ein großes Feuer ist, läßt er mich holen.

AGATHA Wer? Der Manager?

EVANS Der von der Feuerwehr.

AGATHA Lieben Sie ihn denn?

EVANS Den Feuerwerker?

AGATHA Nein, den Manager.

EVANS Ich liebe einen, aber der ist zu hoch.

AGATHA Ein hohes Tier?

EVANS Er steht auf einem Bau.

AGATHA Und der Manager steht unten.

EVANS Er ist ein pensionierter Wachmann. Es macht mich stolz, mit ihm eingehängt zu gehen. Warum malen Sie die Köpfe unten nicht an, Madam ... ich kann Ihren Namen nicht aussprechen. Tote Köpfe.

AGATHA Ich wollte, ich tät's. Ich könnte sie leichter verkaufen. Nein! Ich will's nicht! Es ist gegen meine Überzeugung ... ich weiß heute nicht, was ich rede.

EVANS Weil Sie Sorgen haben. Kann Ihnen niemand das Geld borgen?

AGATHA Ich brauche eine große Summe. Die Schulen kosten so viel, die Steine kosten ... niemand borgt eine große Summe. Die Reichen erst recht nicht.

EVANS Ich weiß. Ich arbeit für die Leute in der Allee. Die Spinks. Wenn ich von denen ein Geheimnis wüßt', ich würd' erpressen!

AGATHA Das ist häßlich ... das ist fast gemein.

EVANS Leute in Not lassen ist auch gemein. Die sind steinreich, uralt und in der Kirche werfen sie einen Penny in die Sammelbüchse. Wissen Sie niemanden, der ein Geheimnis hat und Kisten voll Geld?

AGATHA Ich habe eine Freundin ... ihr Mann ist ... aber ich könnte es nicht tun. Unmöglich.

EVANS Wenn die aber Töpfe voll Geld haben! Ich würde ihnen nicht direkt drohen ...

AGATHA Sie hat es auch schwer ... sie hat ihren Mann nicht gern.

EVANS Man kann nicht immer denselben Mann gern haben, besonders, wenn man ihn kläglich gesehen hat.

AGATHA »Kläglich« – das ist hübsch ausgedrückt. Was meinen Sie?

EVANS Wenn er sich in der Fabrik in die Hand geschnitten hat. Männer sind so wehleidig.

AGATHA Sie, Mrs Evans, machen schon Lärm, wenn Sie Zahnweh haben.

EVANS Aber ich habe reine Hände – schaun Sie!

AGATHA Ihr Mann bringt Ihnen den Lohn nach Hause ... mir bringt niemand ...

EVANS *steht auf.* Am liebsten möcht' ich das Geld für Sie stehlen. Aber ich kann nicht stehlen.

AGATHA Natürlich nicht. Das ist verboten!

EVANS Nicht deshalb, aber man kommt in die Zeitung. Wenn man erwischt wird.

AGATHA Ins Gefängnis kommt man.

EVANS Das ist nicht so arg, aber in die Zeitung! Gute Nacht, Madam, ... ich kann den Namen nicht aussprechen. *Sie geht.*

AGATHA Valorbes! *Sie dreht das Licht ab, entkleidet sich, reißt die Balkontüre weit auf und geht zu Bett. Der Mond scheint in das dunkle Zimmer.* Die Sterne machen mich sehnsüchtig. Ein Astrolâtre. Ich muß verwirrt sein, denn ich spreche zu mir selbst. Es wäre so viel schöner, wenn ich für das Recht zu leben mit kleiner Münze zahlen dürfte –

PECK *klettert durch den Balkon ins Zimmer, er hat eine Taschenlampe und leuchtet ab.* Münzen! Her damit!

AGATHA *dreht die Lampe an und schreit* Sind Sie wahnsinnig! Hinaus!

PECK Hände hoch, oder ich schieße!

AGATHA Hinaus oder ich schreie!

PECK *geht im Zimmer auf und ab und besieht sich die Gegenstände.* Das tun Sie ja schon. Was wird es Ihnen nützen. Nicht einmal die Krokodile klettern herauf. Die schlafen. Wie die schlafen können! Neben den vielen Nackten unten! Wo ist das Geld!

AGATHA Hinaus oder ich ... *Sie hebt den Hörer auf* Ich rufe die Polizei!

PECK Diese vielen nackten Leiber und der Schmutz! Der Boden knirscht von Sand und Kot!

AGATHA Das ist mein Atelier, und es ist nicht schmutzig! Das ist Staub vom Modellieren.

PECK Diese vielen Nackten auf allen Seiten!

AGATHA Das sind Statuen! Kunstwerke!

PECK Die schaun fürchterlich aus! Verstecken Sie das Geld

dort? Ich hab' einen Kopf zerbrochen, aber es war nichts drin.

AGATHA Sie ... Sie haben die Büste zerbrochen! Das ist mein Selbstporträt! Das ist hundert Pfund wert!

PECK Sie sollten mir dankbar sein. So häßlich sind Sie nicht. Wie ein Besoffener am Galgen.

AGATHA *wirft das Telephon in seine Richtung.* Wagen Sie es nicht, mir in die Nähe zu kommen! Was haben Sie denn in den Rocktaschen? Revolver? Gleich vier?

PECK Handgranaten. Wo ist das Geld, machen Sie rasch!

AGATHA Kommen Sie mir nicht in die Nähe! *Sie wirft sich den Schlafrock um und setzt sich aufs Bett.* Was ist denn los mit Ihnen? Warum arbeiten Sie nicht! Sie sind jung! Arbeit gibt's genug!

PECK *müde* Ich hab' Arbeit. Aber ich mach' sie nicht gern.

AGATHA Was geht mich das an! Versuchen Sie etwas anderes!

PECK Sie sind auch jung, folglich haben Sie Schmuck!

AGATHA Da sind Sie an die richtige Adresse geraten!

PECK Das ist die beste Gegend ...

AGATHA Nicht einmal ein Pfund hab' ich im Haus!

PECK *beim Toilettentisch, hebt die Puderquaste auf.* Drunter versteckt ihr gern die Ketten und die Ringe! Wo ist der Schmuck! Zum Teufel!

AGATHA Komisch, daß Sie nur Schmuck ... Sie können meine Versatzzettel haben! Gehn Sie sofort! Ich hol' die Polizei!

PECK *setzt sich in einiger Entfernung.* Sie machen sich lächerlich. Ich bin längst weg, bevor die ankommen! Warum telephonieren Sie nicht! Da ist das Telephon!

AGATHA Weil Sie mich schlagen werden. Sie haben doch die Taschen voll mit Mordinstrumenten! Dort versteckt ihr die! Ich dachte, in einer Aktentasche!

PECK Damit wird man angehalten ... manchmal.

AGATHA Gehen Sie doch zu reichen Leuten, wenn Sie schon stehlen müssen. *Zögernd* Ich weiß ... wohin ... Sie gehen können. Die Leute wohnen gegenüber. Dort müssen Sie sich nicht auf Juwelen konzentrieren, dort können Sie einen Scheck nehmen. Es ist mir klar, daß Sie Juwelen wollen, weil niemand viel Geld im Haus hat. Aber wenn die Ihnen einen Scheck geben, die können es sich nicht leisten, Sie anzuzeigen.

PECK *apathisch* Nicht? Warum nicht?

AGATHA Die fürchten sich auch vor der Polizei. Mehr als Sie! Die könnten auch nicht einen Polizisten hinter dem Vorhang verstecken, damit der zuhört, wenn Sie ... erpressen.

PECK *teilnahmslos* Wirklich nicht.

AGATHA Nein. Denn John ist ein Deserteur.

PECK Was geht das mich an.

AGATHA Dort müssen Sie nicht erst über den Balkon klettern, klopfen Sie an, die Alte öffnet, die Wirtschafterin. Sie ist eingeweiht. Sie können sich nicht mehr Personal leisten.

PECK *abwesend* Wieso nicht, wenn sie reich sind?

AGATHA Weil sie sich niemandem anvertrauen wollen. Die Alte macht alles. Sie ist verschwiegen. Sie war seine Amme.

PECK So ein kleiner Racker mit einer Amme.

AGATHA Alle sind reich in der Straße, nur ich nicht.

PECK Warum wollen Sie eigentlich, daß ich dorthin gehe?

AGATHA Ich hab mehr Geld aus der Bank behoben, als ich drin hatte.

PECK Wenn schon, die haben genug in der Bank.

AGATHA Wenn ich nicht sofort zahle, werde ich eingesperrt.

PECK *aufmerksam* Heißt das, ich könnt einen Fünfer einzahlen und hundert herausnehmen?

AGATHA Nicht S i e. S i e brauchen einen Garanten.

PECK *grob* Wozu erzählen Sie mir das alles.

AGATHA *zeichnet einen Plan auf ein Kuvert.* D a wohnen sie. Das Haus heißt »Das Paradies«. Es sollte »Das verlorene Paradies« heißen. Verlangen Sie fünftausend Pfund! Wir teilen. Ich habe nämlich Kinder. Haben Sie Kinder?

PECK Nicht daß ich wüßte.

AGATHA Ich habe wirklich alles versucht. Sogar eine Versicherung mit Selbstmordklausel. Wenn ich mich umbrächte, hätten die Kinder das Geld.

PECK Warum bringen Sie sich dann nicht um.

AGATHA Ich habe die Police versetzt.

PECK Gibt's keinen anderen Ausweg?

AGATHA S i e sind mein Ausweg! Sie sind meine Rettung. Sie sehen so ... nett aus, gar nicht wie ein Einbrecher. *Verzweifelt* Ich will alles zurückzahlen, auch Ihren Anteil. Ich mußte mir Marmor anschaffen, wegen der Ausstellung. Damit ich verkaufen kann.

PECK Was! N o c h Steine! Erpressen soll ich! Für Steine! Das ist mir zu ekelhaft!

AGATHA Wenn Sie mit mir teilen, wird es nicht I h r Gewissen beschweren – unterbrechen Sie mich nicht! Jeder Mensch hat ein Gewissen!

PECK *lacht.* Und was ist's mit I h r e m Gewissen?

AGATHA Ich bin Künstlerin! Nur das ist mir wichtig! Künstler sind so. Ich muß berühmt werden und reich werden!

PECK Nicht mit den Steinen da unten. Höchstens mit Grabsteinen.

AGATHA Nehmen Sie ruhig einen Scheck an, so viel Geld hat nämlich niemand im Haus. Bringen Sie ihn her, ich verstecke Sie im Badezimmer. Ich lege Ihnen einen Detektivroman ins Badezimmer, in der Früh schleichen Sie weg. Bevor meine Jungens aufstehen.

PECK Das Zeug langweilt mich.

AGATHA Weil Ihr eigenes Leben so bunt ist.

PECK Sagen S i e .

AGATHA Sie könnten sich für einen Herzog ausgeben und im Ritz wohnen. Eine zeitlang wenigstens. Kein Mensch würde Sie nach Ihrem Geld fragen. Die borgen Ihnen dort noch Geld, wenn Sie tun, als hätten Sie Ihr Bankbuch verlegt.

PECK S i e lesen Detektivromane.

AGATHA Das ist der Plan. Hier das Eckhaus. *Sie geht auf ihn zu und zeigt ihm den Plan.* Läuten Sie an und sagen Sie einfach, Sie wissen alles. Verlangen Sie fünftausend. Um Gottes Willen keine Gewalt anwenden!

PECK Fünftausend, wer wird das hergeben!

AGATHA John! Das ist kein Betrag für ihn. Er hat eine Kunstsammlung. Jedes Bild ist mehr wert.

PECK I c h hab' die schmutzige Arbeit und S i e kriegen die Hälfte!

AGATHA I c h muß doch dafür den Scheck einlösen!

PECK Nein. Ich geh nicht!

AGATHA *verzweifelt* Sie müssen mich retten! Ich habe Kinder!

PECK Nicht von mir.

AGATHA Sie sollten sich John ansehen! Er hat sich einen Bart wachsen lassen, damit niemand ihn erkennt, er ist ganz bleich, er lebt, wie im Gefängnis.

PECK ... im Gefängnis.

AGATHA Wenn man bedenkt, daß er Rennpferde hielt ... jetzt ist er faktisch in einem Zimmer eingesperrt.

PECK ... ein Zimmer.

AGATHA Außer, er läuft auf den Dachboden, was seine Frau ganz rasend macht.

PECK Er läuft auf den Dachboden.

AGATHA Wenn er glaubt, daß die Polizei kommt.

PECK *lebhaft* Kommt die Polizei?

AGATHA Sie dachten, am Ende hat Clare … seine Frau … ihn umgebracht. Gern hat sie ihn ohnehin nicht.

PECK Weil er ein Feigling ist.

AGATHA Bleich wie diese Wand.

PECK Wie diese Wand.

AGATHA Er kann nicht einmal in seinen eigenen Garten hinaus, er fürchtet sich zu sehr. Die Nachbarn könnten ihn erkennen.

PECK Sind keine Bäume drin?

AGATHA Sie hat welche angesetzt, aber das hat erst recht verdächtig ausgesehen. Man hat nämlich s i e verdächtigt. Sie hat schon etwas durchgemacht. Aber mir hilft sie nicht. Ihr geschieht recht. Aber wenn Sie ihn sehen, werden Sie noch finden, daß ein Gefängnis ein Picknick ist.

PECK Ein Picknick! Nicht ein Picknick.

AGATHA Ich muß Ihnen etwas sagen … ich kann es Ihnen nicht verheimlichen … es wäre nicht fair! Sie sind in Gefahr!

PECK *blickt wie elektrisiert auf.* In G e f a h r !

AGATHA Ein Detektiv sucht Sie. Er weiß, daß Sie nach Schmuck aus sind.

PECK Was! Hat er gesagt … daß ich nach Schmuck …

AGATHA Hier sucht er Sie nicht, er war schon hier. Aber seien Sie vorsichtig, falls Sie es doch noch riskieren wollen.

PECK Jetzt geh ich erst recht!

AGATHA Sie sind ritterlich! Meine Freundin sagt immer, die einzigen …

PECK *höhnt* Ritterlich! Was ist das! *Er geht zum Balkon.*

AGATHA Den Plan! Den Plan haben Sie vergessen!

PECK *nimmt den Plan.* Und wenn ich nicht zurückkomme?

AGATHA S i e können doch den Scheck nicht einlösen. Nicht S i e ! Warten Sie übrigens! Ich möchte doch Ihre

Schrift sehen! Da! Schreiben Sie! Ich werde diktieren: »wie du mir …«

PECK Fällt mir nicht ein. *Er steigt hinunter.* Vielleicht auch noch meine Fingerabdrücke!

AGATHA Ich weiß nicht einmal Ihren Namen.

PECK Nennen Sie mich Peck.

AGATHA Viel Glück, Peck … verraten Sie mich nicht … sagen Sie, Sie wissen es durch … warten Sie! Sie haben etwas verloren! *Sie hebt einen kleinen Baustein auf.*

PECK *verschwindet.*

Zweite Szene

Das Rauchzimmer der Lady Rexa in ihrer großen Villa. Die Lehnstühle sind aus königsblauem Brokat, der behagliche Diwan ist bronzefarben, mit Lehnen zu beiden Seiten. LADY REXA *ist sehr alt, aber würdevoll und geistesfrisch. Sie sitzt vor einem kleinen Schreibtisch, links in der Nähe des Balkons, dessen Türen halb offen sind, während der Diener eintritt:*

DIENER *meldet* Mrs Clare Frazer!

LADY REXA Ich empfange sie, Parker.

CLARE *tritt ein, sie trägt ein Tweed-Kostüm.* Ich störe Sie doch hoffentlich nicht, Lady Rexa, ich muß Sie sprechen.

REXA Stören! In meinem Alter ist man der jüngeren Generation dankbar … bei Ihnen sollte ich zwei Generationen vorgreifen, oder drei?

CLARE Sie wissen doch, wie jung Sie wirklich sind. *Sie sinkt in einen Lehnstuhl rechts.*

REXA Bravo! *Sie geht auf Clare zu.* Sie gefallen mir aber heute nicht, Kind, ist etwas los?

CLARE Immer dasselbe.

REXA Das ist ganz genug.

Clare Hier ist es weit und frei. Unseren Balkon trau' ich mich nie ganz aufzumachen, lauter feindliche Blicke. Die Nachbarn. Die glauben noch immer, ich habe ihn umgebracht. Noch jetzt, nach zehn Jahren. Sie grüßen noch immer nicht.

Rexa Brauchen Sie Ihre Nachbarn! Sie haben m i c h !

Clare Wenn ich S i e nicht hätte!

Rexa Piffl! Daran müssen Sie sich gewöhnen. Die Ärzte geben mir noch zwei Jahre.

Clare Aber warum denn! Sie sind doch ganz gesund!

Rexa Bei meinem Alter trauen sie sich nicht, mehr zu versprechen. Mir muß man die Wahrheit sagen, ich habe zu viele Besitzungen. Meine Erben legen Wert darauf ...

Clare Sie glauben doch nicht wirklich, daß Ihre Erben Ihre Ärzte beeinflussen, Lady Rexa!

Rexa Beeinflussen! Sie bestechen sie, meine Liebe. Ich werf aber alle Pillen in den Abtritt. Mich wird niemand zähmen.

Clare Das wäre viel zu schade ...

Rexa Was macht der Deserteur? Schaut er sich seine Bilder an? Geht er im Käfig auf und ab? Geht er Ihnen auf die Nerven?

Clare Ich bin wie ausgestoßen. Die Leute sagen sogar, sein Geist geht um.

Rexa Wie kann der umgehen, er hat doch keinen.

Clare *zögernd* Er ist sehr gebildet ... er war nicht immer so ... aber natürlich, wer rastet, rostet.

Rexa Er hätt' nicht rasten sollen!

Clare Ich habe ihm damals selbst zugeredet, sich zu verstecken, er kann nämlich nicht töten. Nicht einmal eine Maus.

Rexa Das ist ja entsetzlich! Läßt er die Mäuse frei herumlaufen! Das auch noch, Sie armes Kind!

Clare Wir haben keine Mäuse. Agatha – meine Freundin,

sagt, ich habe es gut, ich bin nicht eingesperrt, aber selbst, wenn ich auf einen Ball gehe, werde ich von oben herab behandelt.

REXA Nicht möglich!

CLARE Von den Frauen. Die Männer stellen mir nach. Es ist erniedrigend für mich.

REXA Piffl! Nehmen Sie ihnen die Männer weg, Clare, rächen Sie sich!

CLARE Ich bin nicht so veranlagt.

REXA Nein, Sie sind ein Veilchen im Moose.

CLARE Gestern haben Sie mir gesagt, ich bin eine Eglantine.

REXA Mehr in den Farben.

CLARE Er ist so gereizt, manchmal möchte er am liebsten die Wände einschlagen.

REXA Lassen Sie ihn einschlagen! Damit man ihn endlich der gerechten Strafe zuführt!

CLARE Er ist genug gestraft, Lady Rexa. Wir dachten der Krieg dauert höchstens ein Jahr.

REXA Ein Feigling ist nie genug gestraft.

CLARE Ich habe ihm nahe gelegt ... sich selbst zu stellen ... vielleicht könnte ich ihn dann wieder achten. Er nimmt es krumm.

REXA Zeigen Sie ihn doch an, wenn er sich nicht selbst stellt. Wie lange sollen Sie noch warten! Das ist wirklich eine Rücksichtslosigkeit! Bobby, mein Mann, war auch so rücksichtslos! Jetzt erscheint er mir immer, gerade wenn ich einen spannenden Roman lese. Bobby! Sage ich ihm. Geh weg. Ich muß jetzt lesen. Nicht einmal, wenn sie tot sind, geben sie einem Ruh!

CLARE Er ist mir so zuwider ...

REXA Soll ich ihn niederschießen? Ein Deserteur verdient nichts anderes.

CLARE Dann schießt man doch Sie nieder, Lady Rexa.

REXA Man macht mir höchstens den Prozeß. Das wäre ein Mordsspaß. Bis es zum Hängen kommt, rutsch ich ohnehin ab. Ich bitte Sie, man wird mich nicht einmal zum Tode verurteilen. Mit neunzig. Anzeigen könnte man ihn auch ... aber das ist mir zu ekelhaft. Ich war nie eine Anzeigerin. Warum sprechen Sie nicht einfach über ihn zu Leuten herum, quasi im Vertrauen, es wird sich sofort jemand finden, der ...

CLARE Ich hoffe immer noch auf eine Amnestie. Vor der Krönung.

REXA Was fällt Ihnen ein! Unsere Königin kann Deserteure nicht leiden. Wie ich im Palast eingeladen war, hab' ich sie direkt gefragt. Wissen Sie, man speist dort noch immer auf goldenen Tellern. Beim halben Braten ist das Fleisch schon kalt.

CLARE Darf man denn das fragen? Die Königin? Man wartet doch, bis sie ...

REXA Piffl! Ich darf.

CLARE Ich bin heute mit einer Bitte gekommen. Wegen meiner Freundin Agatha. Sie braucht nämlich ein Darlehen.

REXA Brauchen S i e Geld, Clare? Für S i e sofort. Wieviel ist es? Tausend?

CLARE Lady Rexa! Sie werden doch nicht denken, daß ich ... es ist wirklich für Agatha. Sie ist Bildhauerin und ganz begabt ...

REXA Sie soll Steine klopfen gehen! Die Frau trägt doch Hosen, auf der Straße sogar! Ich sehe sie vom Fenster. Ich wollte den Park erweitern, damit mir dieser Anblick erspart bleibt. Aber die Stadt verkauft mir nicht die Straße. Die möchten noch meine Wiesen haben, die haben nie genug. Warum haben Sie diesen Waschlappen geheiratet? Einen Deserteur!

CLARE Er war damals keiner ... ich habe ihm selbst zugeredet ... sich zu verstecken. Jeder dachte damals, der Krieg dauert höchstens ein Jahr.

REXA Wissen Sie, dann sind Sie auch schuld.

CLARE Wir hatten gerade geheiratet ...

PECK *steigt vom Balkon ein.*

REXA Nur herein, höchste Zeit, daß die Fenster geputzt werden!

PECK Welche Fenster?

REXA Die von der Balkontüre! Sehen Sie nicht! Sie sind schmutzig!

PECK Das Beste ist, ich zerbrech sie. Dann braucht sie niemand putzen. Das ist nämlich mein Metier.

CLARE Und darum reden Sie nicht so viel und fangen Sie an.

PECK *betroffen von Ihrer Schönheit, starrt sie an.* Wirklich! Mit Vergnügen. *Er zieht einen kleinen Baustein aus der Tasche und wirft ihn in die Scheibe.*

REXA Das ist mir noch nicht vorgekommen!

CLARE Was unterstehen Sie sich!

PECK Zeigen Sie mich an?

CLARE Natürlich! *Sie geht zum Glockenzug, um dem Diener zu läuten.* Ich lasse Sie abführen!

PECK Abführen! Das paßt mir nicht. Anzeigen, das paßt mir! Die Polizei! Her mit der Polizei!

REXA Warten Sie, Clare! Der Mann hat Eigenart! So sieht also ein origineller Mensch aus! In neunzig Jahren ist mir keiner untergekommen.

PECK *zu ihr gewendet* Haben Sie Schmuck?

REXA Tonnen von Schmuck!

PECK Wo ist er?

REXA Ich kann ihn Ihnen leider nicht zeigen, er liegt auf der Bank. Aber warten Sie, ich habe Photos. Ich geh sie holen.

PECK H i e r bleiben!

REXA In diesen Hallen befehle i c h , Herr, und sonst auch!

PECK *zieht einen Revolver.* Da irren Sie sich!

CLARE *schreit auf* Geben Sie acht! Das ... das ist ein Einbrecher!

REXA So ein Spaß! Daß ich das noch erleben werde! Sind Sie wirklich ein Einbrecher? Sie haben doch keinen Ruß im Gesicht? Wo sind die Werkzeuge? Vorwärts, brechen Sie ein! Ich will sehen, wie Sie das machen. Setzen Sie sich auch Clare, lassen Sie ihn einbrechen.

CLARE Aber Lady Rexa! Er wird Sie ganz ausrauben!

REXA Was liegt mir dran, ich habe Geld wie Heu.

CLARE *zu Peck* Sie sind bei Lady Rexa, sagt Ihnen das nichts! Sie hat hohe Summen gespendet, um die Gefängnisse zu reformieren!

PECK Ja dann! Das ist etwas anderes. *Er steckt den Revolver ein, reißt eine Schreibtischlade auf und wühlt darin.* Nichts als Papier! *Er wirft es zu Boden.*

REXA *halblaut zu Clare* Der hat noch nie Zehnpfund-Noten gesehen.

PECK *wirft die weißen Noten heraus, demoliert alle Laden.* So ein Dr...

REXA Einbrechen macht mir nichts, aber für diese Unordnung werden Sie mir büßen.

CLARE *will zur Glocke.* Miserabler ...

PECK *zielt auf sie.* Was bin ich!

CLARE Ein Rüpel! Stecken Sie das ein! Lady Rexa ... er wird ...

REXA Piffl! Nichts wird er! Setzten Sie sich, Clare. Der schießt nicht. Höchstens auf mich. Sie gefallen ihm zu gut.

PECK Da ist was dran. *Zielt auf Lady Rexa.*

CLARE Lassen Sie diese alte Dame ... haben Sie keine Pietät vor dem Alter! Sie kann einen Herzschlag ...

PECK Da ist mir die Jugend lieber, Schönheit.

CLARE Sie sind mir ... was unterstehen Sie sich!

PECK Doch nicht zuwider? Wie der Herr Gemahl?

REXA *empört* Der Mensch hat gehorcht!

CLARE Gehorcht haben Sie auch! Das ist wirklich die Höhe! Was haben Sie gehört?

REXA *seelenruhig* Haben Sie etwas gehört? *Sie will zum Balkon.*

PECK Ruhig. Bleiben Sie sitzen. Ich will Geld. Feiglinge interessieren mich nicht.

REXA Sehen Sie Clare, nicht einmal ihn interessiert ein Feigling.

CLARE Er hat alles gehört.

REXA Wieviel Geld wollen Sie?

PECK Fünftausend.

REXA Shillinge?

PECK Seit wann ist das die Währung!

CLARE Er meint Pfund, Lady Rexa. *Zu Peck* Es wird jeden Moment der Diener hereinkommen ... er bringt den Tee ...

PECK *setzt sich.* Freut mich. Also! Was ist es! Wird's bald! Schmuck oder Geld! Tun Sie etwas zur Reformation! Was tun Sie für die Reformation!

REXA Wozu brauchen Sie gleich so viel?

PECK Ich bin ein Kassenräuber.

REXA Dann haben Sie doch genug Geld!

PECK Ich will's zurückzahlen. Die Reformation.

REXA *amüsiert* Ich habe eine Idee! Wieviel wollen Sie, tausend? Ich gebe Ihnen einen Scheck. Sie müssen gar nichts tun. Nur eine Kleinigkeit. Eine Anzeige. Zeigen Sie den Clown an.

CLARE Aber nein! Das will ich nicht!

REXA Sagen Sie ihm nur, er soll sich stellen! Warten Sie, ich geb' Ihnen seine Adresse. Es ist nicht weit von hier. Lassen Sie mich zum Schreibtisch. Ich schreibe Ihnen den Scheck. Die Adresse ist ...

PECK »Das Paradies« oder so etwas. Schönes Paradies. Oder wimmelt das Land von Deserteuren? Nicht sehr wahrscheinlich. Ich war an der Front!

CLARE *unterdrückt einen Aufschrei.* Er weiß ...

REXA Das wird immer interessanter! Daß ich mich heute noch so gut unterhalten werde! Woher haben Sie die Adresse?

PECK Das möchten Sie gern wissen. Nicht zu machen.

REXA Sie tun uns einen großen Gefallen.

PECK *zu Clare* Ihnen auch?

CLARE Er hat gehorcht.

PECK Noch nie. Höchstens gelauert.

REXA Piffl, Clare. Wir haben doch Ihre Villa gar nicht erwähnt. Nicht den Namen. Wozu auch. Ich weiß doch, wo Sie wohnen. Fragen Sie ihn. Hat sie ihre Adresse erwähnt?

PECK *äfft sie nach.* Piffl! Wozu auch?

CLARE Was Sie für ein Gedächtnis haben, Lady Rexa!

PECK Was ist mit dem Tee! Ich habe Durst. Bestellen Sie den Tee! *Er steckt den Revolver ein.*

REXA Verwegen! In meinen ganzen neunzig Jahren ... reichen Sie mir das Scheckbuch her ...

PECK Scheckbuch! Damit die bei der Bank mich ...

REXA Wenn ich Ihnen mein Wort gebe!

PECK Als was? Als Gentleman?

CLARE *entsetzt* Eine solche Beschimpfung! Als Lady!

REXA Das war jetzt wirklich eine Beleidigung.

PECK Kein Schmuck, kein Geld, wo ist da die Lady!

REXA Jetzt läute ich dem Diener! *Sie steht entschlossen auf.*

CLARE *beinahe in Tränen* Tun Sie's nicht! Er wird zu uns kommen! Man sperrt ihn nicht ein, wenn er nichts gestohlen hat ... man sperrt John ein!

PECK Da können Sie recht haben.

REXA *setzt sich wieder.* Das ist ihr Mann. John heißt er auch noch, dieser Finsterling. Hören Sie, kommen Sie morgen unter meinen Balkon. Ich werfe Ihnen die Noten hinunter. Aber gehen Sie nicht zu denen. Sie will's nicht.

CLARE Er glaubt Ihnen doch nicht, Lady Rexa. Er glaubt, Sie werden einen Detektiv auf ihn hetzen.

REXA Ja, was soll ich tun, wenn ich kein Bargeld habe. Niemand hat das im Haus. Nicht in London. Ich weiß etwas! Verstecken Sie sich im Wald! Ich komm in den Wald ...

PECK *lacht und blickt Clare an.* Sie kommen!

REXA *versteht nicht.* Verstecken Sie sich auf einem hohen Baum. Da haben Sie einen weiten Blick. Sie werden dann sehen, ob ich in Begleitung bin ... wenn ich Vertrauen zu Ihnen habe ...

PECK Eine Pfeife werden Sie haben.

REXA Ich rauch Zigaretten ... nicht Pfeifen!

CLARE Er meint, eine Polizeipfeife.

REXA So macht man das? Man pfeift? Und das hört der Konstabler? Haben Sie eine Pfeife? Ich mache Ihnen noch einen Vorschlag! Ich komme zu Ihnen. Das geht auch nicht? Dann geben Sie mir Ihre Adresse ... ich schicke Ihnen ... ich schicke es Ihnen Poste-Restante! Geht auch nicht! Die haben es wirklich schwer, die Leute, kein Wunder, daß sie zu Mördern werden. Halt! Da! Da unten am Boden, das sind vierzig Pfund. Ungefähr. Vielleicht mehr. Nehmen Sie das und gehen Sie.

PECK Vierzig Pfund! Mit einem Deserteur in der Tasche!

REXA Soll ich das vielleicht für Sie aufheben!

PECK *geht zum Balkon.* Warum läuten Sie nicht dem Diener, Schönheit? Ich warte! Sie können nicht!

REXA Natürlich kann sie nicht. Sie fürchtet um ihren Mann!

PECK *zu Clare* Was bekomme ich von Ihnen!

CLARE Hier ist meine Handtasche. Geben Sie mir nur die Schlüssel.

PECK Gerade d i e will ich! Was ist der Lohn, wenn ich … was ist mein Preis? Sie schweigen? Dann komm ich ihn mir holen!

CLARE Sie … Sie …

REXA Sagen Sie's nur ruhig, Clare. Jetzt werde i c h läuten!

CLARE Bitte nicht! Vielleicht zeigt er ihn doch nicht an!

PECK Stellen Sie zur Vorsicht einen Polizisten vor die Türe! Dieses Klettern ist mir zu unbequem. *Er steigt über den Balkon.*

REXA *rennt ihm nach.* Parker! Parker! *Sie blickt ihm nach.* Wenn man die Leute braucht … *Zurückkommend* Sie werden es nicht glauben, Clare, er hat gelacht und ist ruhig über die Hecke gestiegen. Dieser Mut bei der unteren Klasse!

CLARE Die oberste ist auch nicht feige.

REXA Gerade S i e sollten das nicht sagen, Liebste.

CLARE Ich muß sofort weg! John warnen! Ich habe meinen Wagen unten.

REXA Tun Sie das, Liebe. Denn er hat wirklich vierzig Pfund am Boden liegen lassen. Der macht es nur im großen Stil. Sie sollten doch einen Konstabler …

CLARE Wie k a n n ich das! Ohne mehr zu erzählen.

REXA Stimmt. Sie können nicht. Wenn er ihn beim Fenster sieht, glaubt er, John ist der Dieb, und würde ihn endlich verhaften!

CLARE Ich eile, Lady Rexa! *Sie geht rasch weg.*

REXA Lassen Sie zur Abwechslung den Balkon offen … fort ist sie. War das ein Spaß. *Sie zieht die Glocke.* Diese Unordnung! Und der M u t! Auf dieses mutige Volk kann man bauen.

Dritte Szene

JOHN FRAZER *sitzt im Salon seiner Villa und betrachtet eine Kunstzeitschrift. An den Wänden hängen alte Meister, darunter ein Cranach und antike Möbel und Stühle stehen in den Ecken. Aber er ist seit zehn Jahren sein eigener Gefangener, und das ist ihm anzumerken. Wie im Radio gemeldet wird, daß ein Soldat das Victoria Cross bekommen hat, springt er auf und dreht ab.*

CLARE *tritt rasch ein.*
Du mußt sofort das Haus verlassen!

FRAZER Ich muß nichts, Clare, aber möchtest du vielleicht erklären, was dich bestimmt, mir diesen originellen Vorschlag zu machen?

CLARE Ich fürchte, er kommt ... ich kann mich auch irren ... aber es ist besser, du gehst, er ist verwegen, sogar dreist ...

FRAZER Von wem sprichst du?

CLARE Er war bei der Lady Rexa ... ich werde dir das später erklären ... jetzt mußt du ausgehen ...

FRAZER Hat die Lady Rexa ihm von mir erzählt?

CLARE Ich werde dir das später ... jetzt geh!

FRAZER Ich geh auf den Dachboden. Dort hat mich noch niemand gefunden. Laß nicht aufsperren!

CLARE Aufsperren, der klettert über den Balkon. Geh du zur Türe hinaus.

FRAZER Damit die Nachbarn mich erkennen.

CLARE Du hast dir doch den Bart wachsen lassen, und jünger bist du auch nicht geworden. Du warst vorigen Monat abends aus ... Draußen hängt dein Mantel ... ich kann's dir jetzt nicht auseinandersetzen ... es ist etwas geschehen ...

FRAZER Hast du die ganze Geschichte nur erfunden? Damit ich ausgehe? Du bist so merkwürdig ruhig … du bist seit einiger Zeit nicht mehr vorsichtig …

CLARE *plötzlich ruhig* Ich glaube nicht wirklich, daß er die Frechheit haben wird … aber geh auf alle Fälle. Komm in einer Stunde zurück. Wenn ich ein Tuch über den Balkon hänge, ist die Luft rein.

FRAZER Kannst du mir sagen, wann du begonnen hast?

CLARE Was?

FRAZER Mich zu hassen.

CLARE Wie du zum hundertsten Mal auf den Balkon gelaufen bist, um dich zu verstecken.

FRAZER Wenn ich einen jungen Soldaten erschossen hätte … oder mehrere, würdest du mich bewundern.

CLARE Weißt du, manchmal glaube ich, das waren nicht deine Erwägungen. Manchmal glaube ich, du warst einfach feig.

FRAZER Und ich glaube manchmal, deine Aufrichtigkeit ist keine noble Eigenschaft, sondern versteckte Hysterie.

CLARE *einlenkend* Früher warst du geistsprühend …

FRAZER Soll ich sprühen, wenn ich seit zehn Jahren das Haus nicht verlassen habe!

CLARE Soll ich vielleicht glücklich darüber sein?

FRAZER Was ist in deinem Leben anders geworden.

CLARE Die Farben. Alles ist grau.

FRAZER Da muß ich aber staunen. Ich umgebe dich … *Er zeigt auf die Gemälde.*

CLARE Du wirst noch mehr staunen. Ich höre ihn kommen.

FRAZER Dein Ohr ist aber geschärft! Ich höre nichts. Hast du ihn bestellt!

CLARE John! Wie sprichst du zu mir!

Man hört Lärm, eine alte Frau zetert: niemand ist hier!

PECK *reißt die Türe auf und stürmt herein.* Ich halte Wort!

FRAZER Was meint er damit.

CLARE Das wird er dir gleich erklären. Ich gehe.

FRAZER Du bleibst!

PECK Ist mir lieber. Sie wissen, warum ich hier bin, Kollege. Ich will Schweigegeld. Fünftausend. Von Ihnen nehm ich auch einen Scheck.

FRAZER Hinaus oder ich telephoniere!

PECK Sie telephonieren! Los! Was ist denn! Da ist das Telephon!

CLAIRE *hält ihn zurück.* Dort ist meine Handtasche, nehmen Sie das Geld und gehen Sie! Lassen Sie die Schlüssel zurück.

PECK Ich nehm lieber die Schlüssel und laß das Geld, Lady. Sie sind eine Lady, Ihnen steht es besser. Der alte Stecken ...

CLARE Wagen Sie es nicht, von Lady Rexa so zu sprechen!

PECK Was geschieht, wenn ich doch wage!

FRAZER Warum hat sie ihn hereingelassen, hast du ihr nicht ...

PECK Sie hat gefürchtet, ich fall vom Balkon herunter. Dabei bin ich Gerüste gewöhnt.

FRAZER Und den Henker!

PECK Der gibt einem nicht Zeit, sich zu gewöhnen.

FRAZER Wer bürgt mir dafür, daß Sie nicht jede Woche kommen werden!

PECK Mein Wort genügt! Fragen Sie die Lady! Ich hab' ihr versprochen, ich komm' – hier bin ich. *Er setzt sich rechts an einen kleinen Tisch und zündet sich eine Zigarette an.*

FRAZER Von wem wissen Sie es!

PECK Möchten Sie das nicht gern erfahren! Ich zeig nicht an, wenn ich nicht muß. Drum schreiben Sie lieber den Scheck!

CLARE Sie sind nicht wirklich ein Einbrecher ... Sie sind ein Kassier ... Wieviel haben Sie entwendet? Zweihundert Pfund? Ich gebe Ihnen zweihundert Pfund. Sie sind kein schlechter Mensch. Sie sehen nicht wie einer aus.

PECK Sie auch nicht.
FRAZER Erpresser kriegen zehn Jahre!
PECK Deserteure auch!
FRAZER Und Tuberkulose. Schon nach fünf Jahren.
CLARE Und eine Neurose. Es wird Sie verrückt machen.
PECK Das bin ich schon …
CLARE Sie geben es selbst zu …
PECK … nach Ihnen!
FRAZER Was unterstehen Sie sich! Sie …
CLARE *einlenkend* Ich bin selbst schuld, ich habe ihm gesagt, er soll sich verstecken. Er kann nicht töten, nicht einmal eine Spinne.
PECK Das merkt man, darum lebt er noch.
CLARE *hält Frazer zurück, der zum Telephon rennt.* Schau seine Taschen an. *Zu Peck* Wir sind nicht reich … er war Kustos.
PECK Nicht reich! Er hat ein Museum! *Er springt auf und betrachtet den Cranach.* Ist das ein Stecken! Alle machen Leichen! Ekelhaft!
FRAZER Alle! Wen meint er?
CLARE Das ist ein Cranach und der kostet …
FRAZER *unterbricht sie* Wen meinen Sie? Wer macht Leichen?
PECK Und der schiefe Turm! Ich hätt' das besser bauen können! Ich geh' jetzt zur Polizei!
AGATHA *stürzt herein, ohne zu klopfen.* Jetzt hab' ich Sie doch gefunden. Seit gestern bin ich auf der Lauer! Gehn Sie! Nein! Bleiben Sie! Ich hab ihn geschickt. Ich wollte mich rächen … jetzt ist mir's leid.
FRAZER Sie, Agatha, haben diesen Mann …
CLARE Du … du Kreatur!
PECK *zeigt auf Clare.* Sie hat Sie verraten. Bei der Lady Hexa!
CLARE Das ist infam! Er hat uns belauscht … er ist durch

den Balkon eingestiegen … wir dachten, es ist der Fensterputzer …

AGATHA Dann bin ich nicht schuld! Zur Lady *lacht* Hexa habe ich ihn nicht geschickt! Die ist mir nicht eingefallen! Gehn Sie jetzt, Peck, John ist mein Freund, er war Direktor eines Museums …

FRAZER Soll ich ihm vielleicht meine Diplome zeigen!

PECK Nein, aber Ihre Medaillen!

CLARE Ich könnte dich ins Gesicht schlagen!

PECK *zu Agatha* Das haben Sie eigentlich verdient.

AGATHA S i e haben zu reden! Sie haben das alles in mir wachgerufen! Die niedrigen Instinkte! Wie Sie bei mir waren!

FRAZER Aber schon sehr niedrig!

AGATHA *kalt* Konnt ich mehr tun, als herkommen! Denkt doch an mich, und warum ich es getan habe.

CLARE Hast du an m i c h gedacht! Ich hab' in einem Gefängnis gelebt!

PECK Ich auch!

AGATHA Und ich habe das Gefängnis in mir!

FRAZER Sagen Sie, Agatha, will dieser Erpresser das Geld für Sie?

CLARE Sie hat Schulden. Weil sie Krokodile kaufen mußte! Gleich zwei.

AGATHA S i e haben es mir geraten, John!

FRAZER I c h habe Ihnen geraten, Krokodile zu kaufen!

AGATHA S i e haben mir gesagt, Tiere sind interessantere Modelle als Menschen.

FRAZER Harmloser bestimmt, selbst Krokodile.

CLARE Und da mußtest du sie kaufen! Du kannst nicht in den Zoo gehen!

FRAZER Du kannst sie doch auswendig modellieren, Agatha.

AGATHA Sie regen mich an. Ich sehe den Nil und die Pyramiden …

CLARE Jetzt verwechselt sie sich mit der Kleopatra.

AGATHA Ein Künstler muß sich manchmal einen Luxus gönnen, sie hat alles, Sie bieten ihr alles, John.

PECK Haben Sie keinen Geist?

AGATHA Zu viel.

PECK Im Haus?

FRAZER Warum haben Sie sich mir nicht anvertraut, Agatha?

AGATHA Ich habe ihr alles gesagt, gestern abends, sie hat mir nicht geholfen.

CLARE Ich bin gleich heute zur Lady Rexa ...

PECK Und ich geh jetzt hin.

AGATHA Er darf nicht weg! Bevor er mir versprochen hat ...

FRAZER Wie sind Sie in diese Gesellschaft geraten, Agatha.

CLARE Du kannst es uns anvertrauen, wir werden dich nicht preisgeben.

AGATHA An wen? Solange ich mir meinen Marmor beschaffe, ist mir alles egal.

FRAZER Das habe ich bemerkt.

AGATHA Peck! Sie gehen jetzt und vergessen die ganze Geschichte!

PECK Jetzt laß' ich mir nichts vorschreiben.

FRAZER Ich zeig' mich selbst an! Und auch ihn! Es wird eine Befreiung sein.

PECK Nach dem Leben, das Sie gewohnt sind!

CLARE Geh nicht zum Telephon. *Leise* Er hat die Taschen voll mit ...

PECK Dynamit.

AGATHA Steigen Sie in ein anderes Haus ein! Nebenan die Spinks sind uralt und vor Geiz verdorrt. Was ihr nicht wißt, er hat zuerst bei mir eingebrochen!

FRAZER Und jetzt setzen Sie es fort, Agatha. Die alten Leute ...

CLARE Hochanständige Leute!

AGATHA Geizhälse! Sie haben kein Kind und kein Rind, und die Bedienerin darf sich keinen Tee machen!

FRAZER Und deshalb muß er sterben.

CLARE *zeigt auf Pecks Taschen.* Zwei Revolver hat er bei sich!

AGATHA Nicht einmal eine Nagelfeile.

FRAZER Warum hast du mir nichts erzählt, Clare?

AGATHA Sie hat mir nicht geholfen und so hab' ich mich gerächt. *Zu Peck* Sagen Sie selbst, hab' ich nicht recht gehabt?

CLARE *zu Peck* Und ich bin ihrethalben zu Lady Rexa. S i e sind Zeuge, daß ich sie gebeten habe …

AGATHA *zu Peck* Bei der Lady Rexa war sie! Weil sie weiß, daß die mich nicht leiden kann!

FRAZER Soll ich ihm vielleicht einen Apfel geben!

CLARE Wozu?

FRAZER Wozu wirklich? Die Venus fehlt hier.

PECK Den hab' ich satt! Ich geh! *Zu Agatha* Haben die Dienerschaft!

CLARE Hat w e r Dienerschaft?

AGATHA Gehen Sie doch lieber nicht zu denen.

PECK *läuft zum Balkon.* Ich geh, wo ich will!

CLARE *stößt einen Schrei aus.* Nicht über den Balkon!

PECK Angst? Ich bin schon etwas höher gestiegen. B i n ich höher gestiegen?

AGATHA In deiner Achtung, meint er.

FRAZER Interpretieren Sie nicht.

CLARE Es kann ihn ein Wachmann sehen, er soll durch die Türe weg. *Zu Frazer* Man wird aufmerksam …

FRAZER Mir gehn die alten Leute nicht aus dem Kopf. Die kann der Tod holen, wenn sie erschrecken.

CLARE Gehen Sie unter den Balkon … morgen … Lady Rexa …

LADY REXA *hat gerade die Türe aufgemacht.* Ist schon da!

ALLE *außer Peck, der in einen Stuhl sinkt* Lady Rexa!

REXA *setzt sich erschöpft.* Was haben Sie ihm gegeben, John?

FRAZER Nichts!

REXA Sehr gut!

AGATHA Ich hatte ihn schon überredet zu gehen, aber John ...

REXA Wen können Sie überreden.

AGATHA Ihn!

REXA Weil Sie Hosen anhaben! Ziehen Sie sie aus!

PECK Aber Lady, was fällt Ihnen ein! Haben Sie das Geld gebracht?

REXA Nicht einen Penny! Kommen Sie morgen, unter meinen Balkon! Er ist so verwegen. Manchmal schon dreist.

PECK *zu Frazer* Her mit dem Scheck! Ich hab's satt!

REXA Geben Sie ihm nichts, John.

FRAZER Ich telephoniere jetzt! Ich mache meine Freiheit nicht von der Gnade dieses ... dieses ...

REXA Nichts werden Sie. Ich habe nämlich eine Bombennachricht. Ein Top-Secret!

FRAZER Sprechen Sie nicht vor dem!

REXA Gerade vor dem. Diese Leute sind diskret. Ihr Beruf zwingt sie dazu. Ich hab's von der Herzogin von Kent! Dem Romeo werde ich das Handwerk legen!

FRAZER Welchem Romeo?

AGATHA Sie meint Peck.

CLARE Weil er über Balkone klettert.

FRAZER Bilden Sie sich das nicht vielleicht ein ... Lady Rexa ...

REXA Nein! Er klettert wirklich. Ganz furchtlos. Am hellen Tag!

CLARE Wann haben Sie mit der Herzogin gesprochen ...

REXA Soeben! Per Telephon!

PECK Ja, wenn das so ist. *Er zündet eine Zigarette an.*

REXA Die Kühnheit von dem Menschen muß man gesehen haben!

FRAZER Mich interessiert sie nicht.

CLARE Er hat keine Ahnung, wer Sie sind!

REXA *zu Peck* Holen Sie nur ruhig einen Konstabler, mir kann das jetzt nur passen.

PECK Holen Sie einen, mir paßt's auch.

REXA *entzückt* Und dabei werde ich ihn sofort vernichten! Paßt auf! Es ist ein Top-Secret, John! Kein Mensch darf es erfahren!

CLARE Sagen Sie's vielleicht doch nicht vor ihm.

REXA Gerade vor ihm! Übrigens ... nächste Woche werdet ihr es vielleicht schon in der Zeitung lesen!

FRAZER Es kommt doch nicht ...

REXA Eine Amnestie!

FRAZER *erfreut* Eine Amnestie!

REXA Als Krönung der Krönung!

CLARE John! Du bist gerettet!

AGATHA Jetzt kann Sie niemand anzeigen!

PECK Ja, wenn das so ist, geh ich!

FRAZER Sie bleiben! Jetzt zeige ich Sie an!

REXA Piffl! Niemand zeigt an! Allgemeine Amnestie, er kommt doch wieder sofort heraus.

PECK Auf was wart ich noch!

REXA *zu Peck* Sie sollen nicht leer ausgehen. Kommen Sie morgen um drei! Zeigen Sie Mut und ich werf Ihnen was hinunter.

PECK *springt zum Balkon, wendet sich zu Clare.* Auf Wiedersehen! *Er verschwindet, man hört so etwas wie* Spinks heißen die!

REXA *entzückt* Er kommt! Er kommt morgen unter den Balkon!

FRAZER Sie werden ihm doch nicht wirklich Geld geben!

REXA *kleinlaut* Ich muß!

CLARE Fünftausend!

REXA Eine Null weniger.

FRAZER Wozu denn, Lady Rexa.

REXA Schweigegeld.

AGATHA Die Amnestie ...

REXA War Phantasie!

CLARE Es ist nicht wahr?

FRAZER Es ... ist nicht w a h r?

AGATHA Jetzt ist er enttäuscht.

REXA Befreit ist er, Sie Bohnenstange!

CLARE Verzweifelt ist er.

FRAZER *blickt Clare an.* Ich werde mich diesem Erpresser nicht ausliefern ... ich stelle mich selbst.

CLARE *schweigt.*

REXA Etwas sehr Gutes fällt Ihnen da ein.

CLARE *zu Agatha* Man müßte ...

AGATHA Natürlich! Ich muß ihm sofort nach!

REXA Die läuft ihm nach, dem Romeo.

CLARE Das hab' ich bemerkt.

AGATHA Er hat etwas von den Spinks gesagt, ich muß ihm nach! Ich werde auch herauskriegen John ... ich komm' noch zurück! *Sie eilt weg.*

REXA Wozu die Hosen trägt, wenn sie so auf Männer aus ist?

CLARE Eben deshalb.

FRAZER Er hat aber wirklich gedroht, er geht zu den alten Leuten.

CLARE *bedauernd* Sie werden ihn verhaften lassen.

REXA *interessiert* Verhaften? Von einem Konstabler?

CLARE Ein Detektiv verfolgt ihn. *Zu Frazer* Den habe ich heute noch rechtzeitig abgefangen, er wäre fast hereingekommen ...

FRAZER Ist mir egal.

REXA Meinesgleichen kommt nie zu so einem Spaß! Mich verhaftet niemand!

Clare Ich muß ihr nach! Ich muß herausfinden ... ich bin sofort zurück, Lady Rexa, bitte mich zu entschuldigen.

Frazer Du mußt ihm nach!

Clare Ich muß herausfinden ... *Sie geht.*

Rexa Ja, gegen Leute, die in die Zimmer steigen, kommen Sie nicht auf, John! Sie werden sich das endlich sagen müssen.

Frazer Sie glauben auch ... daß Clare mich nicht mehr liebt?

Rexa Ich glaube es nicht, ich weiß es. *Würdevoll* Wenn Sie sich selbst stellen und sie freigeben, dann ist vielleicht noch etwas zu retten.

Frazer *zornig* Diese verschrobenen Ehrgefühle! Ich warte es doch lieber ab! Es kommt bestimmt jetzt eine Amnestie!

Rexa Möglich. Aber Clare hat die Mentalität einer guten Bürgerin. Sie haben zehn Jahre davon profitiert, daß sie eine brave Bürgerin ist. Schließlich hat sie Ihnen vielleicht das Leben gerettet. Sie haben Ihr Leben behalten dürfen, dafür muß man zahlen!

Frazer Wenn ich Clare verloren habe, ist mir alles egal. Alles.

Rexa Laufen Sie ihr nach!

Frazer Ich werde meine Papiere in Ordnung bringen und hingehen, oder besser, anrufen. Ich muß Sie bitten, mich zu verlassen, es ist für Sie nicht gut, wenn Sie als Mitwisser ...

Rexa Ich verlasse nie! Das ist Piffl! Ich bleibe! Aber eilen Sie sich nicht so. Gehen Sie Clare nach, ganz offen! Damit sie sieht, Sie riskieren etwas für sie ... vielleicht läßt sie sich noch halten ... wenn sie es sieht.

Frazer *bricht zusammen.* Vielleicht läßt sich Clare noch halten ...

Zweiter Akt

Erste Szene

Das Speisezimmer in der Villa des Ehepaares Spinks *ist ebenerdig. Die Glastüre führt in den großen Garten, der in eine Wiese mündet. Herr und Frau* Spinks *sitzen bei der angelehnten Glastüre und nehmen ihr Mittagessen ein. Beide sehen vertrocknet aus, sind aber sehr lebenslustig.*

Mrs Spinks Knöpf dir den Rock zu, Schatz, es ist kühl und du hast im Garten gearbeitet. Schön langsam kauen.

Mr Spinks Weißt du, Liebe, ich riech meinen Körper gern, wenn ich im Garten gearbeitet habe.

Mrs Spinks Warum auch nicht?

Mr Spinks Aber diesen billigen Parfum von der Putzfrau kann ich nicht vertragen.

Mrs Spinks Sie benützt Parfum! Ich habe das nicht bemerkt! Ich scheine meinen Geruchsinn verloren zu haben, das ist doch nicht am Ende das Alter, Jason?

Mr Spinks Natürlich nicht. Aber sage ihr nichts, man kriegt jetzt so schwer Personal. Verstecke den Honig, daß sie ihn nicht sieht, wenn sie hereinkommt. Sie muß nicht auch Honig haben.

Mrs Spinks Sie kommt nicht herein, sie ist schon fortgegangen. Sie kommt pünktlich auf die Minute, man kann da gar nichts machen.

Mr Spinks Ärgerlich! Ich wollte, daß sie ins Kaufhaus geht, die haben vergessen, die Düngemittel einzupacken.

Mrs Spinks Sie haben nicht vergessen, Jason. Ich habe abbestellt. In unserem Garten darf kein künstlicher Dünger verwendet werden. Die lebendige Erde ist das Richtige für unsere Pflanzen. Im Schmutz und Kot sind die gesunden Elemente und werden von den Wurzeln aufgesaugt.

MR SPINKS Unsinn! Kunstdünger ist alles!

MRS SPINKS Natürlicher Dünger!

MR SPINKS Durch Chemikalien wird man die kranken Elemente los.

MRS SPINKS Kot ist das Richtige!

MR SPINKS Wie willst du denn die schädlichen Insekten loswerden?

MRS SPINKS Gar nicht! Die Pflanzen helfen sich schon selbst! Die wehren sich! Mein Bruder ist dreiundneunzig Jahre alt geworden, und Kunstdünger ist ihm nicht auf sein Gemüse gekommen!

MR SPINKS Ich möchte wissen, ob wahr ist, was mir die Verkäuferin beim »Octopus« angedeutet hat.

MRS SPINKS Du ißt zu schnell. Welche Verkäuferin?

MR SPINKS Im großen Warenhaus.

MRS SPINKS Was hat sie angedeutet?

MR SPINKS Daß sie jede Nacht ausgeht.

MRS SPINKS *entsetzt* Wer geht jede Nacht aus!

MR SPINKS Unsere Putzfrau!

MRS SPINKS Um Gottes Willen, wohin geht sie denn?

MR SPINKS Was weiß denn ich.

MRS SPINKS Wenn das wahr ist, wird sie sofort entlassen.

MR SPINKS Das kannst du leider nicht tun, du kriegst keine andere. Noch etwas hat sie gesagt … ich kann es dir doch nicht auf die Dauer verheimlichen.

MRS SPINKS Verheimlichen! Es ist doch nicht schon wieder passiert, Jason!

MR SPINKS Was ist passiert. Ich spreche von dem Dienstboten.

MRS SPINKS Die ist doch nicht am Ende katholisch!

MR SPINKS Das wäre nicht so schlimm.

MRS SPINKS Sie lebt doch nicht in einer wilden Ehe!

Mr Spinks Noch schlimmer.

Mrs Spinks Jason! Sie trinkt doch nicht am Ende!

Mr Spinks Hoffentlich nicht. Aber es kommt noch schlimmer. Die Person kann weder lesen noch schreiben!

Mrs Spinks *erstaunt* Dann hat sie nie den »Vikar« gelesen.

Mr Spinks Augenscheinlich nicht.

Mrs Spinks Ich gehe sofort hin und unterrichte sie.

Mr Spinks Laß dir das nicht einfallen. Du kannst ihr jetzt nicht beibringen, was sie vor dreißig Jahren nicht gelernt hat.

Mrs Spinks Ich weiß etwas! Ich sende ihr einen Gesundbeter!

Mr Spinks Aber sie ist nicht krank! Sie ist als Kind nicht in die Schule gegangen, in Irland ist alles möglich. Ein Gesundbeter kann ihr nicht helfen. Er hat nicht einmal das gebrochene Bein deiner Schwester heilen können.

Mrs Spinks Jason, ich habe herausgefunden, warum meine Schwester daran gestorben ist.

Mr Spinks Ich auch. Es hätte von einem Arzt eingerenkt und in Gips verbunden werden sollen, mit einem Brett gestützt, oder was die dazu verwenden.

Mrs Spinks Nein. Ganz unrichtig. Wir haben für das falsche Bein gebetet, Jason, deshalb ist sie gestorben.

Mr Spinks *erstaunt* Macht das wirklich einen Unterschied aus?

Mrs Spinks Das will ich meinen!

Mr Spinks Sage mir, Liebe, kann einer, der geheilt wurde, rückfällig werden?

Mrs Spinks Nie!

Mr Spinks *kläglich* Oh ja, er kann.

Mrs Spinks *mitleidig* Wenn dich Zweifel quälen, Liebling, vertrau dich mir an.

Mr Spinks Es sind keine Zweifel! Es ist eine Tatsache! Ich war ... im Kaufhaus ...

MRS SPINKS Jason! du hast doch nicht!

MR SPINKS Ich habe sechs Krawatten gest... genommen! Es ist wieder über mich gekommen, ich konnte mir nicht helfen! Es war so aufregend! Wie während des Blitzkriegs, aber viel aufregender.

MRS SPINKS *versucht ihre Bewegung zu verbergen.* Niemand hat dich gesehen, Schatz. Und du wirst sie zurücktragen.

MR SPINKS Aber das will ich nicht! Ich fühle nichts dergleichen in mir! Ich will sie behalten! Man kann mich überdies erwischen, gerade wenn ich sie zurücktrage!

MRS SPINKS Jason! Du wirst sie zurücktragen!

MR SPINKS Trag du sie zurück, Liebe.

MRS SPINKS Wir werden zusammen hingehen. Ich trage sie unter meinem Regenmantel, du stehst hinter mir, wenn ich sie fallen lasse. Wir lassen sie in der Krawatten-Abteilung zurück, so wird man sie nicht einmal vermissen. Dann laufen wir weg.

MR SPINKS Kannst du sie nicht allein fallen lassen?

MRS SPINKS Es ist deine Sünde, Jason, und du mußt dafür büßen. Erschrick nicht so, es ist keine große Sünde. Denn du kannst nichts dafür, daß du diesen Drang hast. Du bereust es immer, und das ist das Wichtigste. Und du hast viele andere Laster nicht. Warum hast du eigentlich sechs Krawatten genommen, warum nicht eine? Die Aufregung ist doch ganz dieselbe?

MR SPINKS Ich habe mir gedacht, wenn schon, dann gleich sechs.

MRS SPINKS Wo sind sie, Schatz?

MR SPINKS In deiner Einkaufstasche.

MRS SPINKS In welcher?

MR SPINKS In der aus Stroh, die ich dir vorigen Sommer in Italien gekauft habe. Die mit den roten Blumen und dem grünen Herzen. Du hast sie vorhin hinausgetragen, wie du den Tisch gedeckt hast.

Mrs Spinks *schreit auf* Jason! Das war nicht meine Einkaufstasche, das war die der Putzfrau! Ich habe ihr sie zu Weihnachten geschenkt! Sie hat sie mitgenommen, sie macht ihre Einkäufe immer erst nach der Arbeit hier.

Mr Spinks *entsetzt* Sie hat sie mit genommen!

Mrs Spinks *rasch gefaßt* Weißt du, Schatz, das ist ein Zeichen. Das spricht uns frei. Wir lassen ihr die Krawatten, sie hat einen Mann, der kann sie gut brauchen. Wir verlangen von ihr keine Gegenleistung, das wird die Sühne sein ... bis ich mir etwas anderes ausdenke. Wir werden ihr nicht einmal sagen, daß wir ihr eine Wohltat erwiesen haben. Wie immer alles im Leben einem zum Segen gereicht!

Mr Spinks Aber ich habe sie ... ich habe sie gestohlen!

Mrs Spinks Sprich nicht so vulgär, das war eine Sinnesverwirrung.

Mr Spinks Was tun wir, wenn ihr Mann sie trägt und es fällt auf und man fragt ihn, von wo er sie hat?

Mrs Spinks Das ist seine Sache! Krawatten schenken und sich noch Gedanken machen! Übrigens, sie ist jetzt einkaufen gegangen, zuhause wird sie sie in ihrer Tasche finden und glauben, ein Wunder ist geschehen. Das kann sie noch zu einer frommen Frau bekehren, die nachts bei Mann und Kind zuhause sitzt. Es hat dich doch niemand belauscht?

Mr Spinks Nein, niemand. Ich habe die Bücher angeschaut, und wie der Manager Kunden bedient hat, habe ich sie schnell herausgesucht und eingesteckt. Die Krawatten sind, neben den Büchern, auch so eine neuzeitliche Einrichtung.

Mrs Spinks Jason. Dein Vater hat dir ein großes Vermögen hinterlassen, du kannst dir doch Krawatten kaufen so viele du willst?

Mr Spinks Und die Aufregung? Erst sieht man sich nach

allen Seiten um, dann sucht man mit Genuß die Schönsten zusammen und plötzlich greift man zu! Man versteckt sie im Ärmel. Die Verkäuferin hat mich gefragt, womit sie dienen kann, wie ich mich schon gerade bedient hatte.

MRS SPINKS Es soll in den Kaufhäusern Detektive geben, wenn dich so einer gesehen hätte!

MR SPINKS Ich hätte ihm glatt gesagt, ich habe zu zahlen vergessen.

MRS SPINKS Er hätte dir das nicht geglaubt, wenn du sie im Ärmel versteckt hast.

MR SPINKS *hochmütig* Wenn ich ihm mein Bank-Konto gezeigt hätte!

MRS SPINKS Das ist eigentlich wahr, das kann dich schützen.

PECK *stößt die Glastüre auf.* Mich kann es auch schützen!

MR SPINKS *indigniert* Das sind schlechte Manieren, junger Mann, die Haustüre ist nebenan rechts. Gehen Sie sofort zurück und läuten Sie an! Wir werden dann sehen, ob es uns paßt, Ihnen zu öffnen!

MRS SPINKS Wissen Sie denn nicht, wen Sie vor sich haben! Das ist Jason Spinks!

PECK *tritt ganz ein.* Freut mich.

MR SPINKS Mit mir werden Sie keine Witze machen, ich verabscheue Witze.

PECK *greift sich an die Taschen.* Hände hoch oder ich schieße!

MRS SPINKS Wie meinen? *Sie hebt die Hände hoch.*

PECK Hände hoch alle zwei!

MRS SPINKS Möchten Sie vielleicht erklären, warum ich die Hände hochheben soll?

PECK W o i s t d a s G e l d!

MRS SPINKS Das ist der neue Kirchendiener, Jason, er will das Geld.

Mr Spinks Blödsinn, das ist ein Vagabund. Wozu braucht Ihresgleichen überhaupt Geld!

Mrs Spinks Ja, wozu. Um sich zu betrinken.

Peck *geht zum Schreibtisch.* Wo sind die Schlüssel!

Mr Spinks Die Schlüssel will er. Das ist ein ganz gewöhnlicher Dieb!

Peck Kein ganz gewöhnlicher!

Mrs Spinks Was unterstehen Sie sich eigentlich! Mit welchem Recht …

Mr Spinks Der kümmert sich nicht um Recht und Gesetz. Noch einen Schritt und ich rufe Scotland-Yard an!

Peck Los! Vorwärts! Rufen Sie an!

Mr Spinks *wendet sich um und dreht die Nummer, erwischt aber in der Aufregung eine falsche Adresse.* Wer spricht?

Mrs Spinks *leise zu ihm* Wir können die Polizei hier nicht brauchen. Vergiß nicht, Jason, was du heute getan hast. Laß ihn laufen, verzeihe ihm, so wird auch dir verziehen. So kaufst du dich los.

Mr Spinks *spricht ins Hörrohr* Ist das die Polizei?

Mrs Spinks *schreit auf* Jason! Schau seine Taschen an!

Mr Spinks Ich habe einen Einbrecher im Haus! Er hat einen Revolver! Bitte verständigen Sie die Polizei … ich kann nämlich nicht … notieren Sie meine Adresse … was? *Er legt das Hörrohr nieder.* Heute ist der erste April, sagt er, und es ist Sommer. Das kommt von den Witzen. Jetzt bin ich das Opfer dieser sogenannten »Scherze«. Ich bin in Gefahr, und er macht Witze!

Mrs Spinks *zu Peck* Gehen Sie schnell weg! Laufen Sie, bevor der Wachmann kommt. Lassen Sie es sich sagen, junger Mann, lieben Sie Ihren Nächsten wie sich selbst.

Peck Was! Nicht mehr! *Er setzt sich in einiger Entfernung vor eine Truhe und zündet sich eine Zigarette an.*

Mrs Spinks Sie haben Erbarmen gefunden, handeln Sie barmherzig.

MR SPINKS Ich habe vor Aufregung wieder die falsche Nummer, telephonier du Liebe.

MRS SPINKS Mir zittern die Finger, schau seine Taschen an, diese modernen Einrichtungen taugen nichts, wenn man die Wachleute anrufen will, muß man erst lange drehen. Laß ihn einfach laufen. Weißt du, vielleicht hat er Bazillen und kann uns noch anstecken.

MR SPINKS Du glaubst, er trägt Bazillen in der Tasche herum?

MRS SPINKS Nicht in der Tasche. Im Hals. Diese Landstreicher sind alle verpestet.

MR SPINKS Hören Sie, ich habe kein Geld im Haus, ich gebe Ihnen einen Scheck.

PECK Wo sind die Schlüssel! Rasch! *Er wirft die Zigarette in den Garten.*

MRS SPINKS Gib ihm ruhig die Schlüssel, Liebling. Er wird selbst sehen, daß wir kein Geld haben.

MR SPINKS Sie stecken ohnehin! Darauf steht Gefängnis, daß Sie's wissen!

PECK *geht zum Schreibtisch, öffnet die Laden und wirft alle Papiere heraus.* Was Sie nicht sagen!

MRS SPINKS Diese Unordnung! Können Sie nicht ordentlich suchen!

MR SPINKS Das kommt von diesen Reformen. Bei uns haben sie so ein gutes Leben im Gefängnis! Drum wollt ich, daß wir auf dem Land bleiben, ich habe immer gesagt …

PECK Ich habe einen Baum vor meiner Zelle gehabt.

MRS SPINKS Einen Baum! Im Gefängnis einen Baum! Ein Baum vor seiner Zelle!

PECK Es war keine Zelle. Es war ein sauberes kleines Zimmer.

MRS SPINKS *sinkt in einen Stuhl.* Das ist zu viel.

MR SPINKS *während er wieder eine Nummer dreht* Ich hoffe,

man hat euch die Londoner Staatsbibliothek zur Verfügung gestellt.

PECK Nur die Gefängnis-Bibliothek.

MR SPINKS Hast du gehört! Bücher im Gefängnis!

PECK Nicht die Richtigen. Zu viele Romane.

MRS SPINKS Ich habe geglaubt, man näht dort Postsäcke!

PECK *setzt sich wieder, nachdem er alle Laden durchsucht hat.* Ich habe keine genäht!

MR SPINKS Nicht für ihn die Postsäcke! Er hat Bücher gelesen.

PECK Ich habe im Hof Kartoffel geschält.

MR SPINKS Ihre Tätigkeit im Gefängnis interessiert mich nicht. Hinaus!

PECK Ich schlag' Ihnen den Schädel ein!

MRS SPINKS *leise* Sei ruhig, Schatz, vielleicht hat er gehorcht, bevor er herein ist und hat gehört, du weißt schon. Haben Sie uns belauscht, bevor Sie hereingekommen sind?

MR SPINKS Laß das, mir scheint ich ... es ist jemand im Garten!

MRS SPINKS *jubelnd* Ja, jemand ist im Garten! Herein! Hierher! Hierher, bitte, wer immer das ist! *Zu Peck* Jetzt haben Sie's! Bitte nur durch die Glastüre treten!

PECK Halt's Maul. *Er steht auf, setzt sich aber sofort und zündet wieder eine Zigarette an.*

MR SPINKS Frohlock nicht zu früh, das kann ein Kind sein. Oder ein Komplize. Ein Aufpasser.

PECK Mir scheint auch.

MRS SPINKS *ist bis zur Türe geschlichen, jubelnd* Das ist Mr Tompkins! Der Manager vom Kaufhaus! So ein Glück!

MR SPINKS *entsetzt* Der kommt wegen der Krawatten! Ich bin verloren!

MRS SPINKS Oh Gott! Daran habe ich nicht gedacht!

Tompkins *tritt ein. Er ist ein pensionierter Polizeibeamter und jetzt Abteilungsleiter im großen Kaufhaus zum »Octopus«. Er trägt Pakete, legt sie auf die Truhe vor Peck hin und verneigt sich höflich vor ihm.*

Tompkins Vielen Dank, gnädige Frau.

Mrs Spinks Das ist der Manager vom Kaufhaus, Schatz, ach ja, du kennst ihn.

Mr Spinks Ich erinnere mich ...

Tompkins Ich habe die Grasmähmaschine gebracht und in Ihren Schuppen gestellt.

Mr Spinks *erlöst* Die Grasmähmaschine ...!

Mrs Spinks Wenn das nicht liebenswürdig ist, Herr Tompkins, daß Sie sich selbst herbemühen ...

Tompkins Ich habe den Wagen draußen, es ist noch immer Personalmangel.

Mr Spinks *hat sich gefaßt.* Wollen Sie mir einen Gefallen tun?

Tompkins Mit Vergnügen. Darf ich Sie vielleicht wohin bringen?

Mr Spinks Nehmen Sie den Mann da mit!

Tompkins Aber gewiß! Wohin darf ich Sie bringen, mein Herr!

Mr Spinks Bringen! Zur Polizei! Werfen Sie ihn hinaus, das ist ein Ladendieb ... ein Einbrecher ... wollt ich sagen!

Mrs Spinks Mein Mann macht nur Spaß!

Peck Er h a ß t Späße!

Mr Spinks Ich verabscheue nichts so sehr wie die sogenannten Späße, besonders handgreiflicher Art.

Tompkins *lächelt verbindlich.* Ich könnte den Herren arretieren, ich war früher bei der Polizei, bis zum Inspektor hab' ich's gebracht.

Mr Spinks Inspektor! Führen Sie den Mann ab!

Tompkins *zwingt sich zu lachen.* Jetzt habe ich keine Befugnis ... Hier sind die Pakete mit dem Kunstdünger, ich muß jetzt wegeilen ...

MRS SPINKS Nehmen Sie die sofort zurück! In meinem Garten werden nur natürliche Düngemittel verwendet! Wir tragen unsere eigenen jeden Morgen in den Garten.

PECK *lacht laut und schallend.*

TOMPKINS Mrs Frazer kauft auch immer Kunstdünger, das wird jetzt sehr viel verlangt, auch Mrs Valorbes, alle in der Gegend.

MRS SPINKS Das sind Atheisten. *Zu Peck* Sie können jetzt gehen. *Leise zu Spinks* Eine vom Himmel geschickte Gelegenheit.

TOMPKINS Ich laß ihn hier. Er kann immer abgeholt werden, wenn Sie ihn nicht brauchen.

MR SPINKS Nein! Nehmen Sie ihn sofort mit!

MRS SPINKS Er meint den Dünger, Schatz!

TOMPKINS *zu Peck* Wenn der Herr wünschen ...

MR SPINKS Sind alle verrückt geworden!

TOMPKINS *geht durch die Glastüre hinaus und begegnet an der Türe* AGATHA, *die eintritt.* Meine Verehrung Madam. *Er verschwindet.*

AGATHA Ich bin schon wieder hier ... ich habe Stimmen gehört ... ich habe erst geläutet, Herr Spinks ... aber es hat niemand geöffnet.

MRS SPINKS Willkommen, Liebe, gestern Nacht haben Sie auch Stimmen gehört, aber jetzt haben Sie recht!

MR SPINKS *wütend* Sie haben alles zerstört! Halten Sie diesen Mann!

AGATHA Was, Sie!

PECK Sie laufen mir nach, wie mein verfluchter Schatten!

MR SPINKS Sie kennen diesen Menschen!

AGATHA Ja ... das heißt ... nein.

MR SPINKS Sie haben doch gerade zu ihm gesprochen.

AGATHA Er hat mich vorhin nach dem Weg gefragt.

MR SPINKS Das ist ein Einbrecher!

AGATHA Nicht möglich! Ein Einbrecher sitzt doch nicht hier ... ohne Totschläger noch dazu ... die kommen doch in der Nacht! Doch nicht am hellichten Tag! Gestern Nacht hab ich geglaubt ...

MR SPINKS Der ist eine Ausnahme. Gestern Nacht, wie niemand hier war, haben Sie einen gesucht. Jetzt ist er da!

MRS SPINKS Setzen Sie sich, liebes Kind. Das war rührend, wie Sie gestern gekommen sind, was verschafft uns das Vergnügen?

MR SPINKS Da ist mein Gürtel. Binden Sie ihm die Hände, und ich hole einen Schutzmann. Meine Frau ist nämlich sentimental, die läßt ihn noch laufen.

MRS SPINKS Güte erzeugt Güte, nicht, Liebe?

PECK *wild* Auf meine Kosten werden Sie nicht in den Himmel kommen! Her mit dem Geld!

MR SPINKS Sehen Sie! Er läßt nicht locker!

MRS SPINKS Die sind ganz furchtlos heutzutage.

MR SPINKS Wegen des Systems. Gefängnisreformen.

MRS SPINKS Die leben dort wie im Paradies.

AGATHA Sie sind ein ungeladener Gast. Gehen Sie weg, junger Mann!

PECK Ich hab's satt! Warum sind Sie hergekommen! Immer dieses Kommandieren! Geh' dorthin! Tu das!

AGATHA *sinkt in einen Sessel.* Ich habe solche Sorgen! Mit Jimmy! Dabei ist er mein Ältester und sollte mehr Verstand haben. Voriges Jahr hat er das Heu angezündet, dieses Jahr hat er eine Ziege in den Garten gelassen.

MRS SPINKS In Ihr Zimmer?

AGATHA Nein, in den Gemüsegarten. Eigentlich ist es mehr ein Obstgarten.

MRS SPINKS Machen Sie sich nichts draus, Liebe. Sie können andere Bäumchen pflanzen.

AGATHA Aber die Ziege ist in Ihrem Garten! Deshalb bin ich doch hergekommen!

BEIDE SPINKS In unserem Garten! *Sie vergessen alles und stürzen hinaus.* Wir müssen sofort …

AGATHA Laufen Sie schnell weg, Peck.

PECK *wütend* Warum sagt mir jeder, ich soll gehen!

AGATHA Wir haben alle ein Gewissen. Das ist eine Nationaleigenschaft.

PECK Ich habe keines.

AGATHA Sie sind vielleicht Irländer. Sagen Sie, was tragen Sie da immer in den Taschen herum? *Sie geht zur Glastüre und blickt hinaus.*

PECK *nimmt Kinderbausteine aus den Taschen und beginnt, einen Turm zu bauen.*

AGATHA *in den Garten blickend.* Der Alte holt jetzt einen Schutzmann.

PECK Ich habe keine Angst. *Er baut an dem Turm.*

AGATHA *ausblickend* Wenn Sie erst einmal drin sind, dann bekommen Sie erst die Angst. Claustrophobia.

PECK Ist mir neu.

AGATHA Sind Sie lange eingesperrt gewesen?

PECK Zu lange für den Steuerzahler.

AGATHA *lacht.* Haben Sie viel Geld gekostet?

PECK Mehr als zweihundert im Jahr kosten wir.

AGATHA Euch geht's gut … ich muß meine Kinder erhalten … ich habe noch immer diese Sorgen … ich habe mit dem Leiter gesprochen … bei meiner Bank … er wartet noch eine Woche …

PECK Dort geht alles nach der Schablone.

AGATHA In der Bank?

PECK Im Gefängnis.

AGATHA Das ist nicht auszuhalten … woher soll ich in einer Woche …

PECK Kommt auf den Beruf an.

AGATHA Sie meinen, irgend jemand auf der Welt kann nach der Schablone leben?

PECK Wenn man Zeit für sich hat.

AGATHA Wenn man Zeit für sich hat ... hat man Schulden.

PECK Wären Sie mir nicht nachgelaufen ... ich hätt Ihnen das Geld ... was laufen Sie mir immer nach!

AGATHA *schluckt verletzt.* Ich lauf Ihnen nicht nach! Ich lauf weg! Von meinen Sorgen! Zuhause muß ich grübeln ... mit Grübeln bezahlt man nicht seine Schulden! Ich habe so gehofft ... *sie geht auf ihn zu.* Peck! Was machen Sie da!

PECK *mürrisch* Einen Turm.

AGATHA D a s ist es, was Sie immer in den Rocktaschen tragen! Sie haben einen Stein bei mir verloren, ich dachte, er ist von Jimmy, das ist mein Ältester ... so hören Sie doch auf!

PECK Das ist mein Privatvergnügen.

AGATHA S i e werde ich nie verstehen!

PECK Habe ich auch nicht verlangt.

AGATHA Etwas m u ß in Ihnen vorgehen. Alle, die herauskommen, haben ein Problem.

PECK Falsch. Sie kommen hinein, weil sie ein Problem haben.

AGATHA Alle werden dann mißtrauisch.

PECK Das ist wieder verdreht. Sie werden eingesperrt, weil sie mißtrauisch sind.

AGATHA Sie fangen einen Streit an ...

PECK Woher wissen Sie das!

AGATHA J e t z t weiß ich! Es war eine Rauferei! Sie sind ein Raufbold, kein Feigling!

PECK Was ist mit dem Alten geschehen?

AGATHA Die kommen mit einem Trupp, vier Mann hoch.

PECK Ich meine das zarte Pflänzchen. Der läßt seine Frau für ihn auftreten.

AGATHA John? John wird sich selbst stellen. Er will nur einen Tag die Freiheit genießen. Jetzt geht er ruhig aus, und kein Mensch erkennt ihn. Die Amnestie war Phantasie.

PECK *fährt auf.* Ist der auf den Kopf gefallen!

AGATHA Er war nie gesünder. Vielleicht glaubt er auch, S i e könnten ihn anzeigen.

PECK Das laß ich mir nicht gefallen!

AGATHA Deshalb stellt er sich nicht. Es ist eine stille Verzweiflung. Er hat Clare verloren. Es ist ein langer Prozeß, aber ihm sind jetzt erst die Schuppen von den Augen gefallen. Er denkt sich, wenn sie ihn einsperren ... Mitleid erzeugt Liebe.

PECK So! Bei wem! So einen Unsinn hab ich noch nicht gehört!

AGATHA Wenn der Gegenstand nicht wirklich bemitleidenswert ist.

PECK Die ist jetzt frei.

AGATHA Wer ist frei.

PECK Die Frau. Von dem Deserteur.

AGATHA Er ist mehr wert als Clare.

PECK Kommt drauf an für wen.

AGATHA Sie ist hart wie Stahl.

PECK Stahl ist schön.

AGATHA *heftig* Ich bitte Sie: gehn Sie jetzt! Im Kerker wird man bitter. Dort erst wird man zum Verbrecher!

PECK Grad dort kann man das nicht, was soll man dort verbrechen!

AGATHA Lassen Sie diese Bausteine, gehn Sie hier durch die Küche, die werden erst hier hereinkommen. *Sie öffnet ihm rechts die Türe.*

PECK *packt die Steine in die Taschen.* Sie müssen immer wen in Schutzhaft nehmen. *Er geht.*

AGATHA Rasch!

SERGEANT DAVIES *steigt vom Garten ein, gefolgt von Mr und Mrs Spinks.*

MR SPINKS Siehst du, jetzt wird er abgeführt!

MRS SPINKS Nicht triumphieren, Liebling.

AGATHA Er hat sich selbst abgeführt.

DAVIES Wie meinen?

AGATHA Ich habe keine Meinung, Sergeant.

MR SPINKS Sie hat ihn laufen lassen. Darum ist man in London nicht einmal am hellichten Tag sicher.

DAVIES *zu Agatha* Das ist ungesetzlich.

AGATHA Ich bin selbst ungesetzlich. Mich wird man auch noch …

DAVIES Wohin ist er? In welche Richtung?

AGATHA Durch den Garten. Er muß Sie gestreift haben, wie Sie die Gegend durchstreift haben.

DAVIES Jetzt? Hier?

AGATHA Das ist kein gewöhnlicher Fall!

DAVIES Das wissen Sie auch schon?

AGATHA Er hat nichts mitgenommen.

DAVIES Das macht alles nur komplizierter. Wir sind überlastet.

AGATHA Einfach ist es nur, wenn einer mitnimmt.

DAVIES *geht rasch zur Glastüre und pfeift schrill.*

AGATHA Nicht!

DAVIS Den wird man gleich haben. Sie machen sich strafbar, wenn Sie die Leute laufen lassen. Wir sind ohnehin überlastet. Es ist auch so genug kompliziert. *Er zieht ein Notizbuch.* Sagen Sie alles aus, was Sie darüber wissen.

MR SPINKS *steht bei der Glastüre und keift mit hoher Stimme* Da ist er! Er ist auf der Wiese!

MRS SPINKS Auf unserer Wiese!

DAVIES Sie haben ihn eingekeilt! *Er läuft hinaus, Agatha stürzt ihm nach, Mr und Mrs Spinks folgen.*

Zweite Szene

Das Wohnzimmer der Señora Consuelo Gonsalez y Soto, *mit Türen rechts und links, dient auch als Schlafzimmer. Man kann von der Straße in die Kellerwohnung hinunter steigen und tritt dann durch das riesige Fenster ein. Die Señora ist über fünfzig, beleibt und spricht mit spanischem Akzent. Von den Besuchern wird sie* Connie *genannt. Sie sitzt eben an dem Tisch in der Mitte, hält einen Brief in der Hand und spricht zu* Mrs Evans *ihr gegenüber.*

Connie *blickt in den Brief und versucht zu erklären.* Er will, daß Sie mit ihm *sie denkt nach, ohne das Wort zu finden* daß Sie sich vergehen.

Evans Vergehen? Das hab ich schon getan.

Connie Etwas mit gehen will er.

Evans D u r c h gehen! Wenn ich's nur könnte!

Connie Das können Sie nicht. Sie sind verheiratet. Die Mann kommt zuerst.

Evans Es fragt sich nur, welcher. Ich hab unsere Kleine so gern. Er nimmt mir sie weg, wenn ich gehe. So eine Gemeinheit, i c h habe sie geboren, und er hat ein Recht!

Connie Ist er nicht der Vater?

Evans Wie kommt das zu dem. Ich bin grün, aber nicht salatgrün.

Connie Ihre Pflicht ist bei Mann und Kind.

Evans Ich mag ihn nicht.

Connie Das ist eine böse Sünde.

Evans *lacht hellauf und hat dann ein Kindergesicht.* Ich kann doch nichts dafür, daß ich ihn nicht mag!

Connie Warum haben Sie ihn geheirat?

Evans Ich habe das erst n a c h der Hochzeit gewußt. Ich kenn' eine ganze Menge, die das erst nachher gewußt haben.

CONNIE So darf man nicht sprechen.

EVANS Im Radio sagen sie noch ganz andere Sachen.

CONNIE Mrs Evans, ich möcht fragen, könnten Sie nicht aufräumen für mich? Ich bin gut zu Ihnen, ich lese die Briefe vor. Ich zahle Ihnen, ich zahle alles, mehr als die Spinks. Ich soll immer die Briefe lesen und für die tun sie arbeiten.

EVANS Die dürfen nicht einmal wissen, daß ich Briefe bekomme! Sie hat mich heute gefragt: »Ist es wahr, Liebe, daß Sie nachts ausgehen?« Ich hab schnell geantwortet: »Ja, ich gehe zum Teich und werf den Schwänen Brot zu.« Wissen Sie was, Connie, die ist so närrisch, die hat's geglaubt! Es ist wirklich Zeitverschwendung, für die zu arbeiten.

CONNIE Sehen Sie, es ist Zeitverschwendung.

EVANS Aber ich muß für die arbeiten. Weil sie anständige Leute sind.

CONNIE Ich bin anständiger. Ich erhalt mein Tochter.

EVANS Ja, aber das sind vornehme Leute, die gehn jeden Sonntag in die Kirche.

CONNIE Geh' ich vielleicht nicht in Kirche?

EVANS Sie gehen in die katholische Kirche, die ist so weit weg, da sieht Sie niemand.

CONNIE Kommen Sie nur zwei Mal die Woche und politieren Sie den Boden.

EVANS Die Leute sind Engländer. Und es sind alte Leute.

CONNIE Ich bin auch alt, ich war nicht gewöhnt zu rackern. Der Mann tot, der Sohn tot, Sie sind Bedienerin, aber ich war...

EVANS Das möcht ich mir verbeten haben! Mein Mann ist Aufseher in einer Fabrik!

CONNIE Gut, aber mein Mann war Fabrikant. In Spanien. Und dann ist der Krieg gekommen.

EVANS Es kommt wieder ein Krieg, wenn Sie das wollen.

CONNIE Mein Tochter Sophie war nur ein Baby. Wie ich geflücht bin. Ich habe gekocht und gekocht. Hier in London, in den Gasthäusern. Und was ist der Dank! Wenn ich in Kaufhaus geh, schaun mir die Leute nach.

EVANS *lacht.* Weil Sie so dick sind.

CONNIE *mit Verachtung* Weil sie glauben ich stiehl! Wenn man schlecht angezogen ist, muß man stiehlen! Ich weiß jemand, der ist gut angezogen, der alte Spinks bei dem Sie arbeiten.

EVANS Ja, die sind beide gut angezogen.

CONNIE Der stiehlt! Ich habe ihn selbst gesehen! Im Kaufhaus, er hat was versteckt, schnell, schnell, schnell, Caramba!

EVANS Sie sind übergesch... das ist nicht möglich!

CONNIE Er stiehlt, und mir schaun sie nach! Die Manager, die Verkäufer, die Arrangeurin, die Mannequin, die Detektiv – alle.

EVANS Er hat ganze Kisten voll mit Geld!

CONNIE Wo ich koch in die Hotel, hat die Abwascher ein Stück Fleisch eingepackt. So ein klein Stück Fleisch! Für das haben sie eingesperrt! Pobresita!

EVANS Ein Stück Fleisch ist heute ein Stück Gold, wenn das jeder wegtragt, bei diesem Fleischmangel!

CONNIE Aber wenn der reiche Spinks stiehlt, das ist dann ...

EVANS Ein Reicher stiehlt nicht.

CONNIE Ich erzähl Ihnen doch gerade ...

EVANS Sie bilden sich das ein.

CONNIE Aber schnell, schnell im Ärmel, ich hab grade Papier gekauft, bei die Manager nebenan, zum Schreiben, Papier zum Schreiben ...

EVANS Papier haben Sie gekauft ...

CONNIE In Spanien gibt's das nicht.

EVANS Warum gehen Sie nicht zurück, wenn Sie so unzufrieden sind?

CONNIE S i e will nicht. Sophie. Meine Tochter. Sie sagt, hier sind Aristokraten. Sie sagt, hier hat ein Zukunft.

EVANS Sie kann nicht Schauspielerin werden, weil sie schwarze Haare hat, und sie ist klein.

CONNIE Für blond hat sie ein Perücke und im Film, der Partner steht hinter ihr.

EVANS Sie meinen dadurch schaut sie größer aus?

CONNIE Ich hoffe nicht. Wenn sie heute bei Prüfung durchkommt, wir bleiben h i e r. Wenn nicht, wir gehen zurück. Das hat sie mir versproch.

EVANS Wenn sie aber die dicken Leute nicht mag?

CONNIE In Sevilla liegen Orangen am Boden.

EVANS Im Zimmer?

CONNIE Im Park. Und der Paseo!

EVANS Wer ist das?

CONNIE Die Promenade abends mit Seidenschal.

EVANS Wenn sie so herumgehen will, das kann sie auch hier.

CONNIE Sie spielen Musik vor Fenster.

EVANS Haben die kein Radio?

CONNIE *mit Verachtung* Für Sophie spielen sie.

EVANS Mir möcht das auf die Nerven gehn. Ihre Tochter darf hier eine Prüfung machen, und die Schule wird ihr bezahlt, wenn sie durchkommt. I c h muß die Schule selbst zahlen, meine Kleine geht in die Klosterschule.

CONNIE In Spanien zahlt man nicht die Nonnen, wenn man nix hat.

EVANS Hier auch nicht, aber die machen dann Unterschiede.

CONNIE In Spanien macht man kein Unterschied.

EVANS Sagen Sie ... hat Mr Spinks eine Einkaufstasche getragen? Wie Sie ihn gesehen haben?

CONNIE Hier! D i e s e Tasche hat er getragen. Ihre Tasche.

EVANS Was glauben Sie ... hat er eingesteckt?

CONNIE Was weiß ich, vielleicht Schal, vielleicht Taschtücher. Schnell, schnell hat er in Ärmel gesteckt.

EVANS Nicht am Ende … Krawatten?

CONNIE Krawatten sind auch dort. Und Schleifen.

EVANS Ja, dort sind Schleifen. Ich seh Ihre Tochter kommt zurück. Schade, daß sie schwarz ist, sonst sieht sie ganz englisch aus. Vielen Dank, ich komm bald wieder! *Sie geht rechts durch die Türe.*

CONNIE Was mir schon dranliegt, ob sie englisch aussieht.

SOPHIE *steigt aufgeregt durch das Fenster herein.* Mutter! Ich bin durch! Ich hab' die Prüfung bestanden!

CONNIE Das heißt wir bleiben und ich muß kochen.

SOPHIE Mutter, du wirst es gut haben! Ich werde reich sein!

CONNIE Woher nimmst du die Vertrauen in diese Kellerwohnung!

SOPHIE Ich werde berühmt sein! Ich kauf dir ein Haus in Sevilla!

CONNIE Sag nicht Sevilla, mir bricht die Herz.

SOPHIE Du solltest den Regisseur sehen! Er kann durch diese Türe nicht herein, so groß ist er.

CONNIE Wer will schon, daß er hereinkommt.

AGATHA *klopft und tritt ein.* Ich komme fragen …

SOPHIE *jubelnd* Ich bin durchgekommen! Das verdank ich Ihnen!

AGATHA Du sitzt auch immer bei meinen Kindern … *Zu Connie* Sie müssen aber jetzt stolz sein!

SOPHIE Sie waren so höflich und taktvoll, obwohl ich doch ein Stipendium habe.

CONNIE Weil sie sie wie einen Mensch behandeln, das glaubt sie das ist taktvoll. Bei ihre Schönheit und die Talent.

AGATHA Laß deine Mutter reden, was sie will, das ist ein freies Land.

CONNIE Sehr frei. Wenn man die ganze Zeit lobt.

AGATHA Aber Connie! Sie können uns gerne sagen, wie schlecht wir kochen, eine gute Hausfrau, wie Sie.

CONNIE *rennt zur Küche.* Ich bring Ihnen ein Pastete.

AGATHA Erzähl schnell. Julia oder Doolittle?

SOPHIE Die Jessica! Und er war sehr zufrieden!

AGATHA Da hast du Glück gehabt.

SOPHIE Nicht ganz. Dann mußt ich die Portia sprechen ...

AGATHA *hochmütig* Du die Portia!

SOPHIE Er hat gesagt, er hat gefürchtet, die treff ich nicht. Es gibt nur eine Frau mit den klassischen Zügen, die sie träfe – Agatha Valorbes! Für den modernen Geschmack nämlich.

AGATHA *versteckt ihr Gesicht, um ihre Freude zu verbergen.* Er soll mich spielen lassen, ich mach's sofort, ich brauch das Geld so dringend. Ich bin in einer verzweifelten Lage!

SOPHIE Es ist schade ... daß Sie so groß sind ... meint er. Verzeihen Sie, wenn ich persönlich werd, aber wenn er Sie vielleicht in Kleidern sehen könnte, in einem weiten Rock ...

AGATHA Das ist Piffl, wie Lady Rexa zu sagen pflegt. Ich trage Hosen, weil ich so groß bin. So macht es den Eindruck, ich will es sein und das verkleinert.

SOPHIE Könnte die Lady Rexa Ihnen nicht helfen ... Ihre Schulden loszuwerden? Sie ist sehr freigebig.

AGATHA Nicht mit mir. Nie.

SOPHIE Sie haben so viel Haltung! Mich hätten Sie heute sehen sollen. Ich habe zu weinen begonnen. Nach der Portia. Der Direktor hat zum Regisseur gesagt: »Sie weint gut.« Ganz sachlich.

CONNIE *kommt mit einem Tablett.* Das ist mit Nuß gemacht, fünf Eier, Honig, Gewürze, Rum ...

AGATHA *wickelt einige Stücke in die Papierserviette.* Meinem Mann hätte das geschmeckt, er war Franzose.

CONNIE Von einem Franzosen hätten Sie essen lernen können.

AGATHA Ich habe Französisch gelernt. Meinen Buben wird es schmecken. Die sind halbe Franzosen. *Sie küßt ihr die Wange.* Sophie, ich möchte, daß du mir sitzt, liegst sollt ich sagen. Wie ich heute die Krokodile betrachtet habe, ist mir ein Waldmädchen eingefallen. Ich geb dir einen Lorbeerkranz ums Haar, statt des Feigenblatts.

SOPHIE Pst! Nicht vor Mutter. *Sie begleitet sie durch die rechte Türe und kommt singend zurück.*

CONNIE Modell wirst du sitzen! Degradacion!

SOPHIE Im Badekostüm Mutter! *Sie wirft die Jacke ab und geht links in die Küche.* Mit lauter Krokodilen! *Sie lacht über den Schreck der Mutter, man hört sie noch von der Küche her.*

CONNIE *sieht einen Brief am Tisch liegen.* Die Frau hat die Brief vergessen. Auch gut. Ich muß das lesen. Mit die Diktionär.

SOPHIE *von der Küche* Was sagst du, Mutter!

CONNIE Modell sitzen! Alles weil kein Mann im Haus ist!

PECK *steigt durch das Fenster ein.* Da ist einer!

CONNIE Kommen Sie nicht hier, gehn S' durch die Tür und putzen S' die Schuh. Was heißt das, wer sind Sie?

PECK Hände hoch!

CONNIE Sprech Sie deutlich, ich kann nicht verstehn.

PECK Sie werden gleich verstehn. Wo ist das Geld! Geld! Schnell!

CONNIE *schreit* Komm nicht herein, Sophie, das ist ein Räuber, er hat ein Pistole! Sperr zu, sperr dich ein!

SOPHIE Ich komm sofort!

CONNIE Nein! Komm nicht! Komm nicht! Bleib dort! Sperr zu! Sperr mit Schlüssl! Was wollen Sie von mir! Von mir wollen Sie Geld! In ein Kellerwohnung! Die ganze

Straße ist reich, zu mir kommen Sie um Geld! Ich bin Köchin! Ich hab kein Geld!

PECK Das kenn ich! Niemand hat Geld. *Er geht zum Bett und wühlt unter den Matratzen.* Wo ist der Schmuck!

CONNIE Lassen Sie mein Bett in Ruh! Das ist nicht auszuhalten! Diese Unordnung! Nirgends ist Schmuck!

SOPHIE Ich zieh mich nur um, Mutter!

CONNIE Komm n i c h t, sag ich dir!

SOPHIE *kommt von der Küche und bindet das Hauskleid zu.* Was ist denn los? Wer ist das, Mutter?

CONNIE Das ist der Räuber! Er will von arme Leute Geld stehlen. Ich habe viel gesehn, im Leben, aber von arme Leute Geld ... *schreit plötzlich* Geh hinaus, Sophie! Er will dich überfallen!

SOPHIE Er soll sich trauen!

PECK *hat die Laden einer Kommode geöffnet.* Manche verstecken das Geld hinter dem Spiegel! *Er untersucht einen kleinen Spiegel.*

CONNIE Er wird dir was tun!

PECK *schaut sich Sophie an.* Sie ist nicht mein Typ.

CONNIE *läuft zum offenen Fenster und schreit* Polizei! Hilfe!

SOPHIE Sei ruhig Mutter, er wird dich sonst schlagen. Schau seine Taschen an.

CONNIE Haben Sie noch nicht genug in die Taschen, Sie Räuber! Die Taschen hat er voll! Wenn Sie meine Tochter anrühren ... *Sie hebt die Messinglampe vom Nachttisch.*

PECK Hören Sie, Sie alte Melone, rufen Sie, so viel Sie wollen, aber sagen Sie nicht, daß ich auf Ihre Tochter aus bin. Meine Frau möcht' sich ärgern.

CONNIE S i e reden von einer Frau! Sie Verbrecher!

PECK Meine ist mir zu fad.

CONNIE Hast du gehört! D i c h will er! Ich muß mein Kind schützen.

SOPHIE Du siehst doch, er tut mir nichts, Mutter. Bitte gehn Sie jetzt.

PECK Was! Ohne Geld!

SOPHIE In einer Kellerwohnung suchen Sie Geld! Sie sind ein Anfänger!

CONNIE Warum gehn Sie nicht im ersten Stock. Die haben ein Automobil.

PECK Das kann ich nicht einstecken.

SOPHIE Ich hab gerade ein Stipendium bekommen. Ich sag das, weil wir wirklich nichts haben. Nicht, daß ich nicht stolz darauf bin.

CONNIE *beim Fenster, die Lampe zieht sie mit.* Wenn ich den Mistkisten draußen stehn laß, dann kommen sie gleich! Dann kommt die ganze Straße! Hilfe!

PECK *lacht* Stellen Sie den Misteimer hinaus, Sie komische Nudel!

CONNIE *jammert* Mein armes Kind! Hilfe!

PECK Ich kann das nicht brauchen, daß die meiner Frau sagen, ich hab ein Mädel ... nicht schänden!

CONNIE *faltet die Hände.* Padre piadoso!

CLARE *ist an der Treppe durchs Fenster sichtbar und steigt ein.*

PECK *weicht zurück.* Ah!

CLARE Hat hier jemand um Hilfe gerufen? Haben Sie gerufen?

SOPHIE Was für eine Erlösung, Mrs Frazer ...

CONNIE Das ist ein Räuber!

CLARE *sieht Peck.* Sie! Schon wieder!

CONNIE Sie kennen diese Diabel!

CLARE Der ist schon notorisch! Was suchen Sie hier.

PECK Sie such ich!

CONNIE Das ist gut. Gehn Sie mit ihm weg.

PECK Ich will mir den Dank holen. Sie sind frei!

CLARE Woher wissen Sie das überhaupt?

PECK Ich habe meine Informationen.

CLARE Sind Sie vom Intelligence Service?

PECK Intelligent, aber kein Spitzel.

CONNIE Er ist ein Spitz! Ich brauch das nicht hier.

SOPHIE Bitte, Mrs Frazer, meine Mutter hat Angst vor ihm.

CONNIE Er will mein Tochter …

PECK *lacht.* Nicht Ihre Tochter.

CLARE Machen Sie, daß Sie fortkommen. Die Frau hat Angst. Gehn Sie!

PECK Nur mit Ihnen.

CLARE Müssen Sie sich immer ungebührlich benehmen!

PECK Mit Ihnen muß ich.

CONNIE *schreit* Polizei!

PECK Sie fürchten mich gar nicht?

CLARE Sie sind doch intelligent.

PECK Ich weiß mehr als der »Finsterling«. Hat er den Bart abrasiert? Etwas hat er nicht gewußt.

CLARE Und Sie wissen es.

PECK Daß die Venus im Zimmer war …

Das Bild meinen Sie?

PECK Wie ich gerade keine Äpfel bei mir gehabt hab.

CLARE *geht.* Sie hätte ihn nicht angenommen.

PECK *geht ihr nach.* Aber jetzt …? Wie steht es jetzt … *sie verschwinden.*

SOPHIE Die ist so eingebildet, und spricht mit einem Landstreicher.

CONNIE Den hat die Dienstmädel geschickt. Die Evans. Sie hat diese Brief vergessen, jetzt werde ich lesen mit Diktionär. Lauter Räuber überall.

Dritte Szene

Die behagliche Wohnküche in CHRISTINA EVANS' *winzigem Cottage. Sie hat drei Türen. Die links führt zur guten Stube, rechts ist hinter einer Türe der Küchenherd versteckt und in der Mitte zur ebenen Erde ist etwas seitlich die Türe, die zum Gärtchen führt. Daneben ist ein kleiner Tisch mit Stühlen, und links ist ein Kamin mit Messing-Figuren und Glocken auf dem Sims. Darüber an der Wand steckt ein Spiegel.*

EVANS *spricht durch die offene Türe zum Briefträger, der unsichtbar bleibt.* Ich ... ich habe meine Brille zerbrochen, aber lassen Sie den Brief da, ich unterschreib später. *Man hört nicht die Antwort, denn das Radio ist angedreht. Sie schließt die Türe, pudert sich die Nase vor dem Spiegel, singt mit dem Radio und tanzt. Es klopft.* Haben Sie es sich überlegt ... *Sie öffnet wieder und prallt zurück.* Ich freu mich! Wie ich mich freu!

PECK *tritt ein.* Ist sie da?

EVANS Nein .. sie wird noch im Kaufhaus sein. Es sind jetzt die reduzierten Verkäufe.

PECK Ich will mein Bad.

EVANS Ich richte Ihnen eines!

PECK Nein.

EVANS Setzen Sie sich, ich bringe Ihnen ein Glas Rum. *Sie singt wieder mit dem Radio, während sie zur eigentlichen Küche geht und mit einer Flasche und zwei Gläsern zurückkommt.* Hier, ein Glas Rum.

PECK *setzt sich an den Tisch.* Sie sind immer gut gelaunt.

EVANS *dreht das Radio ab und gießt ein.*

PECK Auf die Frauen!

EVANS I h r e Frau ist immer mürrisch!

PECK Sie wird wissen warum.

EVANS Wenn i c h Ihre Frau wäre!

PECK Wären Sie auch mürrisch.

EVANS Aber wo! Ich tät mir nichts draus machen! Weil ... *Pause.*

PECK Heraus damit! Auf die Tapferkeit!

EVANS *gießt ihm wieder ein.* Weil Sie eingesperrt waren! Ich wollt, mein Mann wär's einmal, zur Abwechslung.

PECK Damit Sie eine Abwechslung haben.

EVANS An der fehlt's mir nicht.

PECK *hebt das Glas.* Auf die Wahrheit!

EVANS Sie machen auch kein Geheimnis draus. Sie sind verhaftet worden und Sie geben es zu.

PECK Auf die Haft!

EVANS Das gefällt mir. Trinken Sie noch ein Glas.

PECK Warum nicht.

EVANS Was haben Sie jetzt für Pläne?

PECK Pläne? – Absichten, meinen Sie.

EVANS *lacht kindisch.* Die haben Sie doch nie. Nein, nie.

PECK *streichelt ihr leicht die Schulter.* Anstoßen!

EVANS Ich möcht Ihnen gern helfen.

PECK Bei den Plänen oder bei den Absichten.

EVANS *setzt sich zu ihm.* Ich seh Sie gern auf dem Bau oben stehn.

PECK Am Schafott! *Er zieht die Bausteine aus der Tasche und beginnt sie aufzustellen.*

EVANS Sie langweilen sich beim Bau, außer es stürzt einer ab.

PECK Ich könnte der sein, der abstürzt.

EVANS Doch nicht Sie!

PECK *trinkt.* Auf den Mut!

EVANS Haben Sie die für meine Kleine gebracht?

PECK Was?

EVANS Die Bausteine. Was machen Sie denn? Sie sind heute gut gelaunt.

PECK Nichts.

EVANS Ich weiß, was Sie wollen. Sie wollen ein Haus und ein Stück Land, und wenn Sie das nicht haben können, dann soll sich wenigstens jeder vor Ihnen fürchten.

PECK *in seinen Bau vertieft* Warum fürchten Sie sich nicht?

EVANS Ich fürcht mich entsetzlich, das ist das Schöne. Sie hier in meiner Küche zu haben!

PECK Weil der Mann gleich kommen wird.

EVANS Der hat Dienst. Warum haben Sie mir nicht gesagt, daß Sie bei den Spinks ... die haben nie Geld im Haus.

PECK *abwesend* Wieviel ist jetzt im Haus?

EVANS Die sind nicht wirklich gutherzig, die tun nur so. Die haben ...

PECK Ein Gewissen.

EVANS Ich könnte Ihnen ein Geheimnis verraten. Über die Spinks.

PECK Erpressen geh ich nicht.

EVANS Bei denen würde sich das auszahlen.

PECK Alle haben ein Geheimnis.

EVANS Ja, und ich sags nicht weiter, außer Ihn...

PECK Brav. Nichts sagen.

EVANS Ihnen muß ich's erzählen. Es ist über Krawatten.

PECK Wenn's weiter nichts ist.

EVANS Das ist das Geheimnis, nämlich die Spinks haben sie eingesteckt.

PECK *abwesend* Ein Geschenk.

EVANS Sie tut, als wüßte sie nichts davon.

PECK Als wüßte sie nicht was!

EVANS Daß er ein Dieb ist!

PECK Geh weg!

EVANS Sie waren in meiner Tasche.

PECK Dein Alter, Dummerl.

EVANS Der ist ein fader Zipf, aber grundehrlich. Sie sind von der Abteilung, wo Ihre Frau arbeitet ... im Kaufhaus.

PECK *heftig* Was hat Rosina damit zu tun!

EVANS Sie hat. Sie hat die Abteilung. Neben dem Manager.

PECK Trag's zurück Chris!

EVANS Ich hab mir gedacht, vielleicht möchten Sie...

PECK Nein!

EVANS Sie haben gern feine Damen. Ich hab Sie heute mit einer gesehn. Sie sind von der alten Köchin gekommen. Der Spanischen.

PECK *blickt auf* Ah!

EVANS Sie hat nur schöne Kleider, sie ist nicht wirklich schön. Die ist älter als ich. Sie hat nur schöne Kleider, wenn ich einen Pelzmantel hätt ... *Sie schluckt.*

PECK Dir ist er angewachsen, Chris.

EVANS Warum öffnen Sie nicht alle Käfige? Im Tiergarten. Sie könnten die Kasse ausrauben, während die wilden Tiere hinauslaufen! Ich helf Ihnen dabei!

PECK Du wirst doch nicht die Löwen streicheln, Chris!

EVANS Für Sie tu ich alles.

PECK Die Zellen öffnen ...

EVANS Was reden Sie von Zellen, Käfige sag ich ...

AGATHA *klopft.*

EVANS *unmutig* Das ist Ihre Frau. Komm herein, Rosina.

AGATHA *tritt ein.* Ich hab Sie also doch gesehen! Mrs Evans, das ist ein Einbrecher!

PECK *gelassen, ohne aufzustehen* Müssen Sie sich auch in mein Privatleben mischen!

EVANS Im Privatleben ist er keiner. Bitte setzen Sie sich Mrs ... ich kann Ihren Namen nicht aussprechen.

AGATHA Valorbes. Ein schönes Tal heißt so.

PECK Was ist schön an einem Tal?

AGATHA Was ist schön in der Stadt?

PECK Die Bauten.

EVANS Er wird alle Zellen öffnen. Die Käfige mein ich. Er ist kein Feigling. Rühren Sie einmal seine Muskeln an.

PECK *zu Agatha* Vorwärts!

AGATHA Peck! Wenn sich ein Mann in eine Frau verliebt …

PECK Auf das Gegenteil steht Zuchthaus.

AGATHA Die ihm nicht gehört … wird bald der Kopf einer Schlange aus seinem Mund schießen.

PECK *lacht.* Sind Sie sicher?

EVANS Meine Kleine liest mir diese Märchen vor, nichts schaut dabei heraus.

PECK Wieso! Der Kopf einer Schlange!

AGATHA Ich bin diese Schlange losgeworden, Peck, ich möchte, daß Ihnen dasselbe geschieht.

PECK Warum eigentlich?

AGATHA Weil Gift tötet.

PECK Es kommt auf die Quantität an.

AGATHA Und die Qualität … Schlangengift …

PECK Und die Identität.

EVANS Er mag seine Frau nicht, wenn Sie das meinen.

PECK Ruhe!

EVANS Wildes Leben will er! Rasch und lärmend …

ROSINA *tritt heftig ein, ohne anzuklopfen, beruhigt sich aber sofort, wie sie Peck sieht.*

EVANS Rosina!

ROSINA *zu Peck* Du unterhältst dich, und bei uns zuhause haben sie eingebrochen!

AGATHA Was! Bei ihm!

ROSINA Sergeant Davies ist dort. Er will dich einvernehmen. Eine Liste will er machen. Er glaubt auch, du kannst ihm helfen herausfinden …

AGATHA Wenn der Detektiv grade dort ist, warten Sie vielleicht. Man muß nicht direkt in die Höhle des Löwen hineintreten.

ROSINA *spitz* Er tritt aber gerne hinein.

EVANS Ist das Ihre Organisation? Ihre eigenen Leute … werden doch nicht bei Ihnen einbrechen?

ROSINA Er hat keine Organisation.

EVANS Ich hab geglaubt, Verbrecher halten zusammen und haben sogar ihre eigenen Ehrbegriffe!

PECK So wie Sie und ich?

EVANS Ich hab geglaubt, Sie sind der Anführer!

PECK Ich bin nicht ehrgeizig.

EVANS Ich habe gedacht, alle sind unter seinem Kommando!

AGATHA Haben Sie die Nerven verloren und sich selbst angezeigt? Jetzt versteh ich, warum der Sergeant Sie nicht abführen ließ, Peck.

PECK Mein Fahrrad? Haben die mein Fahrrad?

ROSINA Dein Fahrrad ist weg, dein Radio, dein Photographenapparat, dein bester Anzug ist in der Putzerei, sonst hätten die den auch fortgetragen. Komm nach Hause.

AGATHA Sie können beruhigt voraus gehen ... ich habe ihn verwandelt ... darum ist er nicht eingesperrt worden.

ROSINA *feindselig* Sie schicken gern die Leute herum!

PECK Halt den Mund!

AGATHA Er hat sein Rad verloren, darum ist er aufgebracht.

PECK Wir sind versichert.

AGATHA Sie sind doch nicht wirklich versichert!

ROSINA Warum nicht! Ist das nur für die oberen Klassen!

AGATHA *zu Evans* Sie kennen ja die Spinks. Er war dort im Garten ... eingekeilt. Und plötzlich sieht ihn der Sergeant und läßt ihn frei! Vorher hat er wild gepfiffen!

EVANS *zu Peck* Sie haben wild gepfiffen?

AGATHA Der Sergeant. Er *zeigt auf Peck* ist ganz ruhig gestanden. Verbrecher sind feig, darum weiß ich, daß er keiner ist.

ROSINA *impertinent* Lesen Sie es in den Büchern? Wie man es macht!

PECK Wozu hast du das gesagt! Entschuldig dich!

ROSINA *kämpft.* Ich ... ich hab's nicht so gemeint.

AGATHA Und i c h überlasse ihn seinem struppigen Schicksal. Struppig wie er selbst ist.

ROSINA Bitte gehen Sie nicht weg. S i e hält ihn immer hier fest. Ich kann ihm keinen Schnaps kaufen, ich arbeite r e d l i c h.

EVANS So! Und wer teilt mit ihm, was er bringt!

PECK *grob* Niemand teilt was! Ruhe!

AGATHA Wir sind alle auf der Wiese gestanden, der Spinks schreit »verhaften«, s i e schreit »freilassen«, sie ist nämlich ein Schaf, aber gutherzig.

EVANS Ein schuldiges Schaf.

AGATHA Ich war froh, daß es gut abgelaufen ist.

ROSINA Er war nicht froh.

EVANS Er will hoch hinauf! Ein Haus!

ROSINA Was du nicht sagst!

AGATHA Was könnte er sonst wollen?

ROSINA Er will ein Haus ... bauen!

AGATHA Sie sehen so anständig aus, warum stützen Sie ihn?

PECK Sie ist eine Baronin, ich hab sie verschleppt.

EVANS Verkäuferin beim »Octopus« ist sie.

AGATHA Sie verschmäht es *zu Peck* von Ihren Einkünften zu leben. Sie haben doch Mut, Peck ...

ROSINA Den hat er grad nicht.

AGATHA ... zu einem ehrlichen Kampf.

ROSINA Und so ist er eingesperrt worden.

EVANS Eingesperrt ist er worden, weil sein Freund mit einem andern gerauft hat.

ROSINA Und e r hat ein Messer gehabt.

AGATHA Er hätte jemanden erstechen können.

ROSINA Er h a t auf den anderen losgestochen.

AGATHA Entsetzlich. Und niemand hat ihm bei Gericht geglaubt.

ROSINA Jeder hat ihm geglaubt.

AGATHA Bin ich erleichtert.

ROSINA *boshaft* Das sollten Sie nicht sein, ihm war's zu kurz.

PECK Hast du das jetzt sagen müssen!

AGATHA Sie werden noch behaupten, daß er gern im Gefängnis ist.

ROSINA Gern! Er hat nicht heraus wollen!

EVANS Nicht möglich!

AGATHA Das ist ... das Gegenteil von Claustrophobia, ein Claustrolâtre müßte man da sagen.

EVANS Warum ist er dann nicht drin geblieben?

PECK Das duldet der Steuerzahler nicht.

AGATHA *ist jetzt erst fassungslos.* Wollen Sie behaupten, daß Sie diese Einbrüche nur inszenieren? Hat Sie deshalb der Sergeant laufen lassen?

PECK *fährt auf.* »Laufen« lassen! Wenn man hinein will, das wird auch bestraft.

AGATHA Darum läuft er nie weg.

ROSINA Er ist ganz besessen von der Idee.

EVANS Dort muß er nicht immer nach Hause gehn.

ROSINA Dort behandeln sie ihn mit Achtung, dort ist er ein musterhafter Häftling. Draußen ist er nur ein Maurer. Und die Briefe, die er mir schreibt!

EVANS Drum ist sie froh, daß er drin ist.

ROSINA *anzüglich* Drin läßt man ihn in Ruh.

AGATHA Das Gefängnis, ein Palankin.

ROSINA Was wird das jetzt sein.

PECK *munter* Ein Mandarin.

AGATHA Das ist eine Art Sänfte.

EVANS Was ist das?

PECK Das bin ich! Ein Palankin.

AGATHA Das ist eine altmodische Kutsche, die getragen wird. Darin möchte er leben. Ist es um sich abzusondern, aus Melancholie oder aus Eitelkeit?

EVANS *zu Peck* Ich verhelf Ihnen zu einem Job, wenn Sie wollen, wo man Sie bestimmt erwischt.

AGATHA Wenn Sie das wollen, warum sind Sie dann zu dem Deserteur gegangen?

PECK Sie haben mich doch gesch…

AGATHA Ich habe Ihnen gesagt, die zeigen Sie nicht an.

PECK Ja, warum bin ich eigentlich hin … vielleicht wollt ich sehen, wie der lebt, in einem Palankin.

AGATHA Ich glaub's nicht.

ROSINA Was glauben Sie nicht.

AGATHA Ich glaube die ganze Geschichte nicht.

Es klopft. Mrs Evans öffnet die Türe und läßt Sergeant DAVIES *ein. Dieser ist etwas verwundert, Agatha in dieser Umgebung zu sehen, nickt ihr zu und macht Peck ein Zeichen, mit ihm zu kommen, der sich nicht rührt.*

DAVIES Peckham, Sie kommen mit.

ROSINA Ich hab's ihm ausgerichtet. Der Sergeant will eine Liste machen. Brian, er glaubt, vielleicht findest du noch einiges, und ich bild mir ein, es ist weg. Der Sergeant hat ganz recht.

DAVIES Starren Sie mich nicht an, kommen Sie.

EVANS Ein Sergeant ist das! *Sie richtet sich das Haar vor dem Spiegel.*

DAVIES Mir wird die Geduld reißen, Peckham. *Höflich zu Agatha* Es ist bei ihm eingebrochen worden.

AGATHA Das ist wie die französische Konjugation: Sie brechen ein, er bricht ein, man bricht ein. Was hat er jetzt getan?

DAVIES Zur Fragestellung bin ich hier.

AGATHA Und ich zur Verteidigung.

ROSINA Sie glaubt's nicht, daß er die nicht braucht.

AGATHA Er provoziert Verhaftungen?

ROSINA Im Gefängnis bewundern sie seine Zeichnungen.

PECK *heftig* Entwürfe!

ROSINA Unser Haus ist besonders verbaut.

DAVIES *notiert etwas.* Wollen Sie im Rathaus wohnen?

PECK Das ist auch verbaut.

AGATHA Ihr macht es ihnen zu bequem, in den Gefängnissen.

PECK Die sind auch verbaut.

AGATHA Warum wollen Sie dann hinein?

ROSINA Wo denn kann ein Mensch noch etwas lernen, der sonst keine ... keine ...

AGATHA Chance hat? *Nachdenklich* Er hat vielleicht einen Stiefvater gehabt ... der hat ...

ROSINA Sich erhängt.

DAVIES *ironisch* Ist er darum Bauarbeiter geworden?

PECK Weil ich mich immer am Gerüst aufhäng.

AGATHA Rührt Sie das nicht, Sergeant? Tragik hinter seiner Maske.

DAVIES Ich kann mir das nicht leisten.

AGATHA Sie sind nämlich gar kein Bluthund.

DAVIES Wir sind Wölfe.

ROSINA Der Sergeant ist sogar immer sehr menschlich, nicht wahr, Brian?

PECK Er ist nicht zum Aushalten!

EVANS Eine Uniform müßte Ihnen gut stehen, Sergeant.

ROSINA *wichtig* Ein Detektiv trägt immer einen Raglan.

AGATHA Jeder merkt sofort, Sie sind human.

ROSINA Nicht Faust und Knüttel.

AGATHA Nicht hager und finster.

DAVIES *geschmeichelt* Das Gesetz besteht aus Worten. Etliche Paragraphen müssen hinausgeworfen werden, aber so lange sie drin sind, bleiben sie Gebote.

AGATHA Gut ausgedrückt.

EVANS Ich habe mir immer gewünscht, ein wirkliches Abzeichen zu sehen, nicht nur im Kino.

DAVIES Das gebrauche ich nur amtlich.

AGATHA Zeigen Sie mir einmal Ihr Profil her.

DAVIES *amüsiert* Nicht in den Dienststunden.

AGATHA *besieht sein Profil.* Kommen Sie zu mir ins Atelier.

EVANS Mein Mann und ich wären auch sehr ... mein Bruder ist bei der Marine.

ROSINA Wenn Sie bei uns einmal nichtamtlich vorbeischauen, ich kauf mir nächste Woche einen Fernsehapparat.

EVANS Auf Abzahlung.

DAVIES Das kann ich den Damen nicht antun ... ein Detektiv im Haus, niemand sieht den gern.

AGATHA Ich dachte, nur der Pastor hat ein hohes Amt, aber auch Sie stehen auf hoher Stufe.

DAVIES *galant* Ich hoffe oben zu bleiben.

PECK *rasend vor Eifersucht* Nirgends wird er bleiben! Jetzt werdet ihr sehen!

Er rennt zur Türe und will hinaus.

LADY REXA *prallt zurück.* Sogar hier sind Sie! Soll mich freuen. *Sie tritt ein.*

AGATHA Lady Rexa!

EVANS und ROSINA *knicksen.*

REXA *zu Evans* Wir brauchen Ihren Mann. Einige Reparaturen. Er macht das rasch. Glauben Sie, wird er die Garage pumpen ...

EVANS Er kommt gleich morgen, Lady Rexa.

AGATHA Das ist kein Ort für Sie, Lady Rexa.

REXA Diese Hütte steht auf meinem Grund! Wissen Sie das nicht! *freundlich zu Evans* Sie reinigt den Pfad jeden Morgen. Und hier ist es auch sauber.

EVANS *reißt die Türe links auf.* Bitte hier hinein, Lady Rexa.

REXA *will eintreten, weicht zurück.* Kann nicht hinein.

EVANS Es ist aufgeräumt, Lady Rexa.

REXA Bobby ist drin.

EVANS Da ist kein Bobby drin, ich kenn nicht einmal einen Bobby!

REXA Bobby ist mein Mann.

AGATHA Der ist doch schon tot.

REXA *scharf* Eben deshalb ist er drin. Schließen Sie die Türe, Kind, damit er hier nicht durchgeht. Heute ist ...? Dienstag, Dienstag kommt er immer.

EVANS *schließt die Türe.*

ROSINA *im Hintergrund hält das Taschentuch vors Gesicht und sagt zu Davies* Ich geh voraus in die Wohnung. *Sie schlüpft weg.*

REXA *zu Peck* Warum sind Sie nicht unter den Balkon gekommen?

AGATHA Es ist nicht mehr nötig ... Lady Rexa, John hat sich selbst gestellt.

PECK *rüpelhaft* Geben Sie's der da, die hat's nötiger. *Er zeigt auf Agatha.*

REXA Ein schöner Zug.

EVANS Zieht es? *Sie versucht alle Türen.*

DAVIES *stellt einen Sessel für Lady Rexa zurecht.* Belieben Platz zu nehmen.

REXA Wer ist das?

AGATHA und EVANS Der Detektiv.

REXA Ah! Sehr erfreut.

DAVIES *zu Peck* Sie kommen mit.

REXA Niemand geht! Alle setzen!

ALLE *setzen sich, Evans legt ihr ein Kissen unter die Füße und hockt auf einem Schemel beim Kamin.*

REXA Warum haben Sie das Geld nicht geholt, Romeo?

DAVIES Was für ein Geld war da zu holen?

REXA Das geht Sie nichts an.

DAVIES *zückt sein Notizbuch.* Das geht mich leider an, Lady Rexa.

REXA Ich hätt Sie nicht angezeigt.

DAVIES *schreibt.* Was war da anzuzeigen?

AGATHA Sie brauchen ihn nicht bestechen, Lady Rexa.

DAVIES *schreibt entrüstet.* Bestechen!

REXA *zu Peck* Sie sind doch nicht mutig. Sie haben sich nicht getraut wieder einzubrechen.

DAVIES E i n z u brechen! *Schreibt.*

PECK *wild* Nicht getraut! Warten Sie, was ich jetzt vorhab! Jetzt werdet ihr sehen!

REXA Schleichen Sie ein, das Geld liegt bereit.

DAVIES Darf ich bitten, provozieren Sie den Mann nicht. Er kommt wirklich.

REXA Drum rennen ihm alle nach. S i e rennen ihm den ganzen Tag nach, Agatha.

AGATHA Nur um zu verhindern …

REXA Daß er woanders einsteigt.

AGATHA Sie wissen etwas nicht, Lady Rexa. Er steigt ein, weil er Erholung braucht. Im Gefängnis ruht er sich aus.

REXA Piffl! Er steigt ein, weil er die Welt sehen will! Wie der Junge, der sich unter dem Bett der Königin versteckt hat.

EVANS U n s e r e r Königin!

REXA Natürlich nicht. Ich weiß nicht mehr, welche es war. Steigen Sie ein, Romeo, ich krieg Sie heraus, wenn Sie erwischt werden.

DAVIES Lady Rexa, ich darf nicht gestatten, daß Sie so zu ihm sprechen.

REXA Gestatten! Sie B u b e !

DAVIES Ich muß Sie ersuchen, sich höflicher auszudrükken!

REXA Sie B u b e , was unterstehen Sie sich!

DAVIES *steht auf, energisch* Sie kommen mit. In die Polizeistube, Lady Rexa. Ich seh Sie in einer halben Stunde, Peckham.

REXA Verhaftet! Ich werde verhaftet! *Jubelnd* Gehen wir! Ich bin verhaftet! Daß ich das noch erleben werde! *Sie geht mit ihm.*

PECK Immer holt er die falschen Leute! *Zu Agatha* Sie werden doch die alte Frau ...

AGATHA Warum nicht! Sie hat eine Amtsperson beleidigt. Ich bin für Gerechtigkeit.

PECK Ich auch! Ich hol sie mir!

Er läuft davon.

AGATHA Wieder ausgebrochen.

EVANS Einbrechen wird er.

LADY REXA *kommt zurück, in der offenen Türe sieht man Davies.*

REXA *zu Agatha* Wieviel ist es!

Zückt ein Scheckbuch.

AGATHA *erfreut* Lady Re...

REXA Wenn Sie keine Hosen tragen!

AGATHA *kalt* Ich werde weiter Hosen tragen!

REXA Gefällt mir eigentlich! Das ist der britische Charakter! Unbestechlich.

AGATHA Die Unbestechlichkeit des Künstlers!

REXA Piffl! *Will schreiben.* Wieviel!

AGATHA *ungläubig* Zweitausend Pfund ...

REXA *schreibt.* Zweitausend.

AGATHA Ich bin so froh! Ich bin so erleichtert! Ich zahl es zurück ...

REXA *kichert* In zehn Jahren. *Sie geht mit Davies, der die Türe schließt.*

EVANS Jetzt sind Sie wieder oben! Das verdanken Sie eigentlich i h m !

AGATHA Er lockert alle auf ... er bricht die Ketten.

EVANS *klaubt Pecks Bausteine zusammen.* Die hat er vergessen.

AGATHA Lassen Sie das! Laufen Sie ihm nach! Halten Sie ihn zurück! Man muß ihn retten! Er hat mich auch gerne ... mir kommt vor, sie will ihn wirklich im Gefängnis haben! Die Rosina!

EVANS Weil er ihr diese B r i e f e schreibt! Sie liest sie mir vor! Ganze Häuser zeichnet er ihr aufs Papier!

AGATHA Die Törin! Wir müssen ihn zurückhalten!

Sie eilt hinaus.

EVANS *vergnügt ins Publikum.*

Jetzt folgt sein Meisterstück!

Das Kaufhaus »Octopus«. Man sieht vor sich zwei Abteilungen des großen Warenhauses. Die Käufer kommen von rechts und links. Hinter dem Ladentisch zur Linken steht Rosina, *bei den Krawatten. Neben ihr in der Buch- und Papier-Abteilung steht der* Manager Tompkins *und reiht ein. Ganz vorne links, in einiger Entfernung vom Ladentisch, ist ein kleiner Tisch mit Zeitschriften bedeckt. Stühle sind links und rechts vorne, für die Kunden.*

Rosina *reicht ihm Bücher und läßt sie fallen.* Entschuldigen.

Manager Was ist denn los mit Ihnen! Sie sind so zerfahren! Fehlt wieder etwas? Ihrer Abteilung? Nicht am Ende wieder Krawatten! Sie haben vorige Woche ohne Profit gearbeitet! Was sag ich, ohne Profit, mit Schaden!

Rosina Sie bekommen das doch ersetzt.

Manager Es kann mir aber nicht passen. Fehlt wieder etwas?

Rosina *zählt Krawatten und Halsbinden nach.* Hoffentlich nicht.

Manager Ein Glück für Sie, daß wir Personalmangel haben.

Rosina Das drückt mich nicht.

Manager Haben Sie mit Ihrem Alten Verdruß gehabt?

Rosina Er ist zu jung, das ist der Verdruß. Er ist ganz besessen …

Manager Das wird mit den Jahren besser.

Rosina Bei ihm wird's immer ärger.

Manager Das kommt davon, wenn man sich einen Jungen aussucht. Ein reifer Mann ist ein Freund und eine Stütze.

Rosina Ich bin nicht zum Umfallen, daß ich eine Stütze brauche.

MANAGER *zeigt hinunter.* Vielleicht doch! Jetzt haben Sie wieder eine Schleife fallen lassen! Er ist doch nicht schlecht zu Ihnen?

ROSINA *lacht* Sie sind schlecht zu mir, Herr Tompkins.

MANAGER Sonst red ich mit ihm.

ROSINA Nur mit sich selbst ist er schlecht.

MANAGER Inwiefern denn?

ROSINA Ich kann's Ihnen nicht erklären, weil ich ihn selbst nicht verstehe. Ich werde ihn nie verstehen.

MANAGER Was gefällt Ihnen dann an ihm?

ROSINA Das gefällt mir so gut an ihm.

MANAGER Warum gehen Sie in Arbeit, wenn er so gut ist und gut verdient.

ROSINA Nicht regelmäßig ... er ...

MR SPINKS *kommt von links mit seiner Frau und flüstert* Das ist die Abteilung.

MRS SPINKS Du bist so zerknirscht, Liebling. Kauf ihr das Lehrbuch und Schluß! Wenn du ihr eine so große Wohltat erweist, dann hast du dir nichts mehr vorzuwerfen.

MANAGER Womit kann ich dienen, mein Herr?

MR SPINKS Wir brauchen etwas ganz Bestimmtes.

MRS SPINKS Für jemanden, der nicht lesen und schreiben kann.

MANAGER Hier sind die Schulbücher. Das hier wird im Kindergarten mit Erfolg verwendet. Und das hier ist für Zurückgebliebene.

MR SPINKS Das ist doch für Kinder!

MRS SPINKS Wir wollen kein Buch für Kinder.

MANAGER Verzeihung, ich habe verstanden – »Anfangsgründe«. Sie wollen etwas für das reifere Alter, scheint es.

MR SPINKS Das Alter ist wirklich sehr vorgeschritten.

MRS SPINKS Er will jemandem eine Wohltat erweisen.

MANAGER Am besten wird es sein, Sie nennen mir die Schule.

MR SPINKS Aber die Person ist dreißig oder darüber. Bei diesen Praktiken heutzutage weiß man bei keiner Frau das Alter, alle sind bemalt wie die Figur auf einer Galeone.

MANGER Habe ich recht verstanden? Die Frau kann nicht lesen? Schon vor Christi Geburt hat jeder Mensch lesen können.

MR SPINKS *streng* Vor Christi Geburt haben die meisten Leute nicht lesen können.

MANAGER Aber im Jahre 1952! Wie schaut sie denn aus?

ROSINA *nebenan hat alles gehört und unterdrückt ein Lachen.*

MR SPINKS Das kann ich Ihnen nicht sagen, ich habe Sie noch nie angeschaut.

MRS SPINKS Sie ist nämlich unsere Scheuerfrau.

MR SPINKS Nach dem Parfum zu urteilen dürfte sie vulgär sein.

MRS SPINKS In der Güte seines Herzens glaubt Mr Spinks sich verpflichtet, etwas gutzumachen.

MR SPINKS *scharf* Unsinn!

MRS SPINKS *repliziert* Was ihre Eltern an ihr verschuldet haben.

MANAGER Wenn sie wirklich Eltern hat. Diese Sorte hat gewöhnlich keine Eltern.

MR SPINKS Irgendwer muß für dieses Exemplar verantwortlich sein.

MANAGER Meinen das Buch? Es ist das beste ...

MRS SPINKS *wählt ein Buch.* Dieses hier ist am besten, die Lettern sind groß drin. *Sie flüstert Spinks zu* Reduziert ... Wir haben ein Konto hier, Sie kennen uns doch.

MANAGER Wird selbstverständlich aufgeschrieben, gnädige Frau. *Zu Spinks* Hier ist eine Neuerscheinung. Sehr interessant. »Soziale Reform in den Gefängnissen«.

MR SPINKS *grimmig* Interessiert mich nicht.

MRS SPINKS Bestimmt nicht!

Mr Spinks Schicken Sie den Sträflingen Ihre Goldfüllfedern? Die dürfen bestimmt bereits Goldfüllfedern gebrauchen.

Mrs Spinks Sogar Teppiche dürfen sie sich kommen lassen.

Manager Wenn sie welche haben.

Mr Spinks Die werden sich die Gefängnisse noch mit Chippendale-Möbeln anfüllen.

Manager *reicht ihm ein Buch.* »Raketen zum Mond«.

Mrs Spinks Das ist schon Blasphemie.

Mr Spinks Kann ich drin blättern?

Manager Mit Vergnügen, das Lesezimmer ist nebenan.

Mr Spinks Werden w i r sie hinaufschießen?

Manager Nein, die Amerikaner.

Mr Spinks Immer die Amerikaner.

Manager Sie reißen den ganzen Export an sich. Es wird Sie interessieren – das »Paradies« ist zum Verkauf ausgeboten.

Mr Spinks Ich habe drei Ausgaben. Eine noch vom Jahre …

Manager Ich meine das Haus. Die Frazer-Villa.

Mr Spinks Zieht sie denn weg?

Mrs Spinks Verläßt sie uns?

Manager Es kann ihr nicht angenehm sein, jetzt wo alle es wissen.

Mr Spinks Wenn es sehr preiswert ist, interessier ich mich.

Manager Er hat sich gestellt.

Mr Spinks *streng* Ist uns bekannt.

Mrs Spinks Sein Gewissen hat ihn geplagt.

Mr Spinks Wird sie auch eingesperrt?

Manager Sie ist frei, man hat natürlich Nachsicht.

Mrs Spinks Es war schön, wie sie zu ihm gehalten hat, in Glück und im Unglück, in Krankheit und in Not.

Manager Sie läßt sich scheiden.

MRS SPINKS Das ist entsetzlich!

MR SPINKS Soll sie auf einen abgestraften Verbrecher Jahre lang warten!

MRS SPINKS Aber er ist noch nicht abgestraft.

MR SPINKS In zehn Jahren wird er es sein.

MANAGER Höchstens fünf Jahre. Das Lesezimmer ist gleich um die Ecke.

MR SPINKS *geschmeichelt* Sie vertrauen mir das Buch an?

MANAGER Ist selbstverständlich.

MR SPINKS *eifrig* Ich bring's zurück! Ich bring's zurück!

MRS SPINKS *führt ihn weg.* Niemand zweifelt daran, Schatz. Glaubst du, Frazer wird Postsäcke nähen müssen? *Sie gehen links ins Lesezimmer.*

ROSINA *allein mit Tompkins* Wird er wirklich Postsäcke nähen müssen? Der Deserteur mein ich.

MANAGER Geschieht ihm recht, wenn er muß, der Feigling.

ROSINA Ist das so ein ... Verbrechen?

MANAGER Was? Jetzt versteh ich! Ihr Mann ist auch so einer!

ROSINA Er ist das Gegenteil, der läuft ins Gefecht.

MANAGER Das ist auch wieder falsch. Man muß heranschleichen. Wenn man anrennt, wird man gefangen.

ROSINA Ich wollt, er wäre ein Gefangener.

MANAGER Also doch. Sie wollen ihn loswerden.

ROSINA Im Gefängnis gehört er nur mir.

MANAGER Wer spricht von Gefängnis, Sie sind aber heute zerfahren! Mir scheint, ich sehe Mrs Evans. Ja, das ist sie.

ROSINA *peinlich berührt* Kommt Sie?

MANAGER Sie ist vor der Damenwäsche stehn geblieben. Die versteht zu leben.

ROSINA Aber sie hat ein Geheimnis.

MANAGER Was für ein Geheimnis? Meinen Sie einen Liebhaber?

ROSINA Jeder hat e i n e Sorge, irgend etwas, das ihn verdrießt.

MANAGER Ja? Was ist das?

ROSINA *ausweichend* Sie geht gern tanzen.

MANAGER Mit w e m geht sie?

ROSINA Und ihr Mann sieht es nicht gern.

MANAGER Und sie sieht ihren Mann nicht gern. *Er geht auf Mrs Evans zu, die von links erscheint, mit ihrer Einkaufstasche um den Arm.* Bitte rufen Sie mich, wenn eine wichtige Kundschaft ...

ROSINA Ganz verläßlich, Herr Tompkins.

MANAGER *mit allen Zeichen der Freude, kommt nach vorne, gefolgt von Evans.* Diese schöne rote Bluse, und die Spitzen am Hals.

EVANS Ich halt Sie doch nicht auf?

MANAGER Nur meinen Schlaf halten Sie auf. Haben Sie meinen Brief gekriegt?

EVANS Ich muß Ihnen etwas mitteilen.

MANAGER Eine Zusage?

EVANS Nichts, was mich betrifft.

MANAGER Dann will ich's nicht hören.

EVANS Es ist aber wichtig.

MANAGER Schön war die Karte, Chris, zu meinem Geburtstag, daß Sie dran gedacht haben. Aber warum hast mir denn eine Weihnachtskarte geschickt?

EVANS *erschrickt.* Ich ... ich hab gefunden, sie ist schöner, übrigens sagen Sie mir nicht ›du‹.

MANAGER Du gehst jede Nacht tanzen, und dann verwechselst du deine Verehrer.

EVANS Mein Mann war grad im Zimmer, wie ich die Karte ausgesucht hab.

MANAGER Ich meine etwas anderes. Was ich dir geschrieben habe.

EVANS Ich bin sehr gerührt, aber ich kann nicht weg von

ihm. Er nimmt mir das Kind ... ich hab da in der Tasche etwas für Sie.

MANAGER Geschenke werden nicht angenommen, nur dargereicht.

EVANS Etwas, was ich gefunden habe. *Sie öffnet die Tasche.*

MANAGER Nimm's jetzt nicht heraus, Kinderl, es ist eine wichtige Kundschaft hinten, sie will vielleicht über ihr Haus sprechen, ich kann eine gute Provision verdienen.

EVANS Aber das ist auch wichtig! Ich wollt's nicht der Rosina sagen, sie ist mir aufsässig, sie ist eifersüchtig.

MANAGER *blickt zu seiner Abteilung hin.* Auf wen denn?

EVANS Auf ihren Mann.

MANAGER Also mit d e m gehst du immer tanzen.

EVANS Hat sie das erzählt! So eine Gemeinheit. Ich geh nicht mit ihm.

MANAGER Warum wär sie dann eifersüchtig.

EVANS Er gefällt mir.

MANAGER Besser als i c h !

EVANS Sie sind ein Wachmann.

MANAGER Polizei-Offizier in Pension, deshalb gefall ich dir doch.

EVANS Ja, und deshalb möcht ich Ihnen etwas zeigen. *Greift in die Tasche.* Wie d a s hineingekommen ist!

ROSINA *geht auf Tompkins zu.* Die Kundin will ...

MANAGER Wegen dem Haus?

ROSINA Nein, sie will, daß ich ihr das Grammophon demonstriere. *Flüstert* Ich glaube sie kauft's. *Sie reicht ihm ein Grammophon und Platten.*

MANAGER *zu Evans* D u suchst die Musik aus.

EVANS *schiebt die Platten von sich und singt einen Schlager.* Wähl das!

MANAGER *sucht unter den Platten.* Sehr gut.

ROSINA *entsetzt* Etwas Ernstes, Herr Tompkins, es ist für Mrs Frazer.

MANAGER Recht haben Sie. *Er legt eine Platte ein, während Clare im Hintergrund aufmerksam wird. Leise zu Evans* Ihr Mann ist verhaftet und s i e kauft ein Grammophon.

EVANS Die kann jetzt tun, was sie will.

MANAGER Die will nichts tun. Kalt wie ein Bild.

GRAMMOPHON One fine day we'll notice
A thread of smoke arising
On the sea, in the far horizon
And then the ship appearing …

MANAGER Madame Butterfly.

EVANS Grad wie sie, sie wartet auch, daß der Mann zurückkommt.

MANAGER *lacht* Ich hätte wirklich etwas Anderes aussuchen sollen.

ROSINA *holt den Apparat und flüstert* Sie kauft. *Sie trägt ihn zu Clare, die sofort weggeht.*

MANAGER Woher weißt du, Chris, daß sie wartet?

EVANS Die wartet doch nicht.

MANAGER Die Butterfly.

EVANS Ich kenn's vom Radio.

MANAGER Weißt du, wie ich mich in dich verkracht hab?

EVANS Wie ich gesungen hab – ich weiß.

MANAGER Wie ich dir meine Photographie gegeben habe. Du hast gesagt, du liest lieber still für dich zuhause, was hinten steht. Das liebe Gesicht, das du dabei gemacht hast!

EVANS Mir hat die Uniform drauf gefallen.

MANAGER Noch mehr verkracht hab ich mich, wie du deiner Kleinen vorgelesen hast. Ich hab dich durch die Türe gesehen. Bei der Küche.

EVANS *blickt gequält auf ein Magazin am Tischchen links.* Ich habe ihr nur die Bilder gezeigt.

MANAGER *weist auf das Deckblatt.* Wer wird denn gleich so ernst sein, das ist doch nur ein Bild!

EVANS Es grinst, wenn ich lachen will.

MANAGER Oh weh, gleich zwei Kunden! Dieser Personalmangel. Komm später hin, such dir ein Buch aus, oder eine Füllfeder, echtes Gold.

EVANS *bestürzt* ... echtes Gold.

MANAGER Damit du mir mehr schreibst.

EVANS Nicht vor Rosina ... ich komm später ...

MANAGER Davonlaufen möchtest du! Komm nur mit! *Er zieht sie leicht beim Arm mit. Sie steht erst rechts, während er bedient, doch dann wirft sie ihre Einkaufstasche auf einen Sessel und verschwindet.*

AGATHA und CLARE *kommen von links.*

AGATHA Jeder ist entsetzt über dich.

CLARE Sie werden es bald über dich sein. Wenn ich erzähle, wie es begonnen hat.

AGATHA Niemand wird dir glauben. Der »Brigant« hält zu mir.

CLARE Pyrolâtre, Astrolâtre, Heliolâtre, was ist man, wenn man einem Banditen nachläuft.

AGATHA Ich trachte, mich in die Leute einzufühlen.

CLARE Nicht in einen alten Hysteriker, wie den Spinks, sondern in einen jungen – »Briganten«.

AGATHA Du würdest staunen.

CLARE Ich h a b e gestaunt.

AGATHA Und ich staune jetzt. Einkäufe gehst du machen! Du kannst es nicht erwarten.

CLARE Wenn du's wissen willst, ich bin deinethalben hergekommen. Du bist überall, nur nicht zuhause. Deine Kinder verwildern. Schleichst du hier um den Einschleicher herum?

AGATHA In Verkleidung.

CLARE In Verkleidung klettert er auf deinen Balkon hinauf?

AGATHA Nein. In einen Palankin hinein.

CLARE Das ist mir zu kompliziert.

AGATHA Er will ins Gefängnis. Es ist eine Besessenheit bei ihm.

CLARE Bist du hier, um ihn zu decken! Er steht bei den Taschenuhren. Du wirst natürlich erklären, er ist ein Psychopath, wenn er erwischt wird.

AGATHA Was! Er ist hier! Er will erwischt werden! Man muß das verhüten. Ihm verdank ich es …

CLARE Du bist doch nicht wirklich in ihn verliebt.

AGATHA Nicht mehr als du.

MR *und* MRS SPINKS *treten jetzt vorne links zum Tischchen, nehmen Platz, sie blättert in den Zeitschriften, er liest das Buch.*

CLARE Ich seh den alten Spinks, er will mein Haus kaufen. Ich will weg. Ich kann nicht länger in dieser Nachbarschaft …

AGATHA Sag ihm das nicht. Wenn er es merkt, drückt er den Preis ins Unverschämte … ich hab dich nämlich doch gern, eigentlich verdank ich es auch dir, daß Lady Rexa mir geholfen … *Sie gehen beide rechts in eine andere Abteilung.*

SOPHIE *eilt von links herein, gefolgt von* MRS EVANS.

EVANS Geben Sie mir sofort den Brief! Wenn er wüßte, daß Ihre Mutter ihn mit einem … einem …

SOPHIE Diktionär …

EVANS Diktionär gelesen hat.

SOPHIE Sie hat ihn Ihnen doch vorgelesen.

EVANS Aber nicht mit einem Diktionär!

SOPHIE Mutter ist jetzt bei Ihnen! Sie sucht Sie überall! Sie will Sie zur Rede stellen. Sie bringt Sie mit einem Einbruch in Verbindung.

EVANS Das ist eine Verleumdung.

SOPHIE Sie meint ja nur, Sie könnten von uns erzählt haben … und daß Sie das nicht mehr tun sollen.

EVANS *lacht.* Erzählt? Wem? Die Freunde von mir haben alle mehr als Sie ... wie hat er denn ausgeschaut?

SOPHIE Ohne Krawatte, schlecht gekleidet, nicht groß ... alt.

EVANS Wie alt?

SOPHIE Mindestens dreißig.

EVANS Ist er sehr männlich?

SOPHIE Ein Einbrecher wirkt immer männlich.

EVANS Sie sind grün.

SOPHIE Die Mutter ist sehr aufgebracht. Sie will die Anzeige machen.

EVANS Hat er die Taschen voll mit ...

SOPHIE Diebsbeute! Die Mutter hat also recht!

EVANS Sie werden ihn gleich hier sehen!

SOPHIE Wenn ich den seh, ich laß ihn sofort arretieren. Er ist nämlich weg. Mit dieser hochmütigen ...

EVANS *jubelnd* Das ist eine gute Idee!

SOPHIE Er war grob zu mir. Er hat gesagt, ich bin nicht sein Typ.

EVANS *begeistert* Wirklich!

SOPHIE Revanche für Waterloo!

EVANS Was hat das mit der Brücke zu tun.

SOPHIE Was haben Sie mit ihm zu tun. Die Mutter wird Ihnen ihre Meinung sagen. Sie wird Ihnen eine Stelle im Brief zeigen. Sie trägt den Brief bei sich herum.

EVANS Ich fürcht mich nicht. Was haben Sie da eingekauft?

SOPHIE Briefpapier mit meinem Namen. In Gold *zeigt ihr* – das ist mein Name.

EVANS Wozu in Gold?

SOPHIE Für meine Anbeter.

EVANS Als ein Wink? Vielleicht wird Sie niemand anbeten. Eine Freundin von mir wollte auch Schauspielerin werden.

SOPHIE Ich habe Talent.

EVANS Wozu braucht man das im Film.

SOPHIE Ich habe Temperament.

EVANS Braucht man das auch zum Theater-Spielen?

SOPHIE Hat sie ein Stipendium gewonnen?

EVANS Einen Schönheitspreis.

SOPHIE Als Liftgirl. In Uniform.

EVANS Im Badekostüm!

SOPHIE Man bringt mich im Auto nach Hause.

EVANS Dazu muß man nicht erst Schauspielerin werden.

SOPHIE Sind nicht am Ende S i e diese Freundin? Sie könnten nie Schauspielerin werden, Sie könnten doch nicht einmal … *sie setzen sich links im Hintergrund nieder und flüstern.*

MR SPINKS *unterbricht seine Lektüre.* Die ganze Gegend ist heute hier versammelt. Ist vielleicht ein Meeting, von dem wir nichts gewußt haben?

MRS SPINKS Es wird wegen dem Skandal sein. Wegen Frazer. Verhalt dich ruhig, Liebling, und rege dich nicht weiter auf. Aber hinter uns sitzt die Person mit meiner Einkaufstasche.

MR SPINKS Welche Person?

MRS SPINKS Unsere Scheuerfrau.

MR SPINKS Wo i s t s i e !

MRS SPINKS Sie sitzt mit einem Mädchen. Vorhin hat sie mit dem Manager gesprochen. Ich habe sie vom Lesezimmer …

MR SPINKS Hat sie mit dem Manager gesprochen! Sie hat ihm alles über die Krawatten erzählt.

MRS SPINKS Was macht das, Schatz. Sie müssen beweisen können, was sie behaupten.

MR SPINKS Vielleicht hat mich doch jemand gesehen!

MRS SPINKS Dazu ist es jetzt zu spät …

MR SPINKS Aber du weißt nicht! Ich habe schon wieder …

MRS SPINKS Sie dürfen dich nicht beschuldigen. Das wäre

Verleumdung. Sie sollen sich trauen, dich zu verleumden.

MR SPINKS Aber ich hab schon wieder …

MRS SPINKS Richte deinen Kragen, Jason, und schau streng drein. Du hast gebüßt, du hast ihr das Buch gekauft.

MR SPINKS Wenn sie mich doch beschuldigen, könnt ich nicht sagen, der Geist hat sie mir in den Ärmel gesteckt?

MRS SPINKS Welcher Geist.

MR SPINKS Der immer bei der alten Lady erscheint.

MRS SPINKS Der Geist von Frazer?

MR SPINKS Wie kann der erscheinen, der lebt doch. Ihr Mann erscheint ihr.

MRS SPINKS Das kannst du nicht sagen, Jason, denn ein Geist tut so etwas nicht.

MR SPINKS Gehen wir sofort weg!

MRS SPINKS Mrs Frazer will über ihr Haus mit dir sprechen.

MR SPINKS Interessiert mich nicht, gehen wir!

MRS SPINKS Aber sie schaut die ganze Zeit her, unsere Scheuerfrau, mein ich … sie könnte uns beim Ausgang … mach, als würdest du lesen. Du hast ihr das Lehrbuch gekauft, es wird Licht in ihre Finsternis bringen. – Es wäre gut, ihr das Buch gleich zu geben. Ich habe eine Idee! Es ist eine Eingebung! Ihre Tasche liegt auf dem Sessel, ich will sie rasch öffnen und nachsehen, ob die Krawatten drin sind.

MR SPINKS Ja, geh! Nein! Geh nicht! Sie könnte dich bemerken!

MRS SPINKS Dann tu ich einfach, als wollte ich das Buch in ihre Tasche schmuggeln. Als Überraschung!

MR SPINKS Wenn sie dich bemerkt …

MRS SPINKS … dann verstecke ich die Krawatten rasch unter dem Mantel.

MR SPINKS Geh schnell!

Mrs Spinks *geht nach rechts auf die Einkaufstasche zu, die Mrs Evans auf dem Sessel liegen ließ. Ehe sie hineinschaut, wird* Peck *sichtbar. Er blickt sich unverschämt nach allen Seiten um. Mrs Spinks erkennt ihn und bemerkt gleichzeitig die Krawatten.*

Mrs Spinks *zu Peck* Sie! Kommen Sie her! Nehmen Sie das! Schnell! Ein Geschenk für Sie!

Peck Was soll ich mit der Tasche anfangen!

Mrs Spinks Guter Mann, diese Krawatten gehören Ihnen! Laufen Sie schnell weg damit, bevor man Sie erwischt.

Peck Das ist zum Brechen! Sie haben mir doch eine lange Rede gehalten, über mein Gewissen!

Mrs Spinks Sie können eine arme Frau retten, sie hat sie gestohlen, und man wird sie verhaften. Tragen Sie sie weg!

Peck Wer hat das geklaut!

Mrs Spinks Meine Scheuerfrau. Schreien Sie nicht, man wird sonst aufmerksam. Gehn Sie rasch weg damit. Gehn Sie schon endlich!

Peck *grob* Ich will sie nicht.

Mrs Spinks Sie müssen sie nehmen, Sie sind mir das schuldig! Ich war so gut zu Ihnen! Da haben Sie ein Pfund dazu.

Manager *ist aufmerksam geworden, tritt zu ihnen.* Was geht hier vor! *Zu Peck* Ah! Da sind die Krawatten! Sie sind das! Kommen Sie sofort mit mir ins Büro, ich habe ein Wörtchen mit Ihnen zu reden!

Mrs Spinks *flüstert* Ich gebe Ihnen zehn Pfund …

Peck *brüllt* Lassen Sie mich in Ruh Sie alter Spagat!

Rosina *eilt nach vorne.* Das ist Christinas Tasche und das ist mein Mann.

Manager Bitte um Entschuldigung, Sie sind mir bekannt vorgekommen, ich kenne mich nicht recht aus.

Rosina *zeigt gehässig auf Mrs Evans links im Hintergrund.* Und das ist ihre Tasche!

MANAGER *geht auf beide zu, spricht zu Sophie.* Verzeihung, gehört das Ihnen?

EVANS Nein, das gehört mir.

MANAGER Kann ich Sie einen Moment sprechen?

EVANS Aber natürlich.

SOPHIE *zu ihr* Ich warte draußen auf Sie. *Sie geht.*

MRS SPINKS *vorne zu Peck* Kommen Sie mit mir dorthin zum Tisch, junger Mann, Mrs Spinks möchte Ihnen etwas sagen. Etwas sehr Wichtiges.

PECK Mir ist nichts wichtig.

MRS SPINKS Ich will nicht, daß die Frau dort ... sie hat die Krawatten entwendet ... *Sie zieht ihn zum Tisch hin.*

PECK *brüllt* Sie hat nichts!

MR SPINKS Sehen Sie nicht, der Manager verdächtigt sie ... ich gebe Ihnen fünf Pfund.

MRS SPINKS Ich habe ihm schon zehn angeboten, Jason.

MR SPINKS Ich gebe Ihnen zwanzig Pfund. Sie hat sie genommen.

PECK *brüllt* Sie hat nichts genommen!

CLARE *kommt zurück.* Mr Spinks, Sie wollen mein Haus kaufen.

MRS SPINKS Der Himmel hat sie geschickt! *Sie spricht leise zu Clare, indessen Mr Spinks Banknoten aus der Brieftasche zieht und sie Peck hinhält.* Es ist sein Alter, er ist fast achtzig.

CLARE Agatha sagt, jeder Mensch sammelt etwas, der alte Mann sammelt Krawatten. *Zu Peck* Junger Bandit! Sie sammeln Abenteuer! Warum nehmen Sie nicht diese Krawatten und gehen in die Kutsche. Sie wollen doch hinein!

PECK Für ihn geh ich nicht!

CLARE *bezaubernd* Sie ruinieren mir meine Chance, das Haus loszuwerden. Sie schulden mir diese Ritterlichkeit, schließlich bin ich jetzt durch Ihre Schuld ganz allein in dem großen Haus.

PECK Nehmen Sie sich einen Mieter.

CLARE Darüber läßt sich reden.

PECK Dafür krieg ich sechs Monate.

CLARE Aber das wollen Sie doch.

PECK Das ist mir zu wenig, Schönheit.

MRS SPINKS Mein Mann offeriert ihm hundert Pfund.

MR SPINKS Ich gebe zweihundert.

CLARE Dafür kriegt man schon einen Einsitzer.

PECK Ich will einen Zweisitzer.

CLARE *redet weiter auf Peck ein und bewirkt, daß er sich niedersetzt. Auch die beiden Spinks setzen sich beruhigt, und die Gruppe sieht friedlich aus. Hingegen entsteht rechts im Hintergrund Lärm.*

MANAGER Dein Alter hat sie geklaut und du hast sie zurückgebracht!

EVANS Unterstehn Sie sich nicht, das noch einmal zu sagen! Ich habe Sie die ganze Zeit aufgefordert …

MANAGER Sie schützen ihn!

EVANS Ich weiß, wer sie genommen hat! *Sie zeigt auf Spinks* Der hat sie genommen. Ich habe eine Zeugin.

MANAGER Geben Sie acht, was Sie reden, der Mann ist Millionär!

CONNIE *kommt von rechts mit einem Brief in der Hand.* Da sind Sie!

EVANS Bin ich froh, Sie zu sehen, Madame, Sie hätten nicht zu einer günstigeren Zeit kommen können.

CONNIE Das wird sich zeigen, ob es günstig ist, diese Brief ist am Tisch gelegen, ich habe mit Diktionär gelesen …

EVANS Das ist der Manager, Madame. *Sie zwinkert ihr zu.*

CONNIE *bemerkt Peck neben den Spinks.* Das ist er! Das ist der Räuber! *Sie schwingt den Brief.*

MANAGER Einen Moment! Woher haben Sie diesen Brief! *Er will ihn ihr entreißen, sie widersetzt sich, Mrs Evans schreit auf.*

CONNIE Arretieren Sie ihn sofort. Polizei! Er war bei mir. Wegen meiner Tochter.

PECK *dreht sich um.* Halt's Maul!

CLARE *zu Connie* Schweigen Sie!

MANAGER Wie kommen Sie zu diesem Brief!

EVANS *stammelt* Ich ... ich hab ihn vergessen.

CONNIE Wie ich zu diese Brief komme! Schöne Frage! So ein Brief in mein Haus! Sie hat den Räuber geschickt!

MANAGER Wer hat Ihnen erlaubt, ihn zu lesen!

CONNIE Schöne Frage! *Sie hält den Brief fest.* Jeden Tag kommt sie mit Briefe. Das sind lauter Verbrecher! Sie schickt sie herum!

ROSINA *ist hinzugekommen.* Sie kann nicht ... *Sie flüstert ihm etwas ins Ohr.* Das Lehrbuch, das die Leute gekauft haben, ist für sie.

MANAGER Sie kann nicht lesen! Dann kann sie auch nicht schreiben! Und Sie beschuldigen ... Sie haben die Frechheit ...!

EVANS *zu Connie* Madame, wer hat diese Krawatten genommen?

CONNIE Was weiß ich, wer die genommen hat, ich kann nicht alles wissen.

EVANS Sie haben mir doch erzählt, daß er ein Ladendieb ist.

CONNIE Was geht das mich an. Der dort ist eine Räuber!

MANAGER Die Frau ist verrückt! Geben Sie sofort den Brief her!

CONNIE Ich gieb nicht die Brief, bevor Sie nicht arretieren diese Mann! Was er mit mein Bett gemacht hat! Ich schlafe nicht eine Minute ... mit diese Mann ...

AGATHA *ist eingetreten.* Geben Sie mir den Brief, Connie. *Sie nimmt ihr den Brief aus der Hand.* Was ist denn los?

EVANS Der Spinks ist der Ladendieb und mich ... *sie bricht in Weinen aus.*

MANAGER Auf jeder Postkarte war eine andere Schrift, fällt mir ein!

AGATHA *analysiert den Brief.* Brutal, geizig, eifersüchtig, ein Sadist ist das, mit dem ist nicht gut Kirschen essen …

EVANS *hört sofort zu weinen auf.* Gut zu wissen!

AGATHA Der schlägt seine Frau!

MANAGER Ich h a b nicht einmal eine Frau.

EVANS Totgeschlagen hat er sie!

AGATHA *zerreißt den Brief.* So ein Pfuhl!

EVANS Sie wissen nicht, wie Sie mir jetzt geholfen haben.

AGATHA Sie räumen ja dafür auch bei mir auf.

CONNIE Jetzt wird er ihn nicht arretieren lassen, er will meine Tochter haben!

EVANS Er pfeift auf Ihre Tochter.

ROSINA Das ist mein Mann, und Sie schreien die ganze Zeit … hinaus! *Sie faßt Connie am Arm, führt sie hinaus, kommt aber sofort zurück und stellt sich hinter ihren Ladentisch. Vorne links wurde die ganze Zeit unterhandelt und man hört*

PECK Justament nicht! *Er zieht Steine aus den Taschen und fängt wild zu bauen an.*

MRS SPINKS Dreihundert Pfund!

AGATHA *tritt zu ihnen.* Was ist das? Eine Versteigerung?

EVANS *folgt ihr. Zu Peck* M i c h möchten sie beschuldigen!

CLARE *leise zu Agatha* Spinks sammelt Krawatten, und der sammelt Steine.

AGATHA Hat man Sie bestechen wollen, Peck, und Sie haben nicht angenommen?

PECK *baut wild.* Fällt mir nicht ein!

AGATHA Tun Sie's nicht, Peck!

CLARE *leise zu Agatha* Warum macht er das?

AGATHA Er baut sich ein Luftschloß.

MANAGER *nähert sich dem Tisch.* Ich bitte um Entschuldigung, aber es wird so viel gestohlen. *Er zeigt auf die Krawatten.*

ROSINA *folgt ihm und nimmt sie ihm aus der Hand.* Das sind gar nicht unsere Krawatten, Herr Tompkins, das ist nicht unsere Marke!

MR SPINKS *springt auf.* Nicht wahr!

MANAGER Sie haben doch gesagt, daß Krawatten fehlen.

ROSINA Ja, aber nicht diese. Diese sind entschieden nicht von uns.

CLARE Brave Frau.

MRS SPINKS Du bist frei, Schatz, gehen wir!

PECK *stürzt auf Spinks zu und greift in seine Tasche. Er zieht Krawatten heraus.* Woher sind diese hier!

MANAGER *erbost* Das sind unsere Krawatten!

ROSINA *leise* Hast du das jetzt tun müssen.

MRS SPINKS *mitleidig* Wo hast du sie her, Jason?

MR SPINKS *kläglich* Wie wir das Buch gekauft haben ...

MRS SPINKS *empört zu Evans* Für Sie hat er das Buch gekauft!

EVANS *zu Peck* Ich vergeß Ihnen das nicht ... ich ...

MANAGER Wir werden das in der Kanzlei aufnehmen, ich muß Sie ersuchen, mir zu folgen.

CLARE Ist nicht nötig, Sie kennen seine Adresse und er leugnet es nicht. *Zu Mrs Spinks* Beruhigen Sie sich, wir gehen sofort zu Ihrem Anwalt. Das ist Klepto... *Sie gehen zu dritt weg, vorbei an* DAVIES, *der auf Peck zugeht.*

DAVIES *streng* Sie kommen mit, Peckham!

PECK Was ist denn los!

DAVIES Sie wissen, was Sie gestern Nacht aufgeführt haben.

ROSINA Die haben ihn aber freigelassen.

DAVIES Wir können ihn aber nicht freilassen. Ich habe Instruktion, ihn mitzunehmen.

AGATHA Was ist denn! Was hat er denn jetzt getan!

Davies Er hat gestern Nacht im Gefängnis eingebrochen!

Evans *begeistert* So ein Held!

Agatha Wollte er Häftlinge wegtragen, Sergeant!

Davies Er wollte einen herauslassen und sich statt seiner einschmuggeln!

Rosina Er hat nur eine Zelle aufgebrochen, nicht das Tor, er ist nur über die Mauer hinein.

Manager Eine Zelle aufbrechen! Das wird streng bestraft.

Agatha Versprechen Sie ihm das nicht auch noch!

Manager *lacht brüllend.* Versprechen! Sehr gut!

Agatha Er ist ein anderer Mensch, Sergeant ... seit jeder mit ihm so viel Wesens macht ... er will nicht mehr hinein.

Davies Dazu ist es jetzt zu spät. Jetzt muß er.

Peck *unschlüssig* Die haben mich gleich laufen lassen.

Davies Ich kann Sie nicht laufen lassen, Peckham.

Agatha Warum hat man ihn nicht dort behalten.

Rosina Die dort sagen, wenn er hinein will, ist die beste Strafe, man läßt ihn frei.

Davies In Scotland Yard sind sie anderer Ansicht.

Agatha Er kommt sofort nach, Sergeant. Sie wollen doch auch nicht, daß er bitter wird. Aber er hat jetzt vielleicht eine Chance ...

Davies *geht zögernd.* Wenn er nicht kommt, sind Sie haftbar!

Agatha Ich bürge für ihn! Danke sehr!

Alle drei Frauen *singen ihm nach* He ist a jolly good fellow!

Clare und Lady Rexa *kommen unbemerkt und halten sich im Hintergrund auf.*

Rexa Bin ich froh, daß ich Sie getroffen habe, Clare, was gehn Sie diese schmutzigen Geschichten an, der soll sich allein herauswickeln, ein Millionär der ...

AGATHA *zu Peck* Sie haben mir geholfen … *zu Rosina* Ich will ihm zu seinem Luftschloß verhelfen. Er will bauen. Was er für richtig hält.

ROSINA Im Gefängnis lassen sie ihm das durchgehen.

PECK *zum ersten Mal beredt* Ich habe Pläne gezeichnet! Ich habe ihnen gezeigt, wie ein ordentliches Gefängnis aussehen muß! Mauern hab ich niedergerissen, einen ganzen Trakt bauen sie jetzt neu! Die bauen jetzt oben nach meinen Plänen!

AGATHA Ich habe eine Idee! Clare ist nicht wirklich herzlos, sie war nur selbst eingesperrt. Sie wird ihn verstecken, bis die von Scotland Yard ihn vergessen haben. Ich könnte ihn auch zu mir nehmen, aber bei mir sucht ihn der Sergeant. Ihr wird es direkt fehlen, daß sie niemanden zum Verstecken hat … Und vielleicht … bietet sie ihm eine Chance …

LADY REXA *kommt nach vorne, gefolgt von Clare.* Piffl! Er kommt zu mir!

AGATHA Sie sind es, Lady Rexa! Haben Sie sich von dem Schreck erholt? Ich war heute bei Ihnen anfragen, niemand war zuhause.

REXA Das ist ein reizender Mensch, dieser Detektiv. Er hat mir Tee gereicht, und dann sind seine Kollegen gekommen und wir haben uns gut unterhalten. Mit lauter Konstablern.

CLARE *lacht* Worüber denn, Lady Rexa?

AGATHA Über Einbrüche?

REXA Ausgrabungen.

AGATHA Exkavationen?

REXA Piffl! Über Skelette, Leichen, Ermordete!

PECK *lacht herzlich.*

REXA Er wohnt bei mir! Als Sträfling!

CLARE Lady Rexa will ihn ausbilden lassen!

ALLE *außer Rexa singen.* She is a jolly good fellow …

Agatha Nur der Sergeant macht mir Sorge ... er will ihn nämlich jetzt wirklich abführen.

Rexa Piffl! Er kommt Sonntag zu mir zum Tee. *Zu Peck* Wir werden mit ihm Tee trinken. Alle sind eingeladen! Ein Sträfling bei mir im Haus!

Peck Auf in den Palankin!

Agatha Wir dringen alle ein!

Clare *spöttisch* In den Palankin!

Die Große von Martin Murner
Deutsche Freiheit, Saarbrücken, 19.1.1933
Unter dem Pseudonym Martina Murner auch in:
Arbeiter-Zeitung, Wien, Samstagsbeilage, 25.6.1933

Der Fund von Martina Murner
Arbeiter-Zeitung, Wien, 28.4.1933

Der Dichter von Martina Murner
Arbeiter-Zeitung, Wien, 3.8.1933
Auch in: Deutsche Freiheit, Saarbrücken, 12.7.1934

Hellseher von Veza Magd
Der Sonntag, Beilage des Wiener Tag, 14.3.1937

*

Bisher unveröffentlicht:

London. Der Zoo

Herr Hoe im Zoo

Die Flucht vor der Erde

Drei Viertel

Der Tiger. Ein Lustspiel im Alten Wien

Pastora

Air raid

Der letzte Wille

Toogoods oder das Licht

Der Palankin. Lustspiel

Nachwort

Über die ungewöhnliche Publikationsgeschichte der Autorin Veza Canetti ist in den zurückliegenden Jahren fast ebenso viel geschrieben worden wie über ihre Literatur. Möglichkeiten, sich bereits früher dieser Schriftstellerin zu erinnern und ihr Werk wieder zu entdecken, hätte es mehrfach gegeben. Hermann Broch, Autor und Freund der Canettis, hatte auf einer Liste gefährdeter europäischer Schriftsteller, die vor den Nazis nach England geflohen waren und 1941 in die USA emigrieren wollten, nicht nur Elias Canetti, sondern ausdrücklich auch Veza Magd-Canetti aufgeführt.[1] Auch im *Handbuch der deutschen Exilpresse* von Lieselotte Maas werden zwei Pseudonyme der Autorin Canetti – Veza Magd und Veronika Knecht – aufgeführt.[2]

Doch erst der Göttinger Germanist Helmut Göbel gab Ende der achtziger Jahre mit seiner Anfrage bei Elias Canetti den Anstoß dazu, daß hinter dem Pseudonym »Magd«, das in einem Antiquariatsverzeichnis gefunden worden war, Identität und Werk einer vergessenen Autorin allmählich wieder entdeckt wurden.

1990 erschien, mit einem Vorwort von Elias Canetti und einem Nachwort von Göbel, Veza Canettis Roman *Die Gelbe Straße*, der inzwischen in dreizehn Sprachen übersetzt ist. Ihr Stück *Der Oger* wurde, wieder mit einem Vorwort von Elias Canetti, 1991 veröffentlicht. 1992, unter dem Titel *Geduld bringt Rosen*, erschienen Erzählungen und 1999, mit einem Nachwort und einer Lebenschronik der Autorin von Fritz Arnold, der Roman *Die Schildkröten*. Mit dem vorliegenden Band kann nun die Erst- und Wiederpublikation der Werke Veza Canettis als abgeschlossen gelten. Immer noch spärlich sind jedoch die Quellen, die über das Leben der Autorin Auskunft geben können.[3] Insbesondere nach Erscheinen des Romans *Die Schildkröten* versuchten nicht wenige Kritiker, diesen nach Spuren ihrer Ehe mit Elias Canetti zu durchforsten.

Im folgenden soll aber nicht das Leben der Ehefrau, sondern das der Autorin Veza Canetti Kontur gewinnen – so unzulänglich derzeit jeder Versuch bleiben muß. Denn ihre Wiener Jahre sind schlecht dokumentiert. Und über die Zeit im Londoner Exil existieren lediglich einige Aussagen von Zeitzeugen, die davon zu berichten wissen, daß Veza ein bescheidenes, zurückgezogenes Leben geführt habe, und daß ihr Mann in der Öffentlichkeit zumeist alleine aufgetreten sei.

Schärfere Konturen gewinnt dieses Bild bislang nur durch ihre Korrespondenz mit Freunden, Bekannten und auch Verlagen. Und die hier zu entdeckenden Stationen, Ereignisse und Personen ihres Lebenslaufs können dazu beitragen, die Intention und Geschichte ihres literarischen Schaffens noch genauer zu beschreiben, als dies durch ihre Werke allein schon möglich war.

Veza Canetti wurde am 21. November 1897 als Venetiana Taubner-Calderon in Wien geboren. Ihre Mutter Rachel Calderon stammte aus Belgrad, war jüdische Spaniolin und bei der Geburt der Tochter etwa 33 Jahre alt. Erst im August 1897 hatte sie ihren zweiten Mann, Hermann Taubner, einen aus Ungarn stammenden Handlungsreisenden, geheiratet.

Veza kam mit einer Körperbehinderung zur Welt; der linke Unterarm fehlte, die Hand war am Ellenbogen angewachsen. Zeitlebens wird sie diese Behinderung ignorieren und kaschieren, auf allen bekannten Fotos ist der linke Unterarm versteckt, auch der Freundeskreis respektierte das Tabu.

Veza war sechs Jahre alt, als ihr Vater in Belgrad starb. Ihre Mutter ging mit dem 61jährigen Menachem Alkaley die dritte Ehe ein, um die finanzielle Versorgung der Tochter zu sichern, so schreibt Elias Canetti in seiner Autobiografie. Diese Ehe garantierte Veza, deren bisherige Kindheit unter keinem günstigen Stern zu stehen schien, nun ein Leben ohne finanzielle Sorgen. »Verwöhnt«[4] sei sie in ihrer Jugend gewesen, stellte ihr späterer Ehemann Elias Canetti fest, der ihr diese Sicherheit nie mehr bieten konnte, und erinnerte zugleich an die Schattenseite des Lebens mit dem Stiefvater. Der sei ein Patriarch gewesen, habe Mutter und Tochter das Leben schwer gemacht, den Privatbereich der Tochter mißachtet, habe sein Geld bündelweise versteckt und sei auf der Straße betteln gegangen.[5]

In den Jahren, als Mutter und Tochter gleichermaßen unter Alkaley zu leiden hatten, entstand auch das enge Band zwischen Veza und ihrer Mutter, das den Tod überdauerte. Noch 1963 schrieb Veza Canetti an Viktor Suchy, sie könne nicht nach Wien kommen, so gern sie auch das Grab ihrer Mutter besuchen würde, denn ihr Herz sei schon einmal gebrochen, als sie aus Wien habe fliehen müssen, und »noch einmal hält es das nicht aus«[6].

Bis zum Tode Rachel Calderons hatten sich Mutter und Tochter die Wohnung in der Wiener Ferdinandstraße geteilt, die sie nach der Hochzeit mit Alkaley bezogen hatten. Veza war zum Schluß achtunddreißig Jahre alt und bereits mit Elias Canetti verheiratet. Hier, in der Leopoldstadt, hatte sie privaten Sprachunterricht gegeben. Hier hatte sie zu schreiben begonnen – wie wir aufgrund der in diesem Nachlaßband erstmals gedruckten Manuskripte vermuten dürfen, schon einige Jahre vor ihren ersten Veröffentlichungserfolgen.

Die Geschichte ihrer erfolgreichen Publikationen begann 1932, unter anderem mit einem Anthologie-Beitrag für den Malik-Verlag des marxistischen Autors und Verlegers Wieland Herzfelde.[7] Herzfelde spielte damals eine wichtige Rolle bei der Vermittlung von deutscher und internationaler sozialistischer Literatur; in späteren Jahren beschäftigte er Veza auch als Lektorin. Die hatte inzwischen vor allem in der Wiener »Arbeiter-Zeitung« publiziert, dem zentralen Organ der österreichischen Sozialdemokratie: Ein Blatt von hoher Qualität, das nicht nur in der organisierten Arbeiterschaft große Aufmerksamkeit und Verbreitung fand. Bisweilen erschienen Kurzgeschichten der Autorin auch in der »Deutschen Freiheit«, 1933/34 der letzten unabhängigen Tageszeitung Deutschlands, eine Erzählung auch in der Prager Exilzeitschrift »Neue Deutsche Blätter«, die Wieland Herzfelde nach der Flucht von 1933 bis 1935 herausgeben konnte. Als diese Zeitungen 1935 verboten wurden, versuchte Veza Canetti die Mauer aus Zensur und politischer Verfolgung zu durchbrechen. Gemeinsam mit ihrem Mann kündigte sie ihre Mitarbeit an der – in Moskau erscheinenden – Zeitschrift »Das Wort« an, zu der es allerdings nie kam. Dafür tat sich eine andere Möglichkeit zur Veröffentlichung auf. »Der Wiener Tag«, nach 1934 die einzig verbliebene liberale Tageszeitung der Hauptstadt, druckte 1937 ihre Erzählung *Hellseher*, die in diesem Band erstmals wieder zugänglich wird. Sie ist, nach heutigem Erkenntnisstand, der letzte zu Lebzeiten gedruckte Text Veza Canettis.

Diese programmatischen Publikations-Adressen und die kritisch-humorvollen bis satirischen Inhalte ihrer Wiener Werke könnten zu der Annahme verleiten, Veza Canetti sei eine furchtlose Kämpferin auf Seiten der unterdrückten und verfolgten Sozialisten und Arbeiterschaft gewesen. Welche Angst sie hingegen hatte während der Kämpfe zwischen Republikanischen Schutzbündlern und Polizei, die 1934 in Wien wüteten – auch als es galt, politisch aktive Freunde zu verstecken –, schilderte Ernst Fischer, ein Freund und Kollege von der »Arbeiter-Zeitung«.[8] Vorsicht war auch ihr Motiv, als sie sich zur Veröffentlichung ausschließlich unter Pseudonymen entschloß: Sie nannte sich dabei Veza Magd, Veronika Knecht, Martin, Martina oder Martha Murner.

1931 war sie aus der Israelitischen Kultusgemeinde ausgetreten, 1934 entschloß sie sich zum Wiedereintritt. Die plausibelste Erklärung dafür ist wohl, daß sie ihrer Mutter zuliebe die Hochzeit in der Synagoge feiern wollte, wie auch Elias Canetti später erzählte.[9] Rachel Calderon war krank und starb noch im selben Jahr. Erst jetzt bezog das Ehepaar drei Zimmer in einer Villa in Grinzing, die als Akademie für Malerei vorgesehen war. Diese Wohnung hat auch als literarische Kulisse gedient: für Teile der autobiografischen Erinnerungen Elias Canettis im Band *Das Augenspiel*, aber zuvor schon für den ersten Teil von Veza Canettis Roman *Die Schildkröten*. 1938, als nach dem sogenannten Anschluß Österreichs an das faschistische Deutschland die Wohnungskündigung aller Juden in Österreich planmäßig betrieben wurde, verlor das Paar diese Unterkunft und kam in einer Pension in Döbling unter, bis dann im Oktober des selben Jahres über Frankreich die Flucht nach London gelang.

Veza Canetti glaubte an eine berufliche Zukunft als Autorin: gleich nach der Flucht nahm sie die Arbeit an ihrem Exilroman auf, der den Arbeitstitel »Schildkröten auf dem Rücken«[10] trug und zwischen Januar und Oktober 1939 entstand. Eine Veröffentlichung schien von einem Verlag bereits zugesagt gewesen zu sein; sie wurde wohl durch den Kriegsausbruch verhindert.

In zwei Briefen vom September 1940 und März 1941 ist nochmals von einem – möglicherweise anderen – Roman die Rede, ebenso aber von der verzweifelten Situation der Schriftsteller im Exil. Die Canettis waren in finanziellen Nöten, was wir nicht nur aus ihren, sondern auch aus den

Briefen von Freunden wissen. Da dieser Notstand auf Grund fehlender Veröffentlichungsmöglichkeiten nicht mit schriftstellerischer Arbeit zu ändern war, bemühte sich Veza Canetti um andere Geldquellen. Einen Hilferuf richtete sie schon 1939 an Franz Baermann Steiner: »I am looking for a job. Ich kann commercial correspondance in 3 Sprachen, wenn Sie von etwas erfahren, schreiben Sies mir.«[11] Und im April 1941 bat sie Steiner, er möge ihr Listen besorgen, auf denen »alle Beschäftigungen und Arbeiten, die refugees annehmen können«[12] verzeichnet seien.

Erst nach Kriegsende sah Veza Canetti für sich wieder eine Chance, mit Literatur Geld zu verdienen. Allerdings nicht mit eigenen Werken, zumal 1948 das Schauspielhaus Zürich und dann auch Wiener Bühnen es abgelehnt hatten, ihr Stück *Der Oger* uraufzuführen. Elias Canetti erinnerte sich, daß Kurt Hirschfeld, dem er es zu lesen gegeben hatte, davon beeindruckt gewesen sei: Es stehe für ihn zwischen Gogol und Lorca. Aufführen wollte er es dennoch nicht. Elias Canetti erfuhr mit seinen Stücken zu dieser Zeit ähnliche Zurückweisung.

Auch hatte politisch engagierte Prosa, die die faschistische Vergangenheit reflektierte, damals wenig Chancen, verlegt zu werden. Schon gar nicht, wenn sie in deutscher Sprache verfaßt war. In einem Brief an Wieland Herzfelde aus dem Jahr 1947 führte Veza Canetti unter anderem Klage darüber, daß kein Verleger eine Übersetzung ihres »Wiener Romans« (gemeint ist wohl *Die Schildkröten*) riskieren wolle, weil auch Nazis darin vorkämen. Zudem schreibe sie leider Theaterstücke, ohne Theaterdirektoren zu kennen: »So bin ich geblieben, was ich bei Ihnen zuletzt war, Lektorin bei einem englischen Verlag. Ich übersetzte auch ein sehr gutes Buch von Graham Greene, Sie sehen, Sie haben es weiter gebracht und ich läse gerne Ihr Buch.«[13]

Für das Verlagshaus Heinemann & Zsolnay hatte sie gemeinsam mit Walther Puchwein den Erfolgsroman *The Power and the Glory* übersetzt, während sie über ihre Arbeit für den Hutchinson-Verlag nicht besonders glücklich schien, wie ihre Briefe verraten. Denn der veröffentlichte »im besten Fall middlebrow, wie wir es hier nennen, also ganz gute Romane konventioneller Art, nichts Originelles«[14]. Eine Reihe anderer Äußerungen lassen vermuten, daß Veza Canetti bisweilen im Auftrag englischer Zeitschriften Literatur rezensierte und übersetzte, wofür jedoch noch keine Belege gefunden worden sind.

Über ihre eigene literarische Produktion sprach Veza Canetti im Lauf der Jahre immer weniger. Daß sie selbst Schriftstellerin war, blieb selbst guten Bekannten verborgen. Einer der wenigen, denen sie sich, wenn auch sehr spät, als Autorin zu erkennen gab, war der Schriftsteller Hans Günther Adler. Der schickte ihr im Sommer 1950 nach seiner Lektüre des *Oger* eine ausführliche, geradezu überschwengliche Einschätzung des Stücks. Allerdings hatte sie zu diesem Zeitpunkt den Glauben an ihren literarischen Erfolg bereits verloren. Zwar antwortetet sie Adler, es sei unglaublich, wie er »aus *nichts* Gold machen« könne, auch Elias Canetti habe den Brief zweimal gelesen, und »des Lobs ists viel zu viel aber wenn Sie nur etwas davon glauben, solls mich freuen, deshalb, weil Sie jetzt verstehen werden, warum ich bitter bin«[15]. Doch hatte sie ihre schriftstellerischen Ambitionen bereits weitgehend aufgegeben. Hermann Kesten, dem sie 1933 noch aus der Ferdinandstraße einen Brief als »Veza Magd-Canetti« geschrieben hatte, bat sie 1949: »Ich wäre entsetzlich enttäuscht, wenn Sie zu wem immer über Bücher gesprochen hätten, die Sie nicht kennen, bitte erwähnen Sie derlei und *mich nie wieder.*«[16] Gegen ihren Willen hatte Elias Canetti Kesten von ihren ungedruckten Manuskripten erzählt. 1956 soll sie, als erneut ein Romanmanuskript von ihr abgelehnt worden war, in einem Anfall von Schwermut vieles verbrannt und fortan nichts mehr geschrieben haben.

In England widmete sich Veza Canetti im Lauf der Jahre immer mehr und schließlich ganz der Beförderung der literarischen Werke ihres Mannes. Sie tippte seine Manuskripte und war bemüht, seine »Lässigkeit«, die sie »wirklich seine einzige schlechte Eigenschaft«[17] nannte, auszugleichen. Deshalb führte sie Schriftwechsel mit Freunden, Bekannten, Verlagen – *seinen* Freunden und Verlagen. Sie antwortete für ihn, sie versprach und vertröstete, daß er das nächste Mal bestimmt selbst schreiben werde. Zugleich wollte sie auch – in ihren Augen unliebsame – Ablenkungen von ihm fernhalten, und zwang ihn geradezu an den Schreibtisch. Elias Canetti sah sich einmal genötigt, seinem Freund Franz Baermann Steiner abzusagen. Der wisse natürlich, wie gerne er ihn für vierzehn Tage zu Besuch gehabt habe, »Veza aber, die sehr über meinen Fleiß wacht (der jetzt übrigens reichlich erstaunliche Maße angenommen hat, ich sitze täglich um 9 schon bei der Arbeit) hat es mit allen Mitteln verhindert«[18].

Solche Einmischungen nahmen Freunde und Bekannte bisweilen zum Anlaß, ihr Eifersucht vorzuwerfen, diese gar als die tragische Seite ihrer Ehe mit Elias Canetti zu bezeichnen. Auch Elias Canetti selbst forderte mehr Freiheit für sich und seine Arbeit, und – wie in den Wiener Tagen – eine gewisse Distanz zur Ehefrau. Jahrelang lebten so die Canettis in getrennten Wohnungen, sie in London, er in Amersham, einer vierzig Kilometer entfernten Kleinstadt.

So wie Veza Canetti diese räumliche Trennung stillschweigend hinnahm, verlor sie auch kein Wort über die Affären ihres Mannes mit anderen Frauen. Ihre Bemühungen galten ganz und gar dem Werk des Schriftstellers Elias Canetti, ihr Glaube daran war unerschütterlich, und wohl mit Recht wurde geschrieben, sie sei in den Jahren der ausbleibenden eigenen literarischen Erfolge »immer tiefer in die Opferrolle geglitten«[19]. Doch dies geschah keinesfalls hilflos oder unbewußt. 1957 ließ sie den Freund und Lektor Rudolf Hartung wissen: »Wie es uns geht? Canetti arbeitet sehr konzentriert und das ist ein Glück. Unser einziges.«[20]

Hatten die gemeinsamen Gespräche über Literatur, an die sich nicht nur Elias Canetti erinnert, noch in den dreißiger Jahren zu völlig unterschiedlichen – wenn auch durch frappierende personelle und motivische Parallelen verbundenen –, literarischen Entwürfen geführt, bezogen sich spätere Diskussionen offenbar nur noch auf sein Schaffen. Über den Entstehungsprozeß von *Masse und Macht* schrieb Canetti nach dem Tod seiner Frau: »Ihr geistiger Anteil daran ist so groß wie meiner. Es gibt keine Silbe darin, die wir nicht zusammen bedacht und besprochen haben.«[21]

Eindrücklich dokumentiert auch der Sammelband *Welt im Kopf* Veza Canettis Einsatz für das Werk ihres Mannes. 1960 hatte Viktor Suchy, Herausgeber einer Taschenbuchreihe mit Literatur aus Österreich, Kontakt zu Elias Canetti aufgenommen, um Auszüge aus dessen Werk abdrucken zu können. Erich Fried, der wie die Canettis von Wien nach London geflohen war und sich mit ihnen befreundet hatte, sollte die Einleitung zu diesem Sammelband schreiben. Veza Canetti warnte sogleich, daß beide Herren, besonders aber Canetti, saumselig seien. Suchy nahm diese Warnung wohl nicht ernst, Fried lieferte nicht, und die Publikation war gefährdet, da griff Veza ein: »Fried war gestern hier, mit einer etwa 10 Seiten langen vorzüglichen Einleitung. Er hat noch etwas Arbeit damit und muß es typen lassen.«[22] Alles werde bald verläßlich bei Suchy eintreffen, und folglich nicht zu spät für den Druck, teilte sie dem Herausgeber mit, wobei sie allerdings verschwieg, daß sie selbst die Einleitung verfaßt hatte, die Fried nun nur überarbeitete, hauptsächlich korrigierend und streichend, wo Veza Canetti zu persönlich und zu schwärmerisch gewesen war.[23]

Kritisch hatte sie vor allem bemerkt, daß Komödien ihres Mannes in Österreich nie zur Aufführung kämen, obwohl doch die Figuren zum größeren Teil Wiener Mundart sprächen. Auch der Autor selbst habe sich im Exil »die Wiener Laute in ihrer Reichhaltigkeit« bewahrt, »und man bedauert nur, daß die Wiener keine Gelegenheit haben, sich mit eigenen Ohren davon zu überzeugen«[24].

Suchys Anthologie erschien 1962 und war – so sah es Elias Canetti – der erste Schritt, um sein Werk, »das in Österreich verschollen war«[25], dort wieder publik zu machen. 1963 wurde er nach Wien zu einer Lesung in der »Literarischen Gesellschaft« eingeladen.

Veza Canetti blieb in London, dem »Fischtank«[26] – wie sie die Stadt einmal nannte, die ihr nie eine Heimat geworden war. Sie war »immer noch ›gefühlvoll‹«[27], was sie glaubte vor den Engländern verstecken zu müssen. »Ich bin sarkastisch, es rettet mich«[28], erklärte sie dazu Hermann Broch. Zwar hatte sie nach dem Krieg Österreich besucht, aber nie mehr den Weg nach Wien gefunden, wo sie außer dem Grab ihrer Mutter auch ihre literarischen Erfolge und politischen Utopien hatte zurücklassen müssen. Immerhin war sie, wie sie in London erfuhr, im Gegensatz zu ihren auf dem Balkan lebenden Verwandten, den Nationalsozialisten entkommen und fügte seit 1955 in ihrem Briefkopf zumeist ein J ein: »V. J. Canetti« – J. gleich Jüdin.

Wenige Wochen nach der beruflichen Reise ihres Mannes nach Wien, dorthin also, wo sie seine literarische Heimat sah, starb Veza Canetti. Als Todesursache ist eine Lungenembolie im Totenschein vermerkt. Aber Mutmaßungen, sie habe Selbstmord begangen, könnten angesichts des Datums ihres Todes – es war der 1. Mai 1963, der Tag der Arbeit und Ehrentag der revolutionären Arbeiterklasse –, und ebenso vor dem Hintergrund ihrer Todessehnsucht, von der Elias Canetti Bekannten berichtet und angemerkt hatte, sie wäre in den letzten Jahren ihres Lebens immer stärker geworden, auch der Wahrheit entsprechen.

Lebensläufen wie dem der Autorin Veza Canetti, die als Jüdin und Sozialistin wie viele andere Literaten ihrer Generation doppelt verfolgt und vertrieben wurde, deren Werk über große Teile hin unbekannt geblieben und über lange Zeit vergessen war, können Nachworte kaum gerecht werden. In diesem Fall fanden alle Entdeckungen und teilweise unbewiesenen Behauptungen wohl deshalb besondere Aufmerksamkeit, weil die Autorin mit Elias Canetti, dem Schriftsteller und späteren Nobelpreisträger verheiratet gewesen war.

Auch hier kann nicht darauf verzichtet werden, näher auf diese Schriftstellerehe einzugehen, zumal Elias Canetti in den Bänden seiner Autobiografie mit dem Leben seiner Frau so verfahren ist, wie mit seinem eigenen: Er hat es im Hinblick auf seine schriftstellerische Entwicklung stilisiert.

Als sich das Paar kennenlernte, war er noch ein literarisch ambitionierter Chemiestudent, während die acht Jahre ältere Veza in der Wiener Szene bereits für ihre literarische Kennerschaft bekannt war. Elias Canettis Erinnerungen an ihr erstes Zusammentreffen bei der 300. Vorlesung von Karl Kraus scheinen – wie stets – glasklar. Jeder Blick, jedes Wort wird noch gewußt, ebenso wie er sich daran erinnert, ihr schon beim ersten Treffen Stärke, Spott, doch auch große Sensibilität zugesprochen zu haben. Elias Canettis Erinnern ist Literatur, der Blick auf historische Wahrheit wird bewußt verstellt. Der Ehefrau bleiben in seiner Lebensgeschichte nur die Rollen der schwermütigen Rabenfrau, der orientalischen Prinzessin und schließlich der eifersüchtigen Partnerin, die er in ihr sah – ihre Profession als Autorin bleibt unerwähnt. Als Grund für dieses Verschweigen nannte Elias Canetti seine Angst, daß die Autorin und ihr Werk mißachtet werden könnten. Er habe in *Das Augenspiel* bewußt darauf verzichtet, da sich sonst »das Bild einer liebenswerten, aber gescheiterten Dichterin festgesetzt«[29] hätte, erklärte er.

Elias Canetti bestritt auch, sich für Publikation und Uraufführung ihrer Werke nicht genügend eingesetzt zu haben: »Nach dem Krieg war die ›Gelbe Straße‹ bei vielleicht zwanzig Verlagen. Das Manuskript kam in den meisten Fällen ungelesen zurück. Niemand hatte ein gutes Wort dafür. Bis zum Jahr 1963, als die ›Blendung‹ bei Hanser wieder erschien, war ich im deutschen Sprachbereich unbekannt, so daß meine Empfehlung nichts bedeutete. (...) Es kann mich nicht treffen, was ahnungslose Kritiker mir jetzt zum Vorwurf machen: ich hätte nichts *früher* für Veza getan. Versucht habe ich damals so viel, daß sich darüber allein ein Buch schreiben ließe.«[30] Der bereits zitierte Brief Veza Canettis an Hermann Kesten wäre ein Beweis dafür, dem sicherlich noch weitere folgen werden, wenn ab dem Jahr 2024 die Briefwechsel aus dem Nachlaß Elias Canettis zugänglich sind. Dennoch scheint er, der selbst durch Flucht, Exil und den literarischen Traditionsbruch der Nachkriegsjahre auf eine schleppende Rezeptionsgeschichte zurückschauen mußte – und der überaus zögernd bei der Herausgabe eigener Werke war, wie Veza Canetti mehr als einmal offen beklagte –, nicht nur vorsichtig, sondern übervorsichtig die Sache seiner ersten Frau vertreten zu haben. Selbst als mit dem Roman *Die Gelbe Straße* der erste postume Publikationserfolg gefeiert werden konnte, schien er sich ihrer Qualitäten als Autorin nicht sicher zu sein: »Von der Aufnahme des ›Oger‹ auf der Bühne wird es abhängen, ob ich als Nächstes in eine Publikation der ›Schildkröten‹ einwillige«[31], schrieb er 1991, nachdem ihr erstes Drama veröffentlicht worden war. 1992 konnte dann zunächst eine Reihe ihrer Wiener Erzählungen unter dem Titel *Geduld bringt Rosen* erscheinen, die in Diktion und Inhalt dem ersten Roman nahe stehen. Nach dem Tod Elias Canettis ging dessen Lektor Fritz Arnold an die Veröffentlichung des Romans *Die Schildkröten*, der 1998 erschien. Über eine Publikation der nachgelassenen Manuskripte hatten sich, wie Verlagsnotizen deutlich machen, Fritz Arnold und Elias Canetti noch verständigt, doch auch Arnold starb, bevor das Projekt realisiert werden konnte.

Rückblickend läßt sich an der stockenden Preisgabe der Manuskripte ablesen, daß Elias Canetti zunächst das in der ersten Hälfte der dreißiger Jahre entstandene Werk Vezas der Öffentlichkeit präsentieren wollte. Dies war, nicht nur aus heutiger Sicht, die literarisch fruchtbarste Schaffensperiode der Autorin, quantitativ – so weit sich dies aufgrund des noch Erhaltenen beurteilen läßt – wie qualitativ. Diesen Texten hat sich deutlich der fest umrissene Entstehungszeitraum eingeschrieben.

Veza Canettis erste Veröffentlichung – noch vor Erscheinen der Malik-Anthologie – gelang am 29. Juni 1932 in der Wiener »Arbeiter-Zeitung« mit der Erzählung *Der Sieger*, die erste ihrer Erzählungen. Es folgten sieben weitere dieser kurzen Geschichten, die das Panorama einer Wiener Straße und ihrer Bewohner entwerfen. Thematisch ist ihr Spektrum scharf umrissen, stilsicher der Ton des Erzählens. Damit war der Boden für Duktus, Szenerie und Personal des Romans *Die Gelbe Straße* bereitet, den Veza Canetti im Frühsommer 1934 abgeschlossen haben soll. Sie muß rasch gearbeitet haben. Im vorliegenden Band ergänzen drei weitere, für die Arbeiterpresse verfaßte, kurze Erzählungen das Bild dieser Schaffensphase. Dazu zu zählen ist auch das im Nachlaß gefundene Lustspiel *Der Tiger*, das, ähnlich wie

Der Oger, aus einer Episode *Der Gelben Straße* entstand, bevor die Canettis aus Wien flohen.

Obwohl alle genannten Werke aus einer Zeit stammen, in der die Autorin latenter wie offener, sogar gewaltbereiter Diskriminierung ausgesetzt war, schildert erst ihr Roman *Die Schildkröten*, den sie 1939 in London schrieb, offen die erlittene seelische Belastung. Das oft als autobiografisch erkennbare Geschehen blieb in diesem Roman in angestrengter Distanz. Fritz Arnold meinte dazu, »unter dem Druck der Erinnerungen an das Erlebte« scheine ihr souveräner Erzählton und ihr Humor, mit dem sie die Menschen sähe, »aus den Fugen geraten«[32].

Drei weitere, hier erstmals gedruckt vorliegende Erzählungen – *Air raid*, *Der letzte Wille* und *Toogoods oder das Licht* – sind zweifelsfrei in der folgenden Kriegszeit entstanden, als die deutsche Luftwaffe London bombardierte und jeder, der konnte, aufs Land floh.

Im Nachlaß fanden sich außerdem eine zweite, geringfügig veränderte Fassung der Geschichte um die »Toogoods« (*Toogoods oder die Schere*), eine erste Fassung von *Der letzte Wille* (Titel: *Die Mutter*), sowie eine englischsprachige Fassung von *Air-raid* – die offenbar unter dem Mädchennamen Venetia Calderon angeboten werden sollte. Sie wurden in diesen Band nicht aufgenommen, belegen jedoch, wie sehr sich Veza Canetti um Veröffentlichungen bemühte.

Neben Manuskripten, die eindeutig einer bestimmten Schaffensperiode zuzuschreiben sind, enthielt der Nachlaß jedoch auch solche, deren zeitliche Zuordnung nicht mit letzter Sicherheit möglich ist. Sie wurden nie veröffentlicht, sind undatiert, und auch die Form des Typoskripts läßt keine exakten Schlüsse auf die Entstehungszeit zu.

Einige dieser Skripte lesen sich »unrund«, sind stilistisch unfertig. Sie dürften somit belegen, was *Die Gelbe Straße* und die mit dem Roman in Verbindung stehenden Kurzgeschichten von Anfang an hatten vermuten lassen: Daß es zuvor andere Texte gegeben haben muß, deren Erzählton und Thematik weniger prägnant waren. Veza Canetti hat selbst von ihrem ersten Werk, einem – wie sie meinte – mißlungenen »Kaspar-Hauser-Roman« berichtet, der freilich ebenso als verschollen gelten muß, wie ein Roman mit dem Titel *Die Genießer*.

London. Der Zoo könnte, nach solch vorsichtigen Datierungsversuchen, in einer frühen Schreibphase entstanden sein. Denn wir wissen von Elias Canetti, daß die junge Veza häufig Verwandte im Ausland besuchte, auch um ihr Englisch zu perfektionieren. Das dem Text zugrundeliegende Manuskript ist das einzige, das fortlaufend mit römischen Ziffern numeriert wurde. Auch die von der Autorin erwähnten Neuerungen bei der Tierhaltung im Zoo von London, hier die gitterlosen Freigehege und das Aquarium, verweisen auf die Mitte der zwanziger Jahre.

Bei weiteren Manuskripten, deren Entstehungszeit nicht exakt zu belegen ist, kann man wohl davon ausgehen, daß sie, wie die Erzählung *Hellseher*, aus den Jahren 1935–1938 stammen, als Veza Canettis hauptsächlich links orientierte Verlage und Zeitschriften verboten worden waren. Damit erklärte sich auch, weshalb sich die meisten der undatierten Manuskripte zwar durch mehr oder weniger deutliche Parallelen in Bezug auf Motivik, Schauplätze oder auch auf das Personal zu den uns schon bekannten Texten aus der Wiener Zeit auszeichnen, und dennoch erkennbar ein anderes Publikum ansprechen wollen. Der Verzicht auf zeit- und ortsgebundene sozialkritische Stoffe, die Schilderung von Psychogrammen des Leidens an der Liebe – dies freilich anders als in ihrem Roman präsentiert ohne ironische Erzählerkommentare und in einer Breite, die wohl auf einen Abdruck in Fortsetzung zielte – spräche dafür, daß

Texte wie *Drei Viertel* oder *Die Flucht vor der Erde* in den Jahren der Zensur entstanden sein könnten.

Zu dieser Gruppe sind auch die beiden Erzählungen *Der Seher* – bereits bekannt aus dem Band *Geduld bringt Rosen* – und *Pastora* zu zählen. Die beiden gehören erkennbar zusammen, die längere Erzählung *Pastora* ist vermutlich aus der kürzeren entstanden. Geschildert wird das Schicksal eines Mädchens, das vom Land in die Stadt zieht, um dort sein Glück zu machen. Doch die Stadt ist nicht Wien, sondern Sevilla – und so heißt vielleicht auch Veza Canettis Ort innerer Emigration.

Veza Canetti verfuhr mit vielen ihrer Figuren so, wie es Elias Canetti auch über ihren Umgang mit Menschen berichtet hat: »Wenn sie sich eines Menschen einmal angenommen hatte, ließ sie nie mehr locker.«[33] In der frühen Wiener Schaffenszeit waren es Knut Tell, der Dichter, und die Familie der Adenbergers, deren Geschichten sie immer wieder neu erzählte. Das gleiche galt auch für die Figuren der späteren, »spanischen« Texte. Eine, die Donna Consuelo Gonsalez y Soto, gehört auch zum Personal ihres Lustspiels *Der Palankin*, das erst spät im Exil entstand. Nochmals hat die Donna, nun auf englischem Boden, einen Auftritt als verarmte Witwe eines spanischen Fabrikanten, die sich mit ihrer Tochter durchs Leben schlägt. Der Datierung zufolge entstand das Stück 1952 oder wenig später. *Der Palankin* ist der einzige Beleg dafür, daß Veza Canetti auch nach Ende des Zweiten Weltkrieges noch als Schriftstellerin tätig war.

DST = Dokumentationsstelle für neuere österreichische Literatur, Wien
DLA = Deutsches Literaturarchiv, Marbach/N.
Mo = Münchner Stadtbibliothek, Monacensia, Literaturarchiv
SAdK = Stiftung Archiv der Akademie der Künste, Berlin

1 Hermann Broch: Briefe 2 (1938–1945). Hg. Paul Michael Lützeler. Frankfurt/M. 1981, S. 266
2 Lieselotte Maas: Handbuch der deutschen Exilpresse 1933–1945. Hg. Eberhard Lämmert. Bd. 3 (Nachträge-Register-Anhang). München, Wien 1981, S. 711, S. 794, S. 820
3 Über die Lebenschronik in »Die Schildkröten« gehen folgende Arbeiten durch eigene Forschungsbemühungen hinaus: Elfriede Engelmayer: »Denn der Mensch schreitet aufrecht ...« Zu Veza Canettis »Die Gelbe Straße«. In: Mit der Zieharmonika. Zeitschrift für Literatur des Exils und Widerstands 2 (1994), S. 25–33. – Eva M. Meidl: Veza Canettis Sozialkritik in der revolutionären Nachkriegszeit. Sozialkritische, feministische und postkoloniale Aspekte in ihrem Werk. Im Anhang: drei wiedergefundene Kurzgeschichten von Veza Canetti. Frankfurt/M. 1998. – Im Frühjahr 2002 erscheint zudem die Dissertationsschrift von Verf. zum Thema »Sozialismus und Psychoanalyse als Quellen von Veza Canettis Utopien«. Auch dort wird der Versuch einer biografischen Rekonstruktion unternommen.
4 an Hermann Kesten am 4.12.1963 (Mo, Nachlaß Kesten)
5 vgl. das Kapitel »Patriarchen« in: Die Fackel im Ohr
6 an Viktor Suchy am 2.3.1963 (DST, Handschriften-Sammlung Stiasny-Verlag)
7 Veza Magd: Geduld bringt Rosen. In: Dreißig neue Erzähler des neuen Deutschland. Junge deutsche Prosa. Hg. und mit einer Einleitung von Wieland Herzfelde. Berlin 1932, S. 93–126. Wiederveröffentlichungen: Leipzig 1983 sowie München, Wien 1992
8 Ernst Fischer: Erinnerungen und Reflexionen. Reinbek 1969, S. 268–270
9 Helmut Göbel: Gelb. Bemerkungen zum verdeckten Judentum in Veza Canettis *Die Gelbe Straße*. In: Jahrbuch für Internat. Germ. Reihe A, Bd. 44 (97), S. 283–295; hier: S. 284
10 Am 22.9.1939 in einem Brief an Franz Baermann Steiner: »Mein

Roman heißt ›Schildkröten auf dem Rücken‹«. (DLA, Nachlaß H. G. Adler/Sammlung Steiner)

11 an Franz Baermann Steiner am 22.9.1939 (DLA, Nachlaß H. G. Adler/Sammlung Steiner)

12 an Franz Baermann Steiner am 30.4.1941 (DLA, Nachlaß H. G. Adler/Sammlung Steiner)

13 an Wieland Herzfelde am 13.1.1947 (SAdK, Wieland-Herzfelde-Archiv)

14 an Rudolf Hartung am 2.1.1950 (DLA, Nachlaß Weismann/Sammlung. Canetti)

15 an H. G. Adler am 7.5.1950 (DLA, Nachlaß H. G. Adler)

16 an Hermann Kesten am 26.7.1949 (Mo, Nachlaß Kesten)

17 an Hilde Claassen am 13.1.1961 (DLA, Claassen-Archiv/Sammlung.Canetti)

18 an Franz Baermann Steiner am 26.8.1941 (DLA, Nachlaß H. G. Adler/Sammlung Steiner)

19 Sibylle Mulot: Leben mit dem Monster. In: Facts 5/1999, S. 122–125; hier: S. 124

20 an Rudolf Hartung am 28.4.1957 (DLA, Nachlaß Hartung)

21 wie Anm. 4

22 an Viktor Suchy am 13.3.1961 (DST, Handschriften-Sammlung Stiasny-Verlag)

23 Das überarbeitete Manuskript ist erhalten im Nachlaß Erich Fried (Österreichisches Literaturarchiv der Österreichischen Nationalbibliothek, Wien)

24 Elias Canetti: Welt im Kopf. Eingeleitet und hg. von Erich Fried. Wien, Graz 1962, S. 7f.

25 Elias Canetti an Viktor Suchy am 16.8.1970 (DST, Handschriften-Sammlung Stiasny-Verlag)

26 an Hermann Broch am 25.12.1950 (DLA, Nachlaß Broch)

27 an Rudolf Hartung 30.7.1958 (DLA, Nachlaß Hartung)

28 an Hermann Broch am 9.2. [vermutlich 1950] (DLA, Nachlaß Broch)

29 an Elfriede Engelmayer, vgl. Anm. 3, S. 27

30 an Armin Ayren am 17.3.1991

31 an Angelika Schedel am 2.6.1991

32 im Nachwort zu: Die Schildkröten, S. 279

33 im Vorwort zu: Die Gelbe Straße, S. 8

Eveline Hasler im dtv

»Eveline Haslers Figuren sind so prall voll Leben, so anschaulich und differenziert gezeichnet, als handle es sich samt und sonders um gute Bekannte.«
Klara Obermüller

Anna Göldin
Letzte Hexe
Roman
ISBN 3-423-10457-0
Die erschütternde Geschichte des letzten Hexenprozesses in Europa im Jahre 1782.

Ibicaba
Das Paradies in den Köpfen
Roman
ISBN 3-423-10891-6
Hunger und Elend führen im 19. Jahrhundert in der Schweiz zu einer riesigen Auswanderungswelle ins vermeintliche Paradies Brasilien.

Der Riese im Baum
Roman
ISBN 3-423-11555-6
Die Geschichte Melchior Thuts (1736–1784), des größten Schweizers aller Zeiten.

Die Wachsflügelfrau
Roman
ISBN 3-423-12087-8
Das Leben der Emily Kempin-Spyri, der ersten Juristin im deutschsprachigen Raum, und ihr einzigartiger Aufstieg als Kämpferin für die Frauenrechte.

Der Zeitreisende
Die Visionen des Henry Dunant
Roman
ISBN 3-423-13073-3
Ein Leben gegen Gewalt und Krieg: der Begründer des Roten Kreuzes.

Die Vogelmacherin
Die Geschichte von Hexenkindern
Roman
ISBN 3-423-12914-X
Ein elfjähriges Mädchen wird 1652 der Hexerei angeklagt und zum Tode verurteilt.

Aline und die Erfindung der Liebe
Roman
ISBN 3-423-13115-2
Von Kurt Tucholsky über Elias Canetti bis Meret Oppenheim: Die schöne, kluge Aline Valangin kannte sie alle.

Der Jubiläums-Apfel
und andere Notizen vom Tage
ISBN 3-423-12557-8

Novemberinsel
Erzählung
ISBN 3-423-12707-4

Marlen Haushofer im dtv

»Was das Werk der Österreicherin prägt und es so faszinierend macht, ist bei all seiner Klarheit sanfte Güte und menschliche Nachsicht für die ganz alltäglichen Dämonen in uns allen.«
Juliane Sattler in der ›Hessischen Allgemeinen‹

Eine Handvoll Leben
Roman
ISBN 3-423-**08461**-8
Eine Frau stellt sich ihrer Vergangenheit.

Die Frau mit den interessanten Träumen
Erzählungen
ISBN 3-423-**11206**-9

Schreckliche Treue
Erzählungen
ISBN 3-423-**11294**-8
»Sie beschreibt nicht nur Frauenschicksale im Sinne des heutigen Feminismus, sie nimmt sich auch der oft übersehenen Emanzipation der Männer an.« (Geno Hartlaub)

Die Tapetentür
Roman
ISBN 3-423-**11361**-8
Eine berufstätige junge Frau lebt allein in der Großstadt. Die Distanz zur Umwelt wächst, begleitet von einem Gefühl der Leere und Verlorenheit. Dann verliebt sie sich …

Die Wand
Roman
ISBN 3-423-**12597**-7
Eine Frau findet sich eines Morgens in einem Jagdhaus in den Bergen abgeschnitten von der Welt. – Marlen Haushofers Hauptwerk und eines der Bücher, »für deren Existenz man ein Leben lang dankbar ist«. (Eva Demski)

Die Mansarde
Roman
ISBN 3-423-**12598**-5
»Ich habe einen bürgerlichen Mann geheiratet, führe einen bürgerlichen Haushalt und muß mich entsprechend benehmen. Der Abend in der Mansarde genügt für meine unbürgerlichen Ausschweifungen.«

Himmel, der nirgendwo endet
Roman
ISBN 3-423-**12599**-3
Ein autobiographischer Kindheitsroman.

Anna Mitgutsch im dtv

»Hier ist eine Autorin am Werk, die in puncto psychologischer Kompetenz nicht so leicht ihresgleichen hat.«
Dietmar Grieser in der ›Welt‹

Die Züchtigung
Roman
ISBN 3-423-**10798**-7
Eine Mutter, die als Kind geschlagen und ausgebeutet wurde, kann ihre eigene Tochter nur durch Schläge zu dem erziehen, was sie für ein »besseres Leben« hält. Ein literarisches Debüt, das fassungslos macht. »Dieses Buch muß gelesen werden ..., weil es eines der wenigen Bücher ist, die in ihren Leser/innen etwas bewirken, etwas bewegen, vielleicht auch etwas verändern.«
(Ingrid Strobl in ›Emma‹)

Das andere Gesicht
Roman
ISBN 3-423-**10975**-0
Sonja und Jana verbindet von Kindheit an eine fragile, sich auf einem schmalen Grat bewegende Freundschaft. Später gibt es Achim, den beide lieben, der beide begehrt, der sich – ein abenteuernder, egozentrischer Künstler – nicht einlassen will auf die Liebe ...

Ausgrenzung
Roman
ISBN 3-423-**12435**-0
Die Geschichte einer Mutter und ihres autistischen Sohnes. Eine starke Frau und ein zartes Kind erschaffen sich selbst eine Welt, weil sie in der der anderen nicht zugelassen werden.

In fremden Städten
Roman
ISBN 3-423-**12588**-8
Eine Amerikanerin in Europa – zwischen zwei Welten und keiner ganz zugehörig. Sie verläßt ihre Familie in Österreich und kehrt zurück nach Massachusetts. Doch ihre Erwartungen wollen sich auch hier nicht erfüllen ...
»Mitgutsch schreibt, als ginge es um ihr Leben.«
(Erich Hackl in der ›Zeit‹)

Haus der Kindheit
Roman
ISBN 3-423-**12952**-2
Heimat, die es nur in der Erinnerung gibt: eine eindringliche Geschichte vom Fremdsein.

Christa Wolf im dtv

»Grelle Töne sind Christa Wolfs Sache nie gewesen; nicht als Autorin, nicht als Zeitgenossin hat sie je zur Lautstärke geneigt, und doch hat sie nie Zweifel an ihrer Haltung gelassen.«
Heinrich Böll

Der geteilte Himmel
Erzählung
ISBN 3-423-**00915**-2
Eine Liebesgeschichte zur Zeit des Mauerbaus in Berlin. Die einzige gültige Auseinandersetzung mit den Jahren der deutschen Teilung.

Kassandra
Erzählung
ISBN 3-423-**11870**-9
Auf den Spuren der ältesten Tochter des Königs Priamos von Troia. »Die Geschichte einer weiblichen Ich-Findung.« (Therese Hörnigk)

Voraussetzungen einer Erzählung: Kassandra
Frankfurter Poetik-Vorlesungen
ISBN 3-423-**11871**-7
Bericht über eine Griechenlandreise und über »weibliches« Schreiben.

Auf dem Weg nach Tabou
Texte 1990–1994
ISBN 3-423-**12181**-5

Medea. Stimmen
Roman
ISBN 3-423-**12444**-X
und dtv großdruck
ISBN 3-423-**25157**-3
Der Mythos der Medea, Tochter des Königs von Kolchis – neu erzählt. »Der Roman hat Spannungselemente eines modernen Polit- und Psychokrimis.« (Thomas Anz in der ›Süddeutschen Zeitung‹)

Hierzulande Andernorts
Erzählungen und andere Texte 1994–1998
ISBN 3-423-**12854**-2

Die Dimension des Autors
Essays und Aufsätze, Reden und Gespräche 1959–1985
ISBN 3-423-**61891**-4

Marianne Hochgeschurz:
Christa Wolfs Medea Voraussetzungen zu einem Text
ISBN 3-423-**12826**-7

Gioconda Belli im dtv

»Die große Poetin Nicaraguas, eine der wichtigsten Stimmen in der Literatur Lateinamerikas.«
Abendzeitung

Bewohnte Frau
Roman
ISBN 3-423-11345-6
Die junge Architektin Lavinia führt in ihrer lateinamerikanischen Heimat das unbeschwerte Leben einer unabhängigen Frau aus der Oberschicht. Dann aber verliebt sie sich in Felipe, der mit der Untergrundbewegung des Landes zusammenarbeitet … »Ein Buch zum Verschlingen in einer Nacht.« (Marianne Kröger)

In der Farbe des Morgens
Gedichte
ISBN 3-423-11565-3

Tochter des Vulkans
Roman
ISBN 3-423-11678-1
Sofia fühlt sich in ihrer Ehe mit dem patriarchalischen René eingesperrt. Aber die rebellische Frau weiß sich zu wehren …

Zauber gegen die Kälte
Erotische Gedichte
ISBN 3-423-12577-2

Waslala
Roman
ISBN 3-423-12661-2
Faraguas, eine vergessene Welt am Amazonas. Mit dem amerikanischen Journalisten Raphael begibt sich die junge Melisandra auf eine von Leidenschaft und Abenteuern gezeichnete Reise ins Innere des Landes. Mit ihm will sie Waslala finden, den Ort der ewigen Träume …

Wenn du mich lieben willst
Gesammelte Gedichte
ISBN 3-423-12722-8

Die Verteidigung des Glücks
Erinnerungen an Liebe und Krieg
ISBN 3-423-13015-6
Zwischen Liebe, Widerstand und Revolution: Gioconda Belli erzählt ihr abenteuerliches Leben. – »Die beste Autobiographie, die ich seit Jahren gelesen habe. Einfach unvergeßlich.« (Salman Rushdie)

Brigitte Kronauer im dtv

»Brigitte Kronauer ist die beste
Prosa schreibende Frau der Republik.«
Marcel Reich-Ranicki

Die gemusterte Nacht
Erzählungen
ISBN 3-423-11037-6
Geschichten aus dem Alltag.

Berittener Bogenschütze
Roman
ISBN 3-423-11291-3
Ein Junggeselle, Literaturwissenschaftler, auf der Suche nach dem »schönen Quentchen Verheißung«. »Voller Leben, Gegenwart, direkt, komisch, sinnlich.« (Sibylle Cramer in der ›Frankfurter Allgemeinen Zeitung‹)

Rita Münster
Roman
ISBN 3-423-11430-4
»Ein weiblicher Entwicklungsroman, ohne Wehleidigkeit, ohne Berufung auf das wärmende Gruppengefühl. In ihrer starken Individualität, ihren Widersprüchen und ihrem Beharren auf Glück ist Rita Münster eine ganz und gar überzeugende Figur.« (Leonore Schwartz im ›Deutschen Allgemeinen Sonntagsblatt‹)

Die Frau in den Kissen
Roman
ISBN 3-423-12206-4
Alltagsmomente in der Großstadt. »... gehört zu den wenigen Büchern, die wirklich verblüffen.« (Iris Radisch in der ›Zeit‹)

Frau Mühlenbeck im Gehäus
Roman
ISBN 3-423-12732-5
Die Lebensgeschichten zweier Frauen.

Das Taschentuch
Roman
ISBN 3-423-12888-7
Die Geschichte eines Apothekers.

Schnurrer
Geschichten
ISBN 3-423-12976-X

Teufelsbrück
Roman
ISBN 3-423-13037-7
»Ein großer poetischer Roman über die Elbe, die Liebe und die Romantik in unromantischer Zeit.« (Reinhard Baumgart in der ›Zeit‹)